Pour un sourire de Molly

Ensemble, dans la tourmente

ROBIN PERINI

Pour un sourire de Molly

Traduction française de
FLORENCE BERTRAND

BLACK ROSE

HARLEQUIN

Collection : BLACK ROSE

Titre original :
CHRISTMAS JUSTICE

Ce roman a déjà été publié en 2015

HARPERCOLLINS FRANCE
83-85, boulevard Vincent-Auriol, 75646 PARIS CEDEX 13
Service Lectrices — Tél. : 01 45 82 47 47

www.harlequin.fr

ISBN 978-2-2804-5323-3 — ISSN 1950-2753

Prologue

Ce jour-là n'était pas un jour ordinaire.

En temps normal, Laurel McCallister aurait adoré faire du baby-sitting pour sa nièce Molly, jouer à la princesse et aux dés en riant comme une enfant, mais cette soirée n'avait rien d'habituel.

Debout sur le seuil de la maison, elle regardait sa sœur et sa petite famille se diriger vers leur voiture pour se rendre à la fête de Noël. Un vent mordant soufflait dans la petite bourgade de Virginie, lui cinglant les joues.

Ses doigts étaient crispés sur le bracelet porte-bonheur qu'Ivy lui avait glissé dans la main avant de partir.

Un cadeau de leur père disparu.

Il n'avait pas donné de ses nouvelles depuis plus de deux mois. Et voilà que le matin même, ce bijou en argent était arrivé dans la boîte aux lettres. Il n'était accompagné d'aucun message, mais l'écriture tremblotante de leur père figurait sur le paquet, lequel avait été posté à Washington.

Laurel serra la chaîne dans sa main, s'efforçant de repousser le sombre pressentiment qui l'avait gagnée lorsque Ivy lui avait montré le colis, avant d'ajouter qu'elles devraient parler à son retour.

Laurel redoutait le pire.

Frissonnante, elle rencontra le regard grave de sa sœur et serra plus étroitement dans ses bras sa nièce de cinq ans. La fillette, qui venait d'avoir une angine, avait insisté pour faire signe à sa maman sur le pas de la porte. Ivy agita la main en retour, les traits empreints d'une évidente appréhension.

Laurel parcourut les environs des yeux. La demeure était située en bordure de ville, presque à la campagne. Les plus proches voisins habitaient à quelques centaines de mètres. Tout semblait calme. Sûr. Analyste à la CIA, Laurel avait suivi le même entraînement que ses collègues sur le terrain. Elle savait reconnaître les indices.

Rien ne paraissait étrange et pourtant la tension lui nouait les muscles. Jusqu'à maintenant, Ivy et son mari avaient refusé de laisser le danger gâcher les fêtes, mais le regard de sa sœur était soucieux, et un pli inquiet barrait le front de son beau-frère.

Laurel caressa les cheveux blonds et soyeux de sa jeune nièce.

— Ce n'est pas juste, murmura Molly, les larmes aux yeux. Moi aussi, je voulais aller au spectacle. Je devais être un ange.

Sa petite voix malheureuse émut Laurel. Elle posa une main apaisante sur son front.

— Mon pauvre chou. Tu ne peux pas sortir avec cette fièvre.

Ivy était en train de faire monter le frère et la sœur de Molly à l'arrière de la voiture. En dépit de son estomac noué, Laurel lui adressa un signe de tête plein d'assurance, et reçut le même en retour. Elle et sa sœur se ressemblaient tant.

Un des enfants — Michaela sans doute — lança une girafe en peluche par la portière. Secouant la tête, Ivy s'écarta de quelques pas pour aller la ramasser.

Laurel fit mine de rentrer.

— Ne t'inquiète pas, Molly. Ils reviendront bient…

Une explosion assourdissante fit trembler la nuit, suivie d'un souffle d'air chaud qui la fit chanceler. Elle recula en titubant. Le côté passager du 4x4 était la proie des flammes, une fumée noire s'élevait dans le ciel.

Seigneur, non ! Sous le choc, Laurel secoua la tête. C'était impossible. Horrifiée, elle fit pivoter Molly pour lui épargner l'épouvantable scène, mais il était trop tard. La petite fille avait tout vu. Elle se mit à pousser des hurlements déchirants.

Aucun son ne venait de la voiture. Pas un cri, pas un gémissement.

— Reste là !

Elle déposa l'enfant et dévala les marches en courant, jetant un coup d'œil en arrière : Molly s'était effondrée sur le sol, en larmes. Laurel ferma les yeux une seconde, puis tira de sa poche son téléphone portable et composa le 911.

— Au secours ! Il y a eu une explosion.

Une chaleur insoutenable lui brûlait la peau. Ce n'était pas un incendie normal, comprit-elle, la gorge nouée. C'était du travail de professionnel. Un assassinat commandité, qui lui rappelait les dossiers qu'elle lisait dans le cadre de son travail à la CIA.

Anéantie, elle fixa la voiture en feu. Encore quelques minutes, et il n'y aurait plus rien. Plus que des cendres. On ne pourrait même pas dire combien il y avait d'occupants à l'intérieur.

Son téléphone lui glissa des doigts.

La famille d'Ivy était morte. Personne n'avait pu survivre. Laurel regarda frénétiquement autour d'elle, cherchant sa sœur. Son cœur se brisa lorsqu'elle vit le corps brûlé qui gisait à quelques mètres du véhicule.

Elle courut vers Ivy et s'agenouilla à côté d'elle. Le côté droit de son visage était noirci, méconnaissable.

— Laur…

— Ne parle pas, Ivy, coupa Laurel, sans pouvoir réprimer ses larmes.

Elle entendait sa nièce sangloter dans la maison. Et là, Ivy. Seigneur. Ses vêtements avaient fondu sur sa peau.

Ivy tenta de bouger et poussa un cri de douleur.

— Idiote…, gémit-elle. Pas assez prudente… il ne faut pas… faire confiance…

— Chut…

Laurel tendit la main vers elle, ne sachant que faire. Aucune partie du corps d'Ivy n'avait été épargnée. Où était l'ambulance ?

Elle se pencha vers sa sœur.

— Tiens bon, Ivy. Les secours arrivent.

— Trop tard. Tr… trouve Garrett Galloway. Shérif. Dis-lui… qu'il avait raison.

Ivy cilla et une larme roula sur sa joue, traçant un sillon clair à travers la suie.

— Je t'en prie. Sauve… Molly.

Soudain, elle écarquilla les yeux.

— Attention !

Laurel réagit aussitôt et se plaqua au sol tandis qu'une balle allait se ficher dans l'arbre tout proche. Elle roula sur elle-même en ravalant un juron. Son arme était à l'intérieur. Un nouveau coup percuta le sol, à quelques centimètres de sa tête. Le tireur devait être dissimulé derrière la haie.

— Traître ! lâcha Ivy faiblement.

La balle suivante la frappa à la tempe. Glacée, Laurel recula tant bien que mal pour s'abriter derrière la voiture en flammes, s'obligeant à ignorer le chagrin qui lui ravageait le cœur. Elle ferait son deuil plus tard. Elle avait une tâche à accomplir : protéger Molly.

Des sirènes hurlèrent dans la nuit. Un juron retentit, suivi de bruits de pas qui s'éloignaient.

Les tueurs avaient fui. Laurel devait saisir sa chance. Elle se rua vers la maison, prit sa nièce dans ses bras et referma la porte d'un coup de pied.

A la faveur d'un espace entre les rideaux, elle observa l'extérieur. Une voiture de police arriva en trombe et s'arrêta dans l'allée. Impossible. Ce flic était arrivé beaucoup trop vite. Laurel serra Molly contre elle, poussa le verrou et se laissa aller contre le mur.

— Oh ! Ivy.

— Tata Laurel ? demanda Molly entre deux sanglots. Je veux papa et maman.

— Moi aussi, ma chérie.

Laurel serra sa nièce plus fort. Elle avait le choix : faire confiance au policier qui était dehors, ou suivre le conseil de sa sœur.

Après les deux mois qui venaient de s'écouler… elle glissa le bracelet dans sa poche puis attrapa un cadre accroché au mur. Une photo de la famille d'Ivy, souriante.

Elle n'avait pas le choix. La bombe, l'arrivée immédiate du flic. Tout était suspect.

Elle fit le tour de la maison en hâte et rassembla quelques affaires, son arme et les antibiotiques de Molly. Elle s'attendait à moitié à ce que le policier vienne tambouriner à la porte. Etant donné qu'il n'en fit rien, elle sut qu'elle avait vu juste. Lorsqu'elle hasarda un nouveau regard au-dehors, le corps de sa sœur avait disparu. La voiture de police aussi.

Le 4x4 flambait toujours. Laurel était presque pliée en deux par la douleur.

Une nouvelle sirène approchait, celle des pompiers. Le temps pressait. Elle attrapa l'enveloppe que son père avait envoyée et la fourra dans un sac en toile avec une couverture et le jouet préféré de Molly, un lion en peluche.

Puis elle enfila un manteau à Molly, la prit dans ses bras et sortit par-derrière. Ses pas résonnaient sur le trottoir. Elle s'engouffra dans une ruelle, laissant derrière elle un tourbillon de flammes et de fumée, une scène d'horreur qu'elle n'oublierait jamais.

Au bout d'un moment, elle s'arrêta pour reprendre son souffle. Le froid perçait à travers sa veste.

— Tata Laurel ? Arrête. Maman ne saura pas où nous trouver.

Oh ! Seigneur. Pauvre Molly. Laurel serra sa nièce plus fort. Comment expliquer à une fillette de cinq ans que sa famille avait été tuée par des méchants ?

Elle s'adossa à un mur, les poumons en feu. Elle aurait préféré ne pas comprendre. Préféré être comme Molly. Mais il ne s'agissait pas d'un dessin animé pour enfants où tout le monde survivait aux attaques les plus épouvantables. Dans la vraie vie, personne n'avait de seconde chance.

Laurel devait fuir. Echapper aux hommes qui avaient tiré sur elle et qui avaient assassiné Ivy et les siens.

Elle ne savait que croire. Hormis les ultimes paroles de sa sœur.

Ce qui ne lui laissait qu'une seule option. Un seul homme méritait sa confiance.

Garrett Galloway.

Maintenant, il ne restait plus qu'à le trouver.

1

En temps ordinaire, la bourgade de Danger, au Texas, portait mal son nom. Hormis l'ivrogne de service, quelques adolescents turbulents et un maire qui roulait dans une voiture un peu trop luxueuse pour ne pas être associée à des revenus illicites, le shérif n'avait guère de quoi s'inquiéter. Rien ne venait troubler le calme, ce qui lui convenait parfaitement.

Garrett ajusta son Stetson et enfonça les mains dans les poches de son blouson pour se protéger du froid de décembre. Lorsqu'il était arrivé un an plus tôt, le corps mal en point et l'âme en lambeaux, il s'était dit que cette minuscule ville de l'ouest du Texas serait l'endroit idéal où se mettre au vert quelques mois. Après tout, le monde entier le croyait mort. Et Garrett avait besoin que cela continue.

Du moins, le temps qu'il identifie celui qui avait anéanti les siens et qu'il le fasse payer pour son crime. Jamais il n'avait envisagé de rester aussi longtemps.

Cependant, l'appel sur lequel il comptait n'était jamais venu. De plus, lors de leur dernière conversation, son mentor et ex-équipier James McCallister avait paru beaucoup trop… optimiste. Ce genre de choses, allié à un contact manqué, signifiait en général que l'opération avait mal tourné.

Il sentait son holster sous son épaule droite. Jamais

il ne quittait son domicile sans arme ou sans insigne. Il aimait savoir qu'il était en mesure de se défendre. A tout moment. Et les habitants aimaient savoir que leur shérif veillait sur eux.

Il parcourut du regard la rue décorée de guirlandes et le trottoir désert, puis partit faire son tour, marchant sans faire de bruit dans la ville endormie.

Le silence de McCallister le perturbait. James avait consacré ces derniers mois à essayer de démasquer le traître.

Il avait pris de gros risques et, au bout d'un an de recherches infructueuses, quelques indices étaient apparus : certains documents top secret identifiant des agents et des opérations à l'étranger et faisant état de la disparition d'armements ultra-sophistiqués. Une brèche s'était ouverte, mais pas encore assez pour qu'ils puissent s'y engouffrer.

Garrett était de plus en plus inquiet : soit James continuait à œuvrer pour éclaircir l'affaire, soit il était mort. Aucune des deux possibilités ne lui plaisait. Si la première hypothèse était la bonne, le seul fait de le contacter pourrait faire capoter toute l'opération ; si c'était la seconde Garrett se retrouverait seul et devrait sortir de sa retraite.

A ce moment-là, il pourrait bien se retrouver en prison, et sa vie ne vaudrait pas plus cher qu'une balle perdue.

Ressassant ces pensées, Garrett passa devant quelques maisons et remarqua soudain une voiture foncée, inconnue, qui roulait au pas.

Personne ne conduisait aussi lentement. Pas au Texas. Pas à moins d'avoir des intentions douteuses. Et personne ne venait à Danger sans raison. Ce n'était pas une ville qu'on traversait par hasard.

Son instinct en alerte, Garrett tourna au coin de la rue et se dissimula derrière une haie.

Le véhicule ralentit encore, puis continua.

Intéressant.

C'était peut-être quelqu'un qui venait rendre visite à un parent, mais Garrett se méfiait du changement. Et de l'imprévu. Tendu et vigilant, il traversa une impasse, cherchant la voiture des yeux. Arrivé à la limite de la ville, il scruta la nuit.

Tout près de lui, quelque chose craqua. Comme un petit morceau de bois qui se brise.

Qui pouvait se trouver dans les environs à une heure pareille ? Il doutait fort qu'il s'agisse d'un coyote.

Il tira son Beretta 92 de son holster. Feignant d'admirer les étoiles, il leva les yeux vers le ciel nocturne et repoussa son Stetson.

Du coin de l'œil, il aperçut une silhouette qui se baissait derrière une clôture : de taille moyenne, mince, mais dont les gestes étaient prudents, précis, entraînés. Quelqu'un à qui il aurait pu être confronté lors de sa précédente existence. Pas un cambrioleur ou un malfaiteur ordinaire. Or James McCallister était le seul à savoir que Garrett était à Danger, et James avait disparu.

Tout redevint immobile.

Garrett donna un coup de pied dans la poussière et tapota son chapeau.

Il garda son arme prête, au cas où, tout en espérant ne pas avoir à s'en servir. Cet incident était peut-être sans rapport avec son passé. Il avait besoin d'informations, pas d'un cadavre en bordure de la ville. Ce qui arrivait à Danger ne sortirait pas de Danger, sauf si le nombre de morts commençait à s'accroître. Dans ce cas-là, il ne pourrait pas empêcher la police de l'Etat ou les agents fédéraux de venir fourrer leur nez par ici.

Et il ne tenait pas à attirer l'attention.

Il se sentait observé, épié.

Il changea légèrement de trajectoire, se dirigeant vers la silhouette dissimulée. Son plan ? Feindre de passer à côté du type, le prendre par surprise et le neutraliser.

Tout se déroula comme prévu. Pivotant rapidement sur ses talons, Garrett tacla l'inconnu et fit tomber le SIG qu'il avait à la main. En un éclair, il le plaqua au sol, l'avant-bras appuyé contre sa gorge.

— Qu'est-ce que vous voulez ? rugit-il en rabattant le capuchon du suspect.

Les grognements venant de sa victime n'étaient pas ceux auxquels il s'attendait. Avec l'aisance acquise grâce à des années d'expérience, il attrapa sa lampe torche et l'alluma.

Des yeux bleus effrayés lui rendirent son regard. Une femme. Il raffermit sa prise. Une femme pouvait tuer aussi bien qu'un homme. Elle pouvait jouer les victimes tout en planifiant froidement son assassinat. Il n'allait pas la lâcher comme ça.

La lumière éclaira son visage. Il cilla sous l'effet de la surprise. Il connaissait ces yeux. Ce nez.

Oh ! Bon sang.

— Laurel McCallister, murmura-t-il.

Son estomac se noua. Une seule raison avait pu l'amener jusqu'à Danger.

Son passé l'avait rattrapé. Et cela signifiait une chose : James McCallister était six pieds sous terre, et les hommes qui voulaient sa mort n'allaient pas tarder à faire leur apparition.

Laurel ne bougea pas. Inutile d'essayer. L'homme qui la maintenait au sol était trop lourd, il s'était emparé trop facilement de son SIG et il savait tuer. La pression qu'il exerçait sur sa gorge le prouvait.

Pire encore, le shérif — elle avait vu son insigne — connaissait son nom. Dire qu'elle comptait sur un effet de surprise !

Elle resta immobile et silencieuse, encore choquée par l'attaque, tout le corps meurtri. Elle aurait des courbatures plus tard.

Elle s'était dit que l'observer un moment serait une bonne idée. Ivy avait affirmé qu'elle pouvait avoir confiance en lui, mais on n'est jamais trop prudent.

La portière s'ouvrit, et des petits pas résonnèrent sur le trottoir, courant vers eux.

— Lâchez-la !

Molly abattait ses poings sur le dos de Garrett, sa voix stridente d'enfant déchirant la nuit.

Ce dernier se tourna vers la fillette.

Maintenant ! Laurel donna un coup de pied dans le tibia du shérif, qui grogna mais ne bougea pas d'un centimètre. Elle se tortilla sous lui, essayant de le repousser.

— Molly ! Retourne dans la voiture !

La petite fille hésita, et Laurel sentit la peur l'envahir. Pourquoi sa nièce n'avait-elle pas pu rester endormie, à l'abri ? Depuis les événements atroces qui avaient eu lieu quatre jours plus tôt, elle ne pouvait plus supporter que Laurel s'éloigne d'elle, et sentait instinctivement lorsque cela se produisait.

Soudain, Garrett roula sur lui-même, lui rendit son arme et se releva avec la grâce d'un félin.

— Ne t'inquiète pas. Je ne vais pas vous faire de mal.

Il remit son pistolet dans son holster et fixa Laurel.

Elle prit une brève inspiration avant que sa nièce se jette dans ses bras.

— Ça va, tata Laurel ?

Laurel la serra contre elle.

— Tu es mon héroïne, Molly.

Elle se forçait à parler calmement. Inutile d'ajouter au trouble de la petite fille, déjà traumatisée par l'explosion.

Molly s'agrippait à elle, lançant des regards noirs à Garrett. Ce dernier s'efforçait de ne pas sourire, mais il était impossible de se méprendre sur la gentillesse qui se lisait dans ses yeux.

Pour la première fois en quatre jours, Laurel se détendit imperceptiblement. Peut-être avait-elle pris la bonne décision après tout.

Non qu'elle ait eu le choix. Le journal télévisé n'avait fait aucune allusion à la tragédie qui avait frappé sa famille. On n'avait mentionné ni l'incendie ni le fait qu'Ivy avait reçu une balle dans la tempe. Il avait été question très brièvement d'une voiture en feu, mais l'incident avait été imputé à la chute d'une ligne électrique.

A ce moment-là, Laurel avait compris qu'elle était réellement seule.

Jusqu'à cet instant.

Elle détestait devoir compter sur quiconque hormis elle-même. Après la mort de leur mère, sa sœur et elle avaient appris à se débrouiller seules.

Mais cette fois-ci, Laurel était dépassée. Elle le savait, même s'il lui répugnait de l'admettre.

Tenant Molly contre elle, Laurel étudia Garrett Galloway. Son instinct lui soufflait de lui faire confiance, mais pouvait-elle s'y fier ? Cet homme à l'expression changeante serait-il prêt à l'aider ? Elle priait pour que sa sœur ne se soit pas trompée, pour qu'il fasse partie des bons et non des méchants.

Garrett repoussa son Stetson en arrière.

— J'aurais pu…

Il jeta un coup d'œil en direction de Molly et se tut. Laurel devina la suite. S'il avait voulu les tuer, il l'aurait fait.

— … achever le travail, compléta-t-il d'un ton sec. Je ne vais pas le faire.

— Comment saviez-vous mon nom ?

Il arqua un sourcil et remit son Beretta dans son holster.

— Je connais votre père. Votre photo est sur son bureau à… l'agence.

Son expression était éloquente. Laurel comprit. Garrett avait travaillé avec son père en dehors de la CIA, dans l'agence indépendante qu'il dirigeait. Une organisation financée par des fonds secrets, chargée de missions secrètes, obtenant des résultats secrets. L'organisation où Ivy avait été employée. Un signal d'alarme résonna dans la tête de Laurel. L'homme vers qui sa sœur l'avait envoyée travaillait peut-être avec les auteurs de l'attentat. Et pourtant, qui était mieux placé pour l'aider ?

Garrett lui tendit la main.

— On dirait que vous êtes sur la route depuis un certain temps. Si nous allions manger quelque chose ? Et discuter un peu ?

Laurel hésita, mais que faire ? Elle n'était venue dans le fin fond du Texas que pour une seule raison : trouver Garrett Galloway.

A quoi s'était-elle attendue ? Avec sa chemise kaki, son insigne, son chapeau marron et sa veste en cuir, il aurait pu sortir tout droit d'un studio de télévision. Et ses yeux marron la transperçaient.

Si elle avait jamais imaginé s'enfuir vers le crépuscule avec un homme, ç'aurait été Garrett Galloway.

Il attendait, l'air de lire dans ses pensées. Avec un soupir, elle mit sa main dans la sienne. Il l'aida à se relever. Molly se cacha derrière elle, levant les yeux vers lui.

Il inclina la tête vers la petite fille et Laurel retint son souffle. Le visage de Molly arborait l'expression effrayée qui ne l'avait pas quittée depuis qu'elles avaient fui la Virginie, comme si elle allait fondre en larmes d'une seconde à l'autre. Mais soudain elle écarquilla les yeux, fixant tour à tour la silhouette athlétique de Garrett, ses bottes de cow-boy et l'étoile qui brillait sur son torse.

C'était un protecteur. Laurel s'en rendait compte, et à l'évidence, Molly aussi.

Garrett rencontra son regard, et elle lut la compréhension sur son visage.

— Venez avec moi, dit-il tout bas.

— J'ai ma voiture…

Il secoua la tête.

— Prenez vos affaires et laissez-la. Si on vous a suivie, je ne veux pas que ces gens-là sachent qui vous êtes venue voir.

— J'ai été prudente. J'ai mis une journée de plus à venir ici à cause de tous les détours que j'ai faits.

— Si vous vous étiez aperçue qu'on vous suivait, vous seriez sûrement déjà morte.

La sécheresse de ses paroles ne laissait aucun doute sur le danger qui pesait sur eux. Il s'approcha du véhicule, en sortit le grand sac qui contenait ses bagages et passa la bandoulière sur son épaule.

— Jusqu'à ce que j'en sois sûr, nous prendrons des précautions.

Laurel se raidit. Comme s'il avait senti sa vulnérabilité, Garrett fit un pas vers elle.

— C'est vous qui êtes venue me trouver. Vous avez peut-être trahi ma couverture. Vous devez m'écouter.

Il était en mission. Elle aurait dû s'en douter.

Elle était fière de son indépendance, de sa capacité à gérer presque n'importe quelle situation, mais l'expression intense et méfiante de cet homme l'inquiétait. Ivy était un agent brillant, qui avait toujours fait preuve de prudence. Elle était morte quand même.

Néanmoins, Laurel devait faire face à la réalité. Elle s'était jetée à l'eau en prenant la fuite, et Garrett Galloway était le maître-nageur sauveteur.

Ravalant sa réticence, elle hocha la tête et souleva Molly dans ses bras.

— Nous allons loin ?

— De l'autre côté de la ville, répondit-il en scrutant les environs.

Elle arqua un sourcil.

— Au bout du pâté de maisons, alors ?

Garrett inclina la tête, et un semblant de sourire se dessina sur ses lèvres. Quand il ne fronçait pas les sourcils, ses yeux semblaient plus clairs.

— Allons-y.

Cinquante mètres plus loin, Laurel était à bout de nerfs. Jamais elle n'avait vu quelqu'un d'aussi concentré que Garrett. Il marchait sans bruit malgré ses bottes, et semblait avoir conscience de chaque ombre, de chaque mouvement.

Il s'arrêta brusquement et les repoussa contre la clôture, dégainant son arme en même temps. A son tour, elle entendit un moteur. Le grondement s'intensifia, puis s'éloigna. Garrett se détendit, son regard allant de Laurel à Molly.

— On repart.

Molly leva ses grands yeux vers lui. Elle semblait sur le point d'éclater en sanglots. Il inclina son Stetson sur la tête.

— Tu as faim, mon chou ? demanda-t-il en lui décochant un sourire.

Il semblait apaiser Molly par sa seule présence. Il avait l'effet opposé sur Laurel. A vrai dire, elle était partagée entre l'envie de le fuir et celle de se blottir dans ses bras — jamais elle n'avait ressenti cela auparavant. Jamais elle ne s'était autorisée à être aussi vulnérable.

Le hurlement d'un chien brisa le silence nocturne, aussitôt suivi par d'autres aboiements tandis que Garrett les guidait à travers la ville. Molly se cramponnait à Laurel. La fillette était épuisée, tout comme elle.

Garrett régla son allure sur la sienne.

— Il a dû se passer quelque chose de grave pour que vous veniez ici, non ? murmura-t-il en se penchant pour lui parler à l'oreille.

Malgré elle, des larmes brûlantes picotèrent les yeux de Laurel. Elle était à bout, et consciente de son désarroi. Ses émotions étaient à fleur de peau, et il était hors de question qu'elle le lui montre.

Instinctivement, elle baissa la tête pour se réfugier derrière le rideau de ses cheveux. L'espace d'un instant, elle avait oublié qu'elle avait coupé sa flamboyante chevelure et l'avait teinte en un châtain quelconque pour passer inaperçue.

— Je comprends, dit-il d'une voix bourrue. Mieux que vous ne le soupçonnez.

Avant que Laurel ait pu s'interroger sur ce qu'il voulait dire, il accéléra l'allure.

— Ma maison est à quelques minutes à pied.

A mesure qu'ils avançaient, les guirlandes s'allumaient automatiquement, clignotant gaiement dans la nuit. Garrett marqua une pause et les fit s'arrêter sous un arbre, scrutant la rue.

Molly regardait aussi, bouche bée.

— Tata Laurel, c'est Noël ici.

Elle ravala sa salive et baissa la tête, se nichant contre l'épaule de Laurel.

Celle-ci lui tapota le dos doucement.

— Noël va nous suivre, mon chou. Il sera différent cette année, mais il viendra quand même.

Molly la dévisagea, avant de contempler les décorations d'un air songeur.

— Papa et maman seront revenus d'ici là ?

— Nous en parlerons plus tard, répondit Laurel dans un souffle.

Que lui dire ? Molly avait assisté à l'explosion, mais elle n'avait pas encore assimilé la terrible réalité.

Laurel serra les dents. En tant qu'adulte, elle ne savait pas combien de temps il lui faudrait pour accepter la mort de sa famille. Le fait qu'elle était seule au monde désormais. Seule avec Molly.

— Il faut faire vite, dit Garrett en leur faisant signe de traverser. Allons-y.

La grand-rue de Danger n'était pas très large. Deux voies, un seul feu de circulation.

Ils étaient à mi-chemin quand un moteur rugit brusquement. Des pneus hurlèrent, la voiture fonçait droit sur eux.

Garrett les poussa derrière un mur, lâcha le sac de voyage et roula sur le sol, s'exposant au danger.

Laurel se jeta à terre tandis qu'une volée de balles lui passait au-dessus de la tête. Molly hurla. Laurel lui fit un bouclier de son corps, sortit son arme et se redressa prudemment. Elle ne pouvait pas faire feu sans laisser Molly. Des balles se fichaient dans le mur derrière elle, des éclats de ciment pleuvaient sur le sol. Elle se plaqua sur sa nièce, la main crispée sur la crosse de son pistolet.

Une rafale de détonations s'éleva derrière le mur.

La voiture démarra dans un crissement de pneus.

Laurel se redressa, l'arme au poing. Elle s'attendait au pire, mais Garrett était en vie, son pistolet braqué sur le véhicule en fuite. Il pressa la détente de nouveau, puis lâcha un juron.

Laurel pouvait à peine respirer. Ils l'avaient retrouvée.

La voix d'un vieil homme résonna non loin, accompagnée du bruit reconnaissable d'un fusil à pompe.

— Qu'est-ce qui se passe ici ?

— Je m'en occupe, monsieur McCreary, lança Garrett. C'est le shérif Galloway. Rentrez chez vous.

Une porte claqua.

Garrett tira son téléphone de sa poche.

— Keller, des coups de feu ont été tirés à l'intersection de Oak Street. Activez le système d'urgence et ordonnez aux habitants de rester chez eux. Je vous rappelle dès que l'ordre sera revenu.

Il remit l'appareil dans sa poche et revint en courant vers Laurel.

— Personne n'est blessé ?

Molly sanglotait, inconsolable. Laurel la serra plus étroitement contre elle.

— Je vais la porter.

Les traits tendus, Garrett se chargea de la petite fille tandis que Laurel prenait le sac de voyage. Il les conduisit dans un passage qui menait à l'arrière d'une rangée de maisons. Arrivé à la hauteur de l'une d'elles, il tira une clé de sa poche.

— Il faut qu'on se mette à l'abri. Je vais prendre quelques affaires et vous emmener en lieu sûr.

— Je suis désolée, souffla-t-elle. C'est moi qui vous ai apporté tous ces ennuis.

Il hocha la tête.

— Qui savait que vous veniez au Texas ?

— P… personne.

— Qui vous a parlé de moi ? Votre père ?

— Ma… ma sœur.

— Ivy ?

Il fronça les sourcils.

— Elle travaillait pour l'agence mais nous n'avons jamais mené d'opération ensemble.

Laurel se mordit la lèvre.

— Ma sœur a prononcé votre nom juste avant de mourir. Elle m'a dit de vous dire que vous aviez raison.

Le 4x4 sortit en trombe de Danger, Mike Strickland écrasant la pédale d'accélérateur. Au bout d'un moment il s'engagea sur un chemin de terre qui menait dans le désert. Quand il s'arrêta enfin, il abattit son poing sur le volant.

— Bordel ! Qui était ce type ?

— Un shérif, répondit son équipier, Don Krauss, d'un ton sec. Tu n'as pas vu son insigne ?

— Aucun shérif n'a des réflexes pareils, rétorqua Strickland. Elles devraient être mortes toutes les deux.

— Cette fille nous file entre les doigts depuis quatre jours. Elle n'est pas idiote. Elle a changé de voiture à deux reprises et n'a jamais allumé son téléphone portable.

Dire qu'ils étaient équipés des derniers gadgets et qu'une fille au volant d'une Chevrolet déglinguée avait réussi à traverser le pays sans qu'ils la rattrapent.

— Elle a eu de la chance.

Krauss ricana.

— Et maintenant, elle a de l'aide. Si Ivy a parlé…

— Je sais, je sais.

Strickland se gratta nerveusement la paume.

— Nous pouvons encore rattraper le coup. La police scientifique va mettre des semaines à analyser ce qu'il reste de la voiture. De plus, j'ai des contacts dans les bureaux du coroner. S'ils peuvent nous dégoter deux cadavres brûlés en plus, personne ne saura jamais rien. Tout le monde croira que la femme et la gamine sont mortes en même temps que les autres.

— Tu as tué Ivy d'une balle dans la tempe, lui rappela Krauss.

— Et alors ? Il n'en a pas été question dans la presse, si ? rétorqua Strickland avec un petit sourire.

— Je pensais que les flics n'avaient peut-être pas révélé toutes leurs informations tant que l'enquête n'est pas close.

— Pas du tout. Ils se taisent. Ils pensent que c'est une question de sécurité nationale.

— Je vois. Tu ne te demandes jamais comment nous en sommes venus à faire ce boulot ? Des fois, j'ai des regrets.

— N'en dis pas davantage, Krauss. Je ne veux pas avoir à te dénoncer.

— Dit l'homme responsable de ce fiasco.

— Ne me fais pas la leçon, d'accord ? Si on rate cette mission, on est fichus tous les deux.

— Je sais. Et j'ai une famille à protéger. Finissons-en vite et proprement, et fichons le camp de cette ville.

— On ne laisse aucun témoin derrière nous. D'accord ? demanda Strickland en démarrant.

— Même pas le shérif ? Sa mort pourrait faire du bruit.

— Si près de la frontière, dans un coin si perdu, il y a des tas de manières de mourir.

2

Sa sœur a dit que j'avais raison… Génial. Absolument génial, maugréa Garrett intérieurement.

Molly sanglotait toujours dans ses bras. Il la berça doucement. Elle tourna la tête contre son épaule et noua les bras autour de son cou, enfouissant ses petits doigts dans ses cheveux. Il la serra davantage contre lui tout en scrutant la ruelle derrière sa maison. La nuit était froide et Molly frissonnait. Il fallait qu'il les emmène au chaud le plus vite possible, mais ce ne serait pas dans cette maison qui n'avait jamais été un foyer pour lui.

Une demi-minute s'écoula. Rien ne bougea. Le tireur n'avait sûrement pas de complice, mais Garrett ne pouvait être sûr de rien. Une erreur de jugement risquait d'être fatale.

Entrer, sortir. C'était tout ce qu'il voulait faire.

Il conduisit Laurel dans le jardin de la demeure que James McCallister avait achetée à son nom et referma la barrière. Il ne reviendrait pas de sitôt.

Cependant, il avait besoin de son sac et de quelques provisions. S'il avait été seul, il aurait pu s'en passer, mais ses protégées ne pouvaient pas camper dans le désert en plein mois de décembre.

Molly se cramponnait à lui. Il lui caressa le dos et éprouva un pincement au cœur. Seigneur, ce geste semblait si familier. Les souvenirs de sa fille, Ella, l'assaillirent. En même temps que le chagrin. Il ne pouvait pas se laisser submerger par le passé. Pas alors que Laurel et Molly avaient besoin de lui.

Il les guida vers la réserve de bois.

— Donnez-moi une minute, chuchota-t-il. Restez hors de vue. Je reviens tout de suite.

Il voulut rendre Molly à Laurel, mais la fillette gémit et s'accrocha à lui.

— Tout va bien, mon chou. Ta tante Laurel va prendre soin de toi.

Il lui tapota le dos une dernière fois avant de la tendre à Laurel. Celle-ci serra la petite fille dans ses bras. La détresse se lisait sur son visage.

— Elle a peur, c'est tout.

— Je sais, et je ne l'ai pas protégée, murmura Laurel en se baissant derrière la pile de bûches.

Elle sortit son arme.

— Je n'échouerai pas une deuxième fois.

Laura McCallister avait du cran, c'était certain. C'était une qualité que Garrett appréciait.

— Je n'en ai pas pour longtemps.

Il traversa la cour en hâte, glissa la clé dans la serrure et fit une inspection rapide des lieux, prêtant attention aux détails. Il ne devait pas laisser de traces de son passage. Rien qui puisse mener un visiteur importun au petit ranch dans les montagnes.

Il pressa une touche sur son téléphone.

— Shérif ? Qu'est-ce qui s'est passé ? J'ai eu toute la ville au téléphone.

La voix de son adjoint tremblait légèrement.

— McCreary n'a pas rassemblé une bande de justiciers, au moins ?

Certains habitants âgés de la ville se croyaient encore à l'époque de la conquête de l'Ouest.

— J'ai dissuadé ses copains de l'encourager, répondit Keller. Ça me fait tout drôle de donner des ordres à mon ancien principal de lycée.

Garrett attrapa un carnet, puis se dirigea vers sa chambre.

— Ecoutez, Keller, je vais poursuivre ce type et je serai injoignable. Je ne veux abattre personne par erreur. Faites en sorte que tout le monde reste à l'intérieur.

— Vous avez besoin de moi, shérif ?

— Occupez-vous du standard et ouvrez l'œil. Si vous repérez des inconnus, avertissez-moi. Ne les poursuivez pas vous-même.

— Bien, chef.

Garrett mit fin à la communication. A supposer que ces hommes soient à la poursuite de Laurel et de Molly, sa ville était hors de danger. Les assassins avaient tendance à se concentrer sur leur mission. Il n'était sans doute pas la cible visée. Néanmoins, Ivy connaissait son nom et avait dit qu'il avait raison. Il ne pouvait pas savoir dans quelle mesure sa couverture avait été trahie.

Si quelqu'un avant aujourd'hui avait associé le nom de Derek Bradley à celui de Garrett Galloway, il serait déjà mort. Il avait peut-être l'avantage de la surprise, mais il ne fallait pas compter là-dessus. Quant à savoir qu'il avait eu raison… Eh bien, il n'était guère surpris et cela ne lui faisait pas particulièrement plaisir. Il y avait un traître au sein de l'agence et il ignorait son identité. Le message d'Ivy ne lui permettait pas de l'identifier.

Garrett prit son sac d'urgence dans le placard, puis ouvrit un tiroir de la commode et en sortit une vieille photo fanée, cachée sous le papier.

— Ce sera bientôt fini.

Il jeta un coup d'œil aux clichés. Il les avait déjà regardés cet après-midi, avant de prendre son service.

Bon sang, c'était presque Noël.

En garçon manqué qu'elle était, Ella aurait voulu un ballon de foot ou un nouveau panier de basket, et Lisa aurait levé les yeux au ciel en se demandant quand sa fille voudrait une robe de princesse — ou n'importe quelle robe d'ailleurs. Sa gorge se noua. Il ne saurait jamais quel genre de femme Ella serait devenue. Sa vie avait pris fin avant même d'avoir commencé.

Elles lui manquaient tant. Chaque jour. S'il avait survécu aux blessures atroces causées par l'explosion, c'était pour une seule et unique raison — venger sa famille. Il n'aurait de cesse qu'il n'atteigne son but. Il le leur avait promis. Il se l'était promis.

Serrant les dents, il fourra la photo dans la poche de son sac. Ces salauds devraient déjà être morts. James et lui avaient échoué dix-huit mois durant et maintenant... que s'était-il passé ? Ivy avait payé de sa vie. Et Laurel était en fuite.

Quant à James... qui savait ce qu'il était advenu de son mentor ?

Le grincement de la porte-moustiquaire résonna dans la maison silencieuse. Il n'était là que depuis quelques minutes. Il sortit son pistolet du holster et regagna l'entrée, prêt à faire feu.

Laurel se figea, Molly dans ses bras.

— Elle doit aller faire pipi, expliqua-t-elle avec une moue.

— Dépêchez-vous, marmonna Garrett en lui indiquant le chemin. Nous ne pouvons pas nous attarder. Je portais mon insigne et mon uniforme ce soir. Si ces types les ont vus, ils n'auront aucun mal à trouver mon adresse.

Laurel se hâta vers la salle de bains pendant que Garrett se rendait dans la cuisine. Le temps qu'elle revienne, il avait rassemblé quelques provisions dans un sac.

— Allons-y.

L'arme au poing, il les précéda à l'extérieur. La porte grinça de nouveau, brisant le silence hivernal. La lune blafarde éclairait faiblement le jardin empli d'ombres. Une rafale de vent mordit les joues de Garrett. Une branche frémit.

Il parcourut la cour du regard, sans discerner aucun mouvement suspect.

Néanmoins, il n'était pas certain qu'ils soient en sécurité.

— Où allons-nous ? demanda Laurel d'une voix sourde.

Garrett jeta un coup d'œil vers elle, puis vers Molly.

— J'ai un véhicule de rechange, impossible à tracer. Nous allons nous cacher pour cette nuit. Vous avez besoin de repos. Ensuite, je ferai quelques recherches et nous verrons.

Laurel avait ramené son passé à Danger. Impossible de refermer la boîte de Pandore à présent. Si ses innocentes visiteuses n'avaient pas couru un tel danger, Garrett aurait sauté sur l'occasion pour en découdre. L'envie le démangeait d'affronter les hommes qui avaient assassiné sa femme et sa fille. Sauf qu'une balle était trop clémente. Il voulait qu'ils meurent à petit feu.

Il avait échoué à protéger sa famille, mais il ne permettrait pas aux coupables de s'enfuir de nouveau. Tant que le traître mourait, peu lui importait d'en réchapper ou pas.

Il priait seulement pour avoir le temps de mettre Laurel et Molly à l'abri avant que la bataille commence pour de bon.

Debout derrière une haie, hors de vue, Laurel tenait Molly d'une main, et la crosse de son pistolet de l'autre. Garrett avait pris le risque de retraverser la rue pour aller chercher sa voiture, au péril de sa vie si les tireurs revenaient.

Chacune des décisions qu'il avait prises ce soir avait visé à les protéger, elles, et non lui. Elle frissonna, et ce n'était pas à cause du froid. Elle avait fait le choix de venir à lui. La réaction de Garrett à leur arrivée ne l'avait guère rassurée. Son instinct lui hurlait de s'enfuir, de trouver le moyen d'oublier le passé et de tout recommencer à zéro.

Pourquoi ne pas essayer ? Il savait contre quoi elles se battaient. Il était soucieux. Peut-être le plus facile serait-il de disparaître. Parfois, accepter la réalité et aller de l'avant était la seule manière de survivre.

Un 4x4 noir s'arrêta dans la ruelle, tous feux éteints. Garrett en descendit.

— Laurel ?

Elle hésita, figée sur place. Elle avait de l'argent. Une foule de gens vivaient dans la clandestinité. Pourquoi pas elle ?

Pourtant, le regard pénétrant de Garrett l'incitait à lui faire confiance. Qu'y avait-il donc de si attirant chez cet homme ?

Elle prit une profonde inspiration et sortit de sa cachette. Des perles de sève collaient à son pantalon depuis qu'elle s'était assise à côté du tas de bois. L'odeur du sapin la ramena brusquement en arrière, à des vacances passées à camper, à pêcher, à s'amuser avec sa sœur. Son cœur se brisa. Sa nièce pourrait-elle jamais être heureuse après la tragédie qui venait de la frapper ?

Laurel se sentait comme un poisson hors de l'eau. Elle avait fait un saut dans l'inconnu en venant à Danger, en mettant sa foi dans les ultimes paroles de sa sœur. Ivy se savait mourante ; elle n'aurait pas mis Laurel en danger. Mais Laurel avait-elle bien compris ses instructions ?

Elle se dirigea vers le véhicule, Molly toujours dans les bras. Garrett ne dit rien, mais ses yeux sombres et perspicaces la mirent mal à l'aise. Avait-il deviné qu'elle avait failli s'enfuir ?

— Vous n'êtes pas partie, murmura-t-il en ouvrant la portière. Je m'étais dit qu'il y avait cinquante pour cent de chances pour que ça arrive.

Il lisait en elle comme dans un livre, songea Laurel, contrariée.

— J'ai failli, admit-elle. Mais je ne peux pas les laisser s'en tirer comme ça après ce qu'ils ont fait.

Elle repoussa une mèche des cheveux de Molly et rencontra son regard.

— Nos vies ont été bouleversées. Pouvez-vous nous aider ?

Elle n'avait pas pour habitude d'exposer si facilement sa vulnérabilité, mais c'était une question de vie ou de mort. Elle avait besoin de lui. Ils le savaient l'un et l'autre.

Il hocha la tête d'un geste bref.

— Je ferai ce que je peux.

Laurel déposa Molly sur le siège arrière et boucla sa ceinture, puis elle s'assit à son tour, nichant la fillette contre elle.

— Où allons-nous ?

— J'ai contacté un ami. Nous avons besoin de provisions pour quelques jours. Il gère le motel et c'est un bon cuisinier.

Garrett marqua une pause.

— Je ne sais pas combien de temps nous serons sur la route. Sa sœur fait à peu près votre taille. J'ai remarqué que vous aviez quelques vêtements de rechange pour Molly mais pas pour vous.

Laura se sentit rougir à la pensée qu'il l'avait suffisamment observée pour jauger sa taille. Cependant, il avait raison. Elles étaient parties avec tant de précipitation qu'elle avait seulement eu le temps d'acheter quelques sous-vêtements dans une supérette. Combien d'hommes y auraient pensé ?

Il n'alluma pas les phares. Il emprunta des rues calmes pour gagner le Copper Mine Motel et se gara à côté du bâtiment, derrière un énorme sapin qui dissimulait le véhicule à quiconque passait sur l'artère principale. Un géant au torse puissant apparut à la porte de service. Il avait un bras dans le plâtre. Ses cheveux en broussaille et le piercing qu'il arborait à la lèvre contrastaient avec sa barbe taillée avec soin. De toute évidence, il avait guetté leur arrivée.

Garrett abaissa la vitre.

— Merci, Hondo.

L'homme passa la tête à l'intérieur et regarda Laurel et Molly. La petite fille écarquilla les yeux à la vue de son bras tatoué.

— Qui a fait des dessins sur vous ? demanda-t-elle.

Hondo lâcha un petit rire.

— Un petit vieux qui m'a fait payer très cher, ma poulette.

Il déposa deux sacs sur le siège.

— Vous aviez raison, shérif. Elle fait à peu près la même taille que Lucy. Ces vêtements sont tout neufs. Il y a des jeans, quelques hauts et d'autres trucs.

Il rougit légèrement en prononçant ces derniers mots.

Laurel fouilla dans sa poche et en sortit plusieurs billets.

— Merc…

Hondo leva la main.

— Non. Pas question.

Il s'adressa à Garrett :

— Si vous voulez qu'elles restent ici…

— Après ce qui est arrivé la dernière fois, Hondo, je ne veux pas que vous preniez de risque. Merci quand même, ajouta-t-il en lui tendant son insigne. Quand les gens commenceront à poser des questions, vous donnerez ça au maire.

— Shérif…

Consternée, Laurel se redressa, ses ongles s'enfonçant dans le cuir du siège de Garrett. C'était à cause d'elle qu'il prenait cette décision. Elle ne lui avait pas laissé le choix.

— Nous avons tous un passé, Hondo. Le mien vient de me rattraper. J'ai quelque chose à faire absolument.

Hondo acquiesça, et Laurel vit le regard de connivence entre les deux hommes. Cet échange silencieux l'emplit d'appréhension.

— Veillez sur Keller. Il est jeune et impulsif et il a besoin de conseils, reprit Garrett en pianotant sur le volant. A la réflexion, vous feriez un excellent shérif, Hondo. Vous avez les compétences nécessaires.

— Non.

Le visage de son interlocuteur s'assombrit.

— Je ne veux plus me servir d'une arme et je ne pourrais pas m'entendre avec le maire. C'est un…

Il jeta un coup d'œil vers Molly et se reprit :

— … un coureur et un voleur.

— Et il est prêt à accepter un pot-de-vin. Je suis bien placé pour le savoir. C'est comme ça que je suis devenu shérif.

Hondo arqua des sourcils surpris.

— Vous avez fait du bon boulot quand même. On n'a pas eu de meilleur shérif que vous depuis que je vis ici.

Garrett haussa les épaules et enclencha une vitesse.

— Au revoir, Hondo.

Une femme toute menue, aux cheveux grisonnants, sortit à son tour du motel, la tête enveloppée d'un bandage, un sachet à la main.

— Hondo ? murmura-t-elle d'une voix hésitante. Les cookies.

L'expression féroce de Hondo changea en un clin d'œil.

— Hé sœurette, tu n'es pas censée te lever, dit-il avec tendresse. Tu viens de sortir de l'hôpital.

Il esquissa une moue d'excuse à l'intention de Garrett.

— Mais tu as dit que tu voulais leur donner des cookies, insista-t-elle avec un grand sourire.

Laurel l'observa. Elle semblait innocente pour son âge, on aurait presque cru avoir affaire à une enfant. Elle se tourna vers Garrett, l'air radieux.

— Bonsoir, shérif. Hondo a fait des cookies aux pépites de chocolat aujourd'hui.

— On ne peut pas refuser les célèbres cookies de Hondo, Lucy.

Cependant le sourire de Garrett était tendu, et son attention rivée sur la rue. Avait-il vu quelque chose ? Laurel plissa les yeux, cherchant à mieux voir à travers les vitres teintées. Tout paraissait désert.

Lucy tendit le sac à Hondo. Une odeur appétissante se répandit dans l'habitacle.

Molly se pencha en avant.

— Je peux en avoir un, shérif Garrett ?

Hondo quêta du regard la permission de Laurel, qui acquiesça.

— Tiens, mon petit.

Molly le prit sans se faire prier et mordit dedans avec enthousiasme, engloutissant presque le gâteau entier.

Lucy gloussa.

— Elle a faim !

Hondo passa un bras protecteur autour de ses épaules.

— Ils doivent partir. Rentrons, Lucy.

Elle leur adressa un signe d'adieu.

— Au revoir.

Hondo la raccompagna à l'intérieur avec précaution, comme s'il s'agissait d'une poupée de verre. Garrett remonta sa vitre et, sans allumer les phares, s'engagea dans une autre rue.

— Elle a reçu une balle dans la tête il y a deux mois. Nous avons cru qu'elle ne s'en sortirait jamais.

Laurel essuya la bouche de Molly, puis réinstalla la petite fille ensommeillée à côté d'elle.

— Vous vous étiez fait une place dans cette ville, murmura-t-elle. Je suis désolée.

Que pouvait-elle dire d'autre ?

— Ils me remplaceront. Les choses redeviendront exactement telles qu'elles étaient avant que j'arrive.

Un muscle se crispa à la base de sa mâchoire, mais Laurel n'aurait su dire si partir lui était réellement indifférent ou si quelque chose dans cette petite ville avait touché une corde sensible en lui. Elle ne le connaissait pas suffisamment bien pour lui poser la question, si bien qu'elle garda le silence et prêta attention au trajet. Juste au cas où.

Il prit la direction de l'ouest, le long d'une rue secondaire.

— Où allons-nous ? demanda Laurel, n'y tenant plus.

Garrett rencontra son regard dans le rétroviseur.

— Je fais un détour pour aller au presbytère. Il est inhabité depuis près d'un an, mais on l'entretient dans l'espoir de convaincre un pasteur de s'installer à Danger.

— Nous allons rester en ville ?

— Parfois, la meilleure cachette est la plus visible. D'ailleurs, je veux faire quelques recherches en ligne. Voir ce que je peux découvrir sur votre sœur.

— Sa voiture a été piégée. Il n'y a pas eu le moindre bulletin d'information à propos de l'explosion, murmura Laurel.

Au cours de son voyage, elle avait cherché frénétiquement des articles à ce sujet, que ce soit dans des bibliothèques ou dans des cybercafés. Elle s'attendait à ce qu'on mentionne une voiture piégée, l'ouverture d'une enquête, mais elle n'avait rien vu hormis un entrefilet faisant état d'un tragique accident. De fait, l'article disait simplement que toute la famille avait péri lors de l'incendie de sa voiture.

Elle serra Molly plus étroitement contre elle.

On avait menti.

— Cela en dit long, en fait, commenta Garrett en s'arrêtant dans l'allée d'une maison plongée dans l'obscurité.

Il descendit de voiture et alla composer un code à côté de la porte du garage. Celle-ci remonta lentement.

— L'avantage de vivre dans une petite ville, dit-il en souriant, lorsqu'il reprit sa place au volant. Je vérifie cet endroit chaque semaine.

— Il est sûr ?

— Les tireurs vont supposer que nous avons décampé ; c'est ce que je croirais à leur place. Et je ne veux pas être prévisible.

Il rentra le véhicule dans le garage. Le volet automatique s'abaissa derrière eux, les renfermant à l'intérieur. Laurel lâcha un long soupir. Elle ne s'était même pas rendu compte qu'elle retenait son souffle.

— Nous sommes en sécurité ?

— Pour le moment, affirma-t-il en se retournant. Il faut qu'on parle.

Son regard se posa sur Molly, et il ne compléta pas sa pensée, mais Laurel n'eut aucun mal à la deviner. Il ne voulait rien dire devant l'enfant.

— Je sais.

Elle se mordit la lèvre. Elle ne savait pas grand-chose. Elle espérait qu'il aurait des réponses à lui apporter, qu'il pourrait tout arranger.

Ce ne serait sûrement pas si simple. Elle ne savait même pas s'ils allaient sortir vivants de ce cauchemar.

Une obscurité totale enveloppait la voiture de Strickland. Seules quelques étoiles brillaient dans le firmament.

— Ils ne peuvent tout de même pas s'être volatilisés !

Il abattit son poing sur le tableau de bord du pick-up qu'il s'était procuré. Il avait changé les plaques minéralogiques et attendu à la sortie de la ville, tous phares éteints.

Il composa un numéro sur son téléphone portable.

— Tu les as vus ? aboya-t-il.

— Non, répondit Krauss d'une voix tendue. Et il n'y a que deux routes d'accès à cette ville.

— Mais tout un désert autour, marmonna Strickland. Il nous faut un satellite.

Krauss lâcha un petit sifflement.

— Si tu demandes ça, le boss voudra savoir pourquoi.

Strickland alluma sa tablette.

— Tu as vu l'histoire du shérif ? Garrett Galloway ?

— Oui. Et alors ?

— Elle est parfaite.

— Que veux-tu dire ?

— Je veux dire que son passé est parfait. Il a grandi au Texas, est allé à l'école au Texas. Il a fait quelques années dans l'armée. Il a eu quelques contraventions pour excès de vitesse. Il s'est installé dans une petite ville. A postulé pour la place de shérif.

— Comme des milliers d'autres.

— Tout le monde a quelque chose sur la conscience, affirma Strickland tout bas. Ce type me paraît louche.

— A quoi penses-tu ?

— Tu l'as vu se déplacer. Il n'a pas appris ça à l'école. Peut-être que Laurel McCallister n'est pas venue ici par hasard. Qui vient ici sans raison ? C'est le bout du monde !

— D'accord, mais ça ne va pas nous aider à expliquer au boss pourquoi on veut un satellite.

— Je lui dirai que j'ai eu une intuition.

Une faible lumière éclairait l'intérieur du garage. Des piles de cartons étaient alignées dans les coins, projetant des ombres effrayantes sur les murs. Laurel frissonna, mais descendit de voiture quand même. Elle prit Molly dans ses bras et suivit Garrett dans la maison. Il alla chercher leurs provisions pendant qu'elle inspectait la cuisine, étudiant chaque cachette potentielle, chaque objet susceptible de servir d'arme. C'était une chose qu'elle avait apprise dans son travail : ne jamais négliger les détails.

Enfin, elle entra dans le salon, remarquant la porte d'entrée et une autre porte, coulissante, qui donnait sur le jardin. Pas génial point de vue sécurité. Et bien sûr, des napperons partout.

Les muscles de ses épaules étaient noués, et elle changea de position. Molly devenait plus lourde à chaque mouvement. Elle regagna la cuisine dont le papier peint chargé représentait des grappes de raisin.

La maison était très différente de celle de Garrett. Elle en avait vu juste assez là-bas pour savoir que ce n'avait pas été un foyer pour lui, seulement une étape.

Avec un soupir, elle s'assit à la table. Molly bâilla longuement. Elle avait beau être épuisée, elle allait résister à toute tentative visant à la coucher. Et même alors, les cauchemars risquaient de la réveiller.

— Il y a du lait ? demanda-t-elle à Garrett.

— Chaud ?

Il se pencha, fouilla dans un placard et attrapa une casserole avant qu'elle ait eu le temps de répondre.

Elle acquiesça, mais Molly se frotta les yeux, une moue rebelle sur les lèvres.

— Je ne veux pas de lait. Je veux aller à la maison. Je veux maman et papa. Je veux Matthew et Michaela.

Laurel se figea. Molly n'avait pas mentionné leur nom depuis leur départ d'Arlington. Elle cilla et s'éclaircit la voix.

— Moi aussi, mon chou. Mais pour l'instant, il faut qu'on se cache. Comme dans un jeu.

— J'aime pas ce jeu. Tu es méchante.

La fillette croisa les bras d'un air résolu. Laurel reconnut en elle sa sœur en colère. Elle ne se faisait pas d'illusions : sa nièce pouvait être aussi obstinée… qu'elle-même.

— Il est tard, Molly, dit-elle d'un ton bref et ferme. Il est l'heure de dormir.

— Alors pourquoi est-ce que tu ne bois pas de lait ? rétorqua Molly du tac au tac.

Garrett se retourna.

— Nous allons tous en boire, Molly. D'ailleurs, je t'ai préparé ma recette spéciale, ajouta-t-il en versant dans la casserole un soupçon de sucre, de vanille et de noix de muscade.

Il déposa un gobelet en plastique devant la fillette, une tasse devant Laurel, et ouvrit un paquet de gaufrettes à la vanille. L'arôme du lait les enveloppa et Laurel eut la gorge nouée. C'était une odeur qui évoquait le foyer, la famille. Elle ravala brièvement sa salive, les larmes aux yeux.

Garrett s'assit à son tour, la chaise en chêne grinçant sous son poids. Il porta sa tasse à ses lèvres, prit une gorgée et regarda Molly. Elle ne se départit pas de son air buté, mais quand il plongea une gaufrette dans son lait, elle se pencha en avant et but à son tour.

Elle écarquilla les yeux et goûta une nouvelle fois.

— Miam. C'est drôlement bon. Je peux avoir un cookie au chocolat ?

— Content que ça te plaise.

Garrett lui tendit un gâteau, et la fillette le récompensa d'un sourire espiègle.

Il lui fit un clin d'œil, et elle but une nouvelle gorgée. Laurel elle-même ne put résister à la tentation, bien qu'en règle générale elle déteste le lait. La noix de muscade et la vanille lui apportèrent un réconfort inattendu.

— Mmm. Comment avez-vous découvert cette recette ?

— Ma femme l'a inventée. Pour faire dormir notre petite fille.

Une ombre passa sur le visage de Garrett, avant de s'évanouir aussitôt.

— Elles ne sont plus là.

— Ma maman et mon papa non plus, répondit Molly avec un petit bâillement. Mon frère et ma sœur non plus. J'espère qu'ils vont revenir bientôt.

Laurel se mordit la lèvre, refoulant le sanglot qui montait dans sa gorge.

— Je peux la coucher quelque part ?

La fillette se laissait aller contre elle, emportée malgré elle par le sommeil.

— Choisissez n'importe quelle chambre. Je vais faire le tour pour vérifier que tout est fermé.

Il se dirigea vers la porte.

— Garrett, dit-elle dans un murmure. Merci. Pour tout.

— Ne me remerciez pas, Laurel. Pas encore. Vous me remercierez quand tout sera terminé. Je suis peut-être la pire personne à qui vous pouviez demander de l'aide.

Garrett était debout, immobile à la porte de la cuisine, quand Laurel rentra dans le salon.

— Elle dort ?

Laurel acquiesça puis baissa la tête, comme si elle était trop lourde pour ses épaules. Il devinait la fatigue dans ses yeux, dans chacun de ses pas.

— Elle était exténuée. Les derniers jours ont été rudes. Je n'ai plus de médicaments, alors j'espère que son angine est guérie.

Il désigna le canapé d'un geste.

— Vous avez l'air à bout de forces. Asseyez-vous. Mon adjoint a passé la soirée à calmer les habitants. Il a reçu un appel parlant d'un 4x4 qui aurait quitté la ville sur les chapeaux de roues. Je lui ai dit d'ouvrir l'œil. Si ces types sont intelligents, ils vont se débarrasser du véhicule.

— Mais ils ne vont pas renoncer.

— Certainement pas.

Laurel s'assit à un bout du canapé.

— Vous travaillez pour l'agence ? demanda-t-elle, les mains nouées sur ses genoux. Avec mon père ?

Garrett prit place en face d'elle.

— D'une certaine manière.

Inutile de lui expliquer qu'il ne figurait plus sur la liste du personnel. Si on ne l'avait pas cru mort, il serait sans doute en train d'attendre son exécution.

Encore une raison pour laquelle il ne devait pas se permettre de devenir trop proche d'elle.

Pourtant, elle l'attirait. Non parce qu'elle était superbe, malgré sa coupe affreuse et ses cheveux teints. Mais surtout par la façon dont elle s'était précipitée sur Molly pour la protéger.

C'était une combattante — et tant mieux. Elle allait devoir lutter pour sortir vivante de ce guêpier.

Cependant, c'était aussi la fille de James.

— Votre père m'a formé, expliqua Garrett, s'efforçant de se concentrer sur sa question. A vrai dire, il m'a sauvé la vie.

Laurel replia ses jambes sous elle.

— Je me demandais si c'était quelque chose de ce genre. Quand j'étais petite, je le regardais s'entraîner dans notre sous-sol. En vous voyant plonger au sol, j'ai reconnu ce mouvement.

Elle frissonna et se frictionna les bras.

— Ivy le faisait chaque soir pour le perfectionner. Contre l'avis de mon père.

— J'ai appris que ses locaux avaient été détruits. Je suppose qu'il ne voulait pas qu'elle entre à l'agence.

— Il était furieux, mais Ivy est quelqu'un… était quelqu'un de déterminé.

Sa voix s'étrangla.

— Mon père nous a appris à être indépendantes. Ivy voulait par-dessus tout suivre la même voie que lui. Elle voulait que le monde soit un endroit sûr.

Les jointures de ses mains étaient devenues toutes blanches. Chacun de ses gestes soufflait à Garrett de ne pas insister. A l'évidence, elle parvenait tout juste à se maîtriser. Si elle lui avait donné le moindre encouragement, il aurait traversé la pièce et l'aurait prise dans ses bras.

Au lieu de quoi il se pencha en avant, posa les coudes sur ses genoux et l'observa avec attention. Il avait besoin d'en savoir davantage. Peut-être n'avait-elle même pas conscience de la valeur des informations qu'elle détenait.

— Où est James, Laurel ?

Elle lâcha un soupir tremblant et s'éclaircit la voix.

— Je ne sais pas. Il a cessé d'appeler et de nous envoyer des messages voici deux mois. Et puis un paquet est arrivé cette semaine. Il a envoyé un bracelet porte-bonheur à Ivy.

Cette semaine. Si James avait envoyé ce colis, cela voulait dire qu'il était encore vivant. Garrett sentit ses épaules se raidir.

— Vous l'avez apporté ?

Laurel tira un bracelet en argent de sa poche. Les larmes aux yeux, elle le lui tendit.

— Ivy me l'a mis dans la main en partant ce soir-là…

Sa voix s'étrangla.

— Elle a dit que c'était important.

Il étudia les petits motifs en argent. Rien d'extraordinaire : un cheval, un chien, un coquillage. D'autres encore. Une bouffée de déception le submergea. Il devait y avoir quelque chose là-dedans, un indice, un message de James. Il n'y comprenait rien, mais il aurait parié que Laurel avait une anecdote à raconter à propos de chacun des pendentifs.

La question était de savoir si ces histoires avaient un sens caché. Il lui rendit le bijou.

— Parlez-moi des motifs.

Une série de souvenirs assaillit Laurel. Des vacances en famille au bord de l'océan juste avant la mort de sa mère. Leur premier chien, et sa manie de sauter dans les torrents de montagne pour attraper les poissons, juste pour pouvoir s'ébrouer et asperger tout le monde après. Une promenade à cheval qui s'était achevée en course dans la prairie. Sa voix se brisait davantage à chaque évocation, mais son récit n'apporta aucun élément nouveau à Garrett.

Il poussa un long soupir.

— Comment Ivy est-elle morte ? demanda-t-il enfin.

Laurel baissa les yeux. Il sut exactement ce qu'elle ressentait. Parfois le seul fait de regarder quelqu'un suffisait à déclencher les larmes. Après la mort de Lisa et d'Ella, il s'était interdit de céder à ses émotions. Il avait enfoui son chagrin, l'avait refoulé dans un coin de son cerveau pour qu'il ne puisse pas le terrasser. Il s'était focalisé sur la vengeance pour survivre.

Mais l'apparition de Laurel à Danger avait réveillé sa douleur, la faisant remonter à la surface.

Elle garda les yeux baissés, tordant la toile de son jean entre ses doigts.

— Elle était affreusement brûlée après l'explosion, mais elle avait survécu. Elle a juste eu le temps de me donner votre nom. Et puis on lui a tiré une balle dans la tête.

D'une voix étrangement neutre, elle relata chaque détail de cette terrible soirée. Lorsqu'elle évoqua l'arrivée du policier, Garrett ferma les yeux. Au moins un membre des forces de l'ordre était à la solde des tueurs. Sans doute n'était-il pas le seul.

Demander de l'aide était hors de question. Et James étant porté disparu, ils étaient seuls. Elle le savait et lui aussi.

Des larmes silencieuses roulèrent sur les joues de Laurel. Elle ne devait pas faire face à cette épreuve seule. En un éclair, Garrett s'agenouilla à côté d'elle et la prit dans ses bras.

Elle s'accrocha à lui avec un désespoir qu'il comprit. Ses doigts s'enfoncèrent dans les bras de Garrett. Les tremblements qui la traversaient lui déchiraient le cœur. Bien qu'anéantie, Laurel se devait d'être forte pour sa nièce.

Elle avait besoin de lui, mais il était lui-même ébranlé par les souvenirs. Combien de fois avait-il rêvé qu'il entendait sa femme et sa fille l'appeler au secours, le supplier de les sauver ? Cependant, la supplique muette de Laurel était bien réelle. Elle s'exprimait dans chacun de ses regards, chacun de ses gestes.

Les similitudes entre la mort d'Ivy et celle de sa femme et de sa fille étaient indéniables. Cette fois, il trouverait les coupables. Ces salauds ne feraient de mal à personne d'autre.

Il caressa lentement le dos de Laurel tandis qu'elle continuait à se cramponner à lui.

Une vibration le fit tressaillir. Il plongea sa main

libre dans sa poche et cilla en voyant le numéro qui s'affichait sur l'écran de son téléphone portable. Le code du pays ne lui était que trop familier.

L'appel venait d'Afghanistan.

— Allô ? dit-il prudemment, sans s'identifier.

Cet appareil était enregistré au nom du shérif Garrett Galloway. Personne en Afghanistan n'était censé le connaître. Cette vie-là était un secret.

— Garrett ? souffla une voix à son oreille.

Une voix qu'il connaissait.

— James ?

Laurel se figea dans ses bras.

— Garrett, écoutez-moi. L'opération est compromise. Allez en Virginie. Mettez mes filles à l'abri. Elles sont en danger.

— James, Laurel est avec moi. Que se passe-t-il ? Où étiez-vous ?

— Oh ! Seigneur ! Ivy en sait trop long. Il faut que vous la sortiez de là.

Garrett hésita, déchiré. Il ne voulait pas annoncer à son vieil ami la pire nouvelle qu'on puisse annoncer à un parent. Il connaissait la douleur de perdre un enfant. On ne s'en remettait jamais.

Laurel lui arracha le téléphone.

— Papa ?

— Laurel, ma chérie. Ne fais confiance à personne, ordonna James d'une voix rauque. Promets-le-moi.

Soudain, des cris s'élevèrent en arrière-fond. Des cris en arabe.

— Laurel, reprit James, haletant. Souviens-toi. Le jouet préféré de Molly.

Une rafale de coups de feu explosa dans l'écouteur.

Puis ce fut le silence.

3

Laurel laissa échapper le téléphone. Son père n'était plus là.

— Papa ?

Ses jambes flanchèrent, et elle se laissa glisser sur le sol, suppliant Garrett du regard.

— Faites-le revenir, je vous en prie.

Garrett ramassa l'appareil et le remit dans sa poche.

— Je suis désolé. Je ne peux pas.

Il se pencha et souleva Laurel dans ses bras. Elle s'accrocha à lui, hébétée.

Sans rien dire, il la déposa sur le canapé et s'assit à son tour, la tenant blottie contre lui.

— Laurel, dit-il en l'obligeant à tourner son visage vers lui. Laurel.

Son corps était secoué de tremblements incontrôlables. Elle voulait se nicher dans les bras de Garrett, et tout oublier. Faire comme si les derniers jours n'avaient pas eu lieu. Mais c'était impossible.

Molly. Molly avait besoin d'elle.

Elle serra les poings, luttant contre le raz-de-marée de chagrin qui déferlait sur elle. Il fallait qu'elle sache. Lentement, elle leva les yeux vers lui.

— Mon père ? Il… il est mort, n'est-ce pas ?

Laurel haïssait les mots qu'elle venait de prononcer.

Son dernier espoir d'enfant, celui que son père allait les sauver, Molly et elle, venait de s'évanouir.

Le visage de Garrett ressemblait à celui d'une statue. Son expression ne trahissait rien. A quoi bon parler, de toute façon ?

Des larmes lui brûlèrent les paupières. Elle se frotta les yeux, s'efforçant de réprimer son émotion.

— Oh, mon Dieu !

Après ces derniers mois où Ivy et elle s'étaient préparées au pire, elle avait, l'espace de quelques instants, retrouvé son père. Et voilà qu'elle le perdait de nouveau.

Définitivement, cette fois.

— Tous ces coups de feu, murmura-t-elle d'une voix sourde. Comment aurait-il pu survivre ?

Il la serra contre lui.

— James est intelligent. Et plein de ressources. Si quiconque peut survivre là-bas, c'est lui. Pour le moment, c'est vous qui m'inquiétez.

Il tira de sa poche un petit étui en cuir et en sortit un tournevis dont il se servit pour ouvrir son téléphone. D'un geste rapide, il ôta la batterie et la puce, qu'il jeta sur la table avant de remettre la trousse dans sa poche.

Laurel comprit brusquement.

— Vous avez enlevé le GPS, dit-elle, avec l'impression d'avoir reçu un coup de poing dans le ventre. S'ils enregistrent ses appels, ils savent où nous sommes. C'est cela que je fais pour la CIA. De la localisation à partir de données satellites.

— Dans ce cas, vous savez que nous ne pouvons pas rester ici, répondit-il en se levant.

Laurel essuya les larmes qui lui avaient échappé.

— Combien de temps avons-nous ?

Elle n'était pas idiote. Elle gagnait sa vie en analysant

des données. Etre connecté à tout moment avait un prix. Que ce soit le téléphone, l'ordinateur, une tablette ou un accès à Internet, tous laissaient des traces. Elle se leva à son tour, sentant davantage le froid maintenant que Garrett n'était plus là. Elle ne devait pas s'habituer à sa présence.

— Je vais chercher Molly.

Comme elle s'apprêtait à passer devant lui, Garrett posa une main sur son bras.

— Je vous aiderai à sortir de là.

Laurel marqua une pause.

— J'ai traversé la moitié du pays et il suffit d'un coup de téléphone venu d'Afghanistan pour que ceux qui ont tué ma famille retrouvent notre trace… et la vôtre. Comment allons-nous faire ? Comment pourrai-je protéger Molly ?

Cette question s'imposait constamment à son esprit. Elle était bien placée pour savoir combien il était facile de suivre pratiquement n'importe qui. Refoulant ses larmes, elle se hâta de gagner la chambre et enveloppa sa nièce d'une couverture. Qui savait où ils allaient échouer ?

Molly s'agita un peu.

— Tata Laurel ?

— Rendors-toi, mon chou.

— J'ai fait un mauvais rêve. Mauvais, mauvais.

— Je suis là, ma chérie, souffla Laurel. Je vais te garder tout près de moi.

Elle serra l'enfant dans ses bras, fredonnant doucement les premières mesures d'une berceuse.

Par chance, Molly s'apaisa, bâilla et se rendormit presque aussitôt.

Laurel sortit de la chambre et se dirigea vers la porte de communication avec le garage. La lumière blafarde du plafonnier éclairait faiblement la pièce. Garrett, occupé à charger quelques derniers cartons dans le coffre, vint lui ouvrir la portière. Il posa un regard attendri sur la fillette endormie.

— Allez-y.

Laurel installa avec précaution Molly sur la banquette et boucla la ceinture autour d'elle. Garrett referma la portière sans bruit.

— Restez avec elle. Je vais effacer nos empreintes dans la maison.

Elle hocha la tête. Il disparut à l'intérieur, et revint au bout d'un instant, fourrant un chiffon dans la poche de son blouson.

— Les empreintes leur faciliteraient trop les choses, commenta-t-il en montant dans la voiture. Les vôtres comme les miennes figurent dans la banque de données du FBI.

Il tourna la clé de contact et le moteur ronronna. Garrett coupa les phares et sortit lentement, puis activa le code pour rabaisser le volet roulant. Laurel jeta un coup d'œil en arrière. La maison paraissait de nouveau désertée. Elle regarda à droite, à gauche. Rien.

Garrett s'engagea dans la rue vide sans avoir allumé les feux. Tout le monde dormait. Il espéra ne réveiller personne en quittant la ville.

Il n'avait pas besoin de phares pour voir son chemin. Les décorations de Noël suffisaient. A chaque rafale de vent, les guirlandes électriques se balançaient entre les lampadaires, ajoutant à sa tension.

Ses mains étaient crispées sur le volant, les jointures presque blanches. Il détestait Noël. Détestait les souvenirs qui y étaient associés. Mais au moins les ampoules éclairaient les rues de Danger.

— Où allons-nous ? demanda Laurel, toujours aux aguets.

— Au milieu de nulle part. Dans un coin encore plus perdu que Danger.

A la sortie de la ville, ils se retrouvèrent face à une étendue noire. On se serait cru au bout du monde, dans cette partie du Texas éclairée seulement par la lune et les étoiles.

— Ils vont continuer à nous chercher, murmura-t-elle. Ils veulent nous tuer tous.

— Sans aucun doute.

Garrett jeta un œil dans le rétroviseur, mais aucun phare ne transperçait la nuit. Jusque-là, tout allait bien.

Laurel changea de position sur son siège, scrutant le pare-brise.

— Il fait…

— … noir comme dans un four ?

Elle tourna le regard vers lui, ses traits à peine visibles à la lueur du tableau de bord.

— Exactement.

— Quand je suis arrivé ici, j'ai été stupéfié par l'éclat des étoiles, et par la noirceur du ciel.

— Vous n'avez pas grandi dans la région ?

Garrett esquissa un sourire.

— Mes parents étaient dans l'armée. Nous avons vécu un peu partout, mais pas au Texas.

Laurel leva les sourcils.

— Je vous aurais pris pour un vrai cow-boy.

— Je l'ai été.

C'était fini à présent.

Garrett se concentra sur la ligne blanche, tout juste visible. Aucune lumière ne brillait à des kilomètres. Il se détendit quelque peu. Ils étaient seuls.

— C'est un peu effrayant, avoua Laurel dans un murmure. Aucun signe de civilisation.

— Vous avez passé toute votre vie sur la côte Est ?

— Oui. Mon père a toujours été basé à Washington. Il s'absentait…

Sa voix s'étrangla.

— Quelqu'un doit savoir où il était, chuchota-t-elle.

Garrett y avait réfléchi. James avait été son seul contact depuis l'attaque. Il n'avait pas d'équipe de soutien. Personne à qui se fier.

— Fiona, par exemple ? suggéra Laurel.

— Vous connaissez l'existence de Fiona ?

— Je ne suis pas censée être au courant. Mon père a essayé de garder sa vie privée secrète, mais il y a quelques années, nous les avons vus dans un restaurant. Ils semblaient très heureux. Je suis étonnée qu'il ne l'ait pas épousée. D'après ce que nous avons compris, il sort avec elle depuis cinq ans au moins.

— Six, rectifia Garrett. Mais cela me surprend qu'il soit sorti en public avec elle. Ils travaillent ensemble. C'était un gros risque.

Il pianota sur le volant.

— Fiona est peut-être notre seul espoir. Elle pourra éventuellement nous communiquer l'itinéraire qu'il a suivi.

— Et lui envoyer de l'aide, compléta Laurel en ouvrant son téléphone portable. Il en a besoin.

— Qu'est-ce que vous faites ?

— Il est prépayé, protesta-t-elle. Je ne suis pas stupide.

Garrett lui prit l'appareil.

— N'appelez pas d'ici. J'ai du matériel que nous pourrons utiliser plus tard. C'est plus sûr. Pour nous deux. Et pour elle.

— Mon père a besoin d'aide maintenant !

— Soit James s'est tiré de cette situation et il se cache, soit nous ne pouvons plus rien pour lui.

Un cri étranglé échappa à Laurel. Garrett se blâma intérieurement et baissa la voix.

— Ecoutez, je ne veux pas être dur, mais votre père tenait avant tout à votre sécurité. C'était plus important que sa propre vie à ses yeux, sinon il n'aurait pas téléphoné. Nous devons être prudents, Laurel. Nous sommes complètement seuls, et il faut que nous choisissions nos alliés avec soin. Une seule erreur…

Il n'acheva pas sa pensée.

Une seule erreur, et ils disparaîtraient tous sans laisser de traces.

— Je comprends, murmura-t-elle enfin, la voix assourdie par l'émotion. Mais ça ne me plaît pas.

Elle pivota vers lui.

— Cet endroit où nous allons… comment avez-vous installé un système sûr ?

— C'est votre père qui s'en est occupé pendant que j'étais… en congé.

Quasi mourant.

Un chemin de terre apparut sur la droite. Garrett le dépassa, fit une dizaine de miles supplémentaires, puis s'engagea sur une petite route en direction d'une mine.

— On approche ?

— Autant qu'on peut s'approcher dans l'ouest du Texas.

Il coupa les phares et le moteur. Il faisait assez chaud dans l'habitacle pour ne pas avoir besoin de chauffage pendant un moment.

— Pourquoi nous arrêtons-nous ? Nous ne sommes pas loin de la ville.

Garrett se laissa aller contre son dossier et tourna la tête vers elle.

— On va attendre. Si on nous a suivis, nous n'allons pas tarder à le savoir.

Une demi-heure plus tard, l'air s'était refroidi. Molly gémit sur la banquette arrière et se recroquevilla davantage sous les couvertures. Après un dernier regard à la route désertée, Garrett remit le contact et repartit, retournant dans la direction d'où ils étaient venus.

— Vous êtes prudent, observa Laurel.

— Je suis en vie alors que je ne devrais pas l'être.

— Qui êtes-vous ? En réalité ? demanda-t-elle.

Elle changea de position de nouveau, et le clair de lune illumina son visage soupçonneux.

— Et pourquoi Ivy m'a-t-elle envoyée à vous ?

Les pneus vibraient sur le macadam. Garrett se refusa à se laisser distraire par la question. Les poursuivants de Laurel étaient des professionnels, et il ne pouvait pas prendre de risque. Cependant, il n'osait se confier à elle. Il savait que James n'avait pas trahi sa véritable identité. S'il la lui révélait, elle reconnaîtrait son nom. Et penserait avoir affaire à un traître et à un espion.

James avait couvert les nombreuses infractions commises par Garrett. Le monde avait cru aux déclarations officielles de l'agence. Le Congrès et les services secrets respectaient James McCallister. Il n'était pas connu du grand public, mais faisait figure de légende dans l'univers où il évoluait. Ses mensonges avaient sauvé la vie de Garrett. Et lui avaient interdit de redevenir celui qu'il avait été. Sauf s'il voulait être pris pour cible.

Si elle découvrait la vérité, Laurel aurait toutes les raisons de vouloir s'enfuir, et il ne pouvait le lui permettre. L'appel de James avait été plus qu'un avertissement. Il avait risqué la vie de Garrett et la sienne pour sauver ses filles. Garrett ne voulait pas le décevoir. Il avait une dette trop immense envers lui. Il devait obtenir justice pour son épouse et sa fille, pour la sœur de Laurel et sa famille — voire pour James. Et il ne faisait pas confiance à la justice officielle. Il voulait une justice qu'on ne pouvait ni acheter ni marchander.

— Considérez-moi comme un ami, dit-il enfin. Un ami qui essaiera de vous garder en sécurité.

— Un ami, répéta Laurel. Pourquoi votre réponse ne m'inspire-t-elle pas précisément confiance ?

Les mains de Garrett se crispèrent sur le volant.

— C'est vous qui êtes venue me trouver, Laurel.

— Et si j'avais eu le choix, je n'aurais pas placé ma vie entre les mains de quelqu'un dont j'ignore à peu près tout. Quelque chose cloche en ce qui vous concerne, shérif Galloway. Et ça me rend nerveuse.

Que dire ? Ses paroles lui transperçaient le cœur. Il n'avait pas été capable de défendre sa famille. Il n'avait pas mesuré les risques qu'il prenait en enquêtant sur une petite fuite qui s'était produite à l'agence. Celle qui avait mené à la mort des siens.

Quelques minutes plus tard, ils arrivèrent en vue du chemin de terre. Garrett engagea le 4x4 sur la voie à peine carrossable. A mesure qu'ils avançaient, la piste devint plus irrégulière, creusée par les ornières. Peu à peu, la tension de Garrett s'apaisa.

Bientôt, la route se mit à monter dans les montagnes de Guadalupe. Des branches dénudées griffaient les flancs du véhicule. Au bout d'un moment, un éboulis de rochers leur barra le chemin.

Soulagé que les autorités n'aient pas jugé bon de dégager la piste, Garrett recula et se gara dans une petite clairière. Les branches retombèrent sur le pare-brise, le dissimulant aux regards.

Avec un soupir, il mit le moteur au point mort.

— On va encore attendre ? demanda Laurel. Je vois mal comment on aurait pu nous suivre jusqu'ici.

— Le reste du trajet se fait à pied. Je ne voulais pas que l'endroit soit trop facile à trouver.

— Aucun risque, commenta Laurel. Je suis connue pour mon sens de l'orientation et, malgré cela, je doute de pouvoir retrouver mon chemin.

— C'est justement pour ça que j'ai acheté cette maison.

Il pressa un bouton sur sa montre et le cadran s'illumina.

— Nous devons attendre l'aube. C'est trop dangereux d'y aller de nuit. Un faux pas et nous tomberions dans le vide.

Il tendit la main derrière lui, attrapa une couverture et un oreiller et les lui donna.

— Reposez-vous. Nous partirons au lever du soleil.

— Et nous commencerons à chercher mon père ? demanda-t-elle, anxieuse. J'ai des contacts. Je peux vous aider.

Il hocha la tête, taisant ses doutes. Laurel était peut-être une analyste douée, mais dès qu'ils entreprendraient quelques recherches, ceux qui étaient aux commandes brouilleraient les pistes. Garrett avait beau ignorer l'identité du traître, il savait que des milliards étaient en jeu. Trop d'argent pour qu'on laisse des gens fouiner. La loyauté n'aurait pas dû être à vendre, mais elle l'était néanmoins.

La mort d'Ivy le prouvait.

Il réprima un juron. Il aurait dû sortir de la clandestinité plus tôt. Il avait eu tort d'écouter James. Il avait voulu croire son ancien mentor lorsque celui-ci avait affirmé toucher au but. Il avait voulu croire que la justice était à portée de main.

— Essayez de dormir. Il va bientôt faire jour.

Laurel se pelotonna sous la couverture. Garrett recula un peu son siège. Il avait dormi dans des endroits bien moins confortables.

Il porta une main à son pistolet, bien résolu à trouver le moyen de conclure cette affaire. Non seulement pour sa famille, mais avant que Laurel et Molly ne connaissent le même sort qu'elle.

La question était de savoir comment.

A l'évidence, James avait commis une erreur.

Garrett ne pouvait se le permettre.

Un petit soupir s'échappa des lèvres de Laurel. Il tourna la tête vers elle. Ses grands yeux bleus rencontrèrent son regard.

— Allons-nous sortir de là vivants ? murmura-t-elle. Dites-moi la vérité.

— Je n'en sais rien.

Les guirlandes de Noël qui décoraient chaque coin de rue clignotaient avec une irrégularité exaspérante. Plissant les yeux, Strickland se pencha sur le volant pour manœuvrer le véhicule, et passa pour la énième fois devant la maison du shérif.

Toujours plongée dans la pénombre, apparemment déserte.

— Il faut nous rendre à l'évidence, lança Krauss en mettant les pieds sur le tableau de bord. On les a perdus.

— Ce n'est pas possible, marmonna Strickland. Il faut qu'elle meure. Et la gamine avec.

Il regagna l'artère principale et accéléra, laissant le

centre de Danger derrière lui pour gagner l'étendue noire du désert.

— Il va falloir qu'on dise au boss qu'elle est vivante, Mike. On ne peut pas garder le secret indéfiniment.

— Nous avons encore un jour ou deux devant nous, protesta Strickland, la sueur perlant sur son front.

Cette perspective lui donnait la nausée. Il savait comment leur boss réagirait. Il savait ce que d'autres avaient subi.

— Trop risqué. Si on avoue…

— … on se condamne à mort.

Le téléphone de Strickland sonna. Il donna un coup de volant qui faillit leur faire quitter la route. Avec un juron, il redressa le véhicule.

— C'est le boss, annonça Krauss en lui tendant l'appareil.

Il pressa une touche, se forçant à prendre un ton assuré.

— Strickland.

— Le coroner pense que toute la famille a péri dans l'explosion, annonça le boss. Félicitations.

— Merci, répondit Strickland, ignorant le frisson qui lui parcourait l'échine.

— J'ai une autre mission pour vous. C'est important.

Strickland retint une bordée de jurons. Une autre mission ? Il devait terminer celle-ci d'abord.

— Bien sûr.

— Il y a deux ans, vous vous êtes occupé d'une autre explosion. Une voiture piégée.

Strickland s'en souvenait parfaitement. Cette fois-là, il n'avait pas commis d'erreur. C'était même ce succès qui lui avait valu la confiance du boss.

— Notre cible a survécu.

Il écrasa la pédale de frein. La voiture s'immobilisa dans un crissement de pneus.

— Quoi ?

— Vous m'aviez assuré qu'il était mort.

— Il ne respirait plus. Il ne peut pas avoir survécu à des brûlures pareilles.

Au comble de l'agitation, Strickland descendit de voiture et arpenta l'accotement. Sa main tremblait.

Les erreurs n'étaient pas tolérées.

Jamais.

— Eh bien, si, il a survécu. Il faut finir le travail. Correctement, cette fois.

L'estomac noué, Strickland se retourna, foudroyant du regard les illuminations de Danger. Dans quel pétrin il s'était fourré !

— Je le trouverai. Vous pouvez compter sur moi.

— Nous verrons bien.

— Je le chercherai, insista Strickland, qui sentait la bile monter dans sa gorge.

— Il vit sous un nom d'emprunt.

Krauss descendit à son tour et s'approcha. Peut-être devraient-ils se séparer ? C'était la seule manière de s'en sortir vivants.

— Où est-il ?

— A Danger, au Texas. Il s'agit du shérif Garrett Galloway. Tuez-le, Strickland. Cette fois, vérifiez qu'il est bien mort. Et Strickland ? C'est votre dernière chance.

Un rayon de soleil apparut à l'horizon et cette lumière soudaine réveilla Laurel. Elle cilla. A travers le pare-brise, le bleu pâle du ciel d'hiver s'éclaircissait à vue d'œil. Sa joue était pressée contre le cuir du siège. Les événements des jours derniers déferlèrent brusquement dans sa mémoire, la submergeant de chagrin.

Ivy et sa famille. Son père.

Molly.

Elle tourna la tête d'un côté puis de l'autre, et son regard s'arrêta sur le visage de l'enfant endormie.

— Elle n'a pas bougé, murmura Garrett d'une voix sourde, presque rauque.

Les joues roses de Molly étaient tout juste visibles au-dessus de la couverture. Une petite moue abaissait les commissures de ses lèvres.

Laurel se redressa et passa une main dans ses cheveux.

— Elle n'a pas fait de cauchemars ?

— Je l'ai entendue gémir un peu, dit Garrett. Elle est épuisée, non ?

— Elle ne peut pas comprendre ce qui s'est passé.

Laurel évita le regard compatissant de Garrett, feignant de contempler l'écorce rugueuse des branches de pin qui frôlaient la voiture.

— Moi non plus, la plupart du temps.

Il ne dit rien, et elle lui en sut gré. Qu'y avait-il à dire ?

Elle lui lança un coup d'œil de biais. Elle s'était efforcée de ne pas penser à lui, mais elle ne pouvait empêcher son cœur de battre un peu plus vite quand elle le contemplait. Il était séduisant, pourtant ce n'était pas cela qui l'attirait, plutôt la ligne sévère de son menton, son regard résolu. Et sa douceur envers Molly. Garrett était le genre d'homme dont elle pourrait tomber amoureuse.

Un homme intelligent, déterminé et dangereux, mais un homme qui avait une âme.

Et un cœur.

Elle eut la soudaine envie de tendre la main vers

lui, de le toucher. Rien qu'une fois. Il avait étréci les yeux, comme s'il avait lu dans ses pensées.

Eprouvait-il la même chose qu'elle ?

L'instant d'après, il cilla : l'étincelle s'éteignit. Avait-elle imaginé cette attraction entre eux ?

Il tira le SIG de sous son siège.

— Vous avez des munitions supplémentaires ?

— Bien sûr. Dans mon sac. Mon père m'a appris à être toujours préparée.

— La CIA aussi, non ?

— Ils n'étaient pas aussi sévères que mon père.

Un léger sourire releva les commissures des lèvres de Garrett.

— C'est bien vrai. Je vais aller faire un tour au ranch. Si je ne suis pas revenu dans une heure, je veux que vous partiez.

Il lui tendit les clés de la voiture et un bout de papier.

— Contactez Daniel Adams. A part moi, c'est la seule personne qui peut vous apporter l'aide dont vous avez besoin.

Elle empocha le papier sans lâcher l'arme qu'elle tenait à la main.

— Je reviendrai, assura-t-il en ouvrant la portière.

— Soyez prudent.

Il la salua en portant un doigt à son Stetson et referma la portière sans faire de bruit.

En le voyant s'éloigner avec l'agilité d'un félin, Laurel devina qu'il était mieux entraîné qu'elle. Il passa derrière un amas de rochers. Elle aperçut le sommet de son chapeau un instant, avant qu'il disparaisse à son tour.

Elle serra les clés dans sa paume. Le réservoir était plein, Molly dormait sur la banquette. Elle pourrait s'enfuir, s'évanouir dans la nature.

Oublier le passé ?

La vision infernale de la voiture en flammes lui brûla les paupières. Où serait la justice si elle disparaissait ?

Sa sœur n'aurait jamais renoncé. Laurel enfonça la main dans sa poche et regarda son téléphone prépayé. Pas de réseau. S'il arrivait quelque chose, où trouverait-elle de l'aide ? Son père n'aurait pas apprécié qu'elle mette Fiona en danger.

A qui s'adresser ?

Si elle avait traversé le pays, c'était pour une bonne raison. Elle n'avait pas d'autre choix que de faire confiance à Garrett. Malgré ses secrets.

Son père avait coutume de surnommer Ivy « le juge et le juré », et Laurel « le détecteur de mensonge ». Peut-être avait-il raison. Si elle possédait assez d'informations, elle était en général capable de déduire la vérité ; c'était à cela qu'elle devait son succès professionnel.

Tant que les informations étaient fiables.

Avec Garrett, elle n'avait rien.

Elle s'enveloppa les genoux de ses bras sans lâcher le pistolet, rassurée par son pouvoir. L'air froid de l'hiver s'immisçait dans l'habitacle. Elle remonta la couverture et jeta un coup d'œil à l'horloge. Trente minutes s'étaient écoulées.

Une rafale secoua l'arbre, dont les branches fouettèrent le côté du véhicule. Elle se raidit, serrant plus fort la crosse de son arme.

Quarante-cinq minutes.

Laurel regarda les clés posées sur le tableau de bord. Plus que quinze minutes.

Un bâillement s'éleva de la banquette arrière.

— On est où ? demanda Molly en se redressant.

— On est dans les bois.

Laurel pivota et plaqua un sourire sur son visage.

— Comme les trois petits ours.

Molly esquissa une moue sceptique.

— Regarde ! s'écria-t-elle en désignant la vitre.

Aussitôt, Laurel leva son arme et la braqua dans la direction qu'elle indiquait. Garrett se figea et leva les mains en l'air.

— Le shérif Garrett est gentil ! gloussa Molly. Il ne faut pas tirer sur lui !

Laurel abaissa son pistolet et le fourra dans sa poche pendant que Garrett ouvrait la portière.

— Comment va la Belle au bois dormant ce matin ? demanda-t-il avec une gaieté forcée.

— J'ai faim, déclara Molly en se frottant les yeux.

— Je crois que ça peut s'arranger. Mais d'abord on va faire une petite promenade.

Il rencontra le regard de Laurel et lui adressa un léger signe de tête.

— Tout est en ordre.

Elle descendit du véhicule et se dirigea vers lui.

— Ne vous chargez pas trop, recommanda-t-il. Le terrain est accidenté. Je reviendrai chercher le reste plus tard.

Il se tourna vers Molly.

— Tu veux mettre mon chapeau ? proposa-t-il.

Molly écarquilla ses grands yeux bleus, puis acquiesça. Garrett déposa le Stetson sur sa tête. Il tomba sur le nez de la fillette, qui se mit à rire.

— Il est trop gros.

— Voulez-vous dire par là que j'ai une grosse tête, mademoiselle ? s'indigna Garrett avec amusement.

Le sourire de Molly s'élargit. Pour la première fois depuis des jours, l'expression hantée de son visage s'évanouit.

— Plus grosse que la mienne. Tu es rigolo. Je t'aime bien, shérif Garrett.

— Moi aussi, je t'aime bien, choupette.

Le terme fit sourire Molly de nouveau, et Laurel en eut la gorge serrée. Ce retour à la normale ne durerait pas ; il ne pourrait pas durer.

Garrett les guida dans la montée, à travers un paysage de rochers déchiquetés et de pins d'un vert éclatant, ramassés sur eux-mêmes comme pour mieux puiser l'eau présente dans le sol sec, dur. Laurel trébucha et tomba contre un pan de roche, s'égratignant la main.

En un éclair, Garrett fut près d'elle. Il l'aida à se relever, un bras fermement enroulé autour de sa taille. Il la tint contre lui un moment encore, le regard plein de sollicitude.

— Ça va ? Nous ne sommes plus très loin.

Molly sautillait gaiement, son lion en peluche étroitement serré contre sa poitrine.

— Oui, affirma Laurel.

En réalité, elle avait mal au ventre, comme toujours quand elle était nerveuse. Chaque instant qui passait ajoutait à son anxiété. Ils étaient bel et bien au milieu de nulle part. Sans moyen de communication, sans personne hormis Garrett. Combien de temps seraient-elles là ?

Comment aider son père d'ici ?

Les questions se bousculèrent dans son esprit jusqu'à ce qu'apparaisse une petite construction de bois, en saillie sur une pente.

Entouré d'une galerie couverte, le ranch ne paraissait pas très grand. A côté s'étendait un enclos en friche. Aucun animal n'était visible.

— Nous y sommes, annonça-t-il en gravissant les marches.

Il ouvrit un panneau placé à côté de la porte et tapa un code. Laurel leva un sourcil interrogateur.

— Il y a des détecteurs de mouvement sur le périmètre.

Elle hocha la tête tandis que Molly s'engouffrait à l'intérieur. Elle courut du canapé à la table, s'arrêtant pour toucher le pare-feu de la cheminée en pierre qui dominait la pièce.

Le coin-cuisine tenait sur un pan de mur. Garrett déposa un des sacs, puis ouvrit la porte d'une petite chambre meublée d'un lit double, d'une commode et d'une table de nuit. Aucune photo, aucun tableau n'égayait les lieux. Le décor était sobre, simple, fonctionnel.

— La salle de bains est à côté, expliqua-t-il.

— C'est votre lit ? demanda Laurel. Où allez-vous dormir ?

Garrett hésita et regarda Molly.

— Quel côté préfères-tu, mon chou ?

Molly sourit.

— Je vais coucher dans ce grand lit ?

Elle courut s'asseoir sur le bord pour l'essayer.

— Quand il y aura ma sœur et mon frère, on pourra tenir tous les trois.

Laurel détourna les yeux, et croisa le regard de Garrett. La compassion se lisait sur ses traits.

— Je vais montrer quelque chose à ta tante Laurel, Molly. D'accord ?

Molly hocha la tête, fit un câlin à son lion et entama une conversation avec lui.

Après un dernier coup d'œil à sa nièce, Laurel suivit Garrett dans la grande salle.

— Je ne sais pas comment le lui expliquer, avoua-t-elle dans un souffle.

Il se frotta le menton d'un air songeur.

— Ce ne sera pas facile, mais vous êtes là. Elle finira par se remettre, même s'il va forcément y avoir des moments difficiles. Croyez-moi, je sais de quoi je parle.

Laurel se figea et le dévisagea. La tension avait creusé de petites rides autour de ses yeux, et son expression s'était assombrie. Elle tendit la main et lui effleura le bras.

— Je le devine.

Il baissa les yeux sur sa main.

— Je vais vous montrer mon matériel. Vous allez peut-être en avoir besoin.

L'instant d'après, il s'était éloigné. Il avait fui son contact. Elle n'aurait su dire pourquoi elle l'avait touché, mais quelque chose en lui l'avait interpellée : une espèce de vulnérabilité qui lui avait donné envie de le réconforter, alors même que son propre cœur était en morceaux.

Quand il ouvrit la porte de la seconde chambre, Laurel étouffa un cri. Deux des murs étaient occupés par du matériel ultrasophistiqué, similaire à ce qu'elle avait vu dans le cadre de son travail pour la CIA. Du matériel de communication — un téléphone sécurisé, un système informatique top secret. Une carte du monde était fixée au mur, avec plusieurs épingles posées à des endroits sensibles. Sous la carte, un lit simple recouvert d'une couverture froissée en disait long.

Apparemment, c'était là qu'il couchait. Il ne dormait pas dans la chambre qu'il leur avait donnée.

— Dire que je m'inquiétais de ne pas avoir de réseau, commenta-t-elle. Vous pourriez contacter n'importe quel endroit du monde à partir d'ici.

— Donnez-moi votre téléphone.

— Il est éteint.

— Bien. Personne ne devrait pouvoir remonter jusqu'à vous puisqu'il est prépayé, mais nous ne pouvons pas nous permettre de courir le risque. Il déclenche quand même un signal.

Il retira la batterie et la puce du GPS.

— Remettez la batterie au moment où vous voulez vous en servir, dit-il avant de jeter la puce à la corbeille.

— Avec cet équipement, vous pourriez retrouver mon père, murmura-t-elle en s'avançant.

— Peut-être.

Garrett s'assit sur une chaise et lui fit signe de l'imiter.

— Il faut que vous compreniez une chose : j'ai promis à James de rester en dehors de l'enquête. J'ai tenu parole. Dans son intérêt.

— Mais…

Il l'interrompit d'un geste.

— Je sais. La situation a changé. Cela dit, nous prenons un risque immense. Nous pourrions aggraver sa situation. Il faut que vous en ayez conscience, Laurel.

Sa situation pouvait-elle encore s'aggraver ?

Incapable de tenir en place, Laurel se mit à faire les cent pas dans la pièce. Son père était peut-être déjà mort. Mais s'il ne l'était pas, allait-elle prendre une décision qui lui coûterait la vie ? Elle ne savait que penser. Son esprit d'analyse se heurtait au manque de données.

Elle leva les yeux vers Garrett avant de se rasseoir.

— Si votre père avait disparu, que feriez-vous ?

— S'il était encore en vie, je ferais tout pour le retrouver.

— Et vous en accepteriez les conséquences ?

— Dans cette situation, oui. Renoncer serait pire. Votre père s'est fait beaucoup d'ennemis au fil des années, mais si nous ne découvrons pas qui est derrière le meurtre de votre sœur, Molly et vous ne serez jamais en sécurité. Ces hommes ne renonceront pas à vous poursuivre.

La voix de Molly résonna à l'extérieur.

— Oh ! Un chat ! Viens là, minou, minou !

Laurel se leva d'un bond en même temps que Garrett.

— Vous avez un chat ?

— Pas que je sache.

4

Garrett tira le Beretta de son holster et sortit de la maison à grands pas, Laurel sur les talons.

— Oh ! Mon Dieu !

A trois mètres d'eux, Molly tendait la main vers un gros puma, dont la longue queue touffue remuait lentement.

— Mignon minou, chantonna la fillette en s'avançant.

L'animal feula.

— Molly, intervint Garrett d'une voix sévère que sa fille reconnaissait toujours aussitôt.

L'enfant se figea.

— Je n'ai rien fait.

Apparemment, sa voix faisait toujours effet, mais elle éveilla aussi en lui un affreux sentiment d'impuissance. Un sentiment qu'il n'avait jamais ressenti face à sa propre mort ou même à celle d'un collègue : la peur atroce qu'on éprouvait en voyant un enfant en danger.

Sans hésiter, Garrett braqua son arme sur l'animal, priant pour que celui-ci cesse de bouger.

— Molly, reprit-il calmement. Ce n'est pas un gentil chat. Je veux que tu restes très calme, mon chou. Ne bouge pas. Je vais tirer.

— Trop fort ! gémit Molly en secouant la tête.

Elle plaqua les mains sur ses oreilles et s'accroupit.

Garrett réprima un juron. Le félin prit appui sur ses

pattes avant, prêt à bondir. Pas le temps de tergiverser. Garrett regretta de ne pas avoir la vieille Remington de son père. A cette distance, une carabine était beaucoup plus précise qu'un pistolet.

L'animal feula de nouveau, ouvertement agressif.

Molly lâcha un cri d'effroi, voulut reculer et trébucha, se retrouvant sans défense contre le prédateur. Garrett se rua vers elle en hurlant et tira à quatre reprises. Surpris, le fauve fit volte-face et détala, disparaissant entre les arbres. Garrett poussa un soupir de soulagement. Il avait préféré l'effrayer plutôt que le toucher : un animal blessé, fou de douleur, aurait pu égorger Molly en un instant.

Dieu merci, il s'était enfui. Garrett garda son arme prête et fouilla les environs des yeux. Les félins évitaient en général de s'approcher des êtres humains, mais ils étaient curieux.

— Faites-la rentrer, ordonna-t-il à Laurel.

Derrière lui, elle souleva Molly dans ses bras et la serra contre elle. La petite fille sanglotait.

— Tout va bien, Molly. Je suis là.

Garrett fit marche arrière, sans cesser de surveiller les alentours. Il ne discernait aucun mouvement derrière les arbres.

— Je... je veux ma maman, hoquetait Molly. Maman !

Quelques secondes plus tard, ils étaient à l'intérieur. Garrett ferma la porte à clé. L'enfant n'avait eu aucun mal à tirer le verrou. Il devrait en installer un autre, hors de sa portée.

Livide, Laurel se laissa tomber sur le canapé, berçant doucement Molly. Les plaintes de la fillette étaient déchirantes. Tout en lui caressant le dos pour l'apaiser, Laurel tourna la tête vers Garrett et lui adressa un remerciement muet.

Cependant, c'était lui qui les avait amenées ici. Il avait mis Molly en danger. Il aurait dû être plus prévoyant.

— Je voulais juste jouer avec le minou, geignit Molly. Il est de la même couleur que mon lion.

Garrett s'agenouilla à côté du canapé.

— Je sais, Molly, mais ce genre de chat n'aime pas jouer. C'est un animal sauvage. Tu n'iras plus dehors toute seule. D'accord ?

— Je veux que tu nous le promettes, ajouta Laurel d'un ton sévère. Tu ne dois pas sortir sans moi ou le shérif Garrett.

La petite s'agita dans ses bras.

— D'accord.

Laurel laissa sa nièce descendre, mais Garrett n'était pas convaincu par son regard. Il retint Molly par les épaules et planta ses yeux dans les siens.

— Ecoute-moi, Molly. C'est dangereux d'aller dehors. Nous sommes au milieu des bois et tu risques de te perdre. On ne te retrouverait peut-être pas. Je veux une vraie promesse.

Elle esquissa une moue boudeuse.

— Molly.

La petite fille soupira.

— Je promets. Croix de bois, croix de fer, si je mens j'irai en enfer.

Garrett réprima un sourire et lui tendit la main.

— Marché conclu.

Elle se redressa et plaça sa petite main dans la sienne.

— Marché conclu. Je peux manger ? J'ai faim.

Garrett ne put qu'espérer qu'elle avait eu assez peur pour l'écouter. Tout en réfléchissant au moyen de la garder à l'intérieur, il s'approcha du sac de provisions resté sur la table.

— Va jouer avec ton lion, Molly. Nous t'appellerons dès que le petit déjeuner sera prêt.

— Il s'appelle Houdini, lança-t-elle avant de quitter la pièce en courant.

Laurel vint s'asseoir à la table de cuisine et se couvrit le visage de ses mains.

— Oh, mon Dieu !

— Ça va ? demanda Garrett en attrapant une poêle.

— Ma nièce a failli être dévorée par un puma. Non, ça ne va pas vraiment.

— En tout cas, elle a de la personnalité.

Laurel fixa la chambre où la petite fille avait une conversation animée avec son jouet.

— On dirait qu'il ne s'est rien passé. C'est normal ?

— Les enfants sont plus solides que nous, affirma-t-il avant d'avoir pu s'en empêcher.

— Vous parlez d'expérience.

Laurel croisa les mains. Le silence se fit dans la pièce, interrompu seulement par le bavardage de Molly.

Garrett serra les dents. Il ne voulait pas avoir cette conversation. Inutile qu'elle sache qu'il avait échoué à protéger sa femme et sa fille alors qu'elle avait besoin de lui faire confiance.

Pourquoi son silence lui faisait-il l'effet d'un mensonge ?

— Je reviens dans quelques minutes, dit-il enfin. Je vais chercher le reste de nos bagages.

Il franchit le seuil avant même qu'elle ait eu le temps de protester.

Quel idiot il faisait ! Le froid mordant s'immisçait dans son blouson. Il dévala les rochers et arriva au véhicule en un temps record. Il se mettait trop à nu. Qu'y avait-il chez Laurel qui le mettait tellement… à l'aise ? Il ne pouvait se permettre de s'attacher à elle. D'autant moins que leur ennemi avait toutes les cartes en main.

Il fallait qu'il se reprenne.

Lorsqu'il regagna la maison, une odeur appétissante de bacon l'accueillit.

— Je l'ai trouvé dans le congélateur, expliqua-t-elle.

L'estomac de Garrett se mit à gronder. Il n'avait rien mangé depuis la veille. Sans rien dire, il posa les provisions sur la table et entreprit de les ranger. Ils travaillèrent côte à côte, tranquillement. Trop tranquillement. Il coupa quelques tranches du pain fourni par Hondo. Laurel en prit une, effleurant sa main un instant. Elle la beurra, puis la glissa dans le four, sous le gril.

Il s'éclaircit la gorge.

— Après le déjeuner, vous pourriez jouer avec Molly, suggéra-t-il. J'en profiterai pour faire des recherches au sujet de votre père.

Laurel reposa son couteau et se tourna lentement vers lui.

— Depuis combien de temps n'êtes-vous plus à l'agence ?

— Qu'est-ce qui vous fait croire que… ?

— Au premier abord, je n'ai rien remarqué. Mais j'ai examiné votre équipement pendant que vous étiez sorti. La plupart des appareils ont au moins deux ans. Vous n'êtes pas à jour. Si vous étiez un agent actif, vous auriez tout ce qu'il y a de plus récent.

— Molly ! cria-t-il. C'est prêt.

Aussitôt, les pas de la fillette résonnèrent sur le sol. Elle s'assit à table avec une exclamation enthousiaste.

— Houdini et moi, on meurt de faim.

Elle mordit avec appétit dans le bacon et la tartine.

— Je vois, observa Laurel en s'adressant à lui. Vous avez une équipe de football préférée, Garrett ?

Il lança un regard vers elle et soupira.

— Vu le travail de votre père et le vôtre, vous devriez savoir que partager des informations n'est pas une bonne idée.

— Je n'ai pas le choix. Mon père a des ennuis. Moi aussi. Vous pouvez peut-être nous aider, mais vous avez besoin de moi. J'ai des contacts. Des gens en qui j'ai confiance. Si nous faisons attention, personne ne pourra remonter jusqu'ici.

— Vraiment ? Même avec mon matériel obsolète ? Ivy faisait confiance à ces gens-là aussi ?

Laurel se hérissa aussitôt, mais Garrett tint bon.

— Je ne vais pas m'excuser. Dans l'immédiat, l'important est de localiser votre père. Et ça veut dire finir le travail que votre sœur a commencé. Seule.

Mike Strickland était assis dans le 4x4, à quelques centaines de mètres du bureau du shérif. La fouille de la maison n'avait rien donné.

Il passa une main sur sa barbe naissante. Il n'avait pas fermé l'œil de la nuit, sachant que s'il s'endormait il manquerait sa chance et sa vie ne vaudrait pas grand-chose.

Il avait encore du mal à croire que Garrett Galloway était en réalité le traître Derek Bradley.

Ce n'était pas sa faute si ce type avait décidé de partir en excursion avec sa famille ce jour-là, songea Strickland en refoulant une pointe de remords. Cette mission lui avait permis de gagner la confiance de son boss. Et il était resté en vie.

Il était entré dans l'organisation que son chef avait

mise en place. Une organisation qui vendait des armes et des secrets au plus offrant, qu'il s'agisse de gouvernements, de groupes terroristes, de grandes sociétés.

Peu importait le client. Une seule chose comptait, l'argent. La loyauté ne signifiait rien et le boss ne supportait pas l'incompétence. Les enjeux étaient trop élevés pour tolérer l'à-peu-près.

Et à moins que Strickland élimine Bradley, il en serait la parfaite illustration.

Un pick-up déglingué s'arrêta devant le bureau. Le jeune adjoint en descendit, tourna la poignée, et marqua une pause.

Apparemment, en temps normal, le shérif arrivait avant lui.

L'adjoint plongea la main dans sa poche, en sortit ses clés et en inséra une dans la serrure au moment où le téléphone de Strickland se mettait à sonner.

— Dis-moi que tu as dégoté quelque chose, grogna-t-il à Krauss.

— Rien. J'ai vérifié la maison abandonnée d'où le téléphone du shérif a émis un signal. Quelqu'un est venu là, mais il est reparti. Pas d'empreintes.

— Bon. Je vais aller faire causette avec le jeune adjoint.

Il coupa la communication, mit son Glock dans son holster, laissa passer deux voitures et descendit.

Il traversa la rue et entra dans le bureau.

— Vous êtes l'adjoint du shérif ?

— Je peux vous aider, monsieur ? demanda le jeune homme en sortant la tête de la pièce située à l'arrière.

Strickland caressa la crosse de son pistolet. S'il l'abattait sur-le-champ, il n'aurait aucune piste à suivre.

— Je cherche le shérif.

— Moi aussi, soupira l'adjoint. Il n'est pas encore arrivé.

— Quand l'attendez-vous ?

Le jeune homme raidit. De toute évidence, il venait de comprendre que Strickland était peut-être un individu dangereux.

— Je vous ai dit que je l'ignorais, rétorqua-t-il en changeant de position, révélant subtilement l'arme qu'il portait. Que puis-je pour vous ?

Strickland exhiba sa plaque.

— Il s'agit d'une enquête fédérale. Contactez-le.

L'adjoint pâlit.

— Bien sûr.

Il s'avança d'un pas incertain vers le bureau et composa un numéro. Au bout de trente secondes, son visage s'assombrit.

— Shérif, il y a un agent fédéral ici. Il a besoin de vous voir…

Strickland attrapa l'appareil, souleva le récepteur et composa le code d'effacement du message.

— Je ne vous ai pas dit de laisser un message. Je ne peux pas prendre ce risque.

L'adjoint se redressa, soupçonneux.

— Pourquoi êtes-vous ici ?

— Votre shérif n'est peut-être pas l'homme qu'il prétend être. Je suis là pour en avoir le cœur net.

— Sauf votre respect, monsieur, c'est impossible. Le shérif Galloway est l'honnêteté même.

— C'est ce que vous croyez ? Il vous a parlé de son passé ? Il vous a dit d'où il venait ?

— Eh bien, non, mais c'est un bon shérif. Tout le monde le dit.

— Peut-être. Nous avons des raisons de penser qu'il

a commis plusieurs crimes. Sous son vrai nom. Vous avez entendu parler de Derek Bradley ?

Le jeune homme parut stupéfait.

— C'est un traître, murmura-t-il. Il a vendu des secrets à des terroristes. Causé la mort de beaucoup d'hommes à l'étranger. Il est mort dans une explosion il y a deux ans.

— C'est ce que le public a pensé, dit Strickland.

L'adjoint secoua la tête.

— Ce n'est pas le shérif Galloway.

Strickland se pencha vers lui.

— Il a confiance en vous ?

— Oui.

— Il ne quitterait pas la ville sans vous prévenir ?

— Non, monsieur.

Strickland lui tapota la joue.

— Bien. Alors, voilà ce que vous allez faire. S'il vous contacte, je veux que vous gardiez votre téléphone allumé. Ne coupez pas la communication.

Il pressa l'épaule du jeune homme.

— Comment vous appelez-vous ?

— Lance Keller, monsieur.

— Eh bien, Lance, êtes-vous un patriote ?

— Bien sûr, affirma celui-ci en se redressant.

— Bien. Faites ce que je vous demande et votre pays vous en saura gré.

L'adjoint rencontra son regard.

— Je crois que vous vous trompez au sujet du shérif, monsieur.

— Peut-être. S'il est innocent, il n'arrivera rien, n'est-ce pas ? Et vous aurez contribué à le mettre hors de cause.

Keller sourit.

— Oui, monsieur.

— S'il est coupable, vous aurez sauvé de nombreuses vies.

Strickland se tourna et gagna la porte.

— Je compte sur vous, Keller.

De retour dans sa voiture, il ouvrit son téléphone.

— Ce gamin est un abruti.

— Tu l'as descendu ?

— J'ai été à deux doigts de le faire, mais je me suis retenu. Galloway est un agent réglo, c'est ça qui l'a fourré dans le pétrin. Il va peut-être contacter son adjoint. Et s'il le fait, nous le tenons.

Garrett jeta un coup d'œil dans le salon. Laurel et Molly jouaient à cache-cache avec Houdini. Un léger sourire se dessina sur ses lèvres. Il y avait longtemps qu'il n'avait pas été témoin de ce genre de scène.

Tant de souvenirs enfouis.

Et Laurel. En sa présence, son cœur avait recommencé à battre. Il n'aurait su dire s'il s'en réjouissait. La froideur et le détachement aident à se focaliser sur la vengeance.

Avec un rire, elle attrapa Molly et la garda tendrement prisonnière. Ces deux-là avaient fait fondre la glace qui enveloppait son cœur.

Il mourait d'envie de prendre Laurel dans ses bras, de la toucher, de la caresser jusqu'à ce qu'elle tremble contre lui. Ensemble, ils pourraient oublier le passé, se perdre l'un en l'autre. Il avait reconnu le désir qui brillait dans ses yeux.

Elle ne se refuserait pas.

Le problème, c'était que Laurel voudrait une relation à long terme. Et qu'il avait cessé de croire à la possibilité d'un tel avenir.

Faire face à la réalité facilita sa décision. Il s'assit à son bureau et décrocha le téléphone sécurisé. L'espace d'un moment, il hésita, mais Daniel Adams avait connu l'enfer, il avait des contacts… et c'était quelqu'un de bien. Les hommes qui obéissaient à un code d'honneur étaient rares de nos jours. Si certains s'en vantaient, leurs actions démentaient souvent leurs belles paroles.

Il composa le numéro que Daniel lui avait donné.

— Adams, répondit une voix teintée de suspicion.

Garrett resta un instant silencieux. Daniel fit de même, à l'évidence réticent à révéler la moindre information.

— Ici Garrett Galloway, annonça-t-il enfin.

— Si tu appelles sur cette ligne, ce doit être pour une affaire grave, pas parce que tu voudrais être invité au repas de Noël.

— Tu m'as dit d'appeler en cas de besoin. Il se peut que j'aie un service à te demander, en effet. Un grand service. Tes *amis*… est-ce qu'ils peuvent vraiment être discrets ?

— Ils le peuvent. Explique-moi la situation.

Daniel avait parlé à mi-voix. Garrett entendit quelques cris d'enfant en arrière-fond, suivis du déclic d'une porte qui se refermait.

— C'est un problème lié à mon passé. Une femme et sa nièce sont en danger. Si j'échoue, elles auront besoin d'une nouvelle identité et d'une nouvelle vie.

Daniel lâcha un sifflement sourd.

— Je me suis toujours interrogé à ton sujet, Garrett.

— Ecoute, Daniel, ne fais pas de recherches maintenant. Il y a des espions partout. Si tu attires l'attention, ces gens-là vont s'intéresser à toi et à tes amis. Tu me suis ?

— J'ai joué à ce jeu, répondit Daniel. Tes amies savent à quoi s'attendre si elles disparaissent de la circulation ?

— Je ferai en sorte qu'elles le comprennent. Nous ne sommes pas très loin des gorges où tu t'es caché. Combien de temps te faut-il pour venir jusqu'ici ?

— Je peux avoir un hélicoptère sur les lieux en moins d'une heure.

— Je crois qu'il va falloir qu'on en parle, dit la voix de Laurel derrière lui. Vous voulez vous débarrasser de nous ? Je croyais qu'on était censés collaborer, *shérif* ? Je ne suis pas encore prête à renoncer à ma vie.

Daniel émit un petit rire à l'autre bout du fil.

— On dirait ma femme. Elle ne prend pas de pincettes. Si tu as besoin de moi, rappelle ce numéro. Je mets l'hélico en stand-by.

— Aucun détail. A personne.

— Pas de souci. Ils me connaissent. Tu m'as sauvé une fois, Garrett. Maintenant, c'est mon tour.

Garrett raccrocha et pivota sur sa chaise. Il allait savoir très vite dans quel sens cette opération allait évoluer.

Et il avait le sentiment que cela n'allait pas plaire à Laurel.

Laurel déposa un baiser sur le front de Molly et la contempla pendant quelques instants. La fillette s'était endormie avant l'heure habituelle de sa sieste, épuisée. Malgré le froid, le soleil brillait, aussi avaient-elles exploré les environs et ramassé des pommes de pin en veillant à faire du bruit pour effrayer d'éventuels animaux sauvages. Dès que Laurel avait repéré des traces de puma, elles s'étaient hâtées de rentrer. Elle n'avait aucune envie de se retrouver face à face avec le fauve, même armée de son SIG.

Elle laissa la porte entrebâillée, de façon à entendre Molly si elle se réveillait, puis regagna le salon. Garrett devait toujours être dans son bureau. Elle traversa la pièce et passa la tête à l'intérieur.

Il était assis devant un ordinateur, l'air concentré sur sa tâche. Il pressa quelques touches. L'écran devint rouge.

Il jura et se hâta d'appuyer sur un bouton.

— Rien ?

La chaise pivota vers elle. Il avait retiré son chapeau, et ses cheveux étaient ébouriffés, comme s'il avait passé les doigts dedans plusieurs fois.

— Ils ont tout sécurisé, grommela-t-il. Ça ne m'étonne pas. J'ai laissé James…

Il n'acheva pas sa phrase.

— Quoi ? insista-t-elle en entrant.

Un instant, elle crut qu'il n'allait pas le lui dire. Enfin, il rencontra son regard.

— Je suis resté en retrait. C'était une mauvaise décision.

— Je peux vous aider. Laissez-moi faire mon travail. Que cherchons-nous ?

Au lieu de répondre, il jeta un coup d'œil vers la porte entrebâillée.

— Molly ?

— Elle dort. Normalement, elle fait une sieste d'une heure environ l'après-midi.

— La porte d'entrée est verrouillée ? demanda-t-il, les sourcils froncés.

— Oui, et j'ai mis la chaîne en haut. D'après Ivy, Molly a commencé à s'échapper de son lit d'enfant alors qu'elle avait à peine un an. Une fois, elle l'a surprise à califourchon sur les barreaux.

— Elle deviendra peut-être gymnaste, observa Garrett avec un petit rire, avant de redevenir sérieux. J'essaie de déterminer quel a été le dernier déplacement officiel de James, mais je n'ai trouvé aucune archive, aucun document concernant un quelconque voyage. Ses données personnelles sont inaccessibles.

Il se retourna vers l'écran et Laurel se pencha par-dessus son épaule.

— Je surveille des communications émanant de chefs afghans, dit-elle. Je pourrais peut-être glaner quelques informations.

— Vous pouvez accéder à votre compte d'ici ? demanda-t-il.

— Votre réseau est protégé ?

— Jusqu'à un certain point.

— Si je me connecte, murmura-t-elle en se mordillant la lèvre, je risque de trahir notre localisation.

— Je sais.

Garrett se leva et fit les cent pas dans la pièce.

— James a dit que l'opération avait été compromise. Cela veut sûrement dire qu'on me recherche déjà.

— Il a aussi mentionné l'enquête entreprise par Ivy.

Garrett réfléchit.

— Vous connaissez votre sœur. Sa manière de penser. Peut-être pourrions-nous consulter ses dossiers par votre intermédiaire, plutôt que de passer par James ou par moi.

— Je risque quand même de les amener droit ici. Si je me sers de son nom ou de n'importe quel autre identifiant, ils sauront que c'est moi. Nous.

— Oui. Et en effet, ils viendront jusqu'ici.

Laurel le dévisagea, puis eut un haut-le-corps,

comprenant brusquement. Garrett avait indéniablement été formé par son père. Sa tactique était une spécialité de James McCallister.

— Vous *voulez* qu'ils vous attrapent ? se récria-t-elle, abasourdie. Vous avez vu ce qu'ils ont fait à Ivy !

Il fronça les sourcils.

— Vous êtes trop perspicace, bon sang. Et oui, je sais exactement ce qu'ils risquent de me faire. D'un autre côté, ils ne s'attendent pas à ce que je sois prêt. Je vais leur faire croire qu'ils me prennent par surprise.

— C'est insensé.

— Vous croyez que ça me plaît, Laurel ? Si j'avais planifié cette opération, ce serait le dernier recours. Mais nous en sommes là. C'est la seule option. Nous n'avons pas d'informateur à l'agence. Nous ne savons pas qui est le traître. Votre père ne nous a pas recontactés. Nous n'avons pas le choix.

— Et Molly ? souffla-t-elle.

— C'est pourquoi j'ai téléphoné à un ami tout à l'heure. Quelqu'un en qui j'ai toute confiance. Peut-être le seul. Il a des contacts qui peuvent vous cacher, Molly et vous, pendant que je cherche James.

Apparemment, sa décision était prise. Comment pouvait-elle le persuader de se raviser ? Laurel s'assit en face de lui et lui prit les mains, les serrant entre les siennes.

— Laissez-moi essayer. Nous pouvons couper la communication si cela prend trop longtemps ou si je m'aperçois que quelqu'un nous a détectés.

Elle planta son regard dans le sien.

— Je suis compétente, Garrett. Laissez-moi essayer.

Il soupira.

— A une condition : je vous observe, et dès qu'il y a un retour, on coupe tout et on passe à mon plan. D'accord ?

Elle resta silencieuse.

— C'est ma condition, Laurel.

— D'accord.

Elle s'assit et fixa l'écran, priant pour que ses talents ne la lâchent pas à présent.

Un hurlement réveilla James McCallister en sursaut. Une fraction de seconde, il ne sut pas où il était. Puis la douleur le submergea. Il lutta pour ne pas crier.

Il changea de position, s'efforçant de dénouer la tension dans ses épaules. Il avait été fouetté sans relâche, jusqu'à ce qu'il perde connaissance.

Il n'avait rien dit.

Des pas résonnèrent dans le couloir. James leva la tête. Ses yeux s'écarquillèrent sous le choc, et la nausée lui monta dans la gorge.

Il ne pouvait le croire.

Et pourtant, la preuve était là, devant lui.

— Je… je n'aurais jamais deviné, murmura-t-il, les lèvres desséchées. Tu m'as bien eu.

— Evidemment, mais tu m'as coûté beaucoup d'argent, James.

Un couteau lui zébra la poitrine, faisant couler un filet de sang. Il eut un mouvement de recul qui n'aboutit qu'à faire tomber les gouttes écarlates sur le sol.

— Et puis, il y a Garrett Galloway.

Malgré lui, le cœur de James se mit à battre plus vite.

— Oh oui ! Je sais qu'il est en vie. Tu l'as bien

caché. Je voulais juste que tu saches que j'ai découvert ton secret.

James réprima un gémissement. Non, c'était impossible.

— Oui, James. Je peux suivre Garrett Galloway où qu'il aille. C'est un homme mort. Et par ta faute.

5

Laurel se pencha en avant, les yeux rivés sur l'écran, submergée par la déception.

— Allons, dit Garrett doucement en lui caressant le dos d'un geste apaisant.

— Je ne peux pas le trouver.

Elle se déroba à son contact. Elle ne voulait pas être réconfortée. Elle avait échoué.

— Ne vous faites pas de reproches.

Il la fit pivoter vers lui et baissa les yeux sur elle, le visage empreint de sollicitude.

— Je n'ai pas pu aider mon père. Ni Ivy. Ni vous, murmura-t-elle.

Elle tenta de le repousser, mais il refusa de la lâcher. Elle secoua la tête.

— Ni Molly.

Les larmes roulèrent sur ses joues. Elle avait cru qu'elle réussirait. Que si elle était dans son élément, elle pourrait tous les sauver. Quelle idiote elle avait été !

— Ecoutez-moi. Ces gens-là sont des pros. Je n'ai pas pu les attraper. Ivy et votre père non plus. Ne vous accablez pas.

Il la serra contre lui. Secouée de sanglots, elle se cramponna à sa chemise, laissant sa chaleur se communiquer à elle.

— Allons, souffla-t-il. Tout va s'arranger.

Une multitude d'émotions déferlaient en Laurel sans qu'elle puisse les refouler : remords, douleur, chagrin. Elle ne sut pas combien de temps elle était restée dans les bras de Garrett, mais quand elle se ressaisit enfin, elle se sentait vidée, à bout de forces.

Il continua à lui caresser le dos, murmurant des paroles de réconfort — des mensonges, au fond. Car rien ne s'arrangerait plus jamais. C'était impossible.

Enfin, elle le repoussa, gardant la tête baissée. D'un doigt, il l'obligea à se redresser.

— Vous n'avez pas à vous cacher.

Elle s'essuya les yeux d'un revers de main et s'éclaircit la voix.

— Vous êtes plus forte à présent, affirma-t-il. Et Molly aura besoin de votre force.

— Vous allez jouer au héros, c'est ça ?

— Oui.

— Sans renfort ? C'est de la folie.

Garrett tendit la main et écarta une mèche rebelle qui lui retombait dans les yeux.

— Je ne peux pas leur permettre de se servir de vous et de Molly comme moyen de pression sur James. Ou sur moi.

Il se rapprocha d'elle et Laurel eut soudain l'impression de manquer d'air. Il captura sa main.

— Vous pouvez faire confiance à Daniel. Si j'échoue, il vous donnera une nouvelle identité.

Elle serra ses doigts dans les siens.

— Papa sera furieux si je vous laisse vous sacrifier sans me battre.

— Il comprendra, rétorqua Garrett, impassible.

— Persuadez-moi, plaida Laurel en mettant une main sur son torse.

Garrett se détacha brusquement d'elle, traversa la pièce à grands pas et enfouit les mains dans ses cheveux.

— Vous êtes têtue comme une mule !

— Cette mission serait du suicide.

Il ne lui disait pas tout, elle le sentait. Elle tira sur sa manche et l'obligea à se retourner. Quand il lui fit face, elle eut le souffle coupé par la douleur qu'elle lisait sur ses traits.

— Pourquoi faites-vous cela, en réalité ? souffla-t-elle en se penchant vers lui.

— C'est sans importance.

Il s'éclaircit la gorge, puis, d'une main tremblante, effleura le visage de Laurel.

— Seule compte votre sécurité et celle de Molly. Je ne veux pas qu'il vous arrive malheur.

Entre eux, la tension était devenue palpable.

— A cause de votre loyauté envers mon père ?

Le pouce de Garrett caressait sa joue. Elle ferma les yeux, savourant son contact.

— Pas seulement.

Il se pencha vers elle et captura ses lèvres. Elle s'accrocha à lui, encadrant son visage de ses mains, savourant le goût de sa bouche. Une vague de chaleur monta du plus profond d'elle alors qu'il l'attirait à lui.

Ce baiser-là ne ressemblait à aucun autre baiser. Il avait pris possession de sa bouche comme si elle lui appartenait, et elle s'abandonnait volontiers. Quand il essaya de relever la tête, elle l'attira de nouveau vers elle.

— Encore, gémit-elle.

Elle voulait se perdre sous ses caresses. Elle tira sur sa chemise, explorant son ventre plat, le duvet sombre qui couvrait son torse.

— Tu joues avec le feu, murmura-t-il.

— Alors laisse-moi m'y brûler.

Une porte grinça tout près. Laurel tressaillit.

— Molly.

— Tata Laurel, je m'ennuie. Il n'y a pas de jouets ici.

Molly fit irruption dans le bureau, les bras croisés, l'air fâché. Laurel rougit et se dégagea de l'étreinte de Garrett.

— Qu'est-ce que vous faites ?

Garrett toussata et s'efforça de se ressaisir. Il jeta un coup d'œil vers Laurel, qui ne paraïssait pas moins troublée que lui. Par certains côtés, Molly les avait sauvés tous les deux. Il sourit à la petite fille.

— C'est presque l'heure du déjeuner, mon chou. Que dirais-tu de partir en pique-nique ?

Laurel parut stupéfaite.

— Je ne crois pas…

— Et le gros chat ? demanda Molly d'un ton incertain.

— Eh bien, je serai là, et les fauves s'approchent rarement des gens. Tout ira bien.

— Non. C'est hors de question, protesta Laurel. Nous sommes en décembre.

— Décembre au Texas n'est pas comme ailleurs. Il suffit qu'elle se couvre bien. Et nous avons tous les deux besoin de prendre l'air, ajouta-t-il en lui lançant un regard perçant.

— Oh ! S'il te plaît, tata Laurel ! supplia Molly. Je voudrais manger dehors et aller *esplorer* avec le shérif Garrett.

Le visage de Laurel s'adoucit et Garrett lut l'indécision sur ses traits. Elle adorait sa nièce. Il aimait qu'elle soit si farouchement protectrice envers elle. Laurel McCallister avait hérité des qualités de son père. Son courage se doublait d'une volonté de fer, qui ajoutait encore à l'attirance qu'elle lui inspirait.

S'ils restaient confinés dans le chalet, il ne savait pas combien de temps il pourrait lui résister. Et James n'apprécierait guère qu'il séduise sa fille bien-aimée.

— Très bien.

Laurel lui lança un regard éloquent. Ainsi, elle avait décidé de collaborer avec lui.

Décidément, cette femme ne cessait de le surprendre.

— Youpii ! On va faire un pique-nique, s'écria Molly, visiblement aux anges. On va faire un pique-nique !

Elle fit le tour de la pièce en sautillant tandis que Laurel arborait un air sceptique.

— Tu es certain qu'il n'y a pas de danger ?

— Tu penses pouvoir la garder à l'intérieur toute la journée et la faire dormir ce soir ? répondit-il en levant les sourcils.

Laurel suivit Molly des yeux et soupira.

— Je pensais qu'elle aurait plus de chagrin, murmura-t-elle. Qu'elle serait inconsolable.

Elle plongea la main dans le sac de provisions que Garrett avait apporté et commença à confectionner des sandwichs.

— Cela viendra, dit-il. Pour le moment, quelque chose l'empêche d'assimiler ce qui s'est passé.

Occupée à étaler du beurre sur une tranche de pain, Laurel se pencha en avant, les mains crispées sur le plan de travail. Ses épaules s'affaissèrent. Pendant quelques secondes, elle lutta contre l'émotion qui déferlait en elle. Garrett mourait d'envie de s'approcher et de la prendre dans ses bras, mais il devina qu'à cet instant elle avait besoin de faire face seule à son chagrin.

Quand ses épaules se mirent à trembler, il ne put se retenir plus longtemps. Il traversa la cuisine en deux enjambées et fit pivoter Laurel vers lui, murmurant des paroles de réconfort à ses oreilles.

Molly s'amusait à l'autre bout de la pièce. Les joues striées de larmes, Laurel enfouit son visage dans le cou de Garrett pour les dissimuler.

— Ivy me manque. Mes neveux…

Sa voix était assourdie par le chagrin. Garrett la serra contre lui, songeant au moment où il avait repris connaissance, seul dans un hôpital inconnu, portant un nouveau nom. Il n'avait pas eu le temps de pleurer. Dieu sait qu'il aurait voulu le faire, mais il n'y avait plus personne pour l'étreindre ou le réconforter. Sa famille était morte.

En revanche, il pouvait étreindre Laurel. Ses bras se resserrèrent autour d'elle. Il continua à regarder Molly, qui avait déniché un plaid et une petite boîte en carton et se construisait une cachette sous une petite table branlante.

— Elle m'a vue ? demanda Laurel avec émotion.

— Non. Elle joue.

Laurel tremblait de tous ses membres contre lui. Enfin, au bout d'un moment, elle s'apaisa, et le calme la gagna. Elle resta dans ses bras, douce, accueillante.

Le réconfort se mua en autre chose, une sensation plus forte. Elle s'éclaircit la gorge et se redressa, essuyant ses joues humides.

— Ça va à présent, murmura-t-elle en le regardant à travers ses cils.

Du bout du doigt, il écrasa une larme sur sa joue.

— Tu n'es pas obligée de dire ça.

Elle jeta un coup d'œil en direction de Molly.

— Si.

Plaquant un sourire sur son visage, elle se dirigea vers l'enfant et s'agenouilla à côté d'elle.

— A quoi joues-tu, Molly ? Je peux entrer dans ton fort ?

Garrett la suivit du regard, plongé dans les souvenirs. Lorsqu'il était tombé amoureux de Lisa, sept ans plus tôt, James l'avait mis en garde. Il l'avait averti qu'il aurait des secrets qu'il ne pourrait jamais révéler à sa femme, qu'il devrait vivre dans le mensonge une partie du temps.

Et pourtant, ce n'était pas l'ennemi qui l'avait privé de sa famille. La trahison était venue des siens. Il en était certain.

Il attrapa une bouteille d'eau et du jus de fruits dans le réfrigérateur pour compléter leur déjeuner.

— Prêtes, les filles ?

Molly sortit de sous la couverture et accourut. Elle jeta un coup d'œil dans le panier que Garrett avait improvisé à l'aide d'un carton.

— Il y a des cookies ? demanda-t-elle, levant vers lui ses yeux bleus, innocents et pleins d'espoir.

— Comment pourrait-on partir en pique-nique sans les cookies de Hondo ?

Garrett se tourna vers Laurel.

— Tu peux prendre ça ? demanda-t-il en lui tendant le carton.

Il entra dans son bureau, déverrouilla le placard et en sortit la Remington de son père. Laurel acquiesça.

— Bonne idée. Au cas où le gros chat reviendrait.

Ils sortirent du ranch. Dehors, un soleil éclatant se détachait sur le bleu du ciel. Laurel leva les yeux.

— Le ciel est magnifique.

— Bienvenue dans le désert. Ça change de la côte Est, hein ?

— Si on considère qu'il a neigé là-bas ce matin, oui, je crois qu'on peut dire ça.

Molly se baissa et ramassa une pomme de pin.

— Oh ! Ça colle, s'écria-t-elle en la lâchant.

Elle gambada autour d'eux, puis s'éloigna en les devançant.

— Molly, lança Garrett d'un ton sévère.

La fillette s'arrêta et se retourna.

— Pardon, dit-elle en donnant un coup de pied dans un petit caillou.

— Laisse-moi passer devant chaque fois qu'on approche d'un bosquet, d'accord ?

— C'est quoi, un bosquet ?

— Un groupe d'arbres. Comme là-bas.

Garrett s'avança, puis l'appela d'un geste.

— Regarde. Tu vois l'endroit où l'herbe est penchée ? Un animal a dû dormir là cette nuit ou ce matin.

Il jeta un coup d'œil autour de lui et s'agenouilla à côté de quelques traces.

— Un chevreuil est passé ici, tu vois ?

Molly s'accroupit, fascinée.

— Ah bon ?

— Chaque créature laisse sa trace, expliqua-t-il en échangeant un regard avec Laurel. La plupart peuvent être suivies ou repérées. Personne n'est invisible.

— Mon travail consiste à analyser des données émanant de sources inimaginables, observa Laurel. Je sais qu'il est difficile de se cacher. Mais ce n'est pas impossible.

— C'est vrai, concéda-t-il. S'il était facile de se cacher, Ivy ne m'aurait jamais retrouvé.

Cet aveu lui était pénible, néanmoins Laurel avait besoin de comprendre les difficultés qui l'attendaient.

— Il y a un petit bassin près d'ici, ajouta-t-il. Et nous avons eu de la pluie cette année, alors il est peut-être plein.

Ils escaladèrent des rochers escarpés pour gagner un promontoire en granit. Le soleil avait réchauffé la pierre, et en contrebas une étendue d'eau scintillait à la lumière.

— C'est l'endroit idéal pour un pique-nique, commenta Garrett.

Il scruta les environs. Le lieu était sûr, et de là, on voyait dans toutes les directions.

— Le paysage n'est pas précisément verdoyant, ironisa Laurel en s'asseyant.

— Je peux me mettre là ? demanda Molly en désignant un petit rocher plat.

— Il est juste à ta taille, répondit Garrett. Et non, il n'y a rien de verdoyant dans l'ouest du Texas.

— Mais c'est spectaculaire, par contre. On voit jusqu'à l'horizon.

— J'aime cet endroit. J'y viens de temps en temps. Pour réfléchir. Tout est immense dans ce pays. Par là, à une centaine de kilomètres, c'est la frontière avec le Mexique. Par temps clair, comme aujourd'hui, on peut voir jusque là-bas.

Il tendit un jus de fruits à Molly.

— Washington ne te manque pas ? demanda Laurel.

Garrett mordit dans son sandwich et sembla hésiter avant de répondre :

— La ville, non. La vie que j'avais là-bas, oui.

Sa famille lui manquait. Chaque jour. Il ne regrettait plus de ne pas être mort avec elles. Désormais, il ne songeait qu'à la vengeance. A punir les coupables.

Le regard de Laurel s'arrêta sur Molly.

— Je comprends. Retourner en arrière ne sera jamais pareil, n'est-ce pas ?

— Rien n'est jamais pareil.

Molly croisa les jambes et scruta l'eau.

— Je peux la toucher ?

— Elle est froide, avertit Garrett.

La fillette s'avança jusqu'au bord, s'accroupit et trempa ses doigts dans l'eau. Elle les retira aussitôt avec un petit cri.

— Je ne vais pas me baigner ici, s'écria-t-elle en retournant en hâte vers Laurel. Elle est trop froide !

— Molly, tu vois ce caillou ? demanda Garrett en désignant un fragment de granit sombre. Il scintille, regarde.

Molly écarquilla des yeux émerveillés.

— Je peux le garder pour le montrer à maman quand elle reviendra ?

— Tu peux le prendre avec toi, répondit-il en sortant une boîte désormais familière du carton.

Molly lui décocha un grand sourire.

— Des cookies ?

— Bien sûr.

L'enfant en grignota un, puis fit mine de se lever.

— Je peux aller *esplorer* ?

Laurel s'apprêtait à refuser mais Garrett la devança.

— Nous avons fait assez de bruit pour effrayer les animaux, affirma-t-il avant de s'adresser à Molly : Reste en vue. Si tu quittes la clairière, nous devrons rentrer à la maison.

— Promis. Croix de bois, croix de fer, si je mens, je vais en enfer, déclara Molly d'un ton solennel.

Garrett lâcha un petit rire amusé. Elle ressemblait tant à son Ella…

La fillette sauta à bas du rocher et s'élança vers la clairière.

Il captura la main de Laurel dans la sienne.

— Tout va bien. Je te promets que le puma ne va pas se montrer.

— Il n'y a pas d'ours ?

— Pas par ici. La végétation n'est pas assez dense.

Laurel laissa retomber son sandwich dans le carton et se leva, suivant Molly des yeux.

— J'ai peur pour elle.

Garrett se leva à son tour.

— Elle est solide. Elle a une tante formidable. Vous vous en sortirez toutes les deux.

— Et si celui qui a tué Ivy n'est jamais retrouvé ?

Garrett serra les dents. Il ne laisserait pas cela se produire. Tant qu'il vivrait, il lutterait pour obtenir justice. Cependant, il ne pouvait rien promettre. Ses ennemis n'avaient ni âme ni conscience. Ils tuaient tous ceux qui se dressaient en travers de leur chemin. Sans se soucier des innocents qui souffraient à cause d'eux.

Il prit Laurel dans ses bras et plongea ses yeux dans les siens.

— Quoi qu'il arrive, je me débrouillerai pour que Molly et toi soyez en sécurité.

Laurel baissa la tête.

— Si ça se trouve, on ne le trouvera jamais, répéta-t-elle.

Garrett ne chercha pas à protester. Au lieu de quoi, il lui souleva le menton du bout du doigt. Son cœur manqua un battement lorsqu'il lut la détresse dans son regard. Elle avait perdu sa sœur, son beau-frère, une nièce et un neveu, et peut-être son père. Elle avait perdu la vie qu'elle menait jusque-là. Il voulait lui faire oublier tout cela, mais comment était-ce possible ?

— Je ferai tout pour l'arrêter, Laurel.

Elle frissonna. Il l'attira plus près, tout en surveillant Molly. La fillette s'était baissée et était en train d'empiler des pommes de pin. Il serra Laurel dans ses bras, la joue posée sur ses cheveux. Le soleil brillait sur son visage et sa chaleur se communiquait à lui.

Pendant un instant, au moins, il pouvait la réconforter. Avec un soupir, elle se laissa aller contre lui.

— Je voudrais qu'on puisse rester ici pour toujours et que le reste du monde s'arrête, murmura-t-elle.

Garrett ferma les yeux, enivré par le parfum de ses cheveux. Il se tourna et déposa un baiser sur sa tempe, resserrant son étreinte. Laurel inclina la tête vers lui. Garrett se figea, submergé par le désir de l'embrasser.

— Shérif Garrett, j'ai trouvé des empreintes !

Laurel se raidit. Il soupira et promena un doigt sur ses lèvres.

— Bientôt, promit-il. Quand nous ne risquerons plus d'être dérangés.

Des frissons parcoururent la nuque de Garrett alors qu'il prononçait ces mots. Ils étaient en danger et personne ne savait ce qui allait se passer, mais il y avait entre eux une attraction indéniable. Il était seul depuis si longtemps. La tenir dans ses bras réveillait l'espoir en lui.

Elle pressa ses doigts, une lueur ardente dans ses yeux bleu cobalt. Non sans regret, il rejoignit Molly.

— Montre-moi, mon chou.

Elle désigna des traces à côté des sapins. Garrett s'immobilisa. C'étaient des empreintes de chaussures.

Il scruta les bois et la petite clairière au-delà, où les restes d'un feu avaient été dispersés à la hâte.

— Viens, Molly, ordonna-t-il d'une voix sourde.

— Mais j'ai trouvé des traces !

— Oui, c'est très bien, mais il faut qu'on parte.

Il la souleva dans ses bras et s'éloigna de l'orée du bois.

— Qu'est-ce que j'ai fait ? demanda Molly, déconcertée. Je n'ai pas fait de bêtise.

Laurel venait à leur rencontre.

— Qu'y a-t-il ?

— Nous avons de la compagnie, annonça-t-il calmement en lui tendant Molly.

Elle écarquilla les yeux.

— Retournez au ranch par le même chemin, dit-il en palpant son pistolet. Tu as ton SIG ?

Laurel acquiesça.

— Tiens-toi prête. Si tu vois quelque chose, tire en l'air. Je te rattraperai. Tu vas retrouver la piste ?

Elle fit signe que oui, déjà vigilante, la main sur son arme.

Garrett se fraya un passage à travers les sapins et étudia le sol. Il y avait au moins deux séries d'empreintes. Il toucha les cendres. Elles étaient froides. Au moins, on ne les avait pas espionnés. Sa tension se dissipa un peu.

Il jeta un coup d'œil en direction de Laurel. Elle avançait d'un pas vif, aux aguets. Elle risquerait sa vie pour défendre Molly. Il lui répugnait de les laisser seules, mais il devait découvrir qui étaient ces gens.

Il suivit les traces. A un endroit, quelqu'un était tombé, puis s'était relevé. Plus loin, le sentier traversait une étendue de granit et les empreintes disparurent. Il les retrouva de l'autre côté et s'agenouilla, intrigué par une marque plus petite que les autres : une basket d'enfant.

Une idée lui vint. Il gravit rapidement une colline voisine. En contrebas, un homme, une femme et un petit garçon se hâtaient de dévaler la pente. L'homme leva les yeux vers lui, et Garrett comprit qu'il avait reconnu son uniforme. La terreur se lisait sur ses traits, mais il ne sortit pas d'arme. Il poussa sa femme et son fils derrière lui, fixant Garrett.

Des clandestins.

Ce n'était pas l'endroit idéal pour passer la frontière, songea Garrett. Surtout avec une famille. Y avait-il un passeur à proximité ? Ces gens-là lui inspiraient une profonde aversion. Ils se faisaient payer une fortune, et certains, au lieu de conduire leurs « clients » à la civilisation, les abandonnaient à la mort en plein désert.

Garrett scruta les environs, mais ne vit personne. Après avoir salué l'inconnu d'un signe de tête, il tourna les talons et repartit vers la clairière. L'important était de mettre Laurel et Molly à l'abri.

Peut-être finiraient-elles par vivre dans la clandestinité, elles aussi, comme cette famille qu'il venait de rencontrer.

A moins que Garrett ne réussisse là où James avait échoué ces derniers dix-huit mois.

Désormais, il ne s'agissait plus seulement de vengeance. Il voulait protéger deux vies innocentes.

Il ne devait pas perdre la partie. Il n'en avait pas le droit.

Laurel s'engouffra dans le chalet, Molly dans ses bras. La fillette était beaucoup trop calme. Elle jouait avec le collier qu'Ivy avait mis autour du cou de son lion en peluche.

Garrett arriva sur leurs talons.

— Je vais inspecter le périmètre. Ferme la porte à clé derrière moi. A mon retour, je frapperai trois coups. Et garde ton arme à portée de main.

— Je tire si quelqu'un essaie d'entrer. Compris.

— C'est ça. Sauf si c'est moi.

Garrett sorti, Molly se tortilla dans les bras de Laurel.

— Je veux aller dans mon fort, marmonna-t-elle. Avec Houdini.

— Tu veux que je joue avec toi ?

La petite fille chuchota quelque chose à l'oreille de sa peluche, puis secoua la tête et disparut sous le plaid.

Avec un soupir, Laurel rangea les provisions, gardant l'œil sur elle. Au bout de quelques minutes, l'enfant se frotta les yeux et bâilla. Ces dernières journées l'avaient durement éprouvée.

Laurel se massa la tempe et parcourut la pièce du regard. Elles ne pouvaient pas rester là indéfiniment. Le seul moyen de reprendre une vie normale était de découvrir qui avait commandité le meurtre d'Ivy. Et la disparition de son père. Et d'arrêter le ou les coupables.

Garrett en savait plus long qu'il ne l'admettait. Elle en avait la certitude. Qui était-il, au fond ? Un malaise la gagna peu à peu en y pensant. Le temps pressait. Elle avait besoin d'agir. De protéger Molly et de se protéger elle-même. Pas seulement dans l'immédiat mais pour l'avenir.

Elle jeta un coup d'œil à sa nièce. La petite s'était endormie.

Sans faire de bruit, Laurel entra dans le bureau de Garrett, prenant soin de laisser la porte entrebâillée pour entendre Molly ou quiconque à l'extérieur.

Elle avait une idée. Peut-être, avec un peu de chance, pourrait-elle réussir.

Elevée par un père qui travaillait dans les services secrets, Laurel avait appris très jeune à effacer ses traces. Elle s'était inscrite au club d'informatique du collège, et y avait appris pas mal d'astuces. Des astuces qui s'étaient révélées utiles dans sa carrière et qui pourraient l'être encore davantage à présent.

Elle risquait gros en agissant à l'insu de Garrett, mais il fallait qu'elle essaie. C'était sa dernière chance. Si elle échouait, elle devrait se soumettre au plan de Garrett.

Elle alluma l'ordinateur, et entra dans un portail menant à des bases de données ultrasecrètes. Quand on lui demanda un nom d'utilisateur, ses doigts hésitèrent au-dessus du clavier. Si elle s'identifiait, un compte à rebours allait se déclencher. Quelqu'un allait découvrir qu'elle était entrée dans le système. On saurait ce qu'elle avait découvert.

Garrett ne revenait toujours pas.

Elle prit une profonde inspiration. Il fallait qu'elle coure le risque.

D'une main tremblante, elle composa son mot de passe.

Et pénétra dans le système.

Jetant un coup d'œil à l'horloge, elle ouvrit la base de données des déplacements du personnel et tapa le nom de son père.

Accès refusé.

Intéressant. Elle fit marche arrière, cherchant cette fois le nom d'Ivy, puis le sien. Son propre nom fit apparaître un lien à ses données personnelles.

Situation : disparue, présumée morte.

— Je peux savoir à quoi tu joues ?

6

Strickland lâcha un juron.

— A quoi bon attendre dans ce trou perdu ? grommela-t-il en s'épongeant le front d'un revers de main. Garrett Galloway ne va pas revenir.

Le soleil du Texas chauffait l'habitacle du 4x4, et des perles de sueur dégoulinaient sur sa nuque.

— Tu penses qu'il sait que le boss l'a retrouvé ? demanda Krauss en baissant sa vitre pour laisser entrer la brise. A sa place, je ne ferais pas de vieux os ici.

— Il s'est peut-être enfui. Ou alors il cache la femme et la gamine.

— De toute manière, on est mal barrés, commenta Krauss d'un ton résigné. Dès que le boss saura qu'on l'a perdu, on sera fichus. Tu le sais aussi bien que moi.

Krauss avait raison. Mais il devait y avoir une solution. Derek Bradley, alias Garrett Galloway, vivait dans cette ville depuis un certain temps et y était populaire. La serveuse du snack, l'adjoint, le propriétaire du motel — tous le portaient aux nues. D'ailleurs, le type du motel l'avait évincé un peu trop rapidement lorsque sa sœur, à l'évidence simple d'esprit, avait fait son apparition et avait commencé à bavarder. Ce gars tatoué en savait sans doute plus long qu'il ne l'avouait.

Il pianota sur le volant.

— Krauss, tu crois que Galloway reviendrait si la ville de Danger avait besoin de lui ?

Krauss hocha lentement la tête, une lueur d'espoir dans les yeux.

— D'après ce que nous savons de lui, oui. C'est le genre de type prêt à jouer les héros si… si l'appât est le bon.

— Et je pense savoir exactement qui…

Le téléphone de Strickland sonna. Il jeta un coup d'œil au numéro qui s'affichait à l'écran et blêmit.

— C'est le boss ? demanda Krauss avant de lâcher une bordée de jurons. Qu'est-ce que tu vas dire ?

— Je ne sais pas.

Strickland se massa la nuque et prit l'appel.

— Imaginez ma surprise quand j'ai découvert votre position, s'exclama le boss. Pourquoi ne m'avez-vous pas dit que vous étiez déjà au Texas ?

Le ton était cassant. Strickland avala sa salive. Il n'avait pas de réponse satisfaisante à offrir.

— Inutile de mentir, reprit l'autre. Expliquez-vous, Strickland, et je vous laisserai peut-être la vie sauve… peut-être.

Il échangea un regard avec Krauss, aussi pâle que lui.

— Je… j'ai vu une note écrite par Ivy Deerfield quand nous sommes allés mettre la bombe, avoua-t-il d'une voix étranglée. Elle avait écrit le nom du shérif dessus. Je voulais juste m'assurer qu'elle ne lui avait rien donné…

Il déglutit de nouveau.

— Vous nous avez dit de ne rien laisser au hasard. Et de nous débarrasser de tous les témoins.

— Vous aimez faire ça, hein, Strickland ? Bon, je vous laisse régler ça, mais si je m'aperçois que vous m'avez caché autre chose…

— Je ne ferais pas ça, boss.

A côté de lui, Krauss secoua la tête.

— Peut-être que non, répondit son chef. Enfin, c'est sans doute votre jour de chance, Strickland. J'ai la position de Garrett Galloway. Un cadeau… d'un ami très cher.

Krauss pianota le code dans un dispositif de pistage. Aussitôt, un point rouge apparut sur l'écran.

— Il est dans les montagnes, pas très loin d'ici, observa Krauss.

— C'est bien lui ? insista Strickland. Pas son ordinateur portable ou quelque chose du même genre ?

Il y eut un petit rire à l'autre bout du fil.

— La puce est sur lui. Vous n'avez qu'à suivre cette fréquence, et vous tenez votre homme. Trouvez-le, Strickland. Et tuez-le. Pas d'erreur cette fois.

La communication fut coupée. Strickland attrapa la carte que Krauss tenait à la main et sourit pour la première fois depuis qu'il avait compris que la fille de McCallister avait échappé à la bombe.

— Nous savons où est Galloway. Ce qui signifie que nous tenons la femme et la gamine aussi.

— Ils sont au milieu de nulle part, renchérit Krauss. Pas de problème pour se débarrasser des corps. On ne les retrouvera jamais.

Au son de la voix de Garrett, les mains de Laurel se figèrent au-dessus du clavier. Elle cilla et pivota dans le fauteuil. Si elle s'était imaginé lui faire plaisir en prenant une initiative, cette idée s'évanouit face à ses traits sévères, à son regard glacial.

— J'ai eu une idée, protesta-t-elle, luttant contre

le doute qui la tenaillait depuis qu'elle avait allumé l'ordinateur.

Un muscle tressauta sur sa mâchoire.

— Tu as déclenché le compte à rebours.

— Il se serait déclenché de toute manière. Nous le savons l'un et l'autre. J'en ai contrôlé le début, c'est tout.

— Explique-toi.

— J'ai fait en sorte que le signal rebondisse dans le monde entier. Notre temps est compté, comme tu le voulais, mais le compte à rebours commencera dans trente-six heures. Peut-être quarante-huit.

— Tu en es certaine ?

— Je ne jouerais pas avec la vie de Molly. Ou la tienne.

Il la dévisagea longuement, puis hocha la tête.

— Dans ce cas, rassieds-toi et trouve-nous des informations. Tu as lancé le processus. Voyons ce que ton travail à la CIA peut faire pour nous.

Il alla chercher une chaise de cuisine et s'assit à califourchon dessus. Laurel lâcha un long soupir. Elle connaissait son métier, mais l'attention de Garrett la rendait nerveuse. Elle se pencha en avant et se concentra sur l'écran.

Très vite, elle fut absorbée par sa tâche, passant d'un dossier à l'autre. Elle n'aurait su dire depuis combien de temps elle se heurta à des impasses quand enfin un dossier apparut.

Laurel se figea.

— Regarde. Il est au nom d'Ivy, mais il n'est pas officiel.

Garrett se redressa sur sa chaise.

— Non autorisé ?

Elle acquiesça et cliqua sur l'icône. Le classeur ne contenait qu'un seul document.

— Il pourrait s'agir d'un piège.

— Tu fais ce travail depuis un certain temps. Que dit ton instinct ?

— De l'ouvrir.

— Alors, vas-y.

Retenant son souffle, elle obtempéra. Un cadre apparut, exigeant un mot de passe.

— Tu le connais ?

— Peut-être.

Elle entra la date de l'anniversaire de mariage de sa sœur.

Accès refusé.

Les noms de ses enfants.

Accès refusé.

La date de son anniversaire.

Accès refusé.

— Plus qu'un seul essai, et tout sera bloqué, murmura-t-elle en se frottant les yeux. Il faudra que je recommence à zéro. Je n'aurai peut-être même plus l'accès au dossier.

Garrett soupira.

— Tu connais ta sœur. La plupart de ces mots de passe exigent au moins une majuscule, un chiffre et une lettre. Et une fois que le dossier est crypté, si on oublie le mot de passe, on est fichu. Il fallait qu'elle puisse s'en souvenir.

Laurel pianota sur le bureau et se laissa aller contre le dossier, fermant les yeux.

— Ivy, qu'est-ce que tu as choisi ? murmura-t-elle.

Le silence s'installa dans la pièce, rompu seulement par le bourdonnement des appareils.

Garrett ne dit rien, n'interrompit pas le cours de

ses pensées. Laurel lui en fut reconnaissante. Tant de gens ne savaient pas se taire.

— J'ai peut-être une idée.

Elle se tourna vers lui et rencontra son regard.

— Ivy était plus âgée que moi. Elle avait juste commencé à sortir avec un garçon quand maman est tombée malade. A l'hôpital, elle a fait promettre à Ivy de lui envoyer un message pour lui faire savoir qu'elle était bien rentrée à 21 heures. Si elle avait des ennuis, elle devait laisser un code spécial sur le bipeur.

— Lequel ?

— Le prénom de ma mère, suivi de 911 et d'un point d'exclamation. Mais si je me trompe…

— Que dit ton instinct ?

— Qu'Ivy savait qu'elle était en danger et qu'elle aurait choisi un mot de passe que je connaissais.

Laurel se massa la nuque, les yeux brûlants.

— Vas-y.

Laurel pivota et mit les mains au-dessus du clavier. Elle n'osait pas taper le mot de passe. Et si elle faisait fausse route ?

— Fie-toi à ton instinct, l'encouragea Garrett en mettant une main sur son épaule.

Concentrée au maximum, Laurel composa le code en faisant très attention à ne pas se tromper. Enfin, se mordillant la lèvre, elle tapa sur la touche « entrée ».

L'appareil émit un bruit. L'écran devint vide.

— Oh, non !

Elle s'attendait à voir des lumières clignoter et à entendre une alarme l'avertir que le fichier avait été détruit. Au lieu de cela, un programme de traitement de texte se déclencha et le dossier d'Ivy s'ouvrit brusquement. Laurel cilla. Une fois. Deux fois.

En haut de la page, en caractères gras, se trouvaient ces quelques mots :

Derek Bradley est vivant.
Alias : shérif Garrett Galloway.

Les mots semblaient hurler sur la page. Garrett laissa échapper un grognement et s'agrippa aux barreaux de la chaise au point d'en avoir mal aux mains. Ivy avait découvert la vérité à son sujet. C'était impossible ! Et pourtant, si elle savait… d'autres savaient aussi.

Le plan de James avait échoué. A qui se fier dorénavant ?

Laurel bondit de sa chaise et lui fit face.

— Tu es Derek Bradley ? C'est toi, le traître ?

Elle recula d'un pas, secouant la tête.

— Laurel…

— Tu as causé la mort de dizaines d'agents. Mon père me l'a dit. Il a dit que tu avais fini par avoir ce que tu méritais. Que tu étais mort… avec ta femme et ta fille.

Elle plaqua une main sur sa bouche, les yeux écarquillés.

— Dans une voiture piégée !

— J'aurais dû mourir, répondit Garrett avec amertume. Ma femme et ma fille sont mortes.

Combien de fois avait-il supplié James, puis les médecins, de le laisser mourir ? Combien de semaines avait-il passées sur un lit d'hôpital, planifiant sa vengeance après avoir appris que l'attaque avait été commanditée depuis son propre camp ?

Laurel le dévisageait, horrifiée.

— Comme Ivy.

Garrett hocha la tête.

— J'étais rentré du bureau en retard. J'avais promis à ma femme de revenir tôt, mais j'étais résolu à démasquer un traître chez nous. J'avais découvert quelques indices, rien de précis, mais assez pour que je pose des questions, que je fourre mon nez dans des dossiers qui ne me concernaient pas directement.

Il osait à peine affronter son regard. Elle savait ce qu'il allait dire, mais il fallait qu'il prononce les mots. Il fallait qu'elle comprenne.

— J'étais en train de nouer ma cravate quand Lisa a emmené notre fille à la voiture.

Il s'éclaircit la gorge.

— En sortant, j'ai laissé tomber mes clés sur le sol et je me suis penché pour les ramasser. Lisa était au volant. Quand elle a mis le contact, tout a explosé. Je n'ai survécu que parce que je tournais le dos à la voiture.

— Mais pourquoi est-ce que tout le monde te croit mort ?

Garrett passa une main dans ses cheveux.

— Ton père avait des soupçons, je ne sais pas pourquoi. Il avait vu des informations douteuses, il a compris qu'on voulait faire de moi un bouc émissaire. Par chance, il est arrivé juste après l'explosion. Il a tout réglé.

Garrett redressa le menton et regarda Laurel dans les yeux.

— Derek Bradley a péri avec sa famille ce soir-là.

Laurel tremblait de tous ses membres.

— Mon père t'a qualifié de traître.

— Il n'était pas sûr que je survivrais. Il savait que, si l'auteur de l'attentat se rendait compte de son erreur, j'étais fichu. C'est pourquoi il m'a procuré une nouvelle identité et m'a emmené dans un hôpital au Texas. Quand je suis sorti du coma, Derek Bradley était mort et enterré et j'étais devenu Garrett Galloway.

— Comment se fait-il que personne n'ait rien su ?

— Je suis resté dans le coma pendant des mois, sous un faux nom. James a essayé de savoir qui avait tout manigancé, en vain. Ensuite, l'affaire a été classée.

— Si tu dis la vérité, pourquoi n'a-t-il pas averti Ivy ?

Elle se mit à arpenter la pièce, avec des gestes nerveux, saccadés. Elle s'essuya les yeux.

— Pourquoi mon père n'a-t-il pas protégé Ivy ? Il aurait pu lui dire de démissionner. Elle serait toujours en vie.

— Je ne sais pas.

Garrett lui barra le chemin et la prit par les épaules, la forçant à lui faire face.

— En revanche, je sais que ton père aime sa famille plus que tout. Si tu veux faire des reproches à quelqu'un, fais-les-moi. Je n'aurais pas dû conserver l'identité de Garrett Galloway aussi longtemps. Je me suis laissé convaincre par ton père. Il pensait toucher au but, il disait que le traître finirait par se croire invulnérable et commettrait un faux pas. J'ai accepté d'attendre.

— Mon père est très persuasif, murmura Laurel en secouant la tête.

— Il disait que je prendrais trop de risques en révélant ma véritable identité. Je suis désolé, Laurel. Tellement désolé. Si j'avais renoncé à ma couverture, j'aurais pu forcer le traître à se découvrir.

Elle se dégagea et se passa les mains sur le visage.

— C'est absurde. Ivy était au courant. Elle a dit que tu avais raison. Tu dois savoir quelque chose !

— Tout ce que je sais, c'est qu'il y avait une taupe dans l'organisation. Je n'ai jamais su qui c'était.

— Peut-être qu'Ivy l'a découvert.

Laurel se rassit dans le fauteuil et fit défiler impatiemment le dossier créé par sa sœur.

Garrett était penché par-dessus son épaule. Elle avait

accepté sa véritable identité sans vraiment s'émouvoir. Plus il apprenait à connaître la fille de James, plus il voyait la ressemblance avec son père. Elle était intelligente, tenace, optimiste. Des qualités qu'il appréciait chez son mentor. Qu'il aimait chez Laurel. Un peu trop.

Il s'approcha davantage, conscient de la veine qui palpitait dans son cou, de sa respiration rapide. Il réprima l'envie de remettre la main sur son épaule pour l'encourager. Il ne voulait pas la distraire. Il recula de nouveau et s'obligea à se concentrer sur le dossier. Il contenait des listes d'opérations, de nombreuses questions, hypothèses. Ivy aussi était intelligente, curieuse, méthodique. Et son enquête avait mené à son assassinat.

A mesure que Laurel déroulait le fichier, un malaise le gagna. D'une manière ou d'une autre, James avait participé à chacune de ces opérations. Garrett avait été mêlé à certaines, mais pas à toutes.

— Ralentis, dit-il doucement, d'une voix tendue.

— Ivy avait plus de questions que de réponses, soupira Laurel.

Elle lui lança un regard en biais et suspendit son geste.

— Qu'y a-t-il ?

Contrarié qu'elle ait déchiffré son expression aussi aisément, il s'efforça de rester impassible.

— Sans doute rien.

— Si. Je le vois dans tes yeux, rétorqua-t-elle d'un ton sec. Tu m'as déjà menti sur ton identité, Derek. Ne me raconte pas d'autres mensonges. Je mérite la vérité. Ivy aussi. Et Molly.

— Je suis Garrett à présent.

Il s'était raidi, mais il savait qu'elle avait raison. S'il lui arrivait quelque chose, elle devait avoir autant d'informations que possible. Elle devait être prudente. Se méfier de tous.

— James était impliqué dans tous les dossiers sur lesquels Ivy a enquêté.

Laurel eut un haut-le-corps. Son visage se durcit.

— Mon père n'est pas un traître. Qui d'autre y participait ?

— Je n'ai pas dit qu'il l'était…

— Tu le pensais. Dis-moi.

Il ne put nier que l'idée lui avait traversé l'esprit.

— J'y participais aussi.

— Tu sais, Garrett, il y a des moments où il faut avoir foi en ceux qu'on aime. Même quand le monde entier semble partir en vrille, il reste des gens qui ont le sens de l'honneur.

Elle le regarda par-dessus son épaule.

— Tu en es la preuve. Mon père t'a confié sa famille quand il a eu des ennuis. Moi aussi. Mon père mérite la même considération de ta part. A moins que tu ne sois réellement un traître.

Bon sang. Laurel McCallister ne mâchait pas ses mots.

— Dans ce cas, pourquoi n'as-tu pas peur de moi ? Tu ne crois pas que je risque de te trahir ?

— Tu nous aurais déjà tuées. Au contraire, tu nous as sauvées. Tu as sacrifié ta couverture. Tu t'es mis en danger. Accepte-le, Garrett, tu es un héros. Exactement comme mon père le pensait.

Elle atteignit la fin du dossier.

— Il y a un lien ici.

Elle cliqua dessus. On lui demanda un autre mot de passe. Elle tenta le même.

Accès refusé.

Au bout de trois autres tentatives, Laurel se redressa et jura tout bas.

— Je suis à court d'inspiration.

La fatigue et la déception se lisaient sur ses traits. Garrett lui massa doucement les épaules.

— Tu es douée. Y a-t-il une autre manière de deviner le mot de passe ? Sais-tu briser un code ?

— Ce n'est pas ma spécialité, mais…

Elle pianota sur la table.

— En fait, j'ai inventé un programme de décryptage avec des amis quand j'étais à l'université.

Elle esquissa une petite moue.

— Nous avons failli être renvoyés quand notre tuteur s'en est aperçu. Je pourrais l'exécuter d'ici, mais ça va prendre un certain temps.

— Tu veux dire que nous serions en ligne longtemps ?

Laurel acquiesça, puis une lueur brilla dans ses yeux.

— A moins de télécharger le dossier.

Le jeu en valait la chandelle.

— Vas-y.

Laurel se mit à pianoter sur le clavier, passant d'un écran à l'autre si vite que Garrett en avait presque le vertige.

— Tu n'hésites jamais, dit-il, admiratif.

Un hurlement lui coupa la parole.

— Maman !

La terreur s'entendait dans la voix de Molly. Garrett se rua vers la porte du salon, Laurel sur les talons.

Molly était assise sur le canapé, les joues rouges, le visage couvert de sueur, les yeux fermés.

Laurel prit place à côté d'elle et l'entoura de ses bras.

— Je suis là, Molly. Je suis là.

Elle berça l'enfant contre elle, mais Molly garda obstinément les yeux clos, secouant la tête et se cramponnant à elle.

— Elle dort ?

— Elle sait que tu es là. Elle s'accroche à toi.

Laurel la serra davantage contre elle.

— Qu'est-ce que je peux faire ?

Les sanglots de Molly brisaient le cœur de Garrett. Il se remémora le jour où Ella avait regardé une partie du film *Jurassic Park* chez une camarade. Le soir venu, elle avait fait d'affreux cauchemars. Une seule chose l'avait apaisée.

— Tu m'as emmenée, gémit Molly, repoussant Laurel.

Laurel pâlit, et sa détresse se peignit sur son visage.

— Donne-la-moi, souffla Garrett.

Elle hésita.

— Je sais quoi faire.

Non sans réticence, elle lui tendit la petite fille. Il s'assit dans un grand fauteuil et serra Molly contre sa poitrine.

— Tout va bien, mon chou, dit-il à voix basse, tout en l'enveloppant d'une couverture.

Il la berça lentement et se mit à chantonner une berceuse. La mélodie résonna doucement dans le silence. Il caressa le dos de Molly, décrivant de lents cercles apaisants. Les sanglots de l'enfant se calmèrent un peu, puis se muèrent en hoquets.

Quand enfin elle ouvrit les yeux, elle les regarda tour à tour.

— Maman ? Papa ?

— Ils ne sont pas là, mon chou, dit Garrett. Mais ta tante Laurel est là. Elle va veiller sur toi et te protéger. Et moi aussi.

Molly se mordit la lèvre.

— Il y a eu une *splosion*. La voiture de papa a brûlé comme dans la cheminée.

Une larme roula sur la joue de Laurel.

— C'est vrai, ma chérie.

— Mon papa et ma maman vont revenir ? insista l'enfant d'une toute petite voix.

Laurel échangea un regard avec Garrett. Il hésita, puis acquiesça. Le moment était venu.

Il resserra son étreinte autour de Molly, et Laurel déglutit.

— Ma chérie, ils ne vont pas revenir, mais ils te voient. Ils sont au ciel.

Des larmes montèrent aux yeux de Molly.

— Matthew et Michaela aussi ?

— Oui, mon bébé.

Laurel lui tendit son lion en peluche. Molly le pressa contre elle, en larmes.

— Je veux qu'ils reviennent.

Laurel se laissa tomber à côté de Garrett, qui s'écarta pour lui faire une place. Elle passa un bras autour de Molly, sa joue reposant sur le front de sa nièce.

— Moi aussi, Molly. Moi aussi.

La fillette se cramponna à sa peluche et se nicha contre l'épaule de Garrett.

— Chante encore, shérif Garrett. J'ai mal à la tête.

La gorge nouée, Garrett obéit, luttant contre les souvenirs qui le submergeaient. Pendant des nuits et des nuits, à l'hôpital, il avait cherché à tâtons la main de Lisa ou d'Ella, sans jamais trouver personne.

Tout près de lui, Laurel se taisait, les épaules secouées de sanglots silencieux. Elle enfouit le visage dans son cou.

Il les serra toutes les deux contre lui, murmurant la berceuse. Au bout d'un moment, Molly s'endormit dans ses bras.

Il se tut.

Le soleil entrait à flots par la fenêtre, mais l'après-midi touchait à sa fin. Garrett jeta un coup d'œil à Laurel.

— La voir ainsi me fait si mal, avoua-t-elle, les yeux rouges.

Il hocha la tête, incapable de dissimuler sa propre émotion.

— Je vais la coucher.

Il se leva, et alla déposer Molly sur son lit. Il lui retira ses chaussures, remonta les couvertures sur elle, puis effleura son front d'un baiser.

— Dors bien, mon chou.

Ses bras lui semblèrent brusquement vides. La gorge nouée, il fut brutalement ramené en arrière. Il songea à sa petite fille. Elle n'avait pas su qu'un cauchemar allait venir. Molly non plus.

Quand il se retourna, Laurel se tenait sur le seuil et l'observait, le visage ravagé par le chagrin. Une partie de lui voulait s'échapper, courir jusqu'en haut de la montagne et crier sa fureur. Au lieu de quoi il s'approcha d'elle et ils retournèrent dans le salon, refermant doucement la porte derrière eux.

Elle garda le silence, et il ne savait pas quoi dire. Les larmes de Molly avaient abattu le mur émotionnel derrière lequel il se réfugiait depuis dix-huit mois.

Laurel se blottit simplement contre lui, et il ne put que l'enlacer, s'accrocher à elle et lutter pour contenir les émotions qui déferlaient en lui.

Elle demeura silencieuse pendant quelques minutes. Il sentait la chaleur de son corps à travers son T-shirt. Combien de temps s'était écoulé depuis qu'il s'était autorisé à être aussi proche de quelqu'un ?

Trop longtemps.

— Merci, dit-elle dans un souffle.

Elle leva la main et lui caressa la joue tendrement.

— Tu t'en es bien tirée, répondit-il. Ce n'est pas fini mais elle s'en sortira. Et toi aussi.

Il l'embrassa sur le front et elle noua les bras autour de sa taille, le serrant fort contre elle. Il savait qu'elle avait besoin d'une présence réconfortante, rien de plus, mais le battement de son cœur s'accéléra malgré lui. Elle était trop vulnérable. Et lui aussi. La présence de Laurel et de Molly lui rappelait sa propre souffrance. Et maintenant, il devait trouver la force de les aider à survivre.

Un petit gémissement leur parvint de la chambre.

— Va la voir, murmura-t-il. Elle a besoin de toi.

Laurel lui prit la main et déposa un baiser sur sa joue.

— Tu es quelqu'un de bien, Garrett Galloway.

Elle disparut et il l'entendit parler doucement à Molly derrière la porte.

Lorsqu'il fut sûr que la petite fille était calme, il attrapa son Beretta et sortit. Le soleil rougeoyait à l'ouest, baignant la montagne d'une lueur rose et mauve. Garrett inspira à fond, puis expira, les mains crispées sur la rambarde de la galerie.

Il cilla, luttant pour se ressaisir.

Molly et Laurel risquaient d'achever de lui briser le cœur. Quand il avait repris connaissance et compris que Lisa et Ella étaient mortes, seule la soif de vengeance l'avait maintenu en vie. Il avait enfoui sa peine au plus profond de lui-même.

Il passa une main sur son front. Molly lui avait rappelé ce qu'il en était de protéger un être totalement innocent. Et Laurel. Seigneur, cette femme lui donnait envie d'avoir ce qu'il ne pouvait pas avoir. Il ne devait même pas s'autoriser à songer à elle ainsi. Pas avant que ceux qui avaient assassiné sa famille aient cessé d'être une menace.

Un bruissement dans les arbres le fit s'immobiliser. Il se concentra sur l'origine du son, scrutant le bosquet pendant plusieurs secondes. Il y eut un autre mouvement, un grattement sur le tapis d'aiguilles de pin.

Ce n'était pas le vent.

Quelqu'un, ou quelque chose, était là.

Il raffermit sa prise sur son arme et gagna le pilier en pierre au coin de la maison. Si quelqu'un l'avait dans sa ligne de mire, il devait s'abriter.

Lorsqu'il déciderait de tirer, il n'aurait qu'une fraction de seconde.

Une ombre se dessina dans le jour déclinant. Deux yeux le fixèrent entre les pins.

Garrett descendit les marches.

— Tu es revenu.

7

Molly se nicha contre Laurel, triturant le tissu de sa chemise de nuit de Noël qu'Ivy lui avait offerte pour la consoler de ne pouvoir assister à la fête, le soir fatidique.

— Maman a dit que le Père Noël me trouverait si je portais ma chemise de nuit spéciale. Et qu'il saurait que j'avais été sage. Tu crois qu'il viendra jusqu'ici ?

Elle leva les yeux vers Laurel, quêtant sa réponse.

— Bien sûr que oui, affirma celle-ci en lui caressant les cheveux. Tu auras un Noël, Molly, ajouta-t-elle dans un souffle. D'une manière ou d'une autre.

La petite fille serrait son lion en peluche contre elle, le visage enfoui dans sa crinière. Au bout d'un moment, sa respiration se ralentit et devint régulière. Elle soupira et glissa sa petite main sous sa joue. Laurel retint son souffle tandis qu'elle se faufilait sous les couvertures.

Avec un peu de chance, le sommeil lui apporterait la paix. Pendant un temps, du moins.

Les minutes s'égrenèrent. Un vide affreux emplissait peu à peu le cœur de Laurel. Elle aurait voulu qu'Ivy franchisse le seuil, lui dise que tout n'était qu'un malentendu, un mauvais rêve, un des plans compliqués de son père.

Une partie d'elle-même espérait envers et contre tout

que c'était la vérité, mais elle savait bien que non. Elle avait entendu le ton de la voix de son père au téléphone. Il ne s'agissait pas d'un jeu. Sa peur était bien réelle.

Sans doute était-il mort, lui aussi.

Molly et elle étaient seules.

Laurel enfonça ses ongles dans sa paume, éprouvant la morsure de la douleur. Elle ne rêvait pas — et pourtant elle traversait le pire des cauchemars.

Les boucles blondes de sa nièce retombaient sur son front. Au moins, elle avait Molly. La petite fille lui donnait une raison de ne pas se recroqueviller sur elle-même pour disparaître. Jamais elle n'avait imaginé qu'elle puisse un jour être aussi malheureuse. Elle avait l'impression de se noyer dans un océan de solitude.

Garrett avait perdu sa femme et sa fille. Elle n'osait imaginer la souffrance qu'il avait éprouvée. Comment avait-il survécu, seul, une fois son passé détruit ?

Laurel jeta un coup d'œil vers la porte. Elle aurait pu rester dans cette chambre jusqu'au lendemain matin. Chacun de ses muscles lui faisait mal tant elle était épuisée. Ses yeux la brûlaient. Pourtant, pour la première fois depuis plusieurs jours, elle se sentait en sécurité.

Pour vingt-quatre heures au moins.

Elle aurait dû essayer de dormir mais Garrett était dehors. Seul.

Son père lui avait parlé de Derek Bradley, mais plus elle repassait leurs conversations dans sa tête, plus elle y voyait des incohérences. Bien qu'excellent menteur, il avait été prudent à propos de Bradley. Il avait laissé place au doute, pour qu'elle puisse lui faire confiance un jour si nécessaire.

« Derek a pris trop de risques, avait-il déclaré à Thanksgiving. Il en a payé le prix. Et sa famille aussi.

Mais les traîtres finissent toujours par avoir ce qu'ils méritent. »

Il n'avait jamais dit explicitement que Derek était un traître.

Quelque chose se détendit en elle, et elle comprit que, jusqu'alors, elle avait été tenaillée par le doute. Ce n'était plus le cas. D'ailleurs, sa vision d'un homme prêt à vendre son pays cadrait mal avec la douceur dont Garrett avait fait preuve pour apaiser Molly.

Comme elle le lui avait dit, à certains moments, il fallait se laisser guider par la foi. Veillant à ne pas troubler le sommeil de la petite fille, Laurel se leva et traversa la pièce. Molly ne bougea pas. Laurel tourna lentement la poignée et se glissa derrière la porte.

Le salon était désert.

Elle jeta un coup d'œil dans le bureau, mais Garrett n'était pas là. Le programme qu'elle avait lancé était toujours en cours d'exécution.

Elle regarda par la fenêtre. Debout sur les marches, Garrett lui tournait le dos, fixant le crépuscule. Tout son corps exprimait la tension. Comme s'il voulait qu'on le laisse seul.

Laurel hésita. Elle pouvait soit retourner dans la chambre et s'installer devant l'ordinateur pour attendre que le programme trouve le mot de passe, soit aller à lui. Sauf qu'elle savait déjà ce qui se passerait si elle le touchait. Ils étaient vulnérables, tous les deux. Chacun avait besoin d'un réconfort que seul l'autre pouvait lui apporter.

Elle ouvrit la porte d'entrée. Une rafale de vent hivernal la fit frissonner. Les derniers rayons du soleil disparurent derrière une montagne et le ciel se peignit de teintes bleu-mauve, bordées à l'horizon d'un léger trait rougeâtre.

— Garrett ?

Il ne se retourna pas. Elle baissa les yeux et vit qu'il avait son arme à la main. Elle se figea.

— Dans les arbres, dit-il doucement.

Laurel suivit son regard. Deux yeux bleus perçants les observaient, calmes et résolus.

Le puma.

— Il est revenu, souffla-t-elle.

— Ils sont curieux, mais prudents. Il ne s'approchera pas davantage.

Il descendit les marches et ramassa un gros caillou qu'il lança en direction de l'animal. Celui-ci décampa aussitôt.

— Nous devons garder Molly à l'intérieur. Ce félin sait que les êtres humains sont une source de nourriture. Il a sans doute mangé des provisions laissées par les clandestins qui traversent la frontière.

Il remit son pistolet dans son jean et la raccompagna à l'intérieur.

— Comment va-t-elle ?

— Elle dort, mais elle va sans doute se réveiller à l'aube.

Garrett verrouilla la porte, puis poussa une chaise sous la poignée avant d'activer les détecteurs de mouvement.

— Tu penses que ça suffira ?

— Si elle essaie de dégager cette chaise, elle va faire beaucoup de bruit. Je l'entendrai.

Laurel ne put retenir un sourire.

— Elle est exactement comme Ivy. Quand on était petites, elle était intrépide. On ne s'ennuyait jamais avec elle, et mon père s'arrachait les cheveux. Sans elle, je n'aurais jamais connu toutes ces aventures…

Elle poussa un soupir.

— Elle me manquera toujours, n'est-ce pas ?

Garrett se tourna vers elle, le visage solennel.

— Je ne vais pas te dire que les choses deviennent faciles avec le temps. Peut-être la plaie se refermera-t-elle un peu.

Laurel le regarda à travers ses cils. Il semblait légèrement mal à l'aise, comme s'il ne savait pas quoi dire. Peut-être s'était-elle trompée. Elle aurait dû rester avec Molly.

— On devrait vérifier l'ordinateur..., commença-t-il.

— Je crois que je vais aller me coucher, dit-elle au même moment.

Il y eut un bref silence.

— Je viens d'aller voir, murmura-t-elle. Le programme est toujours en cours d'exécution.

— Je vois. Eh bien, je suppose qu'il n'y a plus qu'à se souhaiter bonne nuit.

Il y avait de la gravité et de la douleur sur son visage. Et une certaine fragilité aussi.

Laurel se décida. Elle ne voulait pas le quitter. Elle ne voulait pas être seule ce soir. Elle s'avança vers lui, le cœur battant à tout rompre, sachant exactement ce qu'elle voulait. Et lui aussi.

Elle s'arrêta à quelques centimètres de lui, les yeux plantés dans les siens. Son regard brun s'était assombri, lourd de désir.

— Que fais-tu, Laurel ? demanda-t-il d'une voix sourde, rauque.

Elle plaça une main timide sur son torse.

— Nous sommes en sécurité pour le moment, n'est-ce pas ?

— Rien n'est moins sûr, murmura-t-il.

Il recouvrit sa main et la porta à ses lèvres, puis noua ses doigts aux siens.

— Tu sais que c'est une erreur, reprit-il tout bas. Tu ne me connais pas. Pas vraiment.

Un frisson parcourut l'échine de Laurel à ces mots, mais l'ardeur qu'elle lisait dans ses yeux eut raison de ses doutes.

Si, elle le connaissait.

— Je t'ai observé. Tu as renoncé à ta couverture pour nous aider, Molly et moi. Tu l'as calmée, ce soir. Je sais tout ce que j'ai besoin de savoir.

— Même si le monde me considère comme un traître.

— Je connais la vérité.

Elle secoua la tête et se rapprocha. Elle n'avait qu'un désir : qu'il se taise et l'embrasse.

— Et si tu te trompais, Laurel ?

Il lui souleva le menton et captura son regard. Le pouls de Laurel s'emballa. Du bout des doigts, il lui caressa la joue.

— Et si j'étais un homme prêt à tout pour obtenir ce qu'il veut ? Je suis doué pour garder des secrets. Et très doué pour raconter des mensonges.

Laurel avait les yeux rivés sur ses lèvres.

— Je sais quand tu mens, Garrett. Ton regard s'assombrit et ta bouche se crispe un tout petit peu.

Ses lèvres seraient-elles douces, tendres ou passionnées lorsqu'il l'embrasserait ?

— Je ne te désire pas, affirma-t-il, son souffle tiède sur la joue de Laurel.

— Tu bluffes.

— Tu es trop confiante, insista-t-il à son oreille. Mais je n'ai pas la force de te résister.

Elle sourit.

— Là, tu dis la vérité.

Il souda ses lèvres aux siennes et l'entoura de ses bras. Elle n'hésita pas, s'accrochant à lui, laissant son baiser chasser les souvenirs de la semaine écoulée. Pendant un merveilleux instant, elle ne songea qu'à lui, au goût de ses lèvres, à sa bouche qui explorait la sienne.

Il releva la tête.

— Sois sûre de toi, parce que je ne te laisserai pas partir de toute la nuit.

Pour toute réponse, elle l'attira de nouveau à elle. Il la souleva dans ses bras, traversa la pièce à longues enjambées, et l'emporta dans la petite chambre, refermant la porte derrière eux.

— J'ignore ce que l'avenir nous réserve, souffla-t-elle, mais je sais ce que je veux aujourd'hui. J'ai besoin de toi, Garrett.

— Moi aussi, j'ai besoin de toi.

Il l'étendit doucement sur le lit, puis posa ses lèvres dans son cou, déposant une traînée de baisers au creux de sa gorge. Laurel enfouit les doigts dans ses cheveux. Chaque baiser la faisait frissonner de désir. Elle voulait davantage.

— Embrasse-moi, chuchota-t-elle.

— C'est ce que je fais, répondit-il doucement, mordillant la peau délicate au-dessous de son oreille.

— Garrett.

La frustration perçait dans sa voix.

— Et là, c'est mieux ? demanda-t-il en remontant sur le lobe de son oreille. Ou là ?

Cette fois, il descendit plus bas, écartant le tissu de son T-shirt pour révéler le creux de son omoplate.

Laurel s'agita sous lui, impatiente. Enfin, il releva la tête.

— Et là ?

Ses lèvres capturèrent les siennes. Avec un gémissement, elle lui rendit son baiser, explorant les muscles de son dos à travers sa chemise. Elle détestait sentir cette barrière entre eux. Elle glissa les doigts dessous, déboutonna le vêtement et le repoussa sur ses épaules.

Il se figea au-dessus d'elle, la fixant avec un mélange d'intensité et d'hésitation, comme s'il lui adressait un avertissement. Elle suspendit son geste et ses doigts s'arrêtèrent sur une cicatrice.

Des brûlures. La voiture piégée.

Il lâcha un long soupir, puis roula sur le dos.

— J'aurais dû te prévenir.

Sa chemise s'ouvrit et Laurel se redressa pour regarder la longue marque qui s'étendait sur son torse.

— Tu crois que ça change quoi que ce soit ? Non, au contraire.

Sans hésiter elle s'assit à califourchon sur lui et caressa la cicatrice.

Il leva les yeux et retint son doigt.

— Je tournais le dos à la voiture quand elle a explosé. Il y a eu beaucoup de dégâts. J'ai dû subir plusieurs greffes de la peau. Mon cœur s'est arrêté pendant une des opérations. Les médecins ont réussi à me ranimer.

Sa voix était détachée, sa mâchoire crispée. Il faisait de son mieux pour maîtriser son émotion.

— Ce n'est pas joli à voir, ajouta-t-il. Ça ne le sera jamais.

— Crois-tu que si je pouvais ramener Ivy à la vie, je l'aimerais moins à cause de ses cicatrices ?

Laurel promena ses mains sur ses épaules, s'aventurant avec précaution sur la peau déformée.

— Je te fais mal ?

— Non. A certains endroits, je ne sens pas que tu me touches. A d'autres, ça me picote un peu.

Il ne tenta pas de l'attirer vers lui ni de l'embrasser.

— Tu n'es pas obligée de rester.

— Tu es l'homme le plus courageux que je connaisse. Je ne crois pas que tu vas te raviser maintenant, rétorqua-t-elle, avant de se pencher vers lui pour déposer un baiser sur ses lèvres. J'ai envie de toi. Tout de suite. Dis-moi si je te fais mal.

Elle retira son T-shirt et son soutien-gorge. Les yeux de Garrett se voilèrent. Il tendit la main vers un de ses seins et fit courir son pouce sur le téton qui se dressa aussitôt. Laurel gémit et agrippa sa chemise.

Il sourit, le regard de nouveau brûlant.

— Je n'arrive pas à croire que tu veuilles de moi.

Cette fois, il l'entraîna vers lui, pressant une paume au creux de son dos, plaquant ses hanches aux siennes.

— Tu me sens maintenant ? chuchota-t-elle en remuant doucement.

En guise de réponse, il la fit rouler sur le dos et jeta sa chemise sur le sol.

— Tu es merveilleuse, Laurel McCallister.

Elle noua les bras autour de lui, réprimant son émotion en sentant les reliefs irréguliers qui lui zébraient le dos.

— Montre-moi jusqu'à quel point. J'ai hâte de commencer.

Ils étaient au milieu de nulle part. Pour ne pas changer.

Strickland scruta le pare-brise. Les phares du 4x4 trouèrent la pénombre de ce début de soirée, révélant un éboulis en travers de la piste. Impossible d'aller plus loin.

— Bon sang, grogna-t-il en abattant sa main sur le volant. A quelle distance Bradley se trouve-t-il ?

Krauss étudia l'écran. Le point rouge était immobile.

— A environ trois kilomètres, d'après ce truc. Il ne bouge pas.

Strickland passa une main sur son menton.

— Je déteste l'Ouest, grommela-t-il. Trop de territoires sauvages.

— On retourne à Danger ?

— Pas question. Prends tes affaires. On y va. Il ne s'attendra pas à ce qu'on vienne le chercher ici.

— Tu veux vraiment qu'on parte en pleine nuit ?

— Tu préfères expliquer au boss qu'on prend notre soirée ?

Krauss attrapa une bouteille d'eau et son arme.

— C'est une erreur, grogna-t-il. Tu n'as jamais été scout ? On ne connaît pas la région. Il pourrait y avoir n'importe quoi dans ces collines. Et on se perd facilement dans le noir.

Strickland tapota l'écran de son appareil.

— Le satellite va nous indiquer le chemin. De toute façon, on n'a pas le choix.

Ils descendirent du 4x4 et Strickland attrapa un M16 qu'il mit en bandoulière.

— Mais je vais te dire un truc. On ne va pas redescendre les corps de là-haut. On les laissera pourrir sur place.

Garrett avait du mal à croire que Laurel était là, dans son lit, nichée contre lui après l'amour.

— Je ne veux plus bouger d'ici, murmura-t-elle.

Lui non plus. Il fixa le mur, écoutant sa respiration. Il n'avait pas prévu cela. Cependant, il n'arrivait pas à éprouver le moindre regret.

Cette pensée le fit ciller. Qu'avait-il fait ?

Il effleura les cheveux de Laurel. Elle était si douce, et pourtant si forte. Et si intelligente.

Surtout, elle était courageuse, prête à tout pour protéger Molly.

— Je t'entends cogiter, dit-elle tout bas.

Elle se tourna dans ses bras et le regarda.

— Tu as des regrets ?

L'hésitation se lut sur ses traits. Il déposa un baiser sur son nez.

— Pas de regrets, mais…

— Non, plaida-t-elle. Pas de *mais*. Je ne veux pas penser à ce qui se passe. Pas encore. Ne pouvons-nous être nous, tout simplement ? Juste pendant quelques minutes ?

— Bien sûr.

Il la serra contre lui et se tut. Au bout d'un moment, elle soupira.

— Cette situation ne durera pas, n'est-ce pas ? Ils vont venir.

Elle redevint silencieuse, puis souffla :

— Tu crois que mon père est encore vivant ?

— Tu veux la vérité ?

— Oui.

Il enroula une mèche des cheveux de Laurel autour de son doigt.

— Je ne sais pas. J'aurais espéré qu'il me contacte d'une manière ou d'une autre.

— Tu es inquiet.

— Oui, mais James est un survivant.

— Est-ce toi ou moi que tu essaies de convaincre ? demanda Laurel d'une voix empreinte de tristesse.

— Les deux, peut-être.

Elle se pelotonna contre lui. Ils demeurèrent silencieux pendant plusieurs minutes, et Garrett se demanda si elle s'était endormie. Il espéra que oui. Elle avait besoin de repos.

— Comment allons-nous les arrêter, Garrett ? murmura-t-elle contre son torse. Ils n'ont pas commis d'erreur.

Son désespoir était palpable, et il en fut touché jusqu'au plus profond de lui-même. D'autant plus qu'il ne pouvait lui offrir aucune garantie. Pas même celle d'être en sécurité. Tout ce qu'il pouvait faire, c'était tout tenter pour les garder en vie, Molly et elle.

Il la serra plus étroitement dans ses bras.

— Si, ils ont commis une erreur. Ta sœur a été assassinée parce qu'elle avait découvert des preuves. Ce qui veut dire…

— … qu'on peut remonter jusqu'à eux, compléta-t-elle.

— Quand tu auras accès à ce dossier, nous trouverons peut-être la réponse.

Garrett ferma les yeux et caressa les cheveux de Laurel, songeant au désir de vengeance qui l'habitait depuis si longtemps. S'ils trouvaient des réponses, Lisa et Ella reposeraient peut-être enfin en paix. Et lui aussi.

Il se détacha de Laurel et s'assit sur le bord du lit, la tête dans les mains.

Derrière lui, Laurel étouffa un petit cri en voyant son dos. Il tendit aussitôt la main vers sa chemise.

— Pardon.

— Non.

Elle changea de position et se rapprocha, puis lui massa les muscles de la nuque. Il lâcha un soupir alors que sa tension se dissipait. Laurel promena les mains plus bas.

— Tu me sens ?

— Oui.

Elle lui mordilla le cou.

— Et là ?

— Oh oui !

Il baissa la tête, s'abandonnant à ses caresses.

Soudain, un bip strident s'éleva, provenant du téléphone portable posé sur le sol. Garrett se leva d'un bond.

— Habille-toi. Quelqu'un vient d'entrer dans le périmètre.

8

Laura roula à bas du lit, enfila son jean et son T-shirt en hâte et courut derrière Garrett, qui se ruait déjà dans son bureau. Il alluma un interrupteur sur une des consoles. Une carte surgit à l'écran. Deux points verts se dirigeaient droit vers son centre.

— Ils s'approchent des caméras, observa-t-il en pressant une nouvelle touche.

Trois écrans se mirent à bourdonner, révélant des images infrarouges assez floues.

Des arbres, rien de plus.

Laurel jeta un coup d'œil à l'ordinateur.

— Le programme n'est pas terminé, dit-elle avec angoisse. Nous n'avons pas le mot de passe. Qu'allons-nous faire ?

Garrett ne quittait pas les images des yeux. Une silhouette apparut. Celle d'un homme qui se frayait un chemin dans le sous-bois, avec des gestes nerveux. Il tenait une arme. Un second individu le suivait de près.

Garrett proféra un juron.

— Comment nous ont-ils trouvés aussi vite ?

— Qui sont ces gens ?

— Ce ne sont pas ceux que j'ai vus cet après-midi. Ils étaient trois. D'ailleurs, celui-ci porte un M16. Je reconnaîtrais cette forme n'importe où.

Il parcourut la pièce du regard, attrapa un sac en toile et le lui lança.

— Prends ce dont vous avez besoin. Seulement le strict nécessaire. Nous n'avons pas beaucoup de temps.

Face à son visage grave, Laurel sentit son estomac se nouer. Elle sortit de la pièce en courant et ouvrit sans bruit la porte de la chambre où Molly dormait. Dans la semi-pénombre, elle tâtonna à la recherche de quelques vêtements et produits de toilette. Elle y ajouta la photo de famille d'Ivy. Tout le reste n'était que du luxe. Sauf Houdini, le lion en peluche.

Elle ressortit de la chambre et regagna le bureau.

— C'est fait.

Garrett était assis devant un écran.

— J'efface tout le système. Il va se désactiver et ne laisser aucune trace.

— Ils sont près d'ici ?

— Ils arrivent droit sur nous, mais ils sont encore à plusieurs centaines de mètres. Ils traversent la forêt en pleine nuit. Ils sont complètement inconscients.

— Tu les reconnais ?

Il zooma sur l'image.

— Non. Et toi ?

Elle scruta l'écran.

— Non plus.

A côté d'elle, un air de fanfare s'éleva de l'ordinateur. Garrett écarquilla les yeux tandis qu'elle rougissait.

— Je sais, marmonna-t-elle en s'asseyant. Ce n'est pas du meilleur goût, mais… j'ai le mot de passe. Je peux ouvrir le dossier.

— Copie-le. Nous n'avons pas le temps.

Garrett appuya sur une série de touches. Deux silhouettes apparurent sur un nouvel écran. Cette fois,

Laurel vit l'arme du second homme. Une autre arme automatique.

— Du matériel de l'armée, murmura-t-elle.

— Oui. Qui sait combien ils sont ? Je vais te sortir de là.

— Nous aurions dû avoir au moins vingt-quatre heures de plus, gémit-elle en le regardant. C'est ma faute.

— Notre adversaire est plus fort que nous ne le pensions.

— Tu as une clé USB ?

Il ouvrit un tiroir et lui en tendit une. Elle l'inséra dans l'ordinateur, copia le dossier et la retira.

— Il faut qu'on y aille.

Il prit la Remington dans le placard et appuya sur un bouton. Les ordinateurs commencèrent à bourdonner.

— Tout va exploser ? demanda-t-elle, interdite.

— Comme dans *Mission impossible* ? répondit-il avec un léger sourire. Non, mais les disques durs seront vidés et détruits.

Il lui désigna un petit sac à dos.

— Tu peux porter ça ?

Elle acquiesça et glissa son pistolet dans la poche arrière de son jean, regrettant de ne pas avoir de holster. Il faudrait qu'elle y pense la prochaine fois qu'elle partirait en cavale.

— Je vais porter Molly, lança-t-il en se hâtant vers la chambre.

La petite fille dormait sur le dos, cramponnée à son jouet en peluche. Il la souleva dans ses bras, la calant sur sa hanche.

— Allons-y, murmura-t-il à l'intention de Laurel avant de détacher une petite torche de sa ceinture. Cette lampe est équipée d'un filtre rouge pour ne pas gêner la vision nocturne. Je passe devant. Garde ton arme à la main.

Il referma sans bruit la porte d'entrée, la verrouilla et fit un pas dans la nuit. Laurel le suivit, munie du sac. La lune éclairait leur chemin. Il pointa le faisceau de lumière devant lui.

— Ne t'écarte pas de ce sentier. Tu pourrais tomber dans le vide.

Lentement mais sûrement, ils se frayèrent un passage à travers les arbres, évitant une série de rochers déchiquetés, veillant à ne pas faire de bruit. Garrett trébucha une fois et Molly geignit doucement. Il se figea. Laurel retint son souffle. Si la fillette se mettait à pleurer, elle risquait de trahir leur position.

Ils recommencèrent à marcher.

Une rafale de coups de feu déchira la nuit au loin.

Laurel se plaqua à terre. Garrett s'agenouilla, faisant à Molly un bouclier de son corps. La fillette lâcha un cri de frayeur et il mit la main sur sa bouche.

— Molly, écoute-moi.

Laurel rampa jusqu'à eux.

— Je suis là, Molly. Il faut qu'on soit très silencieux, même si ces bruits nous font peur. D'accord ?

Elle hocha la tête.

Lentement, Garrett retira sa main. Molly plaqua sa propre main sur sa bouche.

— Bravo, la complimenta-t-il. Tu es très courageuse.

— Le Père Noël le saura ? souffla-t-elle.

— Je suis sûr qu'il nous regarde.

— Et papa et maman ? insista l'enfant, sa voix étouffée derrière ses doigts.

— Ils sont très fiers de toi, Molly.

— Mets la tête contre mon épaule, mon chou. On va filer.

Au clair de lune, Laurel vit Molly fermer les yeux avec force.

Une nouvelle rafale résonna.

Garrett ne ralentit pas.

— Ils sont au chalet. Continue.

Un juron sonore transperça la nuit.

— Il a dit un gros mot, marmonna Molly. Le Père Noël n'ira pas chez lui.

— Non, sûrement pas. Chut, maintenant, souffla Garrett.

Ils poursuivirent leur chemin. Le trajet jusqu'au 4x4 semblait infiniment plus long que lorsqu'ils étaient arrivés, songea Laurel.

Elle avait beau se concentrer sur le sentier, elle marcha sur un morceau de bois sec qui craqua sous son poids. Garrett s'immobilisa. Elle aussi, le cœur battant. Puis il lui fit signe d'aller de l'avant.

Elle n'aurait su dire depuis combien de temps ils étaient partis quand elle reconnut enfin l'éboulis devant elle. Garrett marqua une pause, tendant l'oreille.

Une brindille craqua derrière eux, pas très loin.

Aussitôt, il se tourna vers Laurel, lui tendit les clés de la voiture et la poussa vers les rochers. Le 4x4 n'était plus qu'à quelques mètres.

— Vas-y, ordonna-t-il en lui mettant Molly dans les bras.

L'instant d'après, il avait disparu.

Il s'éloigna d'elles, réfléchissant à toute allure. Comment diable ces types les avaient-ils trouvés ? Il fonça à travers les pins, faisant autant de bruit que possible. Une détonation retentit, la balle se ficha dans un tronc juste au-dessus de son oreille. Ses poursuivants étaient donc équipés de lunettes à infrarouge. Génial.

Garrett prit sa lampe, l'alluma, poussa son intensité au maximum, puis retira le filtre, braquant la lueur éclatante dans la direction d'où venait le coup de feu.

Un glapissement de douleur lui parvint. Le type serait aveuglé pendant quelques secondes. Garrett se dirigea vers la maison, résolu à garder les hommes à l'écart de Laurel et de Molly. Il pria pour qu'elles aient pu s'enfuir, que personne ne les ait interceptées.

— Par ici ! cria un des types.

Des pas s'élevèrent derrière lui. Les hommes ne faisaient aucun effort pour être silencieux. Il vira à quatre-vingt-dix degrés et prit la direction des falaises. Il fallait qu'il se concentre. Un promontoire rocheux devait se trouver quelque part sur sa droite.

Quelques secondes plus tard, il apparut, en effet.

Les types le suivaient toujours.

Un bruit de chute lui parvint, accompagné d'un juron étouffé. Il ne les avait pas semés. Garrett contourna le rocher et marqua une pause. A cinq mètres de lui se trouvait un ravin escarpé. Un endroit dangereux, voire mortel.

Il ralluma sa lampe et courut vers le sommet de la falaise. Les types le suivirent sans hésiter, comme s'ils le voyaient sur un radar.

Portait-il un signal à son insu ? Son téléphone était censé être impossible à repérer. Comment savaient-ils où il était ? Il n'entendait rien au-dessus de lui. Aucun pilote d'hélicoptère sensé ne se serait hasardé à survoler ces montagnes de nuit.

Il n'avait pas le temps de chercher à comprendre.

S'avançait-il droit vers un piège ?

Il s'immobilisa au bord du précipice, au moment où

ses poursuivants faisaient irruption dans la clairière. Le faisceau infrarouge de l'un d'eux se posa sur lui et ils s'arrêtèrent net.

— Avec deux ans de retard, commenta le premier en levant son arme.

Garrett plongea sur le sol au moment où il s'élançait vers lui. Le type tenta de s'arrêter mais il était trop tard. Emporté par son élan, il disparut dans le vide en hurlant.

— Strickland ! cria son compagnon.

Garrett se jeta sur lui et le plaqua au sol.

— Qui êtes-vous ? demanda-t-il.

L'inconnu secoua la tête.

Garrett lui enfonça le canon du Beretta sous le menton.

— Je ne plaisante pas.

— Mon chef non plus. Si je parle, je signe mon arrêt de mort.

Son regard était résigné. Mauvais signe.

— Que diriez-vous d'un marché ? proposa Garrett en relâchant légèrement sa pression. Vous me dites le nom de votre chef. Je vous laisse partir. Vous disparaissez. Vous n'êtes qu'à quelques heures de la frontière.

Une lueur d'espoir apparut sur le visage du type juste avant qu'un coup de feu n'éclate. Garrett ressentit une brûlure fulgurante dans le dos et lâcha son arme. Il roula sur lui-même et se réfugia derrière un rocher, le souffle coupé par la douleur.

Son Beretta gisait par terre, hors de portée.

Strickland se hissa en lieu sûr et leva son arme.

— Bouge-toi de là, Krauss, sinon je risque de t'atteindre aussi.

Son acolyte s'empressa d'obéir. Strickland s'avança vers Garrett et tira sur le rocher. Une pluie de poussière et d'éclats de pierre retomba sur le sol.

Si la scène avait eu lieu en plein jour, Garrett aurait été un homme mort.

— Vous êtes fichu, Bradley. Vous ne vous en tirerez pas comme la dernière fois. Dire que la femme et la gosse n'étaient même pas prévues au programme.

Les mots percutèrent l'esprit de Garrett avec la violence d'un coup de feu. C'était ce salopard qui avait exécuté sa famille.

— Ouais, c'est moi qui ai mis la bombe, ricana l'autre. Vous voulez me le faire payer ?

Garrett roula sur lui-même de nouveau, ignorant la douleur. Du coin de l'œil, il vit Krauss chercher son arme. Sans hésiter il saisit sa chance et se jeta sur lui, le poussant sur Strickland.

Tous les trois vacillèrent au bord du précipice. Garrett attrapa un morceau de rocher en saillie qui arrêta sa chute, tandis que Strickland et Krauss disparaissaient dans les ténèbres.

Garrett remonta la pente, sentant un liquide tiède couler dans son dos. Une fois en haut, il braqua sa lampe en contrebas.

Les hommes gisaient contre un rocher, immobiles. Krauss avait le cou tordu dans un angle bizarre, les yeux grand ouverts.

Il était mort.

Strickland, le visage ensanglanté, ne bougeait pas. Garrett pointa son arme vers lui, mais il ne réagit pas.

Garrett hésita. Comme il s'apprêtait à descendre pour s'assurer que l'homme était bien mort, un vertige s'empara de lui. Il tomba à genoux, étourdi. Un bip tout proche attira son attention. Sur l'écran d'une tablette, un point rouge clignotait.

C'était *lui*.

Bon sang, comment était-ce possible ?

Il vida ses poches. Il avait acheté ses vêtements à El Paso, il ne pouvait rien y avoir à l'intérieur.

Il n'avait pas le temps d'y réfléchir.

Il jeta un dernier regard en bas — Strickland n'avait pas bougé. Il se releva tant bien que mal. L'important était de vérifier que Laurel et Molly étaient parties sans encombre. Daniel l'aiderait. Car quel que soit celui qui avait envoyé Strickland et Krauss, il ne renoncerait pas.

Les détonations avaient cessé. Abritée derrière le capot du 4x4, Laurel raffermit sa prise sur le SIG.

Assise sur le siège arrière, Molly serrait Houdini contre elle.

— Où est le shérif Garrett ? Je suis sûre qu'il n'est pas parti sans nous.

— Il va venir, mon chou.

Il *fallait* qu'il vienne.

Sans crier gare, une silhouette déboucha du couvert des arbres. Le doigt de Laurel se crispa sur la détente.

L'homme leva les yeux.

— Garrett !

— Monte, ordonna-t-il en se ruant côté passager. Démarre.

Elle recula prudemment et fit demi-tour.

— J'allume les phares ?

— Oui. Partons le plus vite possible.

Le faisceau éclaira la route et Laurel écrasa la pédale d'accélérateur.

— Pourquoi m'as-tu attendu ? Et si je n'étais pas revenu ?

— J'ai le numéro que tu m'as donné, répondit-elle, cramponnée au volant. Je m'apprêtais à appeler Daniel Adams.

— Je ne sais pas si je devrais être soulagé que tu sois là ou me mettre en colère.

Le 4x4 roula dans une ornière. Le brusque cahot arracha à Garrett un cri de douleur. Aussitôt, Laurel alluma la veilleuse et jeta un coup d'œil vers lui.

Il avait les lèvres pincées, et le siège en cuir clair était taché de sang.

— Tu es blessé !

— Roule. Rejoins la route principale le plus vite possible. Peut-être qu'on a de la chance et que ces deux-là étaient seuls. Pour l'instant.

Elle accéléra encore. Molly se pencha entre les deux sièges.

— Tu as besoin d'un pansement, shérif ? J'ai des pansements spéciaux pour princesses. Tu peux avoir mon préféré si tu veux. Quelle princesse est-ce que tu préfères ?

Garrett lui sourit.

— C'est toi ma préférée, mon chou. Et ne t'inquiète pas. Ce n'est qu'une égratignure.

Les mains de Laurel se crispèrent sur le volant. Il mentait pour protéger Molly. Des larmes lui picotèrent les yeux. Elle était tombée amoureuse de cet homme. Il les avait sauvées une fois de plus, au péril de sa vie. Elle devait trouver de l'aide.

La ville la plus proche était Danger. Elle avait vu une clinique là-bas. Pourquoi ne pas y retourner ? Il connaissait tout le monde. Quelqu'un l'aiderait.

Il lui sembla qu'il fallait une éternité pour arriver à la route qui menait à Danger. Enfin, elle s'arrêta à l'intersection.

— Tourne à gauche, dit-il, les dents serrées.

— Je suis contente que tu sois d'accord. Je t'emmène chez un médecin.

— Pas pour le moment, rétorqua Garrett en se laissant aller contre l'appuie-tête.

Au bout d'une quinzaine de minutes, il pivota vers elle. Son visage était livide.

— Il y a un chemin de terre tout près d'ici. Arrête-toi et laisse-moi descendre.

— Tu plaisantes…

— Obéis, Laurel.

Non sans réticence, elle s'exécuta.

— Voici ce que tu vas faire, reprit-il, la main agrippée à la poignée. Continue dans cette direction jusqu'à la route rurale 11. Trouve un téléphone, même si tu dois en acheter un prépayé dans un drugstore. Appelle Daniel Adams et explique-lui ce qui se passe. Il t'emmènera à Covert Technology Confidential à Carder. Ils te protégeront.

Elle secoua la tête.

— Tu es blessé. Je ne vais pas t'abandonner ici.

— Laurel, ils me suivent. Je ne sais pas comment, mais c'est un fait. Il faut que tu t'éloignes de moi.

Il ouvrit la portière et tenta de descendre, mais il s'effondra aussitôt. Laurel bondit hors du véhicule et contourna le capot.

— Laisse-moi au moins arrêter le sang. Tu ne peux pas le faire tout seul.

Il ferma les yeux, puis hocha la tête à regret.

— Il y a un T-shirt dans mon sac. Et de l'eau. Lave la plaie et sers-toi du T-shirt pour faire un bandage. Ensuite, il faudra que tu partes.

— Tu vas soigner le shérif Garrett, tata Laurel ?

— Exactement, mon chou, répondit-il avec un sourire. Je serai comme neuf après.

Menteur.

Laurel alla chercher le sac et sortit ses affaires.

Quand elle souleva la chemise de Garrett, elle retint un cri à la vue du sang séché qui collait à la peau de son dos. Un filet écarlate continuait à couler de la plaie. Pas étonnant qu'il ne tienne pas debout.

Elle déchira le T-shirt en deux et en trempa une moitié dans l'eau pour éponger son dos avec précaution. Il ne cilla pas. A chacun de ses gestes, les cicatrices se révélaient à ses yeux. Elles n'étaient pas si horribles. Le souvenir de ce qu'il avait vécu dépassait de loin ces marques permanentes.

La balle l'avait touché près de l'omoplate, et il semblait s'être égratigné la peau sur des rochers aussi.

— Combien de fois as-tu été touché ?

— Tu veux dire depuis que je te connais ? Ou au total ?

— Arrête de déconner.

— Tata Laurel ! C'est un gros mot, s'écria Molly, outrée.

— Pardon, Molly, s'excusa-t-elle avant de s'adresser à lui : Tu vois ce que tu m'as fait dire ?

Un petit rire échappa à Garrett.

— Vous allez me manquer, toutes les deux.

Laurel déchira un nouveau morceau de tissu et reprit sa tâche, tapotant la plaie tout doucement. Il avait besoin de points de suture. De plus, elle voyait des fragments de caillou et de métal collés à la peau. Elle frotta plus fort pour les retirer. Il retint son souffle.

— Dommage que je ressente encore la douleur à cet endroit-là, commenta-t-il d'une voix crispée.

— J'ai presque fini.

Alors qu'elle nettoyait la dernière partie, son regard s'arrêta sur un petit cercle métallique immédiatement reconnaissable. Une puce.

— Garrett ? On ne t'a jamais implanté un émetteur ?

— Tu rigoles ? Si ces salopards avaient appris la fréquence…

Il tourna la tête brusquement.

— Pourquoi ? Il y en a un là ?

— Oui.

— Enlève-le. Tout de suite.

— Il est dans ton dos. Il faudrait un médecin pour l'extraire.

— Donne-moi mon sac.

Elle le lui tendit. Il en sortit une petite trousse médicale contenant un scalpel.

— Arrache-le, ordonna-t-il. Nous n'avons pas de temps à perdre. Ils sont peut-être déjà tout près.

Laurel cilla, fixant l'émetteur, s'exhortant à être positive. Ses mains tremblaient, et elle prit une profonde inspiration.

— C'est facile. Suis le contour et retire-le.

— Je suppose que tu n'as pas de calmants dans ta boîte magique ?

Molly passa la tête entre les sièges et lâcha un petit cri.

— Shérif Garrett, tu as plein de bobos. Tu peux prendre tous mes pansements si tu veux.

— Laurel, vas-y, dit-il avant de sourire à Molly. Si tu me cherchais ces pansements, mon chou ?

Molly se rassit, puis se pencha sur son sac.

— Maintenant, ordonna-t-il.

— Respire un bon coup.

Il s'agrippa au siège tandis qu'elle se penchait sur lui. Elle inspira à fond, enfonça la lame sous la peau et fit une incision, révélant toute la puce. Garrett ne dit pas un mot, mais quand elle saisit le cercle de métal avec la pince, ses muscles se raidirent. Le sang se mit à couler.

Laurel tapota la plaie.

— Je l'ai.

— Oh ! C'est un vilain bobo, s'exclama Molly.

— Mais non, mon chou. Peut-être que tu seras docteur quand tu seras grande, comme ça tu pourras soigner les gens.

Le sourire de Molly s'élargit.

— Je voudrais bien soigner les gens.

— Laurel, il y a de la Bétadine et de la pommade antiseptique dans la trousse. Et aussi des bandes adhésives pour mettre sur la plaie.

Molly insista pour appliquer également plusieurs de ses pansements. Lorsqu'elles eurent terminé, Garrett se tourna vers Laurel. Il était tout pâle.

— Il y a une clinique à Danger, répéta-t-elle.

— Nous ne pouvons pas retourner là-bas. Où est la puce ?

Elle lui montra le minuscule objet avec la pince. Il le retourna dans sa paume, les mâchoires serrées.

— Bon sang !

— Quoi ?

Il leva les yeux et rencontra son regard.

— C'est ton père qui a commandé ces puces. Je croyais qu'aucune n'avait été utilisée, mais il a dû en faire implanter une sur moi. Et il était le seul à en connaître la fréquence.

Mike Strickland gémit, porta une main à sa tête. Quand il la retira, elle était ensanglantée et poisseuse. Il roula sur lui-même. Tout son corps le faisait souffrir. Il remua chaque membre tour à tour. Rien de cassé, mais il avait l'impression que son crâne allait exploser d'un moment à l'autre. Lentement, il se redressa et s'assit.

A côté de lui, Krauss gisait, immobile, le cou brisé.

C'était le maillon faible, de toute façon. Par certains côtés, il ressemblait à Derek Bradley. Ce type était un imbécile. A sa place, il aurait achevé ses adversaires d'une balle dans la tête… histoire de ne pas prendre de risques.

Il se leva tant bien que mal, jetant un regard noir à la pente. Une fois en haut, il scruta les environs. Aucun signe du dispositif de pistage. Bradley l'avait-il récupéré ?

Un téléphone sonna à quelques pas de lui. Les tempes bourdonnantes, s'efforçant d'ignorer la douleur lancinante qui lui vrillait le crâne, il suivit la direction du son et se baissa.

Le nom qui s'afficha à l'écran lui donna la nausée. Il vomit copieusement sur le sol, n'osant répondre. La sonnerie cessa, avant de reprendre presque aussitôt.

— Strickland.

— Ne m'ignorez pas, Strickland.

Il s'essuya la bouche sans répondre.

— Bradley se dirigeait vers Danger mais le signal a été coupé. Vous avez échoué. Une fois de plus.

— Nous avons un plan, mentit-il.

— Vraiment ? Nous ne pouvons plus repérer Derek Bradley, par conséquent il représente une menace plus grande encore. Neutralisez-le.

— Je comprends.

— Ah bon ? Vraiment ? C'est votre deuxième erreur en quelques jours. Ne me poussez pas à bout, Strickland.

La communication fut coupée.

Il avait besoin d'échafauder un plan. D'abord, il devait rejoindre le 4x4. Ensuite, trouver Bradley. Si nécessaire, il faudrait lui tendre un piège, l'appâter pour l'attirer hors de son repaire.

Il y avait une solution à ce problème. A Danger, au Texas.

9

Laurel ouvrit violemment la portière du 4x4. La puce détruite gisait sur le sol, avec son cœur en miettes.

— Tu as tort à propos de mon père, riposta-t-elle, le visage rouge de fureur. Il ne t'aurait jamais fait de mal.

— Je sais ce que j'ai vu. D'abord les éléments réunis par ta sœur, et maintenant ça.

— Il n'a peut-être pas été un père parfait. Il s'absentait souvent, certes, mais c'est un patriote. Jamais il n'aurait trahi.

— Eh bien, moi non plus, rétorqua Garrett. Et pourtant, on me traque. Il a raconté des mensonges à mon sujet, soi-disant pour me sauver la vie. A présent, je me pose des questions. Quel meilleur moyen de cacher ses véritables intentions que de jeter un proche en pâture aux loups et de se prétendre accablé par sa trahison ?

Elle se refusait à admettre que ce plan paraissait plausible — assez simple et assez brillant pour que son père l'ait conçu. Elle ne voulait pas — ne pouvait pas — croire que James McCallister aurait traité Garrett ainsi.

— Dans ce cas, pourquoi t'a-t-il sauvé la vie ?

— Je ne l'ai pas encore compris.

— Si mon père était réellement responsable de tout cela, il ne t'aurait pas laissé la vie sauve. Il ne t'aurait pas donné une nouvelle identité.

Laurel agrippa le dossier du siège et se tourna vers lui.

— Et mon père n'aurait sûrement pas…

Elle s'interrompit et jeta un coup d'œil en direction de Molly.

— … commandité l'explosion en Virginie, acheva-t-elle dans un souffle.

La petite fille les regardait tour à tour, les yeux écarquillés, les lèvres tremblantes. Elle semblait sur le point d'éclater en sanglots.

L'expression de Garrett s'adoucit.

— Pardon, mon chou, murmura-t-il. Ta tante Laurel et moi ne voulions pas te faire peur.

Molly se recroquevilla sur son siège, serrant Houdini contre elle.

— Papa et maman se disputaient à cause de son travail.

Laurel se retourna, surprise.

— Je ne le savais pas. Pourquoi ?

— Papa voulait que maman reste à la maison avec moi. Moi aussi, je voulais qu'elle reste. Et maintenant, elle ne pourra jamais.

Molly tritura le cou de son lion.

— Elle a dit qu'elle faisait quelque chose d'important et qu'elle ne pouvait pas arrêter.

— Je suis désolée, Molly, dit Laurel en foudroyant Garrett du regard. Nous n'allons plus nous disputer. N'est-ce pas ?

Il secoua la tête.

— Je ne vais pas mentir à Molly, alors que nous n'allons pas être d'accord sur ce point.

Il adressa un petit sourire à la fillette.

— Mais on te promet d'en parler plus calmement la prochaine fois. D'accord ?

Avec un soupir, Laurel démarra.

— Bien. Où allons-nous maintenant ? Il faut que j'examine ces dossiers.

— A la ville voisine. Je vais me procurer un téléphone portable.

Encore contrariée, elle s'engagea sur la route déserte.

— Je n'arrive pas à croire que tu imagines mon père coupable. Toi qu'on a fait passer pour un traître !

Garrett garda le silence un instant.

— Je ne veux pas le croire, répondit-il enfin. Mais ces puces… James les a fait fabriquer. Il voulait suivre tous les agents. Savoir où chacun d'eux se trouvait.

— Cela me paraît raisonnable. En cas de capture…

— C'était raisonnable, sauf qu'on savait déjà qu'il y avait une taupe dans l'organisation. Par conséquent, il a mis fin au programme. Personne d'autre que lui n'avait accès à cette technologie, et pourtant on m'a implanté une puce après mon accident. Et à présent, quelqu'un essaie de nous tuer. Que penserais-tu à ma place ?

— Et la personne qui a conçu les puces ? Ou le département qui a financé le programme ? Mon père travaillait pour la section Opérations, pas pour l'administration.

Garrett caressa la barbe naissante de son menton. Il avait des allures de hors-la-loi qui n'auraient pas dû plaire à une analyste de la CIA en cavale, et pourtant Laurel le trouvait irrésistiblement sexy.

— C'est une théorie intéressante. Je m'étais toujours dit que le traître était un membre de la section Opérations, mais peut-être que non. Tu as raison. Il fallait avoir accès à toutes sortes d'informations, pouvoir cacher des transferts bancaires…

Il pianota sur son genou.

— Comment suivre cette piste ?

— Si on contactait Fiona ? suggéra Laurel. Elle doit être folle d'inquiétude pour mon père. Et elle sait forcément qui possède ce genre de pouvoir.

— Je ne voulais pas la mêler à ça, mais nous n'avons plus beaucoup de choix. Le moment est peut-être venu de lui en parler. Le temps presse.

— Et nous avons besoin d'un allié à l'intérieur, Garrett. Tu le sais.

Ils avaient couvert des kilomètres sans croiser un seul véhicule. Laurel se détendit légèrement.

— Attendons de voir ce qu'il y a dans ces dossiers, répondit Garrett en scrutant l'horizon encore noir. Si nous ne trouvons rien, nous l'appellerons.

— J'ai besoin de consulter un ordinateur, dit Laurel.

— Nous avons fait assez de chemin. Trouvons un endroit tranquille où nous garer. Maintenant que je ne porte plus de puce, nous devrions être en sécurité. Nous dormirons jusqu'au lever du jour et puis nous irons dans une bibliothèque publique.

Le 4x4 était arrêté dans l'obscurité. Une rafale de vent le secoua et Garrett changea de position, cherchant à atténuer la douleur. Sa plaie lui faisait mal mais il avait connu pire. Laurel était installée sur la banquette arrière, Molly blottie contre elle.

Peut-être ne lui pardonnerait-elle jamais, mais qu'était-il censé croire ? Qui d'autre que James aurait pu lui implanter une puce après l'explosion ?

Il jeta un coup d'œil dans le rétroviseur et les regarda, serrées l'une contre l'autre. La voiture n'était guère confortable, mais ils ne pouvaient prendre le risque d'aller dans un motel, ni même de traverser les grandes agglomérations, où chaque intersection était équipée de caméras de surveillance. Leurs poursuivants savaient approximativement dans quelle zone ils se trouvaient. En revanche, plus le temps passait, plus la zone de recherches irait en s'élargissant.

Et plus ils auraient une chance de bénéficier d'un effet de surprise… à condition qu'Ivy ait découvert quelque chose de déterminant.

Il entrouvrit la portière et descendit sans bruit. Laurel avait défendu son père avec acharnement. C'était compréhensible. Sans les notes d'Ivy et sans la forme particulière de la puce, lui-même n'aurait jamais soupçonné James. Cependant Laurel était intelligente, et elle avait fait des remarques pertinentes.

Fiona avait toujours veillé sur James. Elle avait monté des opérations complexes avec une précision remarquable, même quand cela semblait quasi impossible. Elle trouvait presque toujours un moyen d'amener les agents au succès. Elle connaissait tout le monde. Peut-être était-ce elle qui avait fourni des informations à James lorsqu'il avait annoncé qu'il touchait au but.

Laurel avait raison. Ils avaient besoin d'un allié au sein de l'organisation. Tant pis s'ils prenaient un risque. Il la contempla à travers la vitre, les yeux clos, essayant de dormir. Laurel McCallister était aussi farouche qu'une maman ourse quand on l'agaçait. Il trouvait cette qualité étrangement attirante. Elle en aurait besoin.

Avant d'appeler Fiona, il devait mettre en place un plan de secours. Dès qu'il aurait pris contact avec elle, son téléphone serait surveillé.

Il composa un numéro.

— Adams.

— Daniel. Ici Garrett. J'ai besoin de ton aide.

— Content que tu appelles. Que diable se passe-t-il à Danger ? aboya Daniel. J'ai reçu un appel de ton adjoint il y a quelques minutes. Apparemment, il a gardé mon numéro après notre dernière petite aventure. Il a été pris en otage avec Hondo et sa sœur. Les types qui les détiennent lui ont dit qu'il devait te contacter. Ils ont posé un ultimatum.

— Quel genre ?

— Ils veulent que tu ailles à Danger avec la femme et la fillette, mais sans armes.

Daniel marqua une pause.

— Tu as une heure devant toi, Garrett. Après, ils vont commencer à abattre les otages.

Garrett lâcha un juron.

— Il va me falloir presque tout ce temps-là pour arriver là-bas.

— Si j'étais toi, je partirais tout de suite. On se retrouvera sur place.

Garrett jeta un coup d'œil en arrière. Laurel et Molly étaient innocentes, mêlées malgré elles à un jeu mortel à cause de James. Et exposées à un danger plus grand encore par sa propre présence. Il baissa les yeux sur sa montre et s'éloigna de quelques pas pour ne pas être entendu.

— Daniel, tes amis du CTC ont-ils des contacts dans les services de renseignements ?

— Bien sûr.

Garrett s'éclaircit la gorge.

— J'ai besoin d'aide pour nettoyer une scène de crime. Il y a deux types au pied de la gorge de la Guadalupe.

— Tu n'as pas chômé.

— Autre chose.

Il marqua une pause.

— Il faut que tu le saches pour pouvoir m'aider. Mon vrai nom est Derek Bradley.

Daniel garda le silence, mais Garrett devina qu'il avait déjà entendu ce nom.

— Je suis innocent de ce dont on m'a accusé. Je ne suis pas un traître. Cela dit, si tu veux te retirer, je comprends.

— Tu n'as pas besoin de me convaincre. Je t'ai vu en action. Un traître ne se serait pas préoccupé de moi ni de ma femme. Un traître vivrait sur une île privée aux Caraïbes, il ne serait pas en train d'exercer comme shérif au fin fond du Texas.

Des pleurs de bébé s'élevèrent en arrière-fond. Garrett entendit la voix harmonieuse de Raven, l'épouse de Daniel, qui parlait à leurs jumelles, puis une porte se referma avec un léger déclic.

— Daniel, soupira-t-il, réfléchis bien avant de t'engager. Pense à ta femme et à tes enfants.

— C'est tout réfléchi. Elles seraient mortes sans toi. D'ailleurs, je te crois. Je sais de quoi sont capables les hommes au pouvoir quand il s'agit de se défendre.

Il marqua une pause.

— Je vais t'aider, alors dis-moi ce qu'il te faut.

Garrett laissa échapper un long soupir, et regarda de nouveau en arrière pour s'assurer que Laurel et Molly dormaient. Il s'éloigna de quelques pas supplémentaires.

— D'abord, j'ai besoin de protection pour deux témoins. Je ne vais pas te mentir, Daniel. C'est dangereux.

— Pourquoi ne fais-tu pas appel à l'organisation ? Il doit bien y avoir quelqu'un là-bas en qui tu as confiance ?

— Une personne, peut-être, mais à vrai dire, je ne suis sûr de rien. Il est possible qu'on m'ait gardé en vie dans le but de se servir de moi. Il me faut un groupe indépendant qui ait des contacts assez puissants pour protéger Laurel et Molly s'il m'arrive quoi que ce soit.

— Entendu. Où et quand allons-nous nous donner rendez-vous ?

— Tu n'as pas d'autres questions ?

— Comme je te l'ai dit, tu m'as sauvé la vie, sans parler de celle de ma femme et de mes filles. Je n'ai pas d'autres questions. Je sais ce qu'est la loyauté, Garrett. Maintenant, le temps presse. Quel est ton plan ?

— Je ne peux pas laisser mes témoins seuls. L'une d'elles n'a que cinq ans. Je ne peux pas les surveiller et faire ce qui doit être fait.

— Compris. On arrive, mais il va nous falloir plus d'une heure.

— On se débrouillera en attendant. Je ne sais pas qui nous attend à Danger, mais rejoins-nous dès que possible. Je ne veux pas que quelqu'un meure à cause de moi.

— On y va. A tout à l'heure.

Réveillée par le mouvement du 4x4, Laurel cligna des yeux dans la lueur blafarde de l'aube. Stupéfaite, elle fixa la nuque de Garrett installé au volant.

— Tu ne devrais pas conduire. Tu as besoin de repos. Et il faut que tu voies un médecin.

Garrett jeta un coup d'œil dans sa direction, puis il consulta sa montre.

— Je n'ai pas le choix. Nous retournons à Danger.

Il reporta son attention sur la route et appuya sur la pédale d'accélérateur. Le 4x4 fit un bond en avant. Laurel se redressa, alertée par le ton de sa voix.

— Que se passe-t-il ? demanda-t-elle en croisant son regard dans le rétroviseur.

— Nos poursuivants ont pris des gens en otage, expliqua-t-il, la mâchoire crispée. Mon adjoint, Lucy et Hondo. Ils nous ont donné une heure pour arriver, et ce temps est presque écoulé. Ils vont tuer les otages un par un.

— Oh, mon Dieu !

Laurel plaqua une main sur sa bouche pour s'imposer le silence. Molly ne devait pas entendre cette conversation.

— Je ne peux pas laisser faire ça, Laurel. Tu comprends.

Elle acquiesça, serrant sa nièce plus étroitement contre elle. Ce cauchemar ne finirait donc jamais ?

Garrett hésita.

— Le problème, c'est que le type qui a les otages nous réclame tous les trois.

— Pourquoi ? Je ne comprends pas. Qu'avons-nous fait de compromettant ? Surtout Molly ?

— Le monde entier vous croit mortes, comme moi. Nous en savons trop. Il est plus sûr et plus facile d'éliminer tous les témoins.

— J'ai vu beaucoup de choses terribles à la CIA, murmura Laurel, mais ça… c'est monstrueux.

Elle frissonna.

— Nous savons l'un et l'autre que s'ils veulent nous tuer, quels qu'ils soient, ils finiront par réussir. C'est trop facile. Il suffit de trafiquer les freins de votre voiture, ou de la piéger, ou de tirer une balle de loin.

— La seule solution est de disparaître, commenta Garrett en accélérant encore.

Laurel regarda Molly.

— Qu'as-tu en tête pour nous trois ?

— Je ne sais pas.

— Tu mens.

— Je suis en train de passer les options en revue. Tout dépendra de qui nous attend. Ils vont téléphoner dans cinq minutes pour nous fixer un point de rendez-vous. Je veux essayer de les prendre par surprise. Avec un peu de chance, ils ne sont pas trop nombreux.

— Je peux t'aider, Garrett. Je n'ai pas d'expérience sur le terrain, c'est vrai, mais je tire bien. Tu le sais.

— Il faut que tu veilles sur Molly. J'ai appelé des renforts.

— Et ils arriveront à temps ?

— Je l'ignore.

— Encore un mensonge.

— Ce n'est pas bien que tu lises en moi aussi facilement. Il faudra que je m'améliore.

— Je te surveille, Galloway. Autant t'y faire.

Une lumière aveuglante baigna brusquement la cellule obscure. James cilla, ébloui, puis tenta de plisser les yeux, mais il y voyait à peine.

— Tu aurais dû nous parler de cette puce plus tôt. Ça aurait pu sauver ta fille Ivy et sa petite famille. Malheureusement, il a fallu qu'elle se mette à fouiner, elle aussi.

James ferma les yeux avec force, anéanti par ce qu'il venait d'entendre. Seigneur, non ! Pas Ivy. Pas les enfants. Qu'avait-il fait ? Il ne se souvenait de rien, hormis d'une piqûre.

Un rire sardonique résonna dans la pièce, éveillant en lui une haine brûlante.

— Tu ne t'en tireras pas comme ça, marmonna-t-il.

— C'est déjà fait, dit son interlocuteur. Ma réputation est irréprochable. On me fait confiance. Tout le monde vient à moi parce qu'on sait que je vais trouver le moyen d'obtenir de l'argent, des ressources, du matériel. Tu le sais aussi bien que moi.

— Justement, reprit James. Cela devrait éveiller leur méfiance.

— Les gens voient ce qu'ils ont envie de voir, dit l'autre, même dans les services de renseignements.

Il sortit un pistolet et s'approcha de James, pressant le canon contre sa tempe.

— Je devrais t'éliminer tout de suite.

James savait qu'il ne s'en sortirait pas vivant. Son seul espoir était de pouvoir faire parvenir un message d'avertissement à Garrett. Il devait bien y avoir un moyen…

— Ne te gêne pas, rétorqua-t-il.

— Ça te ferait plaisir, hein ? Eh bien, ça ne sera pas si facile, James.

Sur un signe de la main, un garde apparut, un homme corpulent, aux yeux froids comme ceux d'un serpent.

— Je veux savoir si tu nous as caché autre chose.

James resta seul avec le nouveau venu. Il déglutit. Une cicatrice récente zébrait le visage de l'inconnu, à l'évidence le résultat d'une brûlure. Il avait une baguette en fer entre les mains.

— Simplifiez-vous la vie, dit-il à James. Je continuerai jusqu'à ce que vous ayez avoué.

Il s'approcha d'un réchaud et l'alluma. Des flammes jaillirent. Il posa la barre sur le feu, la faisant tourner lentement. Au bout de quelques minutes, l'homme sortit la baguette rougeoyante des flammes et s'avança vers lui.

— Vous n'êtes pas obligé de faire ça, murmura James. Nous pourrions fuir ensemble.

L'homme eut un rictus amer.

— J'ai essayé. Ma fille a été tuée dans un accident de voiture hier avec des amis. J'ai une femme et un fils, et on m'a dit ce qui leur arriverait si j'échouais. Je n'essaierai pas de repartir.

Il se pencha vers lui.

— Maintenant, dites-moi quelque chose. N'importe quoi. Je vais protéger ma famille. Même si je dois vous tuer pour le faire.

James ferma les yeux. Il avait déjà perdu une fille. Tout comme son geôlier, il mourrait pour protéger Laurel.

— Je ne peux pas.

La voix de son adversaire lui parvint à travers les barreaux.

— Vous êtes sur place ? Parfait. Strickland a échoué deux fois. Vous savez quoi faire. Eliminez-le en même temps que Bradley. Je veux mettre un terme à cette affaire aujourd'hui.

Quand ils arrivèrent à Danger, le jour s'était levé. Il serait difficile de traverser la ville sans se faire remarquer.

Garrett quitta la grand-route et emprunta une voie secondaire qui partait vers le désert.

— Je vais passer par-derrière, expliqua-t-il. Arriver par une rue de côté.

— Et tes amis ?

— Ils ne vont pas tarder.

— Mais ils ne seront pas là à temps pour le rendez-vous.

Laurel se pencha en avant.

— Tu as besoin de soutien, Garrett. Surtout avec ta blessure.

Elle avait raison, cependant il devait penser à leur sécurité avant tout.

— Il faut que tu veilles sur ta nièce. Elle ne peut pas perdre quelqu'un d'autre.

Laurel serra contre elle la petite fille endormie.

Le téléphone portable de Garrett se mit à sonner. D'un mouvement rapide, Laurel le tira par la manche. Il fronça les sourcils, mais comprit et écarta légèrement l'appareil de son oreille pour qu'elle puisse entendre.

— Galloway.

— Plutôt Derek Bradley, sale traître.

Garrett étouffa un juron. Cette information avait dû venir de James.

— Je ne vois pas de quoi vous voulez parler.

— Ne faites pas l'idiot, shérif. A quelle distance êtes-vous du poste de police ?

— Un quart d'heure.

— Cinq minutes avant l'heure à laquelle j'abattrai votre adjoint. Vous jouez serré. Le pauvre a déjà des sueurs froides.

— J'ai dit que je serais là.

— La femme est avec vous ?

Garrett ne répondit pas.

— Si je n'ai pas votre parole qu'elle sera devant votre bureau dans un quart d'heure, je descends l'adjoint tout de suite.

Il jeta un coup d'œil à Laurel. Elle acquiesça.

— Elle sera là, marmonna-t-il, les lèvres pincées.

— Et la gamine ?

— Pour l'amour du ciel, ce n'est qu'une enfant.

Le bruit d'un fusil qu'on arme résonna dans l'écouteur. Garrett jura.

— Très bien, Molly sera là aussi.

— Excellent. Shérif, si vous faites ce qu'on vous dit, je leur laisserai la vie sauve. Mais si vous essayez de me rouler, je n'hésiterai pas à les tuer. Vous savez que j'en suis capable.

Son interlocuteur marqua une pause.

— Il paraît que vous avez des tas de cicatrices à cause de la bombe. C'est vraiment dommage qu'elle ait explosé avant que vous ne soyez monté en voiture, vous aussi.

— Strickland ? s'écria Garrett, interdit.

— Gagné ! C'est bien moi. Il faut croire que j'ai la peau dure, moi aussi.

La communication fut coupée. Garrett fixa l'appareil, abasourdi. Ainsi, ce salaud n'était pas mort ! Comment était-ce possible ?

Laurel posa une main apaisante sur son épaule, mais il se dégagea.

— Strickland a tué ma famille, dit-il d'une voix sourde, et je l'ai laissé sortir vivant de ce ravin.

Garrett se sentait comme engourdi. Il avait échoué. Une fois de plus. Cette fois, ce seraient peut-être Laurel et Molly qui paieraient le prix de ses erreurs.

— Il aura ce qu'il mérite, affirma Laurel en posant son SIG sur le siège. Il a également tué ma famille. Il paiera. Nous y veillerons tous les deux.

— C'est Bradley.

Shep Warner jeta un coup d'œil à son nouvel équipier. Ils attendaient depuis un bon moment, à l'abri derrière les vitres teintées de leur grosse voiture noire, à deux rues du poste. Leon avait un accent indéfinissable, mais il était à l'évidence compétent. Sinon, le grand chef ne l'aurait pas fait venir.

— J'ai travaillé avec lui. Il était bon. Un peu trop bon, je suppose.

— On va lui régler son compte.

Shep s'empara des jumelles.

— Il y a quelqu'un sur la banquette arrière. Deux personnes. Une femme et un enfant.

Leon se raidit.

— Personne ne m'a parlé d'abattre un enfant.

Shep se hâta de prendre une photo.

— Il faut mettre le boss au courant.

Il appuya sur la touche d'envoi et attendit. Le téléphone sonna presque immédiatement.

— Où avez-vous pris ça ?

La voix, déformée par l'ordinateur, lui donnait toujours des frissons tant elle semblait inhumaine. Il n'avait aucune idée de l'identité du grand chef. Tout ce qu'il savait, c'est que son compte en banque était nettement mieux rempli depuis qu'il avait commencé ce travail.

Son nouvel équipier, Leon, le mettait mal à l'aise. Shep n'aurait su dire au juste ce qui le gênait. Sa froideur et ses manières taciturnes le faisaient penser à un robot. Enfin, s'il ne faisait pas l'affaire, le boss avait des moyens de s'en débarrasser.

— A Danger, au Texas. La femme et la gamine sont dans la voiture de la cible.

— La troisième erreur de Strickland. Notre source ici ne veut rien dire. Tuez-les aussi et débarrassez-vous des corps.

— Personne ne va poser de questions ?

— Sûrement pas. Aux yeux du monde, elles sont déjà mortes. Faites-les disparaître.

Leon se tourna vers Shep.
— Quel est le plan ?
— On ne laisse personne en vie. Strickland compris.
— Même pas la gamine ?
— Même pas elle.

10

Garrett s'arrêta non loin du poste, laissant tourner le moteur au ralenti.

Les guirlandes de Noël cognaient contre les lampadaires. L'endroit semblait désert, mais il avait des picotements à la nuque. Ce rendez-vous ne lui disait rien qui vaille. Trop d'impondérables.

Il avait besoin d'une diversion. Cependant Daniel et les gars du CTC n'arriveraient pas avant une bonne heure, ce qui ne lui laissait pas le choix. Il allait devoir exposer Laurel et Molly au danger, et cette perspective le terrifiait.

— C'est l'heure, observa Laurel.

— Je sais, soupira-t-il. Comment va Molly ?

— Elle dort pour le moment. Je lui ai donné des médicaments. Elle a eu une poussée de fièvre hier soir. Je dois l'emmener chez un médecin.

— Avec un peu de chance, tout sera bientôt fini.

Garrett étudia les lieux, soulagé de constater que personne ne montait la garde derrière le bâtiment.

— Je peux passer par-derrière pour accéder à un stock d'armes, mais j'ai besoin que quelqu'un détourne leur attention un moment.

— Je pourrais prendre le volant et aller me garer devant, proposa Laurel. J'espère qu'ils n'ont pas de bazooka dans leur arsenal.

— Ne plaisante pas à ce sujet-là, Laurel.

— Si je ne plaisante pas, j'ai envie de hurler et de prendre mes jambes à mon cou, Garrett. Je suis morte de peur pour Molly.

Il se retourna.

— Et moi j'ai peur pour vous deux. Dès que tu entendras que les choses se gâtent à l'intérieur, va au Copper Mine Motel. Daniel y sera bientôt.

— Et toi ?

— Si tout va bien, je pourrai libérer Hondo, Lucy et l'adjoint. Je te retrouverai là-bas avec le nom du salaud qui a commandité ces attentats. Bon, changeons de place.

Garrett descendit de voiture et la contourna pendant que Laurel prenait place au volant.

— Donne-moi cinq minutes avant de partir. Jusque-là, reste baissée.

Elle acquiesça, mais des larmes brillaient dans ses yeux.

— Tu es un homme bien, Garrett Galloway. Reviens-moi.

— Je te promets d'essayer.

Il lui effleura la joue, puis jeta un coup d'œil en direction de Molly.

— Tu vas être géniale avec elle.

Le regard de Laurel s'assombrit.

— Ne me dis pas adieu, Garrett. Je t'en prie.

— Tu sais que je dois y aller.

— Pour ta famille, murmura-t-elle.

— Et pour toi.

Il déposa un baiser sur ses lèvres, s'attardant juste un instant.

— Pour toi, pour Molly et pour moi.

Une seconde plus tard, après un ultime regard à

Laurel, il se faufilait dans la ruelle toute proche, en priant intérieurement pour qu'il ne leur arrive rien. Il devait se concentrer sur sa tâche : éliminer Strickland et sauver Keller, Hondo et Lucy. Sans parler de Laurel et Molly.

Garrett parcourut les environs des yeux sans rien voir d'inhabituel, puis il se figea en remarquant la grosse voiture noire.

Il vérifia sa montre. Pas le temps de tergiverser. Dans moins de quatre minutes, Laurel viendrait se garer devant le bâtiment.

Il gagna l'arrière. Des caméras avaient été installées à l'intérieur et à l'extérieur, mais il fallait composer un code pour les activer. Par chance, il ne l'avait pas donné à son adjoint. Il fit courir ses doigts le long des briques et en détacha une, révélant un loquet permettant d'ouvrir la sortie de secours.

Garrett, qui avait toujours pensé que toutes ces précautions frôlaient la paranoïa, remercia silencieusement son prédécesseur d'avoir été aussi méticuleux. Cet homme avait eu raison, simplement il n'avait pas été assez prudent. Il était désormais derrière les barreaux, condamné à vingt ans de prison pour trafic de stupéfiants.

Espérant que Strickland était dans la pièce principale, Garrett composa le code secret. Il y eut un léger déclic. Très lentement, il poussa le battant.

Des pas lourds s'entendirent dans la salle la plus à gauche, tout près des cellules. Sans doute ceux de Strickland. Il n'aurait permis à personne de se déplacer.

— Votre shérif prend son temps, adjoint, aboya le criminel, cessant de faire les cent pas. Vous êtes prêt à mourir pour un traître ?

— Le shérif Galloway est un homme réglo. Je ne croirai jamais qu'il a trahi.

— Exactement, espèce d'ordure, renchérit Hondo, agitant les barreaux de sa cellule. Vous ne lui arrivez pas à la cheville.

Hondo aurait dû être plus prudent, songea Garrett, inquiet. Si Strickland perdait son sang-froid, il allait commencer à tirer et personne n'en réchapperait.

Il jeta un coup d'œil au coffre-fort inséré dans la paroi, l'ouvrit et s'empara d'un jeu de clés. Il allait devoir trouver le moyen de glisser ce trousseau à Keller ou à Hondo pour qu'ils aient une chance de s'en sortir.

Un tintement sonore s'éleva. Hondo lâcha un juron.

— Vous voulez me briser le poignet ?

— La ferme. Sinon, je te descends en premier. Je vais peut-être le faire, d'ailleurs. Tu m'énerves.

— Non, je vous en prie, non. Lucy, tout va s'arranger.

— Débrouille-toi pour qu'elle arrête de geindre, sinon c'est elle qui y passe.

Strickland s'éloigna vers l'avant du bâtiment.

— Une voiture s'est arrêtée devant.

Ce devait être Laurel. Si Strickland l'observait, il tournait le dos aux cellules.

Garrett ressortit en hâte et longea le côté de la prison. Une petite fenêtre constituait la seule ouverture. Il se haussa sur la pointe des pieds, sortit un diamant de sa poche et, en quelques secondes, découpa un trou. Il mit les clés devant et tapa tout doucement contre le verre.

Keller releva brusquement la tête et écarquilla les yeux. Il s'approcha de Hondo. Celui-ci lança un coup d'œil vers Garrett et acquiesça. Au bon moment, il prendrait les clés. C'était un ex-membre des commandos d'élite. Il saurait mettre Keller et Lucy à l'abri.

Garrett regagna l'issue de secours et se faufila

de nouveau à l'intérieur. Bien sûr, il pouvait abattre Strickland d'une balle dans la nuque. Ce dernier le méritait. Toutefois, en le tuant, il se priverait de la seule piste susceptible de le mener à l'identité du cerveau qui depuis une décennie sévissait dans l'ombre.

La mort de Strickland ne protégerait pas Laurel et Molly à long terme.

Bref, il devait capturer son ennemi vivant, ce qui rendait sa mission infiniment plus dangereuse.

Hondo n'avait pas esquissé le moindre geste. Parfait. Il était rusé. Recroquevillée à un bout du lit, Lucy se balançait d'avant en arrière. Inutile de se demander comment Strickland s'y était pris pour capturer Hondo. Quant à l'adjoint Keller, Garrett se promit de lui dire deux mots.

Strickland était debout devant la fenêtre, un M16 à la main. Il fit un pas de côté pour ouvrir la porte.

— La fille de McCallister et la gamine ! s'écria-t-il. Où est Bradley ?

Il se retourna.

— Il n'a pas dû me croire quand j'ai dit que l'un d'entre vous allait mourir.

Il pointa son arme vers Lucy.

C'était maintenant ou jamais.

Garrett se rua sur Strickland. Pris par surprise, ce dernier tomba à la renverse, laissant échapper son arme. Garrett atterrit sur son épaule blessée et réprima un cri de douleur, mais il réussit à saisir Strickland à la gorge et à faire pression sur la trachée.

— J'aurais dû vous tuer.

— Mais vous ne le ferez pas, haleta Strickland. Parce que quelqu'un d'autre viendra, maintenant que le boss sait que vous êtes vivant. Me tuer ne vous servira à rien.

Ce salopard avait raison.

Garrett renforça sa pression sur sa gorge.

— Qui vous emploie ? Je veux un nom.

Strickland lui jeta un regard mauvais.

— Lâchez-moi.

— Je veux sortir, gémit Lucy. Je veux sortir.

Du coin de l'œil, Garrett vit Hondo s'emparer des clés et déverrouiller la porte. Lucy détala à la seconde où il l'ouvrit. Strickland profita de cette seconde d'inattention pour se retourner sous lui et échapper à sa prise. Il se leva d'un bond, ramassa son M16, saisit Lucy par les cheveux et la traîna vers la porte.

Garrett leva son arme.

— Vous ne sortirez pas d'ici vivant, dit-il d'un ton menaçant.

— Reste tranquille, Lucy, recommanda Hondo.

La malheureuse se mit à pleurer. Le doigt de Strickland se posa sur la détente.

— Alors, shérif, qu'est-ce que vous allez faire ? ricana-t-il. On dirait que j'ai repris les choses en main. Lâchez votre pistolet.

Garrett jura, mais il n'avait pas le choix. A regret, il obtempéra.

Keller s'était avancé en silence pour essayer de prendre Strickland par-derrière, mais celui-ci l'aperçut et tira sans hésiter. Keller s'écroula, l'épaule en sang.

— Assez joué, maintenant. Faites entrer la fille de McCallister et la gamine, et finissons-en.

Ses paroles furent noyées dans une détonation. Lucy se mit à hurler. Strickland tomba comme une masse, et resta inerte.

Hondo courut vers sa sœur et la berça contre lui, détournant son regard du corps sans vie.

— Je voulais seulement apporter des cookies à l'adjoint, balbutia-t-elle.

— Tout le monde à terre, ordonna Garrett en se précipitant vers la porte d'entrée.

Il s'arrêta sur le seuil, l'arme au poing. Molly était couchée sur la banquette arrière. Laurel s'était baissée derrière la voiture.

— Stickland est mort, annonça-t-il.

Laurel écarquilla les yeux, puis rampa vers lui, se releva et se jeta dans ses bras.

— Il a dit quelque chose avant de mourir ? murmura-t-elle. Il t'a donné des informations ?

Garrett secoua lentement la tête.

— Non. Je suis désolé.

— Je comprends.

Sa voix exprimait une résignation qui serra le cœur de Garrett. Elle aussi avait saisi les implications de la mort de Strickland. Si le dossier d'Ivy ne leur donnait pas le nom du coupable, ils étaient dans une impasse. Une impasse qui risquait de leur coûter la vie.

La grosse voiture noire avait reculé, hors de vue du poste de police. Shep se gara et foudroya Leon du regard.

— Tu aurais dû tirer. Strickland était une cible facile, mais tu as eu deux fois Bradley dans ta ligne de mire. D'abord quand il a fait sa petite manœuvre avec les clés, et ensuite quand il se tenait sur le seuil. Tu aurais pu les descendre tous les deux.

Son nouvel équipier secoua la tête.

— Il y aurait eu des dommages collatéraux. J'ai vu des mouvements à l'intérieur.

— Et alors ?

— Le boss ne veut pas trop de cadavres inexpliqués. Il faut que j'abatte les cibles rapidement et qu'on se débarrasse des corps.

— Je n'ai pas entendu cet ordre-là.

— Eh bien, on m'a dit quand j'ai été envoyé ici qu'il fallait absolument éviter d'attirer l'attention. Descendre tout un groupe de gens au poste aurait ameuté la presse. Crois-moi, le boss ne veut pas de ça.

— Comment comptes-tu t'y prendre alors ? grommela Shep, que le nouveau venu commençait à agacer sérieusement.

— J'ai un explosif dans le coffre. Un truc qui ne laisse aucune trace. On va les suivre, attendre qu'ils soient ensemble, faire sauter la voiture et repartir. C'est plus propre. Et on se débarrasse des trois en même temps.

Shep pianota sur le tableau de bord.

— Des explosifs. C'est pour ça que le boss t'a fait venir. Leon, ton style va peut-être me plaire après tout.

— Tant mieux.

Leon s'empara des jumelles.

— Hmm... apparemment, on ne va pas être obligés de se débarrasser de Strickland. Notre jeune adjoint est en train de cacher le corps.

— Peut-être qu'il va l'emmener à la morgue.

Leon fit non de la tête.

— Il l'a enroulé dans une couverture et déposé dans un pick-up. Ils vont le faire disparaître.

— Moins de boulot pour nous.

— Raison de plus pour faire ce travail comme il faut. Je n'ai pas envie que le boss se serve de moi comme exemple, comme il l'a fait avec Strickland.

Les chambres du motel tenu par Hondo étaient simples, mais confortables. Au-dehors, le calme était revenu. Les agents du CTC avaient investi le motel, le poste du shérif, et sécurisé toute la ville. Personne ne pouvait entrer ou sortir sans qu'ils en soient informés.

Ils avaient cherché l'assassin de Strickland, mais la seule piste se portait sur l'occupant d'une grosse voiture noire qui avait quitté la bourgade en roulant à tombeau ouvert.

Il reviendrait.

Malgré les gardes armés à sa porte, Laurel ne parvenait pas à se sentir en sécurité. Les deux hommes qui l'avaient suivie étaient morts, mais d'autres les avaient remplacés. On voulait toujours se débarrasser d'elle, de Garrett et de Molly.

Et elle n'avait toujours aucune nouvelle de son père.

Elle changea de position pour s'adosser à la tête de lit. Molly grimpa sur ses genoux et se nicha contre sa poitrine. Tout doucement, Laurel se mit à fredonner la mélodie que Garrett lui avait chantée la veille.

Tout semblait paisible, pourtant la tension nouait les muscles de sa nuque. Son instinct lui hurlait de s'enfuir, mais pour aller où ?

Elle devait faire confiance à Garrett et à ses amis.

Molly triturait la fourrure d'Houdini en le berçant légèrement. Elle était très silencieuse depuis ce dernier incident. Retrouverait-elle jamais son insouciance d'autrefois ? Laurel en doutait.

La fillette se blottit plus étroitement contre elle, jouant avec le collier de son lion.

On frappa à la porte. Molly tressaillit, tandis que Laurel braquait son arme sur la nouvelle venue, une jeune femme aux cheveux bruns. Derrière elle, Laurel reconnut un des agents du CTC.

— Qui êtes-vous ?

— Raven Adams, la femme de Daniel. Puis-je entrer ?

Daniel. L'homme en qui Garrett avait entière confiance.

Laurel acquiesça et abaissa son arme, veillant néanmoins à la garder à portée de main.

Un chien au pelage roux haletait à côté de Raven.

— Et mon ami, Danger, dit-elle en inclinant la tête vers son compagnon.

Molly se redressa légèrement et fixa le chien, qui remua la queue.

Dès que Raven franchit le seuil, Danger s'avança vers Molly en gambadant. Il inclina la tête et posa son museau sur le lit, regardant la petite fille avec de grands yeux mélancoliques.

— Il s'appelle vraiment Danger ? demanda Laurel.

Raven sourit.

— C'est une longue histoire.

Molly se mordilla la lèvre, d'un air songeur.

— Je peux le caresser ?

— Il serait très content, affirma Raven. Il adore qu'on lui gratte les oreilles.

Molly tendit une main timide vers l'animal et lui tapota la tête. Aussitôt, sa queue battit plus fort sur le sol.

— Il m'aime bien, dit la fillette.

Enhardie, elle lui gratta les oreilles. Danger avança encore son museau et laissa échapper un couinement de satisfaction.

Molly se laissa glisser à bas du lit.

— Il est grand.

Tenant sa peluche d'une main, elle entoura de l'autre la tête du chien.

— Je t'aime bien, tu sais.

Raven montra le sachet qu'elle avait à la main.

— Tu as goûté les cookies de Hondo ? Il m'en a donné rien que pour toi.

Molly dressa l'oreille, sans cesser de caresser son nouvel ami.

— Des cookies aux pépites de chocolat ?

— Il en existe d'autres ? plaisanta Raven.

Elle ouvrit le sachet et lui en tendit un.

— Daniel et moi aimerions inviter Molly à passer quelques jours chez nous. Il y a une balançoire dans le jardin. Elle est encore un peu haute pour mes petites filles, mais je crois qu'elle sera parfaite pour toi, Molly.

Danger roula sur le dos et Molly éclata de rire avant de se baisser pour lui caresser le ventre. La gaieté qu'elle lisait dans le regard de la fillette serra le cœur de Laurel.

— Elle sera en sécurité avec nous, reprit Raven.

— Quand partez-vous ? s'enquit Laurel en se penchant pour tapoter la tête de l'animal.

— Daniel et Garrett sont en train d'en discuter.

— Vraiment ?

Laurel s'accroupit à côté de sa nièce.

— Molly, il faut que j'aille parler avec le shérif Garrett. Tu veux rester ici avec Danger ?

Molly acquiesça.

— Cela vous ennuie de la surveiller pendant quelques minutes ? demanda Laurel à Raven. Elle a connu des moments très durs. Je serai à côté si elle a besoin de moi.

Comme elle se dirigeait vers la porte, Raven s'approcha et prit ses mains dans les siennes.

— Vous pouvez faire confiance à Garrett. C'est quelqu'un de bien.

Laurel la dévisagea. Des souvenirs douloureux

assombrissaient son regard. Apparemment, Raven avait connu sa part d'épreuves.

— Je prendrai bien soin de Molly, murmura-t-elle. J'ai failli perdre mes jumelles.

Laurel jeta un coup d'œil vers Molly, hésitante.

— Ecoutez, je sais que vous ne me connaissez ni d'Eve ni d'Adam, mais Garrett et Daniel m'ont sauvé la vie et celle de mes enfants. Il n'y a personne d'autre que je souhaiterais avoir de mon côté, même si je devais affronter le diable en personne.

Laurel décida d'être franche.

— Nous sommes en danger. Vous n'avez pas peur que nos ennuis vous suivent ?

— Des agents du CTC seront postés chez nous. Molly sera bien gardée. Et Danger sera là.

Laurel se mordit la lèvre.

— Je vais y réfléchir.

Elle sortit de la chambre. Plusieurs hommes à la mine sévère, armés jusqu'aux dents, patrouillaient dans le couloir. L'un d'eux porta la main à son Stetson pour la saluer.

— Le shérif est dans cette pièce, madame.

Laurel frappa à la porte et entra. Garrett était assis à côté de Daniel Adams, à une petite table à côté de la fenêtre. Ils étaient en grande conversation, et étudiaient l'écran d'un ordinateur portable.

Elle s'avança vers eux.

— Avez-vous appris quoi que ce soit dans le dossier d'Ivy ?

Garrett leva la tête d'un air coupable.

— Nous en parlerons plus tard.

— Je n'aime pas les secrets, rétorqua Laurel. Dites-moi ce qu'il y a.

Il tourna l'ordinateur vers elle pour qu'elle puisse lire la première page.

— C'est impossible !

— Le dossier d'Ivy établit un lien direct entre ton père et presque toutes les fuites qui ont eu lieu à l'agence. Il est question de trafic d'armes, de vente de documents ultra secrets, de transfert de sommes colossales vers des comptes à l'étranger.

Laurel s'assit au bord du lit, parcourant une page après l'autre avec une consternation croissante. Ses épaules se tassèrent. Les informations étaient accablantes.

— Je refuse de croire qu'Ivy ait écrit cela, dit-elle enfin en levant les yeux vers Garrett. C'est le dossier que j'ai téléchargé ?

Garrett acquiesça.

— Ou alors elle se trompait. Forcément. Si quelqu'un prenait connaissance de…

— … ton père serait accusé de trahison.

— Il ne se serait pas conduit ainsi. Et ce n'est pas de la naïveté de ma part.

Elle redressa le menton et affronta Garrett du regard. Il s'approcha du lit et prit sa main dans la sienne.

— Je n'y crois pas non plus. Je crois que quelqu'un au sein de l'agence essayait de le piéger. Comme moi.

— Que pouvons-nous faire ? Strickland est mort.

Daniel s'éclaircit la gorge.

— J'ai parlé de votre situation à Ransom Grainger, le directeur du CTC. Il m'a fourni des informations confidentielles. Le CTC a un contact infiltré à l'agence. Ransom a été chargé d'enquêter sur certaines irrégularités dans diverses opérations menées à l'étranger.

— Chargé par qui ?

— Disons simplement par quelqu'un de très haut

placé au gouvernement. Un lanceur d'alertes a tout déclenché.

— Qui ?

— James McCallister.

— Mon père ?

— Je pense que c'est ainsi qu'il espérait élucider l'affaire, intervint Garrett.

— Daniel, pouvez-vous nous aider à identifier celui qui veut nous éliminer ? demanda Laurel. Et à découvrir ce qui est arrivé à mon père ?

L'agent du CTC fit la moue.

— Notre informateur n'a pas encore rencontré la personne qui est au sommet de l'organisation. A l'évidence, cet individu est extrêmement discret. Notre contact risque sa vie. Une question de trop, et il disparaîtra. C'est déjà arrivé.

— Dans ce cas, que nous reste-t-il ? insista Laurel en passant une main sur sa nuque pour essayer d'atténuer la tension. Un assassin finira par nous trouver. Nous ne pouvons pas nous cacher indéfiniment.

Garrett se leva et la regarda. Laurel comprit à la gravité de son expression que ce qu'il s'apprêtait à dire n'allait pas lui plaire.

— C'est pourquoi je veux que Molly et toi disparaissiez pendant quelque temps. Daniel et Raven sont prêts à vous accueillir.

Laurel le dévisagea.

— Mais tu vas venir avec nous, n'est-ce pas ? Tu es en danger, toi aussi.

— Je ne peux pas, Laurel. Je vais…

— … te faire tuer, acheva-t-elle.

Daniel se dirigea vers la porte.

— Je crois que je vais vous laisser en discuter.

Il referma le battant derrière lui. Garrett effleura la joue de Laurel.

— Je vais retrouver James et mettre le traître hors d'état de nuire, mais je ne peux pas me concentrer sur ma mission si je suis inquiet pour Molly et pour toi. Je ne veux pas qu'il t'arrive quelque chose, Laurel. Ton père voudrait que je te mette à l'abri.

— N'essaie pas de me manipuler, répondit-elle, fronçant les sourcils.

— Je ne dis que la vérité.

Il se pencha et déposa un baiser sur ses lèvres.

— Il faut que tu acceptes. Pour Molly. Tu le sais.

Garrett noua ses doigts aux siens. Laurel aimait la façon dont ils se mêlaient, comme si leurs deux mains ne faisaient plus qu'une. Ils se connaissaient depuis quelques jours à peine et pourtant elle avait l'impression qu'ils étaient ensemble depuis une éternité.

Elle ne voulait pas le perdre.

— Ça ne me plaît pas.

— Mais tu vas le faire, insista Garrett en pressant ses doigts. Pour Molly.

— Pour Molly.

Après un ultime baiser, il alla ouvrir la porte.

— Daniel, j'ai besoin d'un avion.

Son ami tira un téléphone de sa poche.

— Pour Washington ?

— C'est là que tout a commencé. C'est là que ça va se terminer.

— Donne-moi deux heures. Vous avez passé une nuit blanche. Reposez-vous. Je m'occupe de tout.

— Merci, Daniel. J'ai une dette envers toi.

— Nous sommes quittes, répondit ce dernier. Je vais chercher ma femme.

Il les laissa seuls. Laurel osait à peine respirer.

— Ça ne me plaît pas, répéta-t-elle. C'est moi qui suis venue te trouver. Tu as tout perdu à cause de moi.

Sans hésiter, Garrett l'enlaça.

— Tu as tort, Laurel, souffla-t-il. Tu m'as ramené à la vie.

Il lui caressa les bras, réchauffant ainsi son corps glacé depuis qu'elle avait compris qu'ils se voyaient peut-être pour la dernière fois.

— J'ai peur. Pour toi.

— Je ne veux qu'une chose : que tu sois en sécurité. C'est tout ce que James voudrait.

— Serre-moi fort, Garrett. S'il te plaît.

— Je vais faire mieux, murmura-t-il en se penchant pour capturer ses lèvres.

Elle noua les bras autour de sa taille, mémorisant son odeur, la sensation de son corps pressé contre le sien, terrifiée à l'idée qu'il ne serait bientôt plus là. Alors, elle n'aurait plus que ce moment à chérir.

Quand Garrett se détacha d'elle, Laurel ne put réprimer un gémissement de protestation. Cependant, il ne la lâcha pas. Il encadra son visage de ses mains, lui donnant un baiser infiniment tendre, infiniment aimant. Et terrifiant, parce qu'il ressemblait à un adieu.

Sans un mot, il la souleva et l'allongea sur le lit, la calant contre lui.

— Si la situation était différente, je t'emmènerais. Je m'enfuirais avec toi. Crois-moi.

Elle porta la main de Garrett à sa poitrine et la serra avec force.

— Je suis terrifiée. Pour toi. Pour mon père. Tant de gens sont morts.

Elle se tourna dans ses bras et lui caressa la joue, gravant dans sa mémoire chaque ridule de tension, chaque point doré dans ses yeux noisette.

— Maintenant que je t'ai trouvé, je ne veux pas te perdre.

— Je ferai tout pour ramener ton père, Laurel.

Elle acquiesça.

— Reviens-moi aussi, Garrett, murmura-t-elle en s'agrippant à sa chemise. Tu as tout changé pour moi ces derniers jours. J'ai toujours cru que je ne pouvais compter que sur moi-même. Mon père m'a appris cela. Mais toi… je sais que je peux compter sur toi. J'ai besoin de toi dans ma vie. Ne meurs pas, je t'en prie.

— J'ai un avenir devant moi à présent, dit-il avec douceur. Je ne veux pas mourir.

Deux heures durant, Garrett regarda Laurel dormir, contemplant son sourire tranquille, écoutant sa respiration régulière. Il mourait d'envie de l'emmener, de repartir de zéro avec Molly et elle, mais il savait que c'était impossible pour l'instant. Cette affaire ne serait jamais réglée, Laurel et Molly ne seraient jamais en sécurité, leurs familles ne seraient jamais vengées, tant que le traître resterait à son poste.

Il lui avait dit adieu dans chacun de ses baisers, chacune de ses caresses. Sachant qu'il ne la reverrait peut-être pas, il se leva en soupirant, chaussa ses bottes et sortit de la pièce.

Laurel ne serait pas surprise de découvrir à son réveil qu'il était parti, mais elle serait furieuse. Quant à lui, il savait qu'ils avaient déjà eu de la chance de survivre aux journées écoulées.

Et que la chance ne durait pas éternellement.

Il referma la porte sans bruit. Debout sous la galerie couverte du Copper Mine Motel, Daniel tenait Raven dans ses bras, entourée d'une couverture.

Plusieurs gardes armés passèrent, leur adressant un signe de tête. Daniel les salua en retour.

— Des gens suspects en ville ?

— Non. Et aucun signe de la voiture noire. La voie est libre. Pour le moment.

— Comment va Molly ?

— Elle joue avec ma tablette, et Danger lui sert d'oreiller, répondit Raven avec un sourire. Elle a du cran. Et elle est comme moi, elle a un faible pour les cookies de Hondo.

— Comment vont Hondo et Lucy, à propos ? Et Keller ?

Daniel fronça les sourcils.

— Lucy est plutôt perturbée. Le médecin lui a donné des sédatifs. Keller va s'en tirer, mais il ne comprend pas ce qui s'est passé.

— La pauvre Lucy. Elle n'a pas de chance. Tu sais, j'ai passé toute l'année dernière à ronger mon frein alors que je voulais me jeter dans l'action. Et maintenant, j'ai fait souffrir les gens qui m'ont accordé leur confiance. Je ne sais pas comment me racheter auprès d'eux.

— En arrêtant le coupable, répondit Hondo d'une voix dure.

Le propriétaire du motel venait d'apparaître au coin du bâtiment. Il semblait bouleversé.

— Hondo, murmura Garrett. Je suis vraiment désolé…

Son ami leva la main pour l'interrompre.

— Ce n'est pas vous qui les avez amenés ici. Ils sont venus vous chercher.

Il lui tendit un nouveau sachet de cookies.

— Donnez-les à Molly. De la part de Lucy. Elle a refusé de dormir avant que je les apporte.

— Merci. Je suis tellement désolé…

— Shérif, vous voulez vous rattraper ? Débarrassez-nous de ces types et revenez ici. Danger a besoin d'un homme bien, un homme comme vous.

Sur quoi Hondo se retourna et rentra, refermant la porte-moustiquaire derrière lui.

Garrett lâcha un soupir et enfonça les mains dans ses poches, puis s'adressa à Daniel :

— J'ai enregistré tout ce que je sais sur cette affaire sur une disquette dans le tiroir supérieur de la commode de ma chambre. Si je ne reviens pas… fais ce que tu jugeras bon.

Daniel acquiesça.

— Strickland et Krauss sont morts, mais d'autres sont en route, reprit Garrett en tirant de sa poche le téléphone de Strickland. Dès que j'aurai allumé ça, quelqu'un va le savoir et le traître va m'appeler.

Daniel se massa la nuque.

— Dans ce cas, appuie sur le bouton et finissons-en une bonne fois pour toutes.

Après avoir quitté Danger, Garrett roula plusieurs heures durant avant de s'arrêter sur le bord de la route. Il ne voulait pas qu'on puisse remonter jusqu'à Laurel.

Il s'assoupit et rêva qu'il était couché auprès d'elle, son corps blotti contre le sien. Le soleil réchauffait le pick-up. Il n'avait pas trouvé de numéro sur l'appareil et n'avait d'autre choix que d'attendre qu'on le contacte. Il avait averti Daniel, et le CTC devait localiser le lieu d'appel.

Le téléphone sonna peu après 12 h 30.

— Derek Bradley, je suppose ? J'ai cru comprendre que Strickland et Krauss étaient morts. Vous devez être content de vous, monsieur Bradley, puisque Strickland a tué votre famille sous vos yeux.

— Pas particulièrement. Je ne prends pas de plaisir à voir mourir les gens.

— Dois-je vous demander ce que vous voulez, monsieur Bradley ? Ou dois-je vous appeler Garrett ?

— J'ai un marché à vous proposer. En échange de la vie de Laurel McCallister et de Molly Deerfield. Je veux avoir la garantie qu'on va les laisser en paix.

Le silence se fit. Un malaise gagna Garrett.

— Ce serait envisageable. Ivy Deerfield était meilleure détective que vous, Garrett. Elle a infiltré mon organisation plus efficacement que je ne m'y attendais. Elle a rassemblé des informations que je veux récupérer. Et détruire.

— Elles sont en ma possession, répondit Garrett lentement.

— Votre offre n'est pas dénuée d'intérêt.

Bien. Ainsi, son interlocuteur se sentait vulnérable.

— Je peux venir jusqu'à vous, proposa Garrett.

— Peut-être le moment est-il venu de nous rencontrer, en effet. Dans ce cas, vous commenceriez à comprendre.

Garrett ressentit une pointe d'excitation. Il savait que le traître lui tendait un piège, mais peu importait.

— Dites à vos amis qu'ils ne pourront pas localiser cet appel. D'ailleurs, inutile de vous donner la peine de savoir où je suis, shérif. Venez chez James McCallister ce soir. Seul. C'est un endroit approprié pour notre… réunion. Vous avez jusqu'à minuit. Si vous ne vous montrez pas, je mettrai à exécution mon plan d'origine : je ferai éliminer Laurel McCallister et sa nièce.

11

Quand Laurel se réveilla, le lit était froid. Elle tendit la main en vain. Garrett était parti.

Une prière silencieuse monta en elle. *Pourvu qu'il revienne sain et sauf.*

Elle remonta la couette sur elle, songeuse. Ses recherches ne leur avaient pas apporté de réponse. L'enquête d'Ivy semblait accuser son père, exactement comme ce dernier avait semblé incriminer Garrett. Etait-ce pour cette raison qu'Ivy avait songé à quitter l'organisation ?

Garrett ne renoncerait jamais à prouver son innocence et à venger sa famille. Pas plus qu'il ne renoncerait à essayer de les protéger, Molly et elle.

Il appartenait à cette catégorie d'hommes. Celle des héros qui risquaient de se faire tuer au nom de la justice.

Quelque chose devait leur avoir échappé. A eux et à Ivy.

Laurel se redressa et se frotta les yeux. Pendant combien de temps avait-elle dormi ?

Elle enfila ses chaussures et ouvrit la porte. Daniel montait la garde dans le couloir, son arme à portée de main.

— Où est Molly ?

— A côté, avec Raven et Danger.

— Il faut que je la voie.

— Bien sûr.

Daniel parcourut les environs du regard, échangea un signe de tête avec un agent posté plus loin, et acquiesça.

— Allez-y.

Laurel combla les quelques mètres qui la séparaient de la chambre voisine et entra.

— Tata Laurel !

Souriant jusqu'aux oreilles, Molly donna une petite caresse à Danger, attrapa sa peluche et accourut vers elle.

— Danger et moi, on est des copains. Je peux avoir un chien comme lui ? Je m'occuperai bien de lui, je lui donnerai à manger et de l'eau, je l'emmènerai promener, je ramasserai même ses crottes, ajouta-t-elle en plissant le nez. S'il le faut. Raven a dit que tu te reposais. Je suis contente que tu sois revenue. Où est le shérif Garrett ?

Raven était assise en tailleur sur le lit, un pique-nique improvisé devant elle.

Laurel caressa les cheveux blonds de Molly, soulagée qu'elle paraisse aller bien.

— Il est parti, Molly.

Elle mourait d'envie d'affirmer qu'il serait de retour bientôt, mais les mots se refusèrent à elle. Non seulement elle ne pouvait en avoir la certitude, mais elle redoutait le pire.

Molly se figea, un pli contrarié autour des lèvres.

— Il ne m'a même pas dit au revoir. Ce n'est pas poli. Et puis je voulais lui montrer mon étoile. J'ai oublié de le faire avant. Elle est exactement comme la sienne.

— Quelle étoile ? demanda Laurel, perplexe.

— Celle que maman a mise sur mon lion.

Molly tendit Houdini à Laurel, qui fixa la petite étoile accrochée au collier du lion. Elle tâtonna dans sa poche à la recherche du bracelet que son père avait envoyé à Ivy. Aucun motif ne manquait. Chaque objet avait un sens — le coquillage représentait leurs dernières vacances avec leur mère, le cheval l'époque où elles avaient appris à monter, la ballerine symbolisait les cours de danse classique qu'elles avaient suivis étant enfants.

Une étoile de shérif n'avait aucun sens dans leur vie. Sauf en référence à Garrett.

— Quand te l'a-t-elle donnée, Molly ?

Molly fronça les sourcils.

— Le jour où je suis tombée malade. Elle a dit que c'était une étoile spéciale. Que papi l'avait envoyée et que je devais la protéger parce que j'étais une petite fille courageuse exactement comme l'homme qui portait l'étoile. C'est le shérif Garrett, hein ?

— Oui. Je crois que oui, répondit Laurel avec difficulté, tant elle avait la gorge nouée. Je peux te l'emprunter, ma chérie ?

Le visage de sa nièce devint solennel.

— Tu me la rendras ?

— Je te le promets, Molly.

Laurel retira l'étoile et rendit la peluche à la fillette, puis elle ouvrit la porte et fit signe à Daniel d'approcher.

— Vous auriez une loupe ou un microscope ?

Il arqua des sourcils surpris.

— Que se passe-t-il ?

— Peut-être avons-nous une réponse à nos questions.

Daniel fit le tour d'une des berlines noires qui occupaient le parking, ouvrit le coffre et farfouilla dans un sac.

— Raven me dit tout le temps que je trimballe des trucs bizarres, commenta-t-il en lui tendant une petite loupe. Je l'ai eue quand j'étais tout petit. Mon père m'a appris à allumer des feux avec.

De retour dans la chambre, Laurel posa l'étoile sur la table et l'étudia avec soin, le cœur battant. Molly avait emmené son lion partout depuis qu'elles avaient pris la fuite, ce soir-là.

Elle le retourna avec précaution et retint son souffle.

Là.

— Un microfilm.

Elle leva les yeux vers Daniel.

— Il faut qu'on trouve ce qu'il y a dessus, et vite. Cela pourrait sauver Garrett. Et mon père.

Assise en tailleur sur le lit, Laurel fixait le dossier que les techniciens avaient découvert sur le microfilm.

Page après page s'étalaient des preuves de l'innocence de Garrett et de son père. Tout y était — hormis une chose : l'identité de celui qui se cachait derrière toutes les transactions.

Mais pourquoi son père et Ivy avaient-ils gardé le secret ?

— Oh ! Ivy, dit-elle dans un soupir, que dois-je faire à présent ? A qui allais-tu remettre cela ? Si seulement Garrett était là ! Il remarquerait peut-être quelque chose qui m'échappe.

Elle ouvrit la porte de la chambre et appela Daniel.

— Toujours pas de nouvelles ?

Il secoua la tête.

— Silence radio. Ils communiqueront dès que ce sera possible. Tout ce que je peux dire, c'est que l'avion a atterri à Washington il y a quelques heures.

Elle fronça les sourcils.

— A Washington ? Garrett va droit dans un piège. Vous le savez.

Un pli soucieux barrait le front de Daniel.

— Faites-lui confiance. Je me suis renseigné sur lui. C'était un agent remarquable.

Laurel passa une main lasse sur son visage. C'était différent à présent. Il était considéré comme un traître par le reste du monde. Si les forces de l'ordre apprenaient qu'il était en vie et que quelqu'un le tue, personne ne poserait de questions.

La solution se trouvait dans ce dossier, songea-t-elle. Il fallait qu'elle le décrypte pour sauver Garrett. Elle avait besoin de quelqu'un qui l'aide à saisir ce qui lui échappait.

Elle referma la porte et fit les cent pas dans la chambre. Elle aurait voulu que Garrett soit là avec elle, en sécurité. Elle mourait d'envie de le tenir dans ses bras, de parler de tout cela avec lui.

Le moment était venu de faire appel à son dernier recours.

Laurel contempla le téléphone qu'elle tenait dans la main. Garrett avait tenu à ce qu'ils laissent Fiona en dehors de l'affaire, mais dorénavant elle était peut-être la seule à pouvoir les aider. Elle pouvait faire savoir aux autorités que Garrett et son père étaient innocents. Leur sauver la vie.

Peut-être même serait-elle en mesure de décrypter certaines informations dissimulées dans le dossier. Dans ce cas, Garrett ne serait plus contraint d'exécuter le plan risqué que ses amis et lui avaient échafaudé.

Ses doigts hésitèrent au-dessus des touches, puis elle se décida. En dépit de ses réticences, Garrett avait reconnu les talents de Fiona. Prenant une profonde inspiration, Laurel composa le numéro personnel de l'amie de son père. Elle ne voulait pas prendre le risque que l'appel soit enregistré.

— Fiona Wylde.

La voix était agréable, accueillante. Comme toujours.

— Fiona, c'est Laurel.

La femme étouffa un cri stupéfait.

— Oh ! Mais… Oh ! mon Dieu, James et moi vous croyions morte.

Les jambes flageolantes, Laurel se laissa tomber sur le lit.

— Vous avez vu mon père ? Comment va-t-il ? Est-il en sécurité ? Je me suis fait tellement de souci pour lui.

— Oh ! mon petit, s'écria Fiona, un sanglot dans la voix. Nous pensions… vous avoir tous perdus.

— Puis-je… puis-je lui parler ? souffla Laurel, tremblante.

— Bien sûr.

Il y eut des chuchotements intenses à l'autre bout du fil.

— Je vais mettre le haut-parleur, reprit Fiona. Ses mains… ont été blessées. Il est faible, mais tout va s'arranger à présent.

— L… Laurel ?

La voix de son père était lasse, rauque.

— Papa. Oh ! Papa, comment vas-tu ?

— J'ai connu de meilleurs moments, dit-il avec un petit rire, avant de se mettre à tousser.

— J'ai la preuve que tu n'es pas un traître, papa. Et Garrett non plus.

— Comment est-ce possible ? s'exclama Fiona. Nous cherchons depuis si longtemps. J'ai cru que nous serions obligés de quitter le pays. Je ne trouvais que des éléments corroborant l'hypothèse d'une collaboration entre votre père et les terroristes.

— I… Ivy. Qu'est-il arrivé… ? demanda Laurel d'une voix hésitante.

— Je suis désolée, Laurel, dit Fiona brusquement.

Ecoutez, votre père est blessé. Grièvement. Il faut qu'il se repose, mais nous devons parler…

Un grognement s'éleva en arrière-fond, suivi d'un bruit de chute.

— James ! cria Fiona. Laurel, votre père vient de tomber. Il faut que j'aille m'occuper de lui.

De nouveau, des murmures étouffés lui parvinrent.

— James, mon chéri, ne bouge pas. Tu as déchiré les fils.

Puis ce fut le silence. Les doigts de Laurel se crispèrent sur l'appareil.

— Fiona, comment est papa ? Est-ce qu'il va bien ?

— Il est stable, répondit celle-ci d'un ton où perçait l'inquiétude. J'ai dû lui administrer un calmant.

— Garrett Galloway est en route pour Washington. Il a besoin d'aide. S'il vous plaît.

— Il faut que je retourne m'occuper de votre père. Je ne sais pas ce que je peux faire. Nous avions jugé préférable de taire la réapparition de James et la véritable identité de Galloway. Je risque d'aggraver la situation. Il se passe des choses inquiétantes à l'agence.

— Mais si vous regardez ce dossier, nous pourrons peut-être découvrir qui se cache derrière tout cela.

— Vous avez le dossier ? Sur vous ?

— Oui. Je vous en prie, aidez-nous.

— Ne me l'envoyez pas, dit Fiona d'un ton sec, professionnel. Venez chez votre père, Laurel. J'ai quelqu'un de confiance qui peut vous y amener. Etes-vous toujours aux Etats-Unis ?

Laurel prit une profonde inspiration.

— Je suis au Texas.

— Que faites-vous… ? Oh ! Je vois. Garrett.

— Vous étiez au courant pour lui ?

— Bien sûr. James et moi, nous nous disons tout. Mais nous devions être discrets.

— J'aurais aimé être au courant.

— Je comprends. Ecoutez-moi, Laurel. Il faut que je mette fin à cette conversation. Elle dure depuis près de trois minutes et nous ne pouvons pas prendre le risque d'être sur écoute. Je vais vous envoyer un avion. Votre père a besoin de vous voir.

Elle baissa la voix.

— Et Laurel, ne révélez à personne où vous allez. Personne. Vous comprenez ? Pas avant que nous n'ayons mis fin à tout cela. Une fois pour toutes. Ne vous fiez qu'à moi.

La grosse voiture noire était arrêtée sur le bord de la route. Shep foudroya Leon du regard.

— Nous nous sommes perdus à cause de toi. Tu sais ce que le boss fait aux gens qui commettent des erreurs ?

— Je t'ai vu mettre une balle dans la tête de Strickland, rétorqua Leon. Je crois que j'ai saisi, oui.

— Nous aurions dû éliminer la femme et la gamine d'abord.

Leon tripota le GPS.

— Il faut que je te fasse un dessin, Shep ? Galloway est notre cible principale. Nous allons le tuer en premier. C'est lui qui pose le plus de problèmes.

Shep eut un geste d'impuissance.

— Et là, on est à deux doigts de le retrouver, hein ?

L'appareil posé sur les genoux de Leon se mit à biper. Il sourit.

— Nous sommes peut-être sauvés.

Presque aussitôt le GPS s'éteignit de nouveau. Shep lâcha un juron.

— Tu sais réparer ce truc, oui ou non ?

Leon sortit de sa poche une petite trousse à outils.

— Je vais le réparer. Ne t'en fais pas.

— Tu diras ça au boss…

La sonnerie du téléphone l'interrompit.

— On est sur écoute ou quoi ? bougonna Shep avant de presser la touche du haut-parleur. Oui, boss ?

— J'ai un travail pour vous.

— Eliminer les trois cibles et se débarrasser des corps, récita Shep.

— Non. Je veux que vous alliez chercher nos cibles à côté de Danger et que vous me les rameniez. Je vous dirai où aller.

— On pourrait s'en débarrasser plus facilement ici.

— Vous discutez mes ordres, Shep ? Vous voulez finir comme Strickland ?

— Non, bien sûr que non.

Le boss lui donna une adresse.

— Je les veux vivantes et en bonne santé. Au moins pour les heures qui viennent.

Il y eut une pause.

— Après, vous pourrez vous servir d'elles comme cibles.

La demeure de James McCallister paraissait déserte.

Garrett consulta sa montre une fois de plus. Minuit moins cinq. Il jeta un coup d'œil par-dessus son épaule. Rafe avait garé sa voiture plus bas dans la rue. Ils savaient l'un et l'autre que ce rendez-vous était un piège, mais il était vital que le cerveau de cette affaire croie que Garrett était venu seul.

Il avait pris un maximum de précautions, car il voulait survivre à cette opération. Il voulait savoir si l'idylle ébauchée avec Laurel pouvait durer. Il était persuadé que oui, même si cela semblait presque trop beau pour être vrai.

Jamais il n'aurait cru qu'il pourrait aimer de nouveau, pas après avoir eu le cœur brisé par la perte de Lisa et d'Ella. Pourtant, Laurel avait placé sa confiance en lui, en dépit des doutes qui avaient dû la traverser plus d'une fois depuis leur rencontre.

Ils ne se connaissaient pas depuis longtemps, mais Garrett savait ce qu'il ressentait. Il avait deux très bonnes raisons de sortir vivant de ce guêpier.

Il vérifia l'heure. Minuit moins une.

Il claqua la portière de sa voiture et s'avança sur le trottoir. Arrivé devant la porte familière, il hésita. Peut-être ne ressortirait-il pas de cette maison. A cette pensée, il s'en voulut de ne pas avoir confié ses sentiments à Laurel. Il avait essayé de les lui montrer, mais il n'avait rien dit de peur de mourir ce soir. Il ne voulait pas qu'elle soit hantée par ses dernières paroles. A présent, cependant, il le regrettait. C'était une femme exceptionnelle. Elle méritait qu'un homme l'aime de toutes ses forces, de toute son âme. Garrett espéra qu'elle s'en rendait compte.

Il aurait voulu lui dire que ce qu'ils avaient partagé était bien plus qu'un simple besoin de réconfort. Il aurait voulu lui dire qu'il l'aimait.

Il appuya sur la sonnette.

La porte d'entrée s'ouvrit lentement. Garrett sentit ses épaules se crisper. Le silence régnait dans la maison. Il franchit le seuil.

Derrière la porte, le visage baigné de larmes, se tenait Laurel McCallister.

— Que fais-tu ici ? demanda-t-il, interdit.

Il tendit une main vers elle, mais Laurel se déroba.

— C'est moi qui l'ai invitée.

Garrett fit volte-face.

— Fiona ?

Fiona Wylde. L'amie de James. Une femme qu'il connaissait bien. Ou plutôt non. Considérant le pistolet qu'elle était en train de braquer sur lui, il avait juste cru bien la connaître.

— Vous n'êtes pas facile à tuer, commenta-t-elle avant de faire signe à un homme resté dans l'ombre. Leon, désarmez-le.

Le dénommé Leon acquiesça brièvement. Il s'approcha de Garrett, le palpa et lui prit le Beretta qu'il portait à sa ceinture, le couteau glissé contre sa cheville et le petit pistolet dissimulé dans sa chaussure.

Il croisa le regard de Garrett et palpa son autre chaussure, passant précisément sur l'endroit où un second couteau était caché. Pour quelle raison… ?

— Menottez-le et faites-les descendre tous les deux. Nous allons avoir une réunion de famille.

Garrett se tourna vers Laurel.

— Bon sang. Pourquoi es-tu là ?

Elle était censée être en sécurité avec Daniel et les agents du CTC !

— J'ai trouvé un microfilm qu'Ivy a laissé. Il contenait la preuve de ton innocence et de celle de mon père, expliqua-t-elle d'un air résigné. J'ai appelé Fiona en pensant qu'elle pourrait nous aider.

— Oh ! Les pauvres chéris, mais rassurez-vous, après ce soir, vous n'aurez plus jamais à vous inquiéter de quoi que ce soit.

Fiona les précéda dans l'escalier qui menait au sous-sol. Elle tapa un code sur un clavier intégré dans un mur. La porte d'une petite pièce s'ouvrit lentement.

James McCallister était affaissé sur une chaise, pieds et poings liés. Il baissait la tête.

Garrett saisit une lueur dans son regard, mais ses vêtements étaient en lambeaux. Il avait le visage tuméfié, des traces de brûlures sur son pantalon.

— Papa !

— Tata Laurel ? cria Molly, la voix étouffée par la cloison derrière laquelle elle se trouvait. Fais-moi sortir ! S'il te plaît, fais-moi sortir !

— Attachez-les sur les chaises, ordonna Fiona. Qu'on en finisse.

Leon poussa Garrett vers une chaise en fer et appuya sur sa tête pour le forcer à s'asseoir. Puis il passa une corde en nylon autour de ses pieds et de ses poignets. Un autre homme fit de même pour Laurel.

— Pourquoi faites-vous cela, Fiona ? demanda Garrett, bandant ses muscles pendant qu'on l'attachait.

Il avait besoin de garder un peu d'espace, une marge de manœuvre, s'il voulait espérer sauver Laurel, Molly et James.

— Je ne vais pas vous confier mes motivations intimes, Garrett, ironisa Fiona, mais la réalité est très simple. Je l'ai fait pour l'argent. Pour gagner beaucoup d'argent.

— J'ai fini avec celui-là, intervint Leon. Je m'occupe de la petite fille dans le placard ?

— Laissez-la où elle est.

Fiona s'engagea dans l'escalier, puis fit volte-face.

— Débrouillez-vous pour qu'il ne reste aucune trace de leur passage ici. Tous ceux qui se trouvent dans cette pièce sont censés être morts ou disparus. Il est impératif qu'ils ne soient pas retrouvés.

Elle marqua une pause.

— Leon, c'est pour cette raison que je vous ai fait entrer clandestinement dans le pays. Ces explosifs devraient suffire à détruire toute la maison. Il ne doit même pas rester un os.

— Vous n'avez aucune loyauté ! cria Laurel. Mon père vous aimait.

— Ah ! L'amour et la loyauté. Comme c'est touchant. Presque aussi réconfortant que de voir Leon se servir d'une paire de menottes.

Fiona les toisa du haut des marches, le regard dur.

— Ne savez-vous donc pas que la loyauté n'existe pas ? Les puissants se nourrissent des puissants. Les héros meurent pour rien. Il n'y a que l'individu et ses besoins qui comptent. Vous auriez dû vous en souvenir, Laurel.

Elle sortit, suivie de Leon et de son acolyte. La porte se referma sur eux.

Garrett serrait dans sa paume la clé que Leon y avait glissée. Tordant les poignets, il se libéra des menottes, puis tira le couteau caché sous sa chaussette… celui que Leon avait feint de ne pas sentir.

Laurel le regarda, éberluée.

— Comment… ?

— C'est le type infiltré par le CTC. Nous n'avons pas beaucoup de temps.

Il trancha les liens plastifiés de Laurel. Sitôt libérée, elle courut à la porte du placard.

— Je suis là, Molly.

— Tata Laurel, aide-moi !

Elle tourna la poignée, en vain. Le placard était fermé à clé.

— Molly, éloigne-toi de la porte, ma chérie. Cache-toi dans le coin.

Garrett enfonça le battant d'un coup de pied et Laurel se hâta de prendre l'enfant dans ses bras.

— Je m'occupe de ton père, lança Garrett.

Une explosion se produisit au-dessus de leur tête. Du verre se brisa, des poutres s'effondrèrent. Laurel courut en haut des marches et tenta en vain d'ouvrir.

— La maison brûle. La fumée commence à passer. Nous sommes prisonniers.

— Si c'est Leon qui a placé les charges, j'espère qu'il nous a donné un peu de temps.

Garrett s'agenouilla devant James et le secoua légèrement.

— Dites-moi que vous avez suivi vos propres conseils, mon vieux. Où est la sortie de secours ?

Laurel dévala l'escalier.

— Nous n'avons pas beaucoup de temps, cria-t-elle.

Le vieil homme cilla.

— Derrière le tableau de leur mère, murmura-t-il d'une voix enrouée.

Garrett pivota, cherchant en vain un portrait de femme.

— Où est-il, Laurel ?

— Il n'y a que le mural qu'elle a peint, répondit-elle, perplexe, désignant le ciel étoilé qui couvrait tout un mur.

Une fumée épaisse se glissait déjà sous la porte.

— Prends des torchons dans le bar, mouille-les et respire à travers, cria Garrett.

Ses yeux le picotaient. Il longea le mur peint, avançant à tâtons. Enfin, arrivé à la Grande Ourse, il sentit une encoche sous une des étoiles. Il appuya sur le bouton. La brique céda, révélant une ouverture secrète.

— C'est bien que Fiona nous ait donné rendez-vous à minuit. L'obscurité nous aidera à nous cacher.

Garrett s'arrêta devant une armoire à fusils, et attrapa un couteau de chasse et une carabine.

— Tiens, Laurel, dit-il en lui tendant un Colt 45. Dommage qu'il n'y ait pas de mitraillette là-dedans, James.

— Partez, murmura James avec difficulté. Laissez-moi.

— Pas question.

Garrett le hissa sur ses épaules au moment où il perdait connaissance.

— Laurel, suis-moi.

Serrant Molly contre elle, Laurel lui emboîta le pas le long d'un court passage qui conduisait à un tunnel pentu, faiblement éclairé. Au bout se trouvait une petite porte. A côté, une clé pendait à un clou.

Garrett la prit et l'introduisit dans la serrure. Ils sortirent dans un abri de jardin, qu'il se souvenait avoir vu lors de précédentes visites.

— J'ignorais que ce souterrain existait, chuchota Laurel.

Garrett n'alluma pas la lumière. Il déposa James sur le sol, l'adossant avec précaution à la cloison de bois. Laurel se tenait à ses côtés, tout son corps exprimant la détermination.

Des flammes jaillirent de la maison, dégageant une chaleur intense jusque dans leur refuge. Des crépitements sonores résonnaient dans le quartier silencieux. Des tourbillons de fumée noire s'élevaient dans les airs et se détachaient sur le halo rougeoyant de l'incendie.

Une nouvelle explosion secoua la bâtisse.

— Celle-ci nous a donné le temps de nous échapper, dit Garrett tout bas. Pas mal, Leon.

Il se tourna vers Laurel.

— Rafe est là aussi. C'est un autre agent du CTC, expliqua-t-il. Nous ne sommes pas seuls.

— A condition qu'il n'ait pas été capturé, soupira Laurel. Quel est le plan, maintenant ?

— Je vais empêcher Fiona de s'enfuir. Elle ne s'en tirera pas comme ça.

Il agrippa la vieille carabine qu'il avait trouvée dans l'armoire.

— Reste là, ordonna-t-il. Protège-les.

Elle le retint par le bras.

— Sois prudent. Reviens-moi.

Il lui décocha un petit sourire.

— J'y compte bien, dit-il avant de redevenir grave. Tu as ton arme ?

— Oui, répondit-elle en lui montrant le Colt. Et je sais m'en servir.

Il l'embrassa rapidement.

— Je t'aime. J'aurais dû te le dire avant.

Il sortit dans le noir.

Une silhouette solitaire émergea alors de l'ombre et pointa une arme sur Garrett.

— Je ne laisse pas de témoins.

Garrett n'hésita pas. Il leva sa carabine. Mais avant qu'il n'ait eu le temps de tirer, une volée de balles s'abattit sur lui.

Il cilla, baissa les yeux, et tomba à genoux.

12

Des détonations résonnèrent au-dehors, immédiatement suivies par une seconde rafale. Des balles transpercèrent le bois de l'abri et Molly poussa un cri de frayeur.

Laurel couvrit la petite fille de son corps, le cœur battant à tout rompre. Garrett n'avait pas d'arme automatique.

Priant pour qu'il soit encore en vie, elle se redressa.

— Molly. Va te mettre à côté de papi. Cache-toi dans le coin.

Molly rampa jusqu'à James pendant que Laurel empilait en hâte des objets sur une brouette pour en faire un rempart protecteur.

— Ne bougez pas.

Elle glissa des piques en fer et une petite faucille à côté de son père tout juste conscient. C'étaient les seules armes dont elle disposait.

— Couvre Garrett s'il est…

Son père s'interrompit et regarda Molly.

— Tu ne dois pas laisser Fiona s'enfuir. Fais ce que tu as à faire.

Laurel acquiesça, la main crispée sur le vieux Colt. Il était difficile de tirer avec précision en utilisant un ancien modèle. Elle devrait s'approcher au maximum de sa cible.

Elle ouvrit lentement la porte de l'abri et aperçut Fiona debout au-dessus de Garrett, étendu sur le sol. Derrière eux, deux corps gisaient sur l'herbe.

Fiona pointait son arme sur Garrett.

— Vous n'êtes pas facile à tuer, Bradley, mais cette fois sera la bonne.

Sans hésiter, Laurel visa et fit feu. Une fois. Deux fois. Et encore, jusqu'à ce que le chargeur soit vide. Fiona chancela, mais resta debout.

— Espèce d'idiote, railla-t-elle. Vous n'avez jamais entendu parler du gilet pare-balles ? Vous allez me le payer.

Laurel laissa tomber son arme. Elle n'aurait qu'une seule chance. Si elle pouvait trouver l'angle qu'il fallait…

— Tata Laurel, tata Laurel, viens vite ! Papi ne bouge plus.

Molly venait de sortir de l'abri de jardin, affolée. Surprenant le regard horrifié de Laurel, Fiona pivota et changea de cible. Alors qu'elle s'apprêtait à appuyer sur la détente, une détonation s'éleva derrière elle. La balle la percuta à la tempe. Elle s'effondra, morte sur le coup.

Molly hurla et se jeta à terre. Laurel écarquilla les yeux. D'un geste tremblant, Garrett lâcha la Remington.

— Elle n'est pas la seule à avoir entendu parler du gilet pare-balles, murmura-t-il, avant d'être pris d'une quinte de toux.

Sa tête retomba sur le sol. Laurel attrapa Molly par la main et courut à lui. Sa chemise était imprégnée de sang.

— Il m'aurait fallu la taille au-dessus, marmonna-t-il en levant les yeux vers Laurel. Pardon.

Des sirènes retentirent au loin.

— Garrett, tu vas t'en tirer. Tiens bon. Les secours arrivent, dit-elle tout bas. Garrett, non !

Ses yeux s'étaient fermés.

— Shérif Garrett ? chuchota Molly. Ne t'en va pas, s'il te plaît.

— Je vais essayer, mon chou.

Il toussa de nouveau.

Laurel se pencha plus près.

— Garrett, tu m'as dit que tu m'aimais. Tu ne peux pas m'abandonner à présent. Je t'aime.

Il n'y eut pas de réponse. Sa poitrine se soulevait à peine.

— Oh ! Mon Dieu, non !

Elle ne savait pas quoi faire. Fallait-il lui retirer son gilet ? Elle avait besoin d'aide.

Soudain, ce fut l'effervescence. Des voitures de police, des camions de pompiers, des ambulances arrivaient en trombe. Une foule de gens munis de tuyaux, de pistolets et de matériel médical surgirent au coin de la maison.

— Par ici, cria Laurel, affolée. Un homme est blessé !

Elle serrait étroitement Molly contre elle, leurs deux visages couverts de larmes.

Deux secouristes accoururent.

— Reculez, s'il vous plaît.

Laurel obéit.

— Mon père est dans l'abri de jardin là-bas. Il est grièvement blessé, lui aussi.

Les ambulanciers appelèrent aussitôt une autre équipe qui se rua dans la direction indiquée.

Le chaos régnait dans le jardin. Les pompiers luttaient vaillamment contre l'incendie qui refusait de s'éteindre.

— Un autre blessé, cria un policier. Coincé sous un mur.

Des hommes contournèrent la maison en hâte. Certains agents surveillaient la scène, d'autres maintenaient les curieux à l'écart. D'autres encore s'affairaient autour des corps de Fiona et de ses deux hommes de main.

— Celui-ci respire encore ! Un ambulancier, vite !

De là où elle se trouvait, Laurel ne voyait pas s'il s'agissait de Leon. Elle espéra que oui.

— Garrett, s'il te plaît. Reste avec nous, répéta-t-elle, serrant Molly contre elle.

Des civières furent apportées pour les blessés. Laurel recula, partageant son attention entre Garrett et son père. Enfin, après ce qui lui sembla durer une éternité, Garrett, son père et Leon furent transférés à bord des ambulances.

Molly dans ses bras, Laurel se dirigea vers celle qui allait emmener Garrett et tenta d'y monter.

— Vous ne pouvez pas, madame.

— Pourquoi pas ? Garrett est mon… mon fiancé.

Un policier intervint.

— Madame, vous êtes la seule rescapée au milieu d'une série de blessés. Vous avez des explications à fournir. Je vois des résidus de poudre sur vos mains. Il est hors de question qu'on vous laisse monter. La petite va être prise en charge par les services sociaux.

Prise de panique, Laurel serra Molly contre elle.

— Non. Elle est peut-être en danger. Je vous en prie, elle a déjà traversé tant d'épreuves. Laissez-moi appeler une famille en qui elle a confiance pour que je la leur confie.

— Tata Laurel, supplia Molly. Je veux rester avec toi.

Laurel s'agenouilla à côté d'elle.

— Molly, ma chérie, il faut que j'aille au commissariat avec les policiers. Ce n'est pas un endroit pour les enfants.

La fillette hocha la tête.

— Tu as dit que tu ne me laisserais pas. Comme papa et maman.

Des larmes roulèrent sur les joues de Laurel.

— Je vais téléphoner à Daniel et Raven. Tu pourras aller chez eux et jouer avec Danger et les jumelles.

La lèvre inférieure de Molly se mit à trembler.

— J'aime bien Raven. Elle me donne des cookies. Et Daniel est gentil aussi. Mais je veux rester avec toi et le shérif Garrett.

Laurel prit ses mains dans les siennes et la regarda tendrement.

— S'il te plaît, Molly. Peux-tu être courageuse une fois de plus ?

— Comme le shérif Garrett ?

Laurel acquiesça.

— Comme le shérif Garrett.

— Tu reviendras me chercher ? C'est promis ?

— C'est promis.

Laurel leva les yeux vers le policier.

— Je vous en prie, laissez-la aller chez eux. Vous allez comprendre ce qui se passe. Je ne veux pas qu'elle subisse un traumatisme de plus.

L'inspecteur fronça les sourcils.

— J'ai des enfants, murmura-t-il. Donnez-moi le nom de ces gens et je ferai quelques vérifications.

Le commissariat était un endroit déprimant, qui sentait la sueur et le tabac froid. Assise dans un couloir avec Molly, Laurel jeta un coup d'œil vers la femme à l'air las qui se tenait non loin d'elles. Si Daniel n'arrivait pas très vite, les services sociaux allaient emmener Molly, et cette perspective lui donnait la nausée.

Comment allait-elle pouvoir expliquer à la police les événements qui venaient de se dérouler ? Allait-on la croire ?

Enfin, la porte s'ouvrit et Daniel entra, suivi d'un homme qui portait un pansement sur l'œil et dont le visage parut familier à Laurel. Il se dirigea vers la policière chargée de la surveiller et lui dit quelques mots.

Laurel fronça les sourcils.

— Qui est-ce ? demanda-t-elle à Daniel, soupçonneuse.

Il se tourna vers son compagnon, lequel approchait à son tour.

— Laurel, je te présente Rafe. C'est un membre du CTC, l'organisation pour laquelle je travaille. Il était posté devant la maison et un pan de mur s'est écroulé sur lui.

— Quelque chose ne va pas ? s'enquit Rafe.

— Je ne sais pas. Je vous ai vu conduire l'ambulance qui emmenait Leon. Vous n'avez pas pris la même direction que les autres. Pourquoi pas ?

Rafe baissa la voix.

— Leon est un des nôtres. Je l'ai emmené dans un établissement un peu plus… discret. Il va lui falloir un certain temps pour se rétablir et nous voulons qu'il soit en sécurité.

— Génial, commenta-t-elle d'un ton mordant. Et mon père et Garrett ? Ils n'ont pas besoin d'être en sécurité ?

— Garrett et votre père sont en vie, répondit Rafe, mais dans un état critique. Nous avons posté des gardes devant leur porte et dans leurs chambres, à l'hôpital. Mon chef essaie de maintenir les fédéraux en dehors de l'affaire pour qu'ils n'aient pas accès à Garrett.

S'il est identifié avant que nous puissions prouver son innocence, ils voudront le faire incarcérer.

Laurel passa une main sur son visage.

— Ils sont en vie, souffla-t-elle, les jambes flageolantes.

— J'ai apporté des documents qui devraient suffire à obtenir votre libération, Laurel, intervint Daniel. Soyez patiente. Je vais emmener Molly tout de suite et Rafe va attendre et se charger de régler la caution si nécessaire. Il veillera sur vous. Je vous le garantis.

Les larmes aux yeux, Laurel embrassa Molly et la regarda s'éloigner avec Daniel.

— Ne vous inquiétez pas, dit Rafe. Daniel donnerait sa vie pour Molly. Elle sera en sécurité avec lui.

A cet instant, un policier s'approcha.

— Madame McCallister ? Suivez-moi, je vous prie.

De très loin, Garrett entendit une voix féminine, harmonieuse, qui l'appelait.

— Garrett, réveille-toi, je t'en prie.

Il sentit qu'on lui caressait tendrement le front, pourtant il n'arrivait pas à comprendre les paroles douces, réconfortantes, qu'on lui soufflait à l'oreille.

Des songes étaient venus le tourmenter. Des rêves étranges, où Lisa et Ella couraient à lui, l'étreignaient, et puis lui adressaient des signes d'adieu. Non ! Quelque chose n'allait pas. Pas du tout.

Il lutta pour reprendre conscience.

Le rêve changea. Des couleurs vives défilèrent dans son esprit. Cette fois, il tendait la main vers Laurel et Molly. Il avait beau essayer de les atteindre, elles étaient trop loin. Elles s'en allaient, elles aussi. Les yeux empreints de tristesse.

Un voile gris s'abattit sur lui, le ramenant dans les ténèbres.

Les murmures reprirent, plus pressants cette fois. Les voix étaient plus fortes. Pourquoi ne le laissait-on pas en paix ?

— Garrett. Réveille-toi.

Il s'efforça de prêter attention, mais ses yeux refusaient obstinément de s'ouvrir.

— Reviens-moi maintenant. Tu peux y arriver.

Laurel ? Etait-ce Laurel qui lui demandait quelque chose ? Il se fit violence pour se concentrer, pour chasser le brouillard de ses pensées.

Une main ferme saisit la sienne, comme pour le forcer à réagir. Ses paupières étaient si lourdes. Au prix d'un immense effort, il parvint à ouvrir les yeux une fraction de seconde. Un soleil éclatant l'aveugla et il poussa un gémissement, détournant la tête. Aussitôt une douleur atroce lui traversa la poitrine.

— Il a bougé ! cria Laurel. Il a ouvert les yeux. Appelez le médecin, vite !

La main reprit la sienne.

— Allons, Garrett. Ouvre les yeux.

— … fait mal, murmura-t-il d'une voix rauque.

— Fermez les stores, ordonna Laurel. La lumière est trop vive.

Presque aussitôt, elle se mit à rire.

— Oh ! Garrett. Tu te réveilles. Je croyais t'avoir perdu. Je t'aime tant !

La voix de Laurel l'arracha aux ténèbres. Il avait besoin de la toucher. Il lutta de toutes ses forces pour ouvrir les yeux.

Lentement, il discerna un halo de superbes cheveux châtains. Il cilla de nouveau. Elle était magnifique. On aurait dit un ange.

— Laurel ?

Sa voix lui semblait étrange, enrouée, et quand il voulut lever la main, l'affreuse douleur lui transperça de nouveau la poitrine.

— Ne bouge pas et n'essaie pas de parler, Garrett. Les infirmières viennent de retirer le tube par lequel tu respirais.

Elle glissa un minuscule glaçon sur sa langue pour apaiser sa gorge irritée.

— Tu étais dans le coma. Mais tout ira bien à présent.

Des images s'imposèrent à l'esprit de Garrett. Celle d'une petite fille qui tenait la main de Laurel, terrifiée. Une mitraillette braquée sur elle.

— Molly ?

— Elle est en sécurité. Tu l'as sauvée.

— Fiona ?

— Elle est morte.

— Bien.

Il referma les yeux.

— Vous êtes en sécurité à présent, murmura-t-il.

Tout redevint noir, et cette fois il ne lutta pas.

Laurel soupira, et se tassa sur sa chaise. Garrett avait perdu conscience de nouveau.

Le médecin entra.

— L'infirmière affirme que le patient a bougé, dit-il d'un ton sceptique. Que s'est-il passé ?

Laurel se leva.

— Il s'est réveillé. Il m'a parlé. Il m'a reconnue. Il se souvenait de la nuit où il a été blessé.

— Je n'en attendais pas tant. C'est bon signe. Cela dit, il a passé deux semaines dans le coma, alors ne vous attendez pas à l'emmener danser dans l'immédiat.

Il se pencha sur Garrett, vérifia ses bandages et ses signes vitaux.

— Les plaies à la poitrine guérissent bien. Le dernier scanner montre une réduction de la taille des hématomes.

— Je savais qu'il reviendrait à moi.

Le médecin sourit.

— Vous êtes restée à son chevet, vous lui avez parlé, si bien que le cerveau a été stimulé. Il ne comprenait peut-être pas ce que vous lui disiez, mais c'était une communication tout de même. Votre dévouement a joué un rôle important dans son rétablissement. Vous ferez une merveilleuse épouse.

Laurel ravala sa salive et garda le silence. Elle n'avait jamais avoué qu'elle n'était pas réellement la fiancée de Garrett. Si elle l'avait dit, le personnel de l'hôpital ne l'aurait pas autorisée à venir aussi souvent ni à rester aussi longtemps qu'elle l'avait fait.

Légalement parlant, rien ne la liait à Garrett. Pourtant, il était devenu une partie intégrante de sa vie. Ils avaient partagé tant de choses. Voudrait-il toujours d'elle lorsqu'il reprendrait conscience pour de bon ?

Après le départ du médecin, elle reprit sa main dans la sienne. Garrett l'avait-il entendue lui dire qu'elle l'aimait ? Et qu'elle ne pouvait plus imaginer sa vie sans lui ?

Il battit des paupières.

— Laurel ? J'ai cru que c'était un rêve…

Sa voix s'éteignit. Laurel glissa un nouveau petit glaçon dans sa bouche.

— James s'en est tiré ? demanda-t-il, inquiet.

Elle sourit.

— Oui, mais il était grièvement blessé. Les brûlures étaient…

Elle se tut, incapable d'en dire davantage.

— Il est toujours à l'hôpital ?

— Non. Pas dans celui-ci, en tout cas. Les autorités l'ont transféré ailleurs pour un débriefing. Je ne sais pas quand je le reverrai. Tes amis du CTC y travaillent.

— Je suis désolé. Tu n'as pas de nouvelles ?

— Rien de précis. Tout ce que je sais, c'est que ses supérieurs lui reprochent d'avoir menti à ton sujet au tribunal. Il lui faudra du temps pour regagner leur confiance. Au moins, les éléments rassemblés par ma sœur vous disculpent l'un et l'autre. Les journaux ne parlent que de ça. Tu es un héros.

— Sûrement pas. J'ai failli vous faire tous tuer.

— Non, Garrett. C'est Fiona qui a failli nous faire tuer. Tu sais, depuis la mort de ma mère, j'ai toujours eu peur de prendre des risques. Notre père disait qu'on ne devait se fier à personne, seulement à soi-même.

Laurel hésita.

— Pourtant, il y a quelques semaines, je me suis surprise à faire confiance à un inconnu, et à chaque tournant tu t'es révélé digne de cette confiance.

— A part quand je t'ai menti.

— Oui, eh bien, il y a encore des progrès à faire.

— C'était pour ton bien.

— Comme je disais, il y a encore des progrès à faire. Ne va pas trop loin, shérif. Je te donnais le bénéfice du doute et tu es en train de gâcher tes chances.

— Viens là, dit-il, la tirant doucement vers lui.

Laurel ferma les yeux et se pencha au-dessus du lit. Craignant de lui faire mal à la poitrine, elle reposa légèrement la tête sur son épaule. Elle avait hâte de sentir ses bras autour d'elle, de l'étreindre, de l'entendre dire qu'il l'aimait.

Il lui caressa tendrement les cheveux.

— Pourquoi n'es-tu pas partie ? Tu n'étais pas obligée de rester à mon chevet.

Avait-il changé d'avis à son sujet ? Laurel ne put refouler ses larmes.

— Je n'avais nulle part où aller, avoua-t-elle. Je me suis dit que rester avec toi à l'hôpital serait une bonne façon de passer Noël. Molly s'amuse comme une petite folle chez Daniel et Raven. Elle ne parle plus que du château de princesse qu'elle a demandé au Père Noël et répète sans arrêt qu'elle voudrait un chiot.

Garrett cilla.

— Attends une minute. C'est Noël ?

— Pas tout à fait, mais presque. C'est la semaine prochaine.

Il écarquilla les yeux.

— Combien de temps suis-je resté inconscient ?

— Treize jours, sept heures et vingt-trois minutes. Pourquoi ? demanda-t-elle, feignant une nonchalance qu'elle était loin d'éprouver.

— Tu aurais dû me laisser seul ici, Laurel. Molly a tellement peur que le Père Noël ne la trouve pas cette année. Elle a besoin de normalité dans sa vie. Elle a besoin de toi.

Ses paroles transpercèrent le cœur de Laurel. La gorge nouée, elle se redressa.

— Tu ne veux pas de moi ?

Garrett déglutit avec peine et la regarda.

— Je… je veux ton bonheur et celui de Molly.

— Mon bonheur, c'est toi. Tu ne le sais pas ?

— Je ne t'ai pas protégée, murmura-t-il. Tu aurais pu mourir parce que je n'avais pas anticipé…

Elle lâcha un petit rire incrédule.

— Garrett, c'est moi qui ai contacté Fiona. Si je t'avais laissé faire…

Il lui prit les mains.

— Et si je t'avais dit…

Laurel se leva lentement.

— Sommes-nous vraiment en train de nous quereller pour ces bêtises ?

Elle fit un pas en avant.

— Je vais te donner un ultimatum. Si tu choisis la mauvaise réponse, je m'en irai et tu ne me reverras plus jamais.

Il se redressa tant bien que mal.

— Attends. De quoi parles-tu ?

— Je parle de nous. Je t'aime. Tu m'entends ? De mon côté, il n'y a ni doutes, ni questions. Tu m'as dit une fois que tu m'aimais, au moment où tu pensais ne pas survivre.

— Laurel…

— Je n'ai pas terminé. Loin de là. Derek Bradley a été innocenté, alors si tu le souhaites tu peux retourner à la vie clandestine et solitaire que tu menais avant. Mais tu as le choix. Le maire de Danger dit que tu peux garder ton poste de shérif.

Garrett la dévisagea.

— Le maire ? Il me déteste parce que je suis au courant de ses agissements.

— Oh ! Daniel a eu une longue conversation avec ce maire-là, et il se trouve qu'il a démissionné. C'est Hondo qui lui a succédé, et il dit que tu peux rester shérif aussi longtemps qu'il sera là.

Garrett lâcha un petit rire, puis redevint grave.

— Ce sont mes options ? Le choix n'est pas difficile.

Laurel attendit, osant à peine respirer.

— Crois-tu que je choisirais de vivre sans toi, Laurel ? Où est ta foi ?

Elle ne put retenir un sourire.

— Dis les mots. J'ai besoin de les entendre.

Garrett planta son regard dans le sien.

— Je t'aime, Laurel McCallister, dit-il d'un ton solennel. Je t'aimerai jusqu'à la fin de mes jours.

Laurel frémit et se laissa aller contre sa poitrine.

— Je ne te laisserai jamais partir.

Épilogue

Assis à même le plancher, Garrett piqua la dernière fleur artificielle dans le jardin du château de la princesse de Molly.

Laurel lui tendit une tasse de café.

— Ce n'est pas bon pour toi, tu sais.

— Je ne dirai rien aux médecins.

Il but une gorgée du breuvage noir et émit un soupir de satisfaction.

— Que disait la notice ? Simple assemblage requis ? Combien de temps y ai-je passé ?

Laurel gloussa.

— Six heures ?

— J'espère seulement que ça lui plaira. Elle a besoin d'un peu de bonheur.

Elle s'agenouilla près de lui.

— Avec toi, elle se sent en sécurité. Et aimée. C'est tout ce dont elle a besoin.

L'horloge sonna 6 heures. Non sans mal, Garrett se releva, tandis que Laurel s'empressait de venir l'aider.

— Doucement. N'oublie pas que tu es convalescent.

Il déposa un baiser sur ses lèvres et lui caressa la joue.

— T'ai-je dit ces jours-ci que tu as transformé ma vie ? Je parle sérieusement, ajouta-t-il en la voyant rougir. Tu as apporté le bonheur dans cette maison.

— Je pourrais te retourner le compliment, Garrett Galloway.

Laurel noua les bras autour de lui et l'embrassa. Si ce jour-là n'avait pas été le matin de Noël, il aurait été tenté de l'entraîner dans leur chambre et de ne pas en sortir de la journée.

Un léger coup frappé à la porte coupa court à leur étreinte.

— Qui cela peut-il être ?

Garrett se dirigea vers la porte, prenant son Beretta au passage. Il ouvrit le battant lentement.

Un homme mince en costume rouge et blanc se tenait sur le seuil.

— C'est le Père Noël ? demanda la voix ensommeillée de Molly dans le couloir.

Le visiteur entra.

— Papa ? souffla Laurel.

— Papi !

Molly courut à son grand-père. Il la souleva dans ses bras.

— Molly !

Elle l'entoura de ses bras et le serra contre elle.

— Je croyais que tu étais parti au ciel avec maman et papa. Et Matthew et Michaela.

James l'étreignit avec force sous les regards émus de Laurel et de Garrett. Ses yeux étaient humides. Molly essuya une larme qui roulait sur sa joue.

— Ne sois pas triste, papi. Ils nous regardent de là-haut. Tata Laurel et le shérif Garrett me l'ont dit.

Il s'éclaircit la gorge.

— Je sais. Nous allons passer un bon Noël tous ensemble.

— C'est Noël ! s'écria Molly, s'agitant pour que James la dépose par terre.

Elle regarda autour d'elle sans prêter attention au château de princesse.

— Le Père Noël n'a pas reçu ma lettre, murmura-t-elle, déçue.

Laurel s'accroupit à côté d'elle.

— Regarde ce magnifique château. Le Père Noël savait exactement ce que tu voulais.

— Il est très joli, admit la fillette, les larmes aux yeux. Mais je voulais autre chose.

Ses larmes brisèrent le cœur de Garrett.

— Qu'est-ce que tu voulais lui demander, mon chou ? l'interrogea-t-il doucement.

— Je veux une famille, avoua-t-elle d'une petite voix. Je sais que maman et papa ne peuvent pas revenir, mais je ne veux pas être toute seule.

Garrett la prit dans ses bras et déposa un baiser sur sa tempe.

— Je crois que je peux exaucer ton vœu, dit-il. Attends-moi ici.

Il sortit et revint quelques minutes plus tard avec un cadeau de la taille d'un carton à chaussures.

— Assieds-toi sur le canapé, Molly. Toi aussi, Laurel.

Il se sentait au comble de la nervosité. Debout à côté de lui, James arborait un sourire satisfait. Le vieil espion en savait trop long.

Prenant appui sur une main, Garrett mit un genou à terre.

— Ouvre la boîte, Molly.

Elle souleva le couvercle et jeta un coup d'œil à l'intérieur. Un sourire illumina son visage tandis qu'un chiot roux et blanc passait la tête dehors.

— Il est pour moi ?

— Tu as besoin d'un petit copain au ranch, non ?

Molly prit le chiot dans ses bras. Il se mit aussitôt à lui lécher les joues.

— Comment il s'appelle ?

— C'est à toi de choisir son nom, Molly.

Elle caressa le pelage soyeux de l'animal.

— Je l'adore, shérif Garrett.

— Qu'en penses-tu, Laurel ? demanda-t-il.

— Je l'aime autant que toi, dit-elle, les larmes aux yeux.

— Si tu regardais ce qu'il porte autour du cou ?

Laurel s'exécuta, et vit qu'une alliance était accrochée au collier du chiot. Elle se figea.

— Garrett ?

— Je t'aime, Laurel. J'aime Molly. Acceptes-tu de m'épouser ?

— Oui ! cria Molly en se jetant à son cou. On veut t'épouser. N'est-ce pas, tata Laurel ?

— Oui, répondit Laurel, d'une voix assourdie par l'émotion. Oui.

— Nous allons vivre ici pour toujours. Toi, moi, et tata Laurel. Et Citrouille.

— Qui ?

— Citrouille. Mon chiot.

— Oui, mon chou. Nous allons tous vivre ensemble. Tantôt ici, et tantôt en ville. A Danger.

Molly sourit.

— Je crois que mon papa et ma maman au ciel seraient contents.

Garrett rencontra le regard de Laurel.

— Qu'en dis-tu ?

Elle glissa la bague à son doigt et effleura d'un tendre baiser les lèvres de Garrett.

— Qu'une famille est le plus beau des cadeaux de Noël.

DEBRA W

Ensemble, dans la tourmente

Traduction française de
VÉRONIQUE MINDER

BLACK ROSE

HARLEQUIN

Titre original :
DECODED

Ce roman a déjà été publié en 2012.

1

Chicago, 14 octobre, 1 h 5 du matin

Maggie James gara sa voiture à deux pâtés de maisons de la rue où habitait Slade, puis elle éteignit ses phares et resta longtemps immobile dans la nuit. Elle était inquiète : Slade n'était pas passé dans son café, ce soir, contrairement à son habitude.

Une habitude qu'il avait prise deux ans plus tôt presque jour pour jour.

Cette pensée lui fit monter les larmes aux yeux. Deux ans déjà, oh mon Dieu… Comment en était-elle arrivée là ? A de telles extrémités ? Quelle question ! Elle avait toujours su qu'elle commettait la pire folie en s'éprenant de cet homme aussi séduisant que secret.

Secret ?

Non, menteur !

Tout ce qu'il lui avait raconté depuis le début de leur liaison n'était en effet qu'un tissu de mensonges.

Son passé, qu'il lui avait relaté avec de la commisération comme s'il la plaignait d'être si curieuse, n'était qu'invention.

Même son nom était faux !

Slade Keaton portait le mensonge à son art le plus accompli ; jamais elle n'avait décelé une faille dans ses propos, jamais non plus elle ne l'avait entendu se contredire.

Si elle avait eu un tant soit peu de courage, elle aurait rompu au premier mensonge, sitôt qu'elle avait compris qu'il était dangereux.

Or elle n'en avait fait qu'à sa tête.

Elle avait obéi à son cœur.

« Le cœur a ses raisons que la raison ignore. »

Jamais formule n'avait été si vraie…

Maggie ne comptait plus les fois où elle avait décidé de mettre un terme à leur liaison, mais il suffisait qu'elle voie Slade ou l'entende pour que ses jambes se dérobent sous elle, pour que son cœur batte la chamade… En bref, elle perdait toute lucidité, et ses belles résolutions fondaient comme neige au soleil.

D'un regard il prenait le contrôle de tout son être. Entre ses mains, elle devenait une poupée de chiffon sans volonté, une marionnette docile dont il tirait les fils avec la plus grande habileté. Sous ses baisers, elle se pâmait.

Ce qu'elle ressentait envers cet homme était purement et simplement de l'addiction.

Elle perdait le sommeil lorsqu'il ne passait pas la nuit avec elle. Elle souffrait lorsqu'il ne lui avait pas fait l'amour depuis au moins vingt-quatre heures. Même si la passion avec laquelle il la possédait l'impressionnait, et l'ébranlait parfois, elle était incapable de lui résister et se montrait même plus insatiable qu'il ne l'était.

Aucun autre homme, même son ex-mari, n'avait eu un tel pouvoir sur son corps, un pareil ascendant sur ses pensées et ses sens. Même à l'adolescence, où elle était plus exaltée qu'elle ne l'était maintenant, jamais elle n'avait ressenti cet élan immodéré qui semblait la pousser au bord d'un gouffre. Avec la maturité et l'expérience, elle aurait tout de même dû être plus raisonnable !

Elle ravala la grosse boule qui s'était formée dans sa gorge et écarta cette question à laquelle elle préférait ne pas répondre.

De toute façon, elle avait d'autres soucis.

Ou, plus précisément, des priorités.

Sa vie était bouleversée : seize heures et vingt minutes plus tôt, elle avait subitement recouvré sa clairvoyance et son bon sens après deux ans d'égarement.

Son existence allait reprendre un cours normal.

Ce matin à 7 h 40 très exactement, Maggie avait trouvé le courage de faire un test de grossesse.

Qui s'était avéré positif.

Positif.

Elle avait été stupéfaite. Elle était en effet très vigilante, et n'oubliait jamais de prendre son contraceptif quotidien. Incrédule, elle avait fait deux autres tests, qui lui avaient confirmé sa grossesse.

De là, elle avait décidé que sa vie allait changer du tout au tout. Pour le meilleur.

A cette pensée, Maggie se redressa et prit son sac avant de sortir de sa voiture

Elle était lasse, pourtant, sa soirée avait été bien remplie… Il y avait eu foule dans son café, mais ses clients et l'afflux de travail avaient eu le mérite de la distraire de ses préoccupations et de sa confusion. Puis à l'heure de la fermeture, les clients partis, elle s'était sentie soulevée par une colère qui ne lui avait plus laissé de repos. Elle s'était ainsi retrouvée au volant de sa voiture, en route vers chez Slade.

Après deux ans de tergiversations, elle allait en finir.

Au cours de ces huit dernières années, elle avait subi et surmonté de nombreuses épreuves. Elle s'était mariée jeune, et avait eu une vie conjugale placée sous le signe de l'infidélité répétée de son mari, dont elle avait finalement divorcé. Là-dessus, elle avait quitté Indianapolis pour Chicago, afin de prendre un nouveau départ dans la vie. Quelques mois plus tard, elle achetait un petit café en faillite sur Magnificent Mile, qu'elle avait transformé en un lieu à la mode et très couru, où il faisait bon s'arrêter entre deux courses, avant ou après les horaires de bureau. Son établissement était désormais reconnu, mais Maggie avait travaillé dur pour réussir. Elle se félicitait d'autant plus de sa réussite que la conjoncture économique était particulièrement mauvaise.

Aguerrie par l'expérience, elle ne doutait pas de surmonter une nouvelle rupture sentimentale. A quoi bon s'obstiner dans cette relation fausse, bancale et sans avenir, maintenant qu'elle se savait enceinte ?

La colère qu'elle éprouvait contre Slade balayait toutes les autres émotions susceptibles de l'attendrir et de la faire faiblir. Oui, Slade allait sortir de sa vie ! martela-t-elle *in petto*.

Au demeurant, elle était convaincue que Slade n'avait pas la moindre envie de se marier, et encore moins de devenir père. S'il était resté avec elle pendant près de deux ans, ça n'était certes pas dans l'intention de l'épouser et de fonder une famille avec elle, mais à cause de leur entente sexuelle, harmonieuse et exceptionnelle. Elle savait qu'il ne l'aimait pas, alors autant rompre et ainsi s'épargner l'humiliation de se voir quittée, si d'aventure elle lui apprenait qu'elle était enceinte.

Le vent froid de cette soirée d'automne l'enveloppa et lui arracha un frisson sans pour autant entamer sa détermination. Plus tôt il serait sorti de sa vie, mieux ce serait : ensuite elle pourrait avancer !

Elle regarda de part et d'autre de la rue avant de verrouiller ses portières de voiture à l'aide de sa télécommande. Dans ce quartier résidentiel et plutôt pittoresque s'élevaient de petites maisons mitoyennes construites en grès rouge du trias.

Elle fourra les mains dans ses poches, serra, dans celle de droite, son portable, puis elle s'approcha de la maison de Slade. N'y voyant pas de lumière, elle ralentit le pas. Bizarre. Slade aurait dû être chez lui. Quand il ne se trouvait pas dans son café ou dans le petit appartement qu'elle occupait juste au-dessus, il était dans ses bureaux, au rez-de-chaussée de cette maison, ou dans le studio qu'il y avait aménagé, à l'étage.

Maggie passa en revue les véhicules garés en file le long du trottoir, mais elle ne vit pas la voiture de Slade. Se serait-il garé dans l'impasse perpendiculaire, réservée aux camions-poubelles et aux véhicules de maintenance, et interdite au stationnement dans la journée ? A moins qu'il ne soit déjà couché ? Il était tard…

Quelle idée, d'ailleurs, de se rendre chez lui à une heure pareille ! songea-t-elle. D'un autre côté, elle n'avait pas eu le choix puisqu'il n'était pas passé la voir aujourd'hui, et elle voulait rompre tant qu'elle en avait encore le courage. Seulement, la pensée qu'il se passait peut-être quelque chose d'anormal effleura son esprit en déroute, et fit monter en elle une peur mal circonscrite. Slade passait en effet tous les après-midi dans son café. En deux ans, il n'avait *jamais* dérogé à ce rendez-vous.

Sauf ce soir.

Avait-il quitté Chicago sur un coup de tête ? C'était fort possible, d'autant qu'il n'effectuait aucune mission en personne : il déléguait les tâches à ses agents, et rencontrait rarement ses clients.

A la pensée qu'il ait quitté Chicago sans daigner le lui annoncer, Maggie sentit ses genoux défaillir et son cœur se serrer. Mais elle se ressaisit. N'était-ce pas la solution idéale ? Ne voulait-elle pas qu'il sorte définitivement de sa vie ? Elle savait bien que leur relation n'était pas viable, elle était sûre qu'il ne voulait ni se marier ni avoir d'enfants. Elle aurait pu lui annoncer sa grossesse, mais la possibilité qu'il reste avec elle seulement pour « assumer ses responsabilités », selon la formule consacrée, lui faisait horreur. Oui, au final, sa disparition inopinée lui faciliterait la situation et lui épargnerait bien de la peine.

Elle serait seule face à son destin !

Cette prise de conscience foudroya Maggie.

Mon Dieu, comment allait-elle faire ?

Certes, elle s'était toujours débrouillée sans demander l'aide de personne, mais elle allait tout de même devenir mère. Elever un enfant *seule* ! Assumer *seule* de nombreuses et écrasantes responsabilités. Y parviendrait-elle ? Serait-elle une bonne mère ? Saurait-elle compenser l'absence du père de son bébé ?

Puis elle pensa à ses sœurs, et cela la rasséréna. Sa sœur cadette avait trois enfants, mais elle était épaulée par son mari, qui était également un père exceptionnel. Quant à sa sœur aînée, elle en avait cinq et était remarquablement bien organisée. De plus, ses sœurs ne lui répétaient-elles pas à l'envi que ses neveux et nièces l'adoraient ? Enfin, Maggie sourit en songeant qu'elle avait toujours rêvé de devenir mère, un bonheur que son ex-mari lui avait refusé. Avec le recul, d'ailleurs, quelle chance !

Cependant, elle avait été assez sotte pour de nouveau

s'éprendre d'un homme qui ne lui était pas destiné ! Ne tirerait-elle donc jamais les leçons de la vie ?

Mais il était trop tard pour se poser la question.

Soudain, son téléphone portable vibra.

Elle le sortit et consulta l'écran. Slade. Son cœur manqua un battement.

Inutile de lui répondre ! lui intima la voix de la raison.

Mais une fois de plus, elle y resta sourde et prit même la communication à la hâte.

— Allô ?

Son cœur cognait dans sa poitrine, elle était hors d'haleine comme si elle avait couru. Voilà ce à quoi Slade Keaton la réduisait : à un concentré d'émotions exacerbées.

— Reviens sur tes pas, et retourne à ta voiture, lui ordonna Slade.

La peur et la surprise la figèrent.

— Quoi ?

Elle regarda autour d'elle.

— Mais… Slade ? Où es-tu ?

— Retourne à ta voiture, je te dis. Maintenant.

Maggie se ressaisit et recoiffa machinalement une mèche rebelle.

— Avant, dis-moi où tu es !

Elle était vraiment lasse, elle n'avait pas envie de jouer et de se soumettre à sa volonté. La réalité supplantait le long fantasme dans lequel elle avait évolué pendant près de deux ans.

— Ça n'est pas le moment de poser des questions, Maggie ! Obéis, c'est tout, reprit-il d'une voix glacée et dure.

Frustrée, elle pinça les lèvres, raccrocha et remit son portable dans sa poche. Elle ne lui obéirait pas. Elle continuerait de remonter cette petite rue tranquille ! Elle allait même le rappeler pour lui dire d'aller au diable.

Mais en dépit de ses bonnes résolutions, Maggie obéit comme une fillette docile.

Tu ne peux pas continuer comme cela, Maggie…

Elle était adulte. Responsable.

Future maman.

Slade Keaton n'était qu'une source de problèmes : il devait sortir de sa vie.

Maintenant.

Mais elle se sentait de nouveau faiblir. Ses lèvres se mirent à trembler, et des larmes brouillèrent sa vision. Une fois qu'elle fut devant sa voiture, elle tendit sa télécommande pour en déverrouiller les portières, et s'installa derrière le volant.

Elle poussa un gros soupir.

— Et maintenant ? monologua-t-elle.

Elle soupira de nouveau. A quoi jouait Slade ?

Elle avait décidé de reprendre sa vie en main, mais elle se soumettait à ses ordres. Sa raison pliait devant ses sentiments. C'était infernal.

Bon sang, où était Slade ? se demanda-t-elle. Sans doute était-il caché quelque part dans les alentours et l'épiait-il. Et couard, avec ça…

A peine le plafonnier de voiture s'était-il éteint que la voix de Slade lui parvint.

— Démarre.

Maggie se pétrifia. Puis elle regarda dans le rétroviseur et y croisa son regard.

Comment était-il monté dans sa voiture ? Elle en avait pourtant bien verrouillé les portières, en sortant ! Elle se souvenait aussi d'avoir appuyé sur sa télécommande pour les déverrouiller, à l'instant… Aurait-elle perdu la tête ?

— Vite, Maggie. Il ne nous reste pas beaucoup de temps.

L'appréhension et le désarroi la réduisirent au silence. Les mains tremblantes, elle sortit ses clés de voiture, mais elle dut s'y reprendre à deux fois avant de réussir à glisser la clé dans le démarreur.

Par miracle, elle démarra du premier coup.

— Vite, insista Slade d'un ton impérieux.

Maggie alluma les phares et sortit de sa place de stationnement pour prendre la route.

— Où allons-nous ? demanda-t-elle enfin.

— Roule, c'est tout.

C'en était trop ! La colère supplanta la peur, et Maggie freina si brusquement que ses pneus crissèrent.

— Je t'ai posé une question, Slade. Où allons-nous ? martela-t-elle.

De quel droit lui donnait-il des ordres ?

— Maggie…

Elle ferma les yeux et serra les paupières. L'entendre prononcer son prénom lui causait toujours un plaisir mêlé de douleur. Sa colère tomba d'un coup.

— Arrête, Slade…, souffla-t-elle. Arrête, par pitié… Je n'en peux plus.

— Roule, l'interrompit-il avec impatience. Pour le moment, tu dois me faire confiance.

Un rire poignant franchit ses lèvres.

— Tu plaisantes ?

Elle n'avait pas terminé de parler qu'elle sentit le canon d'une arme contre sa nuque. Son attention revint aussitôt sur le rétroviseur intérieur.

Slade braquait un revolver sur elle.

— Mais… Slade ? Qu'est-ce qui te prend ?

— Je t'ai ordonné de prendre la route, Maggie !

Elle crispa ses mains sur le volant, et se fit violence

pour obéir. Elle arrivait au bout de la rue lorsqu'une assourdissante explosion rompit le silence et déchira la nuit.

Maggie se retourna et regarda par le pare-brise arrière. Comme dans un film au ralenti, elle vit des flammes monter si haut qu'elles semblaient atteindre les étoiles, et des briques, des pierres, des fragments de tôle et divers autres débris impossibles à identifier retomber en pluie et joncher le trottoir.

La maison où Slade vivait et travaillait était en feu.

— Vite Maggie ! la pressa de nouveau Slade.

Elle appuya sur la pédale de l'accélérateur, et la voiture fit un bond. Elle essaya ensuite de se ressaisir pour se concentrer sur la conduite. Elle continuait de serrer le volant de toutes ses forces, à s'en faire mal. Elle avait la nuque et les épaules raides, douloureuses.

Ça n'est pas possible, elle évoluait dans un cauchemar. L'homme qu'elle aimait, le père de son enfant, pressait un revolver sur sa nuque. Le bâtiment où se trouvaient son studio et ses bureaux venait d'exploser.

Qui était Slade Keaton ?

Elle ne le connaissait pas, comprit-elle subitement, elle ne l'avait jamais connu. Dès le premier jour, son intuition très fine l'avait avertie qu'il lui dissimulait sa véritable identité et qu'il lui mentait. Mais son coup de foudre avait pris le pas sur les voix de l'instinct.

Elle freina de nouveau et regarda dans le rétroviseur.

— Qui es-tu, Slade ?

Il se pencha, saisit ses cheveux et lui reversa la tête en arrière sans violence, et, paradoxalement, avec de la tendresse. Maggie ne hurla pas, car ce geste ambigu la laissait sans voix.

— Je te connais mieux que toi, Maggie, et je sais que tu veux me faire confiance, murmura-t-il.

La douceur de sa voix l'hypnotisait, la maintenait prisonnière. Riposter était impossible. Le charme dont il savait l'envelopper la privait de la parole.

Comment pouvait-elle être si vulnérable, si faible devant un tel homme ? Où était passé son courage ? Sa lucidité qu'elle croyait revenue ?

C'était à désespérer.

Lorsque Slade pressa ses lèvres sur son oreille, elle contint un frisson.

— Si tu ne m'obéis pas, nous allons mourir. Or je n'ai pas envie de mourir.

Il pressa le canon de son arme contre sa tempe.

— Maintenant, roule.

2

2 h 10 du matin

Victoria Colby-Camp entendit son téléphone sonner sur sa table de nuit, mais elle n'eut ni la force ni l'envie de décrocher. La voix de son mari s'éleva peu après, lui confirmant qu'il avait pris la communication, mais l'inquiétude qui empreignait celle-ci traversa les ondes de son sommeil et la réveilla tout à fait.

Qui pouvait appeler à une heure pareille ?

— Quelqu'un est blessé ? demanda Lucas.

A ces mots, Victoria se mit sur son séant.

— Lucas ? Que s'est-il passé ? C'est grave ?

Jim avait-il eu un accident ? Etait-il arrivé quelque chose de grave à l'un des enquêteurs de l'agence ? L'angoisse montait inexorablement en elle.

— Très bien. On arrive tout de suite ! déclara Lucas à son interlocuteur.

Il raccrocha avec un soupir.

— C'était Jim. Un de ses contacts à la police de Chicago vient de lui annoncer que la maison des Equalizers avait explosé. Je n'en sais pas davantage, mais on file sur place !

Deux ans plus tôt, Slade Keaton avait racheté les Equalizers à Jim, qui dirigeait désormais l'agence Colby aux côtés de Lucas. Dans la soirée, Jim s'était rendu chez Keaton afin de l'interroger, l'obliger à révéler sa véritable identité ainsi que les raisons de son intérêt marqué envers l'agence Colby, or Keaton était absent. Il s'était donc promis de revenir plus tard et avait par là même échappé à l'explosion.

— Il y a des victimes ? s'enquit Victoria.

Elle pensait en particulier à Maggie James, la petite amie de Keaton. Elle appréciait beaucoup la jeune femme, qui, très amoureuse de Keaton, se trouvait prise dans une tourmente dont elle ne comprenait pas le sens. Sa seule erreur, si tant est que l'on puisse parler d'erreur, c'était d'aimer passionnément un homme dont le passé était un sombre mystère, que personne encore au sein de l'agence n'avait réussi à percer. Victoria souhaitait que Maggie et Keaton soient sains et saufs, car malgré le mystère qui entourait Keaton, elle vouait à ce dernier une certaine estime.

— L'explosion est survenue il y a moins d'une heure. C'est-à-dire un quart d'heure après que Jim y est passé, la renseigna Lucas.

Il se leva.

— L'incendie a été maîtrisé. Les pompiers vont maintenant effectuer un déblai pour éviter que le feu reprenne : il reste toujours des zones chaudes, des braises ou des objets chauffés. Ensuite, ils commenceront les recherches.

Victoria se leva à son tour et sortit des vêtements de son armoire.

— Les flammes ont-elles gagné les maisons mitoyennes ?

Des bureaux s'y trouvaient, aussi espérait-elle qu'ils étaient déserts à une heure aussi tardive, et qu'aucune victime ne serait à déplorer.

— A ce qu'il semble, oui, expliqua Lucas, mais Jim

n'a pas précisé quelle était l'ampleur des dégâts. Peut-être ne le sait-il pas. Il est déjà en route, et nous allons le rejoindre. Nous obtiendrons davantage d'informations, une fois que nous l'aurons rejoint.

Victoria s'habilla à la hâte, enfila des mocassins en cuir souple sans prendre le temps de mettre de chaussettes, et pour finir, se fit un chignon rapide. En dépit des circonstances tragiques — se rendre sur les lieux d'un sinistre en pleine nuit n'avait rien de réjouissant —, elle ne put s'empêcher de sourire à la vue de Lucas en jean et sweat-shirt. Cette tenue décontractée lui était pour le moins inhabituelle, sans le déparer pour autant. Victoria se sentit littéralement soulevée par l'amour qu'elle ressentait pour son mari… Sans Lucas, la vie n'aurait aucun sens.

Une fois dans le garage, Lucas coinça son arme dans la ceinture de son jean puis, gentleman en toutes circonstances, il lui ouvrit sa portière et la referma en douceur lorsqu'elle eut pris place à l'intérieur. Dès qu'il se fut glissé derrière le volant, il démarra et sortit du garage, qu'il verrouilla à l'aide de sa télécommande. Il traversa ensuite leur quartier endormi et si paisible à cette heure avancée de la nuit. Les halos des lampadaires urbains dispensaient une lueur jaune rassurante, tandis que le calme ambiant était apaisant.

Plus calme, maintenant qu'ils étaient en route, Victoria s'énuméra les causes possibles de l'explosion ainsi que son origine, sans doute criminelle, si elle en croyait les événements récents liés à Keaton.

Keaton avait une puissante ennemie. Pourquoi voulait-elle le supprimer ?

Non sans un frisson d'appréhension, Victoria pensa à cette femme qui se faisait appeler le Dragon. Les agents Levi Stark et Casey Manning avaient été ses prisonniers, au cours de leur mission au Mexique dont ils étaient revenus la veille au soir. Selon les résultats de leur enquête, cette femme serait la mère de Keaton. Pour autant, la filiation n'était pas prouvée.

Levi et Casey avaient également été sidérés par son étonnante ressemblance physique avec cette femme, avec qui Lucas avait autrefois eu une liaison. Ces dernières pensées déstabilisaient Victoria.

D'un autre côté, cette histoire remontait à près de trente ans, il y avait donc prescription. Elle n'avait plus aucune raison de ressentir de la jalousie, d'autant que cette femme semblait haïr Lucas.

Quoi qu'il en soit, le Dragon voulait la mort de Keaton et de Lucas.

Victoria n'arrivait pas à comprendre ses motifs. Pourquoi le Dragon avait attendu une trentaine d'années pour frapper Keaton et Lucas de son ire ? Pourquoi Keaton vivait-il sous une fausse identité pour lui échapper ? Et qui était-il vraiment ? Un ange ou un démon ? Quels buts poursuivait-il en s'intéressant de si près à l'agence Colby ?

Victoria se posait ces dernières questions depuis que Keaton avait fait irruption dans leur vie. Elle espérait en tout cas que Lucas et elle n'avaient pas initié, par leurs recherches obstinées sur Keaton, la traque qui semblait maintenant mettre sa vie, et la leur, en danger.

— Tu n'as aucune responsabilité dans les événements actuels, Victoria, dit tout à coup Lucas.

Comme à son habitude, il avait lu dans ses pensées.

— Comment peux-tu en être aussi sûr ? lui demanda-t-elle avec un soupir.

C'est tout de même à son initiative que Levi Stark était parti au Mexique enquêter sur Keaton. N'avait-elle pas commis une grave erreur en réveillant l'attention d'un dragon en sommeil ?

— Toute cette histoire ne concerne que moi, il faut que tu gardes cette pensée en tête, d'accord ? reprit Lucas.

Victoria hésita, puis elle se décida à poser la question qui la tourmentait depuis le retour, hier, de Levi Stark et de Casey Manning, et la séance de débriefing qui s'était déroulée dans son bureau.

— En es-tu certain, Lucas ? Moi pas…

Le Dragon lui ressemblait tout de même comme deux gouttes d'eau ! Lucas était-il tombé amoureux d'elle en souvenir de sa passion envers cette femme ?

Le silence durait. Lucas lui pressa la main.

— Il est inutile de spéculer tant que nous n'aurons pas des éléments tangibles en notre possession. Il est fort possible que Keaton seul soit la cible du Dragon, comme semble le prouver l'enquête de Levi et de Casey à Acapulco.

Lucas conclut en poussant un gros soupir.

— Au point où nous en sommes, il est impossible d'infirmer, de confirmer ou d'affirmer quoi que ce soit.

Victoria garda le silence. Elle avait mal formulé sa question, Lucas l'avait donc mal comprise. A la vérité, elle ne faisait pas allusion aux événements actuels mais au passé, et en particulier à sa ressemblance avec le Dragon, qui avait peut-être infléchi l'amour de Lucas pour elle.

Tôt ou tard, elle devrait en avoir le cœur net, mais elle redoutait la vérité, qui pouvait anéantir tout un pan de sa vie.

Victoria avait l'impression de se trouver face à un puzzle géant difficile à assembler, et elle avait conscience que se jouait maintenant le dernier acte d'une affaire qui durait depuis plus de deux ans.

Quel en serait l'épilogue ?

Les décombres de l'immeuble fumaient lorsqu'ils arrivèrent dans la petite rue. Jim les attendait devant la scène de crime ceinte par le ruban jaune de la police. Une bourrasque enveloppa Victoria qui frissonna dans son petit pull, mais elle se ressaisit et tendit l'oreille, dans l'espoir d'entendre des nouvelles rassurantes.

— Toujours rien sur les victimes, leur annonça Jim. J'ai appelé Maggie à son domicile et à son café, mais personne n'a répondu. Keaton est également sur répondeur. Sa voiture est garée là-bas.

Jim accompagna ces derniers mots d'un geste vers le coin de la rue.

— Il faudra sans doute plusieurs heures avant de déterminer la cause de l'explosion et savoir s'il y a des victimes.

A ces mots, Victoria sentit son sang se glacer.

— Il y avait du monde dans les maisons mitoyennes ?

— A priori, non. Celle de droite est à louer, et l'autre abrite des bureaux. Le propriétaire a confirmé qu'il avait été le dernier à les quitter, vers 22 heures.

Soulagée, Victoria survola du regard les décombres du bâtiment où se trouvait le QG des Equalizers. Elle avait la certitude que l'explosion était d'origine criminelle. Avait-on voulu causer la mort de Keaton ? Lui envoyer un avertissement ?

Préoccupée, elle prêta une oreille vague à la conversation de Jim et de Lucas, qui évoquaient maintenant les étapes de l'enquête de police et celle des pompiers. Son esprit vagabondait. Elle songeait à Maggie, si sensible et si douce, qui serait sans doute affectée par cette explosion et le péril qui guettait Keaton. Du moins, si Maggie était vivante, conclut Victoria avec appréhension.

Où était Keaton ?

Toute la soirée, Jim avait essayé de le contacter, mais à l'évidence, ce dernier avait purement et simplement disparu de la circulation…

Victoria avait souvent voulu mettre Maggie en garde, mais contre qui, contre quoi ? Contre Keaton ? De quel droit pouvait-elle lui dire que l'homme qu'elle aimait était dangereux ?

Mais maintenant que c'était peut-être trop tard, elle se sentait envahie par un immense regret.

3

2 h 32

Slade savait qu'il devait prendre une nouvelle identité.

La vie de « Slade Keaton » était terminée. L'explosion qui venait de détruire l'endroit où il vivait et travaillait lui en fournissait la preuve irréfutable. Il était même conscient de commettre une grave erreur en s'accrochant à cette identité, et pourtant, il hésitait à en emprunter une nouvelle. A la vérité, il ne s'y résignait pas.

C'était d'autant plus incompréhensible que changer de nom était pour lui aussi banal que de changer chaque jour de vêtements. Slade en avait emprunté tellement, au cours de ces douze dernières années, qu'il en avait oublié la plupart. Se fabriquer une énième identité ne représentait donc pas un effort insurmontable, alors pourquoi tergiverser ?

Etonnamment, il avait l'impression qu'en se dessaisissant des nom et prénom de Slade Keaton, il abandonnait quelque chose, ou quelqu'un qui lui était cher, et à qui il vouait, finalement, une certaine affection.

S'il en était arrivé là, c'était sans doute à cause de Maggie. Il observa la jeune femme qui conduisait sans mot dire, puis il ferma les yeux et secoua la tête avec fatalisme.

Le doute n'était plus permis, il avait commis la pire erreur de son existence.

Il soupira, rouvrit les yeux et concentra son attention sur la route. Ses pensées se remirent à vagabonder.

Un homme tel que lui, avec une histoire et un passé si tragiques et si lourds de conséquences, ne pouvait s'offrir le luxe de commettre la plus petite erreur ou de se laisser égarer par des sentiments, d'autant qu'il avait reçu une éducation destinée à faire de lui un homme sans émotions.

Les souvenirs troubles de son enfance et de son adolescence l'envahirent. Simultanément, la rage le saisit, à la pensée de la femme qui lui avait donné la vie, mais qui n'avait jamais été une mère. Après avoir subi son joug pendant presque dix-huit ans, il avait pris la fuite et quitté le Mexique. Il avait ensuite vécu un peu partout, pendant une douzaine d'années, sous le couvert de l'anonymat garanti par les nombreuses identités qu'il empruntait à intervalles réguliers, et de déménagements fréquents. Pendant toutes ces années, elle n'avait pas réussi à retrouver sa trace, mais il avait commis l'erreur de rester trop longtemps à Chicago, où elle avait réussi à le localiser. Maintenant, il n'y avait qu'une seule issue à cette situation devenue impossible.

L'un des deux devait mourir.

La perspective de commettre un matricide le laissait complètement froid.

A la vérité, il ne ressentait que de la détermination.

La voix de Maggie l'arracha à ses pensées.

— Et maintenant ?

Slade revint instantanément au présent. Maggie venait de s'arrêter à un croisement. La forêt les environnait et, dans la nuit opaque, l'autoroute à peine éclairée par le pinceau de ses phares ressemblait à un ruban sans fin se perdant dans de profondes ténèbres. La lune et les étoiles étaient cachées par des nuages, comme si la nature tout entière redoutait le spectacle de sa fuite devant l'adversité.

— Dois-je continuer tout droit ? Tourner ? reprit Maggie d'une voix tremblante.

— Prends à droite.

Il restait une petite dizaine de kilomètres jusqu'au motel où il projetait de se réfugier. L'établissement était sinistre, mais il avait l'avantage d'être proche de l'autoroute. De plus, un café-tabac-restaurant se trouvait à sa proximité.

Maggie reprit leur route sans un mot. Terrorisée de sentir son arme braquée sur elle, elle avait cessé de parler et de poser des questions, songea Slade, assailli par la culpabilité. Mais il n'avait pas eu d'autre choix, pour la contraindre à quitter sa rue au plus vite sans se répandre en explications inutiles. Maggie ne le savait pas, mais il lui avait sauvé la vie en la menaçant de mort.

— C'est encore loin ? demanda-t-elle soudain, sortant enfin de son silence hostile.

— Non.

Elle n'allait pas apprécier l'étape suivante, pas plus, d'ailleurs, qu'elle n'en avait apprécié la précédente. Tant pis. Il devait agir vite. C'était capital pour la réussite de son plan qui consistait en deux mots : fuite et volte-face.

Un panneau indiqua bientôt la bretelle de l'autoroute et le motel. Slade récapitula sa stratégie : une fois que Maggie serait en sécurité dans cet établissement miteux, il se rendrait à Saint Louis. De là, un jet privé le conduirait à Mexico, où il avait des contacts fiables. La guerre qu'il se préparait à mener nécessitait des ressources et beaucoup de chance — ce dont il avait souvent manqué.

Au cours de ces douze dernières années, il n'avait jamais compté sur la chance, ce qui aurait été aussi dangereux et hypothétique que de compter sur la mansuétude de la femme qui n'avait de mère que le nom.

Avoir une vraie mère ne lui avait jamais manqué. C'était peut-être étonnant, et cependant logique : comment regretter ce qu'on n'a jamais eu, ou connu ? Récemment, toutefois, Slade avait commencé à s'interroger sur les notions de famille et de parentalité. Quelle aurait été son existence s'il avait été entouré par la tendresse maternelle ? S'il avait ressenti de l'amour filial ? Aurait-il été capable de s'investir dans une relation amoureuse et de fonder une famille ?

A quoi bon spéculer ? Cette vie-là n'était pas pour lui…

Enervé par cet excès de sentimentalisme, il serra les dents pour contenir sa contrariété. Il n'aurait pas dû rester aussi longtemps à Chicago : son cœur s'y était attendri, il y était devenu stupide.

L'enseigne antédiluvienne, éclairée par des néons qui indiquaient le motel, se déployait sur la galerie du premier étage, de façon à être bien vue depuis la route par les nombreux routiers.

Ce motel, si misérable soit-il, offrait des chambres à des prix défiant toute concurrence. Slade avait mené sa petite enquête sur cet établissement bas de gamme, et sur le profil du client qui le fréquentait — des routiers ou des représentants de commerce.

— Entre dans le parking ! ordonna-t-il.

Maggie obtempéra.

— Gare-toi juste devant l'entrée principale.

Il avait contraint Maggie à laisser sa voiture à

Chicago, à un arrêt de bus, non loin du parking où était garée la voiture qu'il avait louée quelques jours plus tôt, sous un faux nom. A l'aune des derniers événements, Slade avait en effet compris qu'il devrait quitter Chicago. Mais il ne savait pas qu'il aurait une passagère, un petit imprévu qui pouvait finalement jouer en sa faveur en brouillant les pistes. Son objectif, c'était de gagner du temps pour pouvoir se rendre à Saint Louis, dans le Missouri, qui se trouvait à environ cinq cents kilomètres de Chicago.

Maggie éteignit les phares et laissa ses mains sur le volant. Slade la savait calme, mais en apparence, seulement.

— Nous allons prendre une chambre dans ce motel, annonça-t-il.

Il se pencha vers elle.

— Un dernier point Maggie : ne me force pas à faire quelque chose que tu regretterais.

— Tu veux dire, comme tout à l'heure ?

Sa voix ne tremblait pas, et traduisait sa lassitude, sa résignation et sa frustration. Slade sentit son cœur se serrer, mais il se concentra sur la situation et refoula des émotions aussi dangereuses qu'inutiles.

— Plus tard, tu me remercieras, conclut-il d'un ton bref.

Une fois qu'ils furent descendus de la voiture, il coinça son arme dans sa ceinture, sous sa veste, puis il l'enlaça. Maggie se tendit.

Il riva son regard au sien et vit la peur se refléter au fond de ses prunelles vertes.

— Nous devons avoir l'air naturel. Tu restes calme, et tout se passera pour le mieux, d'accord ?

Maggie acquiesça imperceptiblement. Slade déposa un baiser rapide sur ses lèvres. Le souffle soudain suspendu, elle leva la tête vers lui et frissonna. Slade savait qu'il avait le pouvoir de la déconcerter avec un seul baiser, mais pour une fois, il n'en ressentit pas la moindre satisfaction.

Son bras passé autour de la taille de Maggie, il entra dans le motel. Le tintement de la clochette fit lever les yeux du veilleur qui, derrière son comptoir, regardait une sitcom à la télévision. Il portait des lunettes dont les verres très épais rapetissaient son regard, mais qui, à leur vue, n'en exprimèrent pas moins de la curiosité et un peu d'inquiétude. A l'évidence, il n'était pas tranquille. Travailler de nuit n'avait rien d'une sinécure, surtout dans un motel aux abords de l'autoroute. Le veilleur baissa le volume de sa télévision, et toussota.

— Vous voulez une chambre pour la nuit, ou pour une heure ?

Pour seule réponse, Slade sortit une épaisse liasse de billets que le jeune homme fixa sans cacher son incrédulité.

— Pour la nuit. Nous avons une longue route devant nous.

Il attira Maggie à lui, et ajouta, faussement jovial :

— N'est-ce pas, ma chérie ?

Maggie acquiesça trop vivement.

— Oui… c'est juste, bredouilla-t-elle avec un sourire contraint, que le veilleur ne remarqua pas.

Il tendait en effet la main vers le tableau de clés, qui semblait aussi ancien que le motel, sinon plus.

— Une chambre située à l'ouest de préférence, s'il vous plaît, reprit Slade, toujours avenant. Je ne tiens pas à être réveillé par le soleil matinal.

Le veilleur hocha la tête, et posa la clé sur le comptoir.

— Vous trouverez les draps propres, là-bas, annonça-t-il, leur montrant des rayonnages à l'autre bout de la pièce. Vous devrez être partis à 10 heures.

— Merci.

Slade prit la clé, et son bras toujours autour de la taille de Maggie, se dirigea vers les rayonnages. Une fois qu'ils furent revenus devant leur voiture, il ouvrit la portière côté passager.

— Monte. Nous allons nous garer devant notre chambre.

Maggie obéit. Slade referma sa portière, et il garda un œil sur elle en contournant le capot pour gagner le côté conducteur.

Irlandaise d'origine, Maggie avait un caractère passionné et emporté, et sous son calme actuel il se doutait que couvait la tempête. Il la connaissait assez pour savoir qu'elle pouvait à tout moment exploser et faire un scandale.

Il roula vers leur chambre, qui se trouvait à l'extrémité du motel, et se réjouit de constater que les gros porteurs garés là faisaient écran entre la bretelle de l'autoroute et cette partie de la bâtisse.

Une fois que Slade se fut garé, il descendit de voiture et rejoignit à la hâte Maggie qui sortait déjà. Il lui donna la paire de draps, puis la conduisit vers le coffre d'où il sortit son sac à dos, et enfin, vers la porte de leur chambre. Pas une seule fois Maggie ne lui résista ou ne discuta. Sans montrer ni exaspération ni colère, elle entra, alluma la lampe sur la table de chevet et déposa les draps sur le lit.

Avant de la rejoindre, Slade dévissa l'ampoule nue sur le mur extérieur au-dessus de leur porte, la seule qui était allumée et qui, de surcroît, jetait une lumière jaune aveuglante sur le parking. Pour finir, il survola les alentours du regard. Le calme était total. Pour le moment, tout semblait aller pour le mieux.

Il entra donc à son tour, verrouilla l'entrée et examina la salle de bains et les placards avec soin, avant de poser son sac à dos sur le lit. Il tâta ses poches au fond desquelles se trouvaient ses clés de voiture et le portable de Maggie. Il s'en était emparé, par prudence, sitôt qu'ils avaient pris la route. Il l'avait éteint, et en avait retiré la batterie.

Sur ces entrefaites, il reporta les yeux sur la jeune femme et l'observa, pensif. Il appréciait sa forte personnalité et son courage. Il admirait la noblesse de son caractère et sa beauté vibrante… Elle aurait besoin de toute sa force d'âme pour affronter les heures à venir.

Maggie tourna son attention sur lui. Son regard vert flamboyait au moins autant que sa splendide crinière rousse.

— Je ne sais pas qui tu es, Slade et je me fiche de le savoir…

Elle pinça les lèvres et leva le menton dans un geste de défi.

— En revanche, je veux savoir ce qui se passe !

— Assieds-toi.

Maggie croisa les bras.

— Non. Je ne t'obéirai plus tant que tu ne m'auras pas donné d'explication !

Slade se sentit soudain très las, à moins qu'il ne soit déconcerté de la voir lui tenir tête ? Voilà qui était pour le moins étonnant, car d'aussi loin qu'il se souvienne, il avait toujours ressenti de l'indifférence vis-à-vis des sentiments ou de l'opinion d'autrui.

Autrefois, d'ailleurs, jamais il n'aurait laissé quiconque lui parler avec cette insolence, le presser de questions ou refuser d'obtempérer à ses ordres. Aussi sa subite tolérance et sa magnanimité ne laissaient-elles pas de le surprendre, et surtout de profondément le troubler. Il était même saisi de stupeur à la pensée d'avoir glissé, malgré lui, et qui plus est, avec une certaine complaisance, dans une relation qui ne ressemblait à rien de ce qu'il avait connu, vécu ou ressenti jusqu'à maintenant.

Deux ans plus tôt, il avait consacré tous ses efforts à séduire et conquérir cette jeune femme solitaire et travailleuse jusqu'à ce qu'elle cristallise sur lui ses désirs et ses rêves, jusqu'à ce qu'elle ressente son absence comme un manque cruel. Cette liaison était seulement destinée à servir ses desseins, mais, s'il en croyait ses ressentis actuels, c'est lui qui était piégé.

Au terme de ses réflexions, Slade se laissa tomber sur la chaise près de la fenêtre et brancha le chauffage, qui après un ronronnement laborieux se mit en marche.

— Je suis sérieuse, reprit Maggie sans se laisser démonter. Si tu ne me dis pas tout de suite ce qui se passe, je te jure que je quitte cette chambre à l'instant pour aller prévenir la police !

Slade rejeta sa tête en arrière, et chercha un nouveau mensonge. Il lui avait tellement menti, au cours de ces deux dernières années, qu'il lui fallut réfléchir pour se souvenir des plus récents. Déconcerté, il observa le plafond maculé de taches et de moisissures, en songeant malgré lui que ce spectacle était aussi peu ragoûtant que celui de sa propre vie.

A cet instant, Maggie passa devant lui pour sortir, mais il se leva d'un bond et l'attrapa par le bras. Ils s'affrontèrent du regard. Elle était en colère et le défiait de la retenir. Avant elle, personne n'avait jamais osé lui tenir tête.

Mais si elle mettait sa menace à exécution, elle risquait sa vie, et la sienne par la même occasion.

— Assieds-toi ! lui intima-t-il.

Maggie le toisa une dernière fois avant de céder à contrecœur. Elle prit place sur le lit, les bras toujours croisés, puis elle marqua la mesure du pied, sur la moquette beige, pour bien lui signifier son impatience.

Il soupira.

— En ce qui concerne la destruction de la maison…

— Non, son *explosion*, Slade ! Des innocents ont peut-être été tués ! Ou blessés grièvement !

— Personne n'a été blessé ou tué, lâcha-t-il avec impatience.

Exaspérée, elle se leva.

— Qu'est-ce que tu en sais, Slade ? Tu n'y étais pas, que je sache.

— Je tiens cette information d'un contact.

Il avait reçu deux SMS, depuis leur départ de Chicago. A priori, il n'y avait aucune victime à déplorer.

Maggie se laissa retomber sur le lit.

— Tant mieux.

Conscient qu'elle avait recouvré un calme relatif, il en profita pour enchaîner.

— Il va falloir que tu restes cachée ici pendant quelques jours.

Maggie ouvrit de grands yeux.

— Jusqu'à ce que la situation se décante, précisa-t-il. Quand tu pourras rentrer chez toi sans plus courir de risques, je te le ferai savoir.

Il fallut à Maggie un moment pour réprimer le nouvel accès de colère et d'indignation qui montait en elle. Elle savait que Slade, même s'il l'avait menacée de son arme, ne lui ferait aucun mal, mais le mystère qui l'entourait ne lui avait jamais paru aussi profond, et sa curiosité fut la plus forte.

— Où pars-tu ?

Elle avait bien compris qu'il *était* le danger. Mais quelles étaient ses intentions ? Riposter ? Fuir ?

Puis Maggie s'interrogea sur son propre sort. Son bon sens lui recommandait de le laisser partir et, aussitôt après, de rentrer à Chicago pour reprendre le cours d'une vie normale. Penser à Chicago la reporta aux événements récents de cette nuit.

— Qui a fait exploser ta maison ? Et pourquoi ? insista-t-elle.

Slade s'accouda sur ses cuisses et posa sur elle un regard pensif.

— Une femme. Elle me cherche depuis des années. Elle m'a retrouvé…

Maggie fronça les sourcils, troublée.

— C'est une *femme* qui a fait exploser ta maison ? Une ancienne maîtresse ?

La jalousie l'envahit et supplanta la colère qui lui avait permis de tenir tête à Slade et de résister au pouvoir de séduction qu'il exerçait sur elle.

— Moins tu en sauras, mieux ce sera, Maggie. Tout ce que je peux te dire, c'est que tu es en danger de mort parce que tu es ma compagne.

Maggie sentit sa tête lui tourner.

C'était pire qu'elle ne l'avait pensé… Mon Dieu, comment avait-elle pu se retrouver dans une situation pareille ?

— Mais… ça n'a pas de sens…, balbutia-t-elle.

— Je sais. Mais il faut que tu me croies, quand je t'affirme que cette femme est prête à tout pour me retrouver, me tuer et éliminer impitoyablement ce qui m'est lié de près ou de loin.

Maggie serra les poings et planta les ongles dans ses paumes.

— Qui es-tu pour avoir une ennemie aussi haineuse ? demanda-t-elle d'une voix sans timbre.

Etait-il mêlé à un trafic de drogue ? D'armes ? A la mafia ? A un règlement de compte ? Qui était cette femme qui le poursuivait d'une haine aussi incoercible ?

Maggie était bouleversée. Cet homme dont elle ne savait rien, mais qui était le père de son enfant, était menacé de mort.

Slade détourna le regard.

— Quelqu'un que tu n'as pas envie de connaître, Maggie.

Il avait été froid mais elle crut entendre sa voix chanceler. Puis elle se ravisa. Slade *vulnérable* ? Non, impossible ! Son imagination lui jouait des tours, parce qu'elle avait envie qu'il lui montre le fond de son âme.

Puis ce fut le sens de ses propos qui la frappa. C'est tout ce qu'il trouvait à dire après deux ans de manœuvres de séduction ?

— Tu ne crois pas que c'est un peu tard ? répliqua-t-elle avec froideur.

Slade se leva.

— Désolé, mais je n'ai rien d'autre à dire.

Il tira le rideau et regarda dehors.

— Tu sais comment on appelle les hommes dans ton genre ? reprit-elle, prête à exploser.

Un profiteur. Un opportuniste ! pensa-t-elle, sans oser le formuler à haute voix. C'était pourtant la vérité : il s'était servi d'elle pour se rapprocher de Victoria Colby-Camp et de son mari Lucas. Ses deux amis, car elle les considérait comme tels, étaient peut-être en danger.

Slade était entré dans sa vie et avait fait d'elle sa maîtresse uniquement pour entrer en contact avec l'agence Colby. A ce titre, elle avait le droit de savoir qui il était, et quels buts il poursuivait. Elle décida donc de poursuivre son interrogatoire.

— Pourquoi éprouves-tu tant haine envers l'agence Colby, Slade ? Victoria et Lucas sont des gens bien. Qu'est-ce qu'ils t'ont fait ?

Il lui fit de nouveau face. Son visage était impassible.

— Tu te trompes. Comment peux-tu être certaine que ce sont des gens *bien* ?

— Parce que je les connais. Je ne peux pas en dire autant de toi, Slade.

— Eh bien, au moins, nous sommes d'accord sur un point, lâcha-t-il.

Maggie s'arma de courage pour s'approcher de lui.

— Tu as manipulé mes sentiments pour que je tombe amoureuse de toi, Slade, asséna-t-elle, le regard étréci par la colère.

Des larmes lui brûlaient les paupières, mais elle les refoula.

— Tu t'es servi de moi pour mettre tes plans, quels qu'ils soient, à exécution.

Il s'approcha à son tour. Elle retint son souffle.

— Et moi, l'idiote, je t'ai obéi au doigt et à l'œil.

Le tremblement qui l'agitait semblait ne jamais devoir cesser.

— Tu ne m'as jamais aimée.

Comment avait-elle pu *de nouveau* tomber amoureuse d'un menteur ? se demanda-t-elle pour la énième fois. Le pire, cependant, c'était de savoir qu'elle l'aimait de toute son âme, mais qu'il n'éprouvait strictement rien pour elle.

— Ecoute-moi bien, Maggie…

Il posa la main sur son bras, mais son geste lui fut insupportable, et elle s'écarta.

Il n'insista pas.

— Si tu suis mes instructions à la lettre, tu seras bientôt hors de danger.

Parce que, en plus de ça, il pensait qu'elle allait lui faire confiance, et se soumettre à ses directives ?

Maggie partit d'un rire ironique.

— En es-tu certain ? Ne me disais-tu pas, tout à l'heure, que le seul fait que je sois ta compagne faisait de moi une cible de choix ? Qu'est-ce qui va empêcher cette… cette femme de revenir à la charge, une fois que tu seras loin ?

Qu'allait-il advenir de lui ? se demanda-t-elle. Réussirait-il à échapper à cette femme qui le poursuivait de sa haine depuis si longtemps ?

Maggie se sentit tout à coup profondément malheureuse. La pensée que son enfant ne connaîtrait sans doute jamais son père la déchirait.

— Te cacher, c'est te protéger : si je te demande de rester ici pendant quelque temps, c'est uniquement pour ta sécurité, confia-t-il avec lassitude. Moi, je dois partir.

Il se tut, et elle comprit qu'il ne lui en dirait pas davantage. C'était fini… L'homme qu'elle aimait allait partir, et l'abandonner à son sort. Jamais elle ne le reverrait ni n'entendrait parler de lui.

— Alors pars ! Va-t'en ! s'exclama-t-elle, en désignant la porte.

Un silence tomba.

— Attends avant de contacter qui que ce soit, reprit-il.

Ne sors pas de cette chambre, sauf pour acheter à boire et à manger dans la gargote voisine.

Après une pause, il conclut :

— Je te conjure d'attendre mon signal pour quitter ce motel.

Les bras ballants, Maggie le regarda tandis qu'il prenait son sac en dos. Elle était en proie à une douleur incoercible qui l'empêchait de bien respirer. Comment le laisser partir, sans essayer de le retenir ? Mais… n'était-ce pas justement ce qu'elle voulait ?

Qu'il sorte de sa vie pour s'affranchir de lui ?

Elle n'avait pas confiance en Slade Keaton. Elle ne savait même pas qui il était. Son bébé n'avait pas besoin de lui. Elle non plus.

Si elle en était aussi certaine, pourquoi avait-elle l'impression que sa réalité et son monde se fissuraient à chaque pas qui le rapprochait de la porte ?

La main sur la poignée, elle le vit hésiter.

Elle le fixait toujours, pétrifiée. Impuissante.

Tout à coup, il se retourna, l'enveloppa d'un long regard et revint auprès d'elle précipitamment. Il passa sa main derrière la nuque de Maggie, l'attira à lui et lui prit la bouche. Au contact de ses lèvres fermes, Maggie se sentit fondre. Comment vivre sans lui ? Comment se passer de cet amour qui lui donnait vie ?

Lorsqu'il s'écarta, elle resta silencieuse, hors d'haleine.

Il pressa son front contre le sien.

— Je regrette vraiment de ne pas être un autre homme, murmura-t-il.

Elle le sentit mettre quelque chose dans la poche de sa veste, puis il repartit.

Elle se mit à pleurer en silence, laissant les larmes couler sur ses joues.

C'était fini.

Elle ne le reverrait plus.

Au même instant, la vitre de la fenêtre vola en éclats, et des fragments de verre retombèrent dans leur chambre. Slade fit volte-face, courut vers elle et la plaqua au sol en la protégeant de son corps.

— Ne bouge pas, surtout, lui intima-t-il à voix basse.

Le cœur battant à se rompre, Maggie le vit ramper vers la table de nuit pour éteindre la lampe de chevet. Peu après, un impact de balle se logea dans le montant du lit. Maggie sursauta, plus surprise qu'apeurée, car elle n'avait pas entendu de coup de feu.

Toujours en rampant, il revint près d'elle.

— Il y a une fenêtre dans la salle de bains : tu vas prendre la fuite par là.

Seule ? La peur la tétanisa.

— Mais tu…

— Ecoute-moi bien, Maggie, tu…

Il s'interrompit. Le pied de la lampe se fracassait sous un nouvel impact.

Maggie poussa un cri et plaqua ses mains sur ses oreilles.

— Moi, pendant ce temps, je vais détourner leur attention. Quand je serai certain que la voie est libre, je tirerai trois coups de feu à la suite. Cours aussi vite que possible à travers les bois qui s'étendent derrière le motel. Restes-y cachée jusqu'à ce que je vienne te rejoindre. Ensuite, nous aviserons.

Elle n'eut pas le temps de discuter, car Slade ouvrait déjà la porte de leur chambre et sortait. Une balle se logea juste au-dessus de sa tête, dans l'embrasure. Consciente du danger, Maggie sentit de nouveau la peur lui serrer la poitrine.

Consciente de devoir avant tout penser à sa sécurité, elle résista au désir de se précipiter à la suite de Slade et elle entra dans la salle de bains accroupie, puis en referma la porte derrière elle.

Pendant quelques secondes ou minutes, elle n'aurait su le dire, elle resta assise sur le carrelage, les genoux remontés sous le menton et le visage enfoui dans ses bras. Son cœur battait avec une telle violence qu'elle crut qu'il allait s'arrêter. Elle ne cessait de penser à Slade et à son bébé. Soudain, elle fouilla dans sa poche, en espérant qu'il y avait mis une lettre, où il lui expliquait toute la situation. Mais elle en retira seulement une liasse de billets. Elle ferma les yeux et retint ses larmes.

De nouveaux coups de feu rompirent le silence. Maggie se leva, et chercha à atteindre la fenêtre, qui par chance était assez grande. Elle tira de toutes ses forces sur la poignée pour l'ouvrir.

Elle prêta l'oreille, puis monta sur la lunette des toilettes et passa la tête par l'ouverture. Comme Slade le lui avait annoncé, une forêt immense et très sombre s'étendait derrière le motel.

Après une brève hésitation, Maggie se propulsa vers le haut, puis elle enjamba le cadre, s'élança et se rattrapa sur les mains. Une fois qu'elle eut repris son équilibre, elle regarda dans la direction des bois environnants.

Un autre coup de feu se fit entendre.

Pourvu que Slade ne soit pas blessé…

Elle venait de se faire cette réflexion quand elle sentit le canon d'une arme entre ses omoplates. Son cri de terreur mourut dans sa gorge.

La voix d'un homme s'éleva.

— Vous allez où comme ça ?

Terrorisée, Maggie resta immobile et muette.

— C'est bien ce que je pensais, reprit l'homme, vous n'allez nulle part. A genoux ! Et vite !

Maggie restait comme pétrifiée, elle était même incapable de crier.

Il allait la tuer.

La pensée de son bébé l'arracha subitement à son immobilité, et elle se mit à courir aussi vite que ses forces le lui permettaient. Malgré tout, elle avait l'impression, comme dans ses pires cauchemars, de faire du surplace dans cette nuit opaque qui l'empêchait de prendre la mesure de sa progression. De plus, s'attendant à chaque instant à être touchée par une balle, elle courait le dos raide et la nuque tétanisée.

Un coup de feu retentit.

Elle trébucha et tomba face contre terre.

4

La lune sortit subitement de derrière les nuages, et Slade vit Maggie à terre.

Il se précipita.

Une sensation inconnue — de la peur ? — l'envahit. Avait-elle été touchée ? Alors qu'il s'accroupissait à son côté, Maggie se redressa tant bien que mal.

Un soulagement indicible envahit Slade. Il aida Maggie à se relever, puis il s'assura qu'elle n'était pas blessée.

— Maggie ? Ça va ?

Elle se dégagea le visage et, l'air égaré, regarda autour d'elle. Le corps de l'homme qui l'avait menacée un instant plus tôt gisait à quelques mètres derrière elle. Il avait reçu une balle dans la nuque. Sous le choc, elle retomba sur ses genoux en tremblant.

Ça n'était pas le moment ! songea Slade, qui la prit aux épaules et la secoua doucement.

— Maggie ? Ça va aller ?

Elle hocha la tête, et posa une main sur son ventre.

— Ça va… Oui, je crois.

— Il faut partir tout de suite !

Il n'avait pas le temps d'attendre qu'elle se ressaisisse. Le Dragon les avait retrouvés, ils devaient repartir.

— Laisse-moi une minute pour récupérer, par pitié, Slade, murmura-t-elle d'une voix à peine audible.

Elle ferma les yeux, tentant visiblement de reprendre son souffle. Slade serra les dents pour s'intimer à la patience, tandis qu'il s'interrogeait. Comment le Dragon les avait-il retrouvés dans ce motel ?

Sans doute par le biais de Bud McCain, son informateur et son homme de confiance aux Etats-Unis. C'est grâce à l'intervention de ce dernier si Casey Manning, la filleule de Lucas Camp, et l'agent Levi Stark de l'agence Colby avaient pu quitter le yacht du Dragon où ils étaient retenus prisonniers. Mais cette opération avait attiré l'attention du Dragon sur l'agence Colby et sur lui. Elle avait ensuite réussi à retrouver la trace de Bud et, de là, à s'informer de ses projets.

C'était la seule façon d'expliquer la rapidité de sa volte-face et l'intervention de ses deux tueurs.

Slade était certain que Bud McCain, capturé et interrogé, n'avait rien révélé, mais les données de son portable et de son ordinateur, cryptées, avaient dû être piratées par l'équipe d'informaticiens virtuoses du Dragon.

La colère saisit Slade.

A l'heure qu'il était, son meilleur informateur et ami, si tant est qu'il ait un jour eu un ami, était sans doute mort : le Dragon lui avait fait payer, chèrement, sa complicité avec lui.

Slade regrettait de ne pas avoir supprimé le Dragon, lorsqu'il en avait eu l'occasion, mais à cette époque lointaine, il n'était qu'un adolescent à peine sorti de l'enfance. Il était alors incapable de prendre du recul et de faire la part des choses entre l'étrangeté de son existence et la normalité d'un monde dont il n'avait pas idée, parce qu'il ne le connaissait pas.

Il refoula sa haine, vaine pour le moment, et s'énuméra les différentes possibilités qui s'offraient à Maggie et lui pour quitter les abords du motel au plus vite, et se rendre tout de même à Saint Louis.

Des sirènes s'élevèrent au loin, signalant l'arrivée imminente de la police. Leur ululement, en se rapprochant, devenait assourdissant.

Slade tourna un regard inquiet vers le motel. Il était désormais impossible de revenir sur le parking pour prendre la voiture…

Il réajusta son sac à dos, et tourna les yeux vers la lisière de la forêt.

C'était la seule solution.

— Prête ? demanda-t-il.

Maggie hocha la tête. Il prit sa main, la serra et courut vers la forêt.

Maggie essayait de soutenir le rythme de Slade, mais elle était encore sous le choc des derniers événements. Ses jambes flageolantes la soutenaient mal. Elle était à bout de souffle et à bout de forces. Elle ne savait pas par quel miracle elle parvenait à courir.

La police arrivait, elle entendait les sirènes toutes proches. Pourquoi ne revenaient-ils pas au motel, pour expliquer la situation ? Slade avait évidemment besoin de la protection et de l'aide des forces de l'ordre !

Alors Maggie lâcha sa main et fit volte-face, mais elle trébucha, tomba sur les genoux et amortit sa chute avec ses mains. Puis elle resta immobile, haletante, tandis que Slade se penchait sur elle.

— On ne peut pas revenir sur nos pas, Maggie, c'est impossible.

Les arbres et la nuit les environnaient, elle distinguait à peine ses traits dans la nuit épaisse. Qu'importe, elle connaissait son visage par cœur, et d'ailleurs, c'est tout ce qu'elle connaissait de lui…

Elle ne voulait pas continuer. Où les mènerait cette fuite éperdue ? Elle ne l'avait déjà suivi que trop loin, il fallait en finir. Elle voulait reprendre le cours d'une vie normale.

— Non, Slade.

Maggie secoua la tête pour souligner ses dires.

— Je ne peux pas. Je n'en peux plus. Je retourne au motel.

Peut-être se déciderait-il à la suivre, s'il la voyait rebrousser chemin ?

Elle s'éloigna, pressée de fuir le danger qu'il incarnait et de se placer sous la protection de la police.

— Tu fais bien. Tu n'as aucune raison de me faire confiance ! cria-t-il.

Ses paroles dissuasives auraient dû l'inciter à continuer, or elle s'arrêta. Avait-elle perdu la tête ? Elle contint un rire amer. Quelle question ! Oui, évidemment !

— Mais j'aimerais que tu réfléchisses à ce que je vais te dire maintenant, reprit-il.

Elle n'avait pas envie d'en entendre davantage parce que le son de sa voix et ses propos la troublaient. Elle devait ignorer sa question, faire taire sa curiosité et ses doutes, et reprendre sa route.

Elle tourna la tête vers le motel. Elle voyait maintenant les gyrophares rouge et bleu des voitures de police clignoter à travers les arbres. Elle reporta ensuite son attention sur Slade, et perça la nuit noire, déchirée entre le désir de fuir et celui d'entendre finalement sa réponse.

— Contrairement à ce que tu penses, et en dépit des apparences, je ne t'ai pas enlevée, Maggie. J'ai agi pour ta protection.

Maggie ferma les yeux pour refouler ses larmes.

— Celle qui me recherche veut aussi te tuer, continua Slade. Parce que tu *es* ma compagne : à ses yeux, cela te marque au fer rouge, à vie. Je voulais que tu restes cachée pour ta sécurité, pendant que je fuyais, mais cette fusillade prouve qu'elle nous a retrouvés. Nous n'avons plus le choix : nous devons rester ensemble. Je suis le seul à pouvoir te protéger, la police ne peut pas nous aider, au contraire, nous serons peut-être en plus grand danger. Le temps presse. Ça n'est pas le moment d'hésiter.

Maggie se détourna lentement, en essayant de modérer ses émotions sur le point d'exploser.

Elle était tombée amoureuse de Slade Keaton, sans réfléchir aux conséquences de cet amour qu'elle savait dès le début sans espoir. Non seulement il avait bouleversé son existence, mais à cause de lui, elle se trouvait en danger de mort. Et maintenant, il lui avouait être le seul à pouvoir la protéger ? Voilà qui était pour le moins paradoxal !

Elle garda le silence.

— Ecoute, Maggie…

Elle regarda de nouveau dans la direction du motel. Elle voulait y retourner, alors pourquoi continuait-elle à hésiter ?

— Je ne veux pas que tu perdes la vie, alors suis-moi…, reprit-il.

C'était la première fois qu'elle entendait autant de sincérité dans sa voix, songea Maggie, troublée et attendrie. Elle soupira. Slade avait toujours eu le pouvoir de la faire vibrer de toutes les émotions…

Elle revint donc auprès de lui, mue par une force plus puissante que sa volonté. Arrivée devant lui, elle carra les épaules, leva le menton et, pour finir, prit une grande inspiration.

— J'accepte de te suivre jusqu'à ce que je sois sûre d'être en sécurité, mais après, je ne veux plus jamais te revoir. C'est clair ?

— Très clair.

Slade lui tendit la main. Elle la lui prit, et sentit ses doigts tièdes et forts serrer les siens qui étaient froids et tremblants.

Pendant un moment ils se regardèrent, immobiles comme en état de sidération, puis ils reprirent leur course éperdue à travers bois.

4 h 20

Slade courait toujours. Il savait que Maggie ne pourrait plus soutenir un rythme pareil pendant très longtemps. Il était inquiet pour la suite. La police allait sans doute former une équipe d'assistance et de recherche pour fouiller les bois et dresser des barrages sur l'autoroute.

Le veilleur de nuit du motel serait dans l'incapacité de communiquer leurs noms, car il ne les avait pas inscrits dans son registre, en revanche, il fournirait leur description à la police. Chaque seconde était donc vitale.

D'un autre côté, ça n'était pas la police qui l'inquiétait le plus, mais le Dragon. Sa mère ne renoncerait pas à sa traque, même après avoir perdu deux de ses hommes ; elle allait sans doute appeler des renforts. Elle les poursuivrait, lui et Maggie, de sa haine, jusqu'à ce qu'elle les capture. Personne, même la police et un programme de protection des témoins, n'empêcherait le Dragon de nuire.

Personne sauf lui.

Du moins, s'il ne commettait plus aucune erreur.

Slade savait ce qui se passait dans la tête du Dragon. La vie humaine n'avait à ses yeux *aucune* valeur. Seule la mission qu'elle s'était impartie et les buts qu'elle poursuivait étaient sacrés.

Brusquement, Maggie trébucha. Slade la rattrapa à temps avant qu'elle ne s'étale de tout son long.

— Je n'en peux plus… Laisse-moi… reprendre mon souffle.

Elle se redressa, s'adossa à un arbre, puis se pencha et posa les mains sur ses genoux. Un vent glacial s'était levé, et bien qu'elle fut en nage et en sueur, une bourrasque lui arracha un frisson.

— D'accord, mais seulement une minute.

Slade consulta son portable pour obtenir, par GPS, leur localisation.

Leur fuite erratique à travers bois les avait considérablement éloignés de l'autoroute. S'ils la rejoignaient avant que la police n'ait eu le temps d'y placer des barrages, ils parviendraient peut-être à se faire prendre en stop par un routier. Plus vite ils s'éloigneraient de Chicago, plus leurs chances de survie augmenteraient.

— Vite, Maggie, il faut continuer ! dit-il en lui tendant la main.

Elle marqua une brève hésitation avant de la lui prendre.

La présence de Maggie compliquait considérablement sa fuite, songea Slade, mais il n'avait pas le choix : de lui dépendait la survie de la jeune femme.

La forêt était épaisse. A travers la cime très dense des arbres, c'est à peine s'il distinguait le ciel qui s'était pourtant dégagé et où se découpait nettement un croissant de lune. Les nombreux buissons et fourrés rendaient leur progression difficile. Comme il la précédait, Slade essayait de faciliter la progression de Maggie en écartant et piétinant les brindilles et les branches sur leur passage. Il n'était pas question que Maggie le ralentisse ou s'arrête de nouveau. Leur temps était trop précieux.

Une vingtaine de minutes plus tard, la forêt devint plus clairsemée. La route n'était plus très loin, et Slade redoubla de vitesse.

— Attends…, souffla Maggie en s'arrêtant.

— On n'a pas le temps !

Il tira sur sa main, mais Maggie résista.

— Continue… sans moi… Slade… La police me trouvera. Je te jure… que je ne dirai rien…

Il n'avait ni le temps ni l'envie de lui expliquer pourquoi sa stratégie, si logique soit-elle, était vouée à l'échec. Il la laissa donc reprendre son souffle, mais au bout de quelques secondes, il lui reprit la main d'autorité.

Peu après, ils arrivèrent aux abords de l'autoroute.

Un grillage à maille rigide séparait la lisière de la forêt de l'autoroute, et s'élevait à une hauteur d'environ un mètre cinquante. La lune les éclairait assez bien et le bruit des voitures qui leur parvenait laissait présager un passage incessant.

Le monde ne dormait jamais totalement…

Le Dragon non plus ne devait pas dormir.

Slade serra les dents. Sa mère devait attendre les rapports de ses hommes de main tout en étant déjà prête à orchestrer la suite des événements avec sa méticulosité habituelle.

Il s'efforça de ne pas y penser, car il n'avait pour le moment aucun moyen de la contrôler ou de contrôler ses agissements. Il devait avant tout se concentrer sur sa fuite.

— Je grimpe le premier, annonça-t-il.

Il tourna les yeux vers Maggie, et lui montra les losanges formés par le grillage.

— Utilise-les pour y placer tes pieds et tes mains. Une fois que tu seras en haut, je t'aiderai à redescendre.

Maggie prit une grande inspiration.

— D'accord.

Slade profita que l'autoroute était pour l'instant déserte pour grimper. Une fois qu'il fut retombé de l'autre côté, il attendit pendant que Maggie grimpait à son tour, mais plus lentement. Le grillage n'était certes pas très haut, mais il la savait fatiguée, agitée et inquiète.

Quand elle l'eut enjambé, il leva les bras et lui enserra la taille.

— Vas-y, saute ! Ne crains rien, je te tiens.

Elle hésita, puis obtempéra, trébucha et chancela contre lui. Il allait la serrer dans ses bras, mais elle recula vivement, en lui dérobant son regard.

— Merci. Et maintenant ?

Slade tourna les yeux vers la route.

— On va faire du stop.

Et surveiller les manœuvres de la police, acheva-t-il en son for intérieur. Avec un peu de chance, les barrages routiers n'avaient pas encore été mis en place, et les renforts non plus n'étaient pas arrivés.

Il fut surpris de voir Maggie se remettre en marche sans l'attendre. Il lui emboîta le pas.

— Si tu vois des phares, baisse-toi, surtout, lui conseilla-t-il.

— Tu crois que la police nous recherche déjà ? demanda-t-elle d'une voix qui lui parut chargée d'espoir.

— Oui.

— On ne peut vraiment pas leur expliquer la situation ? Demander de l'aide ?

Dans un monde parfait, la police aurait certes pu les aider, songea Slade. Mais pas dans ce monde-ci, où le Dragon sévissait.

— Non. Mais ça n'est pas la police que je redoute le plus.

— En ce cas, pourquoi ne pas se mettre sous sa protection ? insista-t-elle.

— Je t'ai déjà dit que la police ne pouvait pas nous protéger, Maggie !

— Ça suffit, Slade ! Arrête de faire des mystères. Je veux que tu m'expliques ce qui se passe !

Il poussa un soupir résigné.

— D'accord.

Là encore, cette attitude complaisante et conciliante ne lui ressemblait pas. Comme il avait changé en deux ans… De loup, il était devenu agneau.

Il prit la parole d'une voix qui lui parut mélodramatique.

— La police va m'accuser de t'avoir enlevée, et d'avoir tué ces deux hommes. Nous serons interrogés, longuement, et on ne nous donnera pas droit à un programme de protection des témoins. De plus, la femme qui me cherche a des informateurs partout, même au sein de la police. Elle nous traquera inlassablement, pour nous éliminer. Personne ne peut nous protéger. Tu comprends ?

C'était une question pour la forme, il n'attendit donc pas sa réponse et se remit à marcher, mais elle le rappela et courut à sa suite.

— Vas-tu enfin me dire qui est cette femme qui semble toute-puissante, Slade ?

La lueur de phares surgit soudain et se rapprocha. Ça n'était pas une voiture, mais un camion.

— Approche-toi du bord de la route, et fais-lui signe ! lui intima Slade. Ensuite, je m'approcherai.

Après un temps d'hésitation, Maggie se releva et marcha dans les herbes qui lui arrivaient à mi-mollet, jusqu'à la pelouse rase des accotements.

Le routier s'arrêterait sûrement, et il ne refuserait pas de prendre une femme à son bord à une heure pareille. D'un autre côté, Maggie pouvait prendre la fuite sans lui, songea Slade, conscient de cette éventualité.

Le camion ralentit et freina. Maggie se précipita pour monter sur le marchepied, tandis que le chauffeur faisait coulisser la vitre de la portière côté passager.

Slade prit son élan, prêt à les rejoindre, tandis que Maggie s'expliquait avec le chauffeur. Il ne comprenait pas ce qu'elle disait, mais il la voyait faire de grands gestes.

— Vite, vite Maggie…, murmura-t-il.

Au même instant, elle ouvrit la portière. Slade s'avança, toujours courbé dans les hautes herbes.

Il arrivait sur la pelouse rase des accotements quand il entendit la voix de Maggie.

— Je vous remercie vraiment beaucoup, monsieur, je ne sais pas comment j'aurais fait sans vous…

Slade sortit son arme, et franchit le dernier mètre au moment où Maggie s'installait sur le siège passager. Il sauta sur le marchepied et menaça le chauffeur qui, pris de court, se figea.

— Nous ne vous voulons aucun mal, déclara Slade. Nous voulons juste que vous nous preniez à bord de votre camion.

— Si vous ne me voulez aucun mal, pourquoi me menacez-vous ?

— Parce que vous êtes sans doute armé, et que vous vous méfiez, pas vrai ?

— Allons-y, partons ! intervint Maggie d'une voix implorante à l'adresse du chauffeur. Nous avons vraiment besoin de vous… Nous ne vous voulons aucun mal, c'est la vérité.

Slade ne voyait pas l'expression de son visage, mais il connaissait le charme et le pouvoir de persuasion de ses grands yeux verts. Il savait donc qu'elle aurait raison des dernières réticences du routier.

— J'accepte de vous conduire jusqu'à Saint Louis, mais seulement si votre mari baisse son arme, déclara le chauffeur en tendant la main vers lui.

Maggie tourna les yeux vers Slade qui acquiesça et remit son arme à sa ceinture.

— On y va, conclut le chauffeur en reportant les yeux sur la route. Je n'ai pas de temps à perdre, moi, j'ai des délais à respecter.

Maggie se déporta sur la gauche pour faire de la place à Slade. Une fois qu'il se fut installé, il claqua la portière, et le chauffeur reprit la route. Slade espérait maintenant que la police ne les intercepterait pas.

— C'est vous qui êtes recherchés par la police ? s'enquit le chauffeur au même moment.

Maggie regarda Slade, visiblement affolée.

— Malheureusement, oui, convint-il.

A quoi bon nier l'évidence ?

— On a… essayé de nous tuer, renchérit Maggie.

— Nous avons donc pris la fuite…

Le chauffeur adressa un regard méfiant à Slade. Il semblait n'avoir de compassion et de compréhension que pour Maggie.

— Vous étiez trop pressés pour prendre le temps

de vous expliquer avec la police ? suggéra-t-il, l'air impassible.

Slade passa un bras derrière les épaules de Maggie et posa son autre main sur sa taille. Le chauffeur accélérait, il avait donc l'intention de les conduire jusqu'à Saint Louis, mais il ne se départait pas de sa méfiance.

— C'est une façon de dire les choses, déclara Slade.

Il se pencha pour le regarder.

— Cela vous pose un problème ?

Le chauffeur secoua la tête.

— Aussi longtemps que je reste en dehors de votre histoire, aucun.

Il se tut et reporta son attention sur la route. Slade se détendit.

McCain ne pouvait plus l'aider, mais il avait organisé sa fuite de Saint Louis.

La question, c'était de savoir si le Dragon avait découvert cette phase de son plan.

Il allait s'en assurer, en prenant les précautions d'usage.

Car il ne s'avouait jamais vaincu.

5

Saint Louis, Missouri, 10 heures

Maggie se réveilla dans un sursaut. Tout d'abord, elle chercha à comprendre où elle se trouvait. Des souvenirs épars des événements de la nuit lui revinrent peu à peu à la mémoire, tandis qu'elle bâillait et regardait autour d'elle. Le bruit du moteur, puis les douleurs dans son corps moulu lui arrachèrent une série de grimaces. Des immeubles défilaient sous ses yeux ; ils entraient dans une ville. Sans doute étaient-ils arrivés à Saint Louis. Mais ensuite ? Où iraient-ils ?

Maggie ignorait le but de leur équipée et s'en inquiétait. En réalité, elle se faisait surtout du souci pour son état de santé. Elle savait que les émotions, la fatigue et le stress qui s'étaient accumulés en elle, depuis hier soir, lui étaient néfastes, et elle dut faire un gros effort pour calmer ses inquiétudes.

Elle s'était assoupie un peu avant le lever du jour, et avait dormi trois ou quatre heures. Sa nuque et ses épaules étaient raides, tendues. Elle avait mal partout. Elle avait posé sa tête sur l'épaule de Slade, qui l'avait gardée serrée contre lui. Sa proximité, son odeur et la chaleur de son corps lui offraient une sensation de bien-être et de sécurité merveilleuse dont elle avait besoin comme jamais, mais qu'elle savait illusoires, car elle n'était pas le moins du monde en sécurité avec lui.

Saisie par cette pensée, Maggie s'écarta de lui, mais sans brusquerie, afin que le chauffeur ne soupçonne pas sa tension.

— Est-ce que…, commença-t-elle.

Elle toussa, puis s'éclaircit la voix.

— Est-ce que sommes arrivés à Saint Louis ?

— Exact, la rouquine, répondit le chauffeur avec bonne humeur.

Sa réponse calma son appréhension et la fit même sourire. Pendant son enfance et jusqu'à l'adolescence, tout le monde la surnommait « la rouquine ». Maggie détestait ce surnom qu'elle trouvait mortifiant et qui, d'emblée, la mettait à part, mais elle avait surmonté son aversion et le considérait désormais amusant. Elle l'interprétait plus comme une marque d'affection que comme une moquerie.

Avant qu'elle ne s'endorme, le chauffeur, qui semblait avoir surmonté ses appréhensions à leur égard, leur avait avoué s'appeler Peter. Comme il était en veine de confidence, il avait entrepris de leur raconter les épisodes les plus mouvementés de son existence. Maggie s'était endormie au moment où il évoquait son quatrième divorce. Si elle se souvenait bien, il avait des enfants disséminés dans trois Etats différents.

Sa situation était certes des plus insolites, mais aux yeux de Maggie, extraordinairement normalisatrice et rassurante.

— Je dois faire le plein ! les informa Peter en entrant dans le parking d'une immense station-service, où se trouvaient de nombreux fast-foods et des petits commerces.

Il se gara non loin d'autres semi-remorques et coupa

le moteur. Maggie accueillit le silence, bienfaisant, avec un soupir de plaisir.

— Je vais d'abord me requinquer avec un bon petit déjeuner. Ça vous dit, les amoureux ?

Slade hocha la tête.

— Merci de nous avoir conduits jusqu'ici, Peter, mais nous devons continuer notre route. De plus, nous ne voulons pas trop nous faire remarquer. Je compte aussi sur votre discrétion.

Peter acquiesça.

— D'accord. Soyez prudents !

Il sourit à Maggie.

— Surtout, faites bien attention à votre petite femme, mon vieux. Elle doit sacrément vous aimer pour vous suivre dans une aventure pareille !

— C'est vrai, elle est extraordinaire, déclara Slade avant de descendre.

— Merci encore pour tout, Peter, enchaîna Maggie en lui retournant son sourire.

Elle aurait voulu lui exprimer mieux sa reconnaissance, mais elle était trop lasse, les mots lui manquaient. Elle descendit à son tour du camion, puis tourna les yeux dans la direction de Slade.

Il posa sa main sur son coude, et ils s'éloignèrent. Maggie souffrait de nausées, elle avait besoin d'aller aux toilettes, mais elle ne savait comment le lui dire. Elle était en effet prise d'une subite timidité qu'elle savait stupide. Elle regarda vers les fast-foods qui s'alignaient devant eux. Les odeurs de nourriture qui flottaient, au lieu de la faire saliver, la dégoûtaient.

— Et si on allait boire un café ? proposa-t-elle d'un ton léger.

— Dès que nous serons assez loin de notre ami Peter, nous irons prendre un bon petit déjeuner.

Maggie n'osa pas lui demander quels étaient ses projets pour la suite. Elle le lui demanderait après s'être restaurée, tout au moins si elle parvenait à manger. En réalité, elle ne se sentait pas bien du tout. Le stress qui l'éprouvait depuis hier était malvenu, dans son état… D'instinct, elle posa la main sur son ventre.

Elle s'en voulait de négliger sa santé et celle de son enfant. Elle se sentait également coupable de ne pouvoir dater sa grossesse. Elle devait être enceinte de six ou sept semaines, peut-être davantage, car le mois dernier, elle n'avait pas non plus eu ses règles. Si elle avait sauté deux cycles, elle pouvait donc être enceinte de dix ou onze semaines ? En ces conditions, et si elle survivait à ces événements, il lui restait environ sept mois avant le terme.

De nouveau elle s'interrogea sur cette grossesse inattendue. Comment avait-elle pu tomber enceinte alors qu'elle prenait la pilule ? Il fallait absolument qu'elle prenne rendez-vous avec son gynécologue et s'organise. Mais pour cela, il fallait qu'elle rentre à Chicago…

Mon Dieu, qu'est-ce qu'elle allait faire ? Elle était perdue au milieu de nulle part.

Complètement perdue.

Slade choisit un fast-food au hasard. Quand elle entra derrière lui, les odeurs de pancakes, d'œufs sur le plat et de bacon lui mirent subitement l'eau à la bouche. Qui sait si le petit déjeuner ne dissiperait pas sa sensation de malaise ? songea-t-elle avec espoir. Le serveur les installa, leur remit le menu et s'éloigna. Là-dessus, Maggie s'excusa et se rendit aux toilettes.

Lorsqu'elle aperçut son reflet dans la glace au-dessus du lavabo, elle poussa un cri d'horreur et regretta de n'avoir pas son sac à main, où elle laissait toujours une brosse à cheveux. Elle se lava les mains, se débarbouilla et recoiffa tant bien que mal sa chevelure rousse indisciplinée, un héritage de son arrière-grand-mère irlandaise. Elle s'efforça ensuite de mettre un peu d'ordre dans sa tenue.

Lorsqu'elle se regarda de nouveau, elle se jugea à peu près convenable, même si elle se trouvait toujours très pâle. Elle s'humecta les lèvres et prit une grande inspiration.

Bon, et maintenant ?

Et si elle partait ? Si elle sortait tout simplement de ce fast-food ? Il y avait bien trop de clients pour que Slade ose l'en empêcher.

Cette idée la séduisait, et l'impatience l'envahit à l'idée que la liberté était à portée de main. Elle irait ensuite expliquer la situation à la police de Saint Louis, puis elle rentrerait à Chicago. Là, elle irait consulter son gynécologue toutes affaires cessantes et reprendrait le cours normal de sa vie.

Mais les paroles de Slade lui revinrent à la mémoire et la firent hésiter.

« La police ne peut pas nous protéger, Maggie. »

Lui seul le pouvait.

Elle soupira, et renonça à son plan de fuite. Tant qu'elle n'en saurait pas davantage sur la situation, elle devait faire confiance à Slade.

Lorsqu'elle le rejoignit, elle avisa sur leur table une carafe d'eau et deux mugs fumants. Elle mourait de soif et se désaltéra avec un soupir d'aise, puis elle but quelques gorgées de café. Le soulagement qui l'envahissait graduellement dissipa sa tension musculaire. Rassérénée, elle porta bientôt un regard plus apaisé sur les événements dramatiques de ces dernières heures.

Quand elle reposa son mug, elle croisa le regard de

Slade qui l'observait, l'air pensif, et de nouveau elle s'interrogea. Comment avait-elle pu s'éprendre d'un homme qui avait tant de secrets et savait si bien les cacher ?

— J'ai commandé des toasts, du bacon et des œufs brouillés comme tu les aimes, annonça-t-il.

L'image d'œufs brouillés moelleux et bien crémeux passa devant ses yeux et la fit saliver. Elle se voyait déjà les déguster avec du pain toasté et beurré.

Comme la vie était étrange…

Elle était en cavale avec cet homme qui était son amant, mais qu'elle ne connaissait pas plus que le premier venu, et se trouvait dans un fast-food dans une ville du Missouri inconnue, où ils n'étaient que de passage, mais elle se délectait à l'idée de déguster des œufs brouillés…

Depuis qu'elle connaissait Slade, il commandait toujours les mêmes plats qu'elle, au restaurant. Il la laissait aussi choisir les activités ou loisirs. Cet homme doué d'une volonté de fer et qui semblait imperméable à toutes les émotions modelait ses goûts culinaires et artistiques sur le sien.

— Comment aimes-tu tes œufs ? demanda-t-elle tout à coup.

Il parut troublé par sa question et ne répondit pas.

— Tu as commandé des œufs brouillés parce que c'est toujours ce que je choisis sur le menu, ou ce que je prépare à la maison, reprit Maggie qui jouait avec sa serviette pour occuper ses mains.

— J'aime mes œufs brouillés, répondit enfin Slade.

Il avait un air impassible, comme si elle lui avait demandé de lui dévoiler un secret d'Etat. C'était tout de même insensé qu'il soit incapable de lui parler de ses goûts culinaires !

Elle décida d'insister.

— Et tes steaks ?

Slade but une gorgée de café avec une lenteur qui lui parut délibérée, et ne lui répondit qu'une fois qu'il eut posé sa tasse.

— Comment je les aime ?

— Saignants ? Bleus ? A point ? énuméra-t-elle à toute vitesse.

— A point.

— Et le vin ? Blanc ou rouge ?

— Blanc.

Slade fronça les sourcils. Il avait l'air vraiment perplexe.

— Et le lait ? Entier ou écrémé ? continua Maggie.

Un léger sourire apparut sur ses lèvres.

— Tu dois mourir de faim pour me poser des questions pareilles, Maggie.

Elle ferma le poing dans sa serviette pour contenir son agacement.

— Tu choisis toujours les mêmes plats que moi au restaurant. Tu aimes la musique que j'aime.

— Parce que mes goûts sont identiques aux tiens, déclara-t-il paisiblement. J'aime ce que tu aimes, Maggie.

Elle ne répliqua pas, car elle était consciente que Slade se jouait d'elle. C'est ce mimétisme avoué qui lui avait aussi permis de la séduire et la conquérir.

La serveuse vint leur servir leur petit déjeuner, et les odeurs qu'elle avait trouvées appétissantes, tout à l'heure, lui soulevèrent l'estomac. Tant pis, elle devait essayer de s'alimenter, ne serait-ce que pour son bébé.

Elle se désintéressa de Slade et de la conversation vaine qu'elle avait initiée pour entamer son bacon croquant à point, et vraiment délicieux. Mue par une inspiration, elle fit signe à la serveuse de lui servir un jus d'orange fraîchement pressé. A peine le lui eut-elle apporté qu'elle le but jusqu'à la dernière goutte. Elle étouffa un soupir de satisfaction en reposant son verre. Son appétit s'en trouvait stimulé, soudain... Elle mangea donc de bon cœur jusqu'à ce qu'elle se sente tout à coup ballonnée et mal en point. Elle reposa ses couverts et, le souffle court, s'adossa au dossier de sa chaise.

Slade l'observait. De son côté, il avait à peine touché à son assiette.

— Eh bien, tu avais faim !

Elle eut envie de dire qu'elle s'était alimentée parce qu'elle était enceinte, parce qu'elle devait penser à son bébé, mais elle contint cet aveu imprudent, d'autant que son malaise empirait. La peur, l'inquiétude et l'impatience de ces dernières heures semblaient maintenant former un concentré solide au creux de son estomac, une espèce de poing dont la pression lui devenait insupportable. Elle n'eut que le temps de se lever et de se précipiter aux toilettes pour vomir le petit déjeuner qu'elle avait pris avec tant d'entrain.

Ensuite, elle se redressa et s'adossa au mur carrelé pour recouvrer ses esprits. Lorsqu'elle se sentit un peu mieux, elle se rinça la bouche, et baigna son visage avec des serviettes en papier imbibées d'eau fraîche.

Une fois qu'elle se fut ressaisie, elle revint auprès de Slade, qui avait déjà réglé la note.

Il se leva.

— Prête ?

Prête à quoi ? se demanda-t-elle avec étonnement, mais sans oser lui poser la question de vive voix. A quoi bon, de toute façon ? Il mentirait, ou il biaiserait, comme à son habitude.

Elle se contenta donc d'acquiescer et de le suivre.

Dehors, le vent soufflait, mais le soleil brillait. Après son malaise, Maggie apprécia la douceur de ses rayons et la fraîcheur de l'air.

Slade scrutait quant à lui le parking avec la plus grande attention. Il s'y trouvait quelques voitures et trois camions gros porteurs garés à la file.

— Et maintenant ? demanda-t-elle, n'y tenant plus. Quels sont tes projets ?

— Un échange de bons procédés.

— Comment ça, un échange de bons procédés ?

Slade lui montra la station-service et les distributeurs automatiques de journaux à l'entrée. Maggie regarda sans comprendre.

— Attends-moi là, je reviens tout de suite.

En dépit de sa curiosité, Maggie n'avait pas l'énergie de lui poser davantage de questions, elle se contenta donc d'obtempérer.

Tant qu'elle n'entendrait pas de nouveaux coups de feu, elle parviendrait à supporter la situation.

Mais avait-elle le choix ?

Non.

Saint Louis, aérodrome privé, 12 h 48

Slade remit au chauffeur-routier les trois cents dollars qu'il lui avait promis pour les conduire sur cet aérodrome puis, pensif, suivit des yeux le semi-remorque qui s'éloignait.

Maggie attendait, silencieuse. Elle n'avait posé aucune question lorsqu'il l'avait fait monter dans ce camion, à la station d'essence où ils avaient pris leur petit déjeuner. Elle n'avait également pas prononcé un seul mot au cours du trajet.

L'aérodrome se trouvait à l'extérieur de Saint Louis. Il s'y trouvait une bâtisse qui faisait office de secrétariat administratif et, non loin de là, une piste d'atterrissage et de décollage ainsi qu'un unique hangar. Pendant leur route, Slade avait contacté le pilote afin de confirmer et maintenir son vol à l'horaire convenu. Il le chercha des yeux, mais il ne vit que le jet privé, sur la piste.

Il restait sur ses gardes. Il n'avait pas réussi à joindre son informateur, McCain, ce qui soutenait sa théorie selon laquelle le Dragon l'avait capturé, interrogé, sous la torture, et supprimé. En revanche, il ne savait pas ce que le Dragon avait découvert sur ses projets de fuite. Elle avait réussi à le localiser dans le motel aux abords de Chicago, mais savait-elle qu'il envisageait quitter les Etats-Unis par les airs ? L'appel qu'il avait passé au pilote ne lui avait pas permis d'en avoir la confirmation. L'homme avait en effet été neutre et professionnel.

— Je vais voir ce qui se passe dans le hangar, annonça-t-il à Maggie. Je préfère que tu attendes ici jusqu'à ce que je sois certain que la voie soit libre, et sans danger.

— Si ça n'est pas le cas ?

Il lui tendit son portable sécurisé.

— Tu iras te réfugier dans le bureau administratif de cet aérodrome, et tu appelleras le 911.

Maggie soutint son regard, où il lut plus de désarroi que de peur. Slade contint un soupir puis, pressé d'en avoir le cœur net et de désamorcer la menace, du moins si menace il y avait, s'approcha du hangar à grands pas.

— Slade ! le rappela Maggie.

Il se retourna lentement.

— Sois prudent, surtout.

Il acquiesça et se remit à marcher. Il porta ensuite

la main à sa ceinture, prêt à dégainer son arme à la moindre alerte, et entra prudemment.

A l'intérieur, le silence était total, et les ombres projetées par le matériel et l'outillage qui s'y trouvaient accumulés accrurent sa tension. Hendrix, le pilote, n'était pas là, ce qui lui parut de mauvais augure. Il l'avait prévenu de leur arrivée, donc il aurait dû les attendre. Plus vigilant que jamais, Slade resserra la main autour de la crosse de son arme.

Soudain, une porte latérale s'ouvrit si brusquement qu'il se figea. Un homme surgit sur le seuil, en remettant benoîtement les pans de sa chemise dans son jean.

— Ah bonjour. Vous devez être Christian ! s'enquit Hendrix avec décontraction.

Slade se détendit en reconnaissant le pseudonyme sous lequel McCain avait organisé son vol, et qu'il avait utilisé tout à l'heure en lui téléphonant.

— En effet. Prêt au décollage, Hendrix ?

— Paré, monsieur. Reposé. Je viens de faire une petite sieste, comme toujours avant de piloter.

— Je vous en félicite.

Leur vol durerait environ trois heures. Peut-être plus, car Slade entendait modifier le plan de vol. Il était maintenant rassuré, mais il continua de regarder partout autour de lui dans le hangar. A priori, tout semblait normal.

— Je suis prêt, reprit Hendrix, en désignant le jet privé devant le hangar. Mais si je puis me permettre, j'aimerais ne pas rentrer trop tard à Saint Louis : je dîne avec ma fiancée, ce soir, et si je suis en retard à notre rendez-vous, elle va bouder !

— Je comprends. Je vais aller chercher ma femme. Nous partons dans la minute.

Hendrix fronça les sourcils.

— Votre femme ? Ah bon ? Je pensais que vous étiez le seul passager.

Slade sourit. Les hommes de main du Dragon n'étaient pas remontés jusqu'à Hendrix, auquel cas ce dernier n'aurait pas exprimé la moindre surprise en apprenant qu'il y avait un second passager.

— Mon épouse a décidé à la dernière minute de m'accompagner, expliqua Slade d'un air dégagé. Vous savez comment sont les femmes…

Hendrix éclata de rire.

— Oh oui !

Slade regarda une dernière fois dans le hangar et revint à l'endroit où il avait laissé Maggie. Elle avait disparu. Il hâta le pas, fit le tour de la bâtisse, et fut soulagé en la voyant un peu plus loin.

— Les bureaux sont fermés, lui annonça-t-elle d'une voix hésitante. Je… je cherchais des toilettes.

Slade ne répondit pas. Il tendait la main pour récupérer son portable et vérifier si elle avait passé un appel et ainsi donné l'alerte. Si c'était le cas, il ne s'inquiétait guère, car dans une dizaine de minutes, ils seraient loin. D'un autre côté, il pouvait se passer beaucoup de choses en l'espace de dix minutes, surtout quand chaque seconde était vitale.

Maggie le regarda sans comprendre avant de lui rendre son portable avec empressement.

— Je n'ai appelé personne ! se défendit-elle.

Slade rempocha son portable.

— Il y a des toilettes dans le hangar.

Maggie s'y rendit aussitôt. Pendant qu'il l'attendait, Slade regarda le pilote vaquer à ses derniers préparatifs. Au moment où Maggie revint, Slade lui prit la main d'autorité et la conduisit vers le jet.

— Vas-y, monte ! N'aie pas peur ! lui cria-t-il par-dessus le bruit du moteur.

Maggie hésita. Slade monta donc le premier et lui tendit la main. Même si le Dragon n'avait pas découvert ses projets de vol de Saint Louis à Mexico, ils ne devaient pas perdre une minute. Une fois que la jeune femme fut montée, Slade regarda une dernière fois les alentours et referma la porte du cockpit.

— Prêts ? demanda le pilote.

Slade hocha la tête. Dès qu'ils arriveraient au-dessus de Mexico, il modifierait le plan de vol et demanderait à Hendrix d'atterrir sur un autre aérodrome. Celui-ci serait évidemment contrarié de ce contretemps qui lui ferait perdre une bonne vingtaine de minutes, mais Slade ne voulait rien laisser au hasard. Si leur vol était sans risque au départ de Saint Louis, il se méfiait à l'arrivée : un comité d'accueil envoyé par le Dragon pouvait les attendre à Mexico.

Dès qu'ils eurent décollé, Maggie rejeta la tête en arrière et ferma les yeux. Elle projetait sans doute de lui poser les questions qui la tourmentaient plus tard, songea Slade. Non seulement il n'avait pas l'intention de s'expliquer maintenant, mais il ne voulait pas que Hendrix surprenne ses questions et ait ainsi vent de leur situation. Moins le pilote en saurait, mieux ce serait.

Slade laissa ses pensées vagabonder et se concentrer sur leur arrivée à Mexico. Il y avait certes des contacts fiables, là-bas, mais aucun informateur de l'envergure de McCain, qui disposait d'un vaste réseau de relations et de ressources. D'un autre côté, il n'avait besoin que d'armes, de munitions, de faux papiers d'identité et d'un véhicule.

Une fois qu'ils seraient au Mexique, il mettrait

Maggie en sécurité, puis il passerait à la phase suivante de son plan.

Revenir au Mexique, c'était comme de se jeter dans la gueule du loup, mais il savait que le moment était venu d'affronter l'ennemi après avoir passé douze ans à le fuir.

Il allait tuer le Dragon avant qu'elle ne le tue.

C'était la solution de la dernière chance.

6

Chicago, 14 heures

— Lucas ?

Arraché à ses pensées, Lucas sursauta.

— Oui ?

Il regarda, comme s'il les découvrait, Simon Ruhl et Ian Michaels, les seconds de l'agence Colby, également présents à cette séance de débriefing qui se tenait dans le bureau de Victoria.

— Excuse-moi Victoria, mais j'ai perdu le fil. Qu'est-ce que tu disais… ?

Sa femme avait l'air si inquiet que Lucas regretta sa minute de distraction et se força à sourire pour la rassurer.

Simon Ruhl et Ian Michaels étaient en train de les informer sur les récents événements, et les nouvelles étaient alarmantes. Lucas étouffa un gros soupir de frustration et redevint attentif.

— La police a confirmé à Jim qu'il n'y avait aucune victime causée par l'explosion, reprit Simon posément. Les dégâts sont seulement matériels. Malheureusement, ce sont les seules bonnes nouvelles.

— Quoi qu'il en soit, c'est un immense soulagement, intervint Victoria.

— Maggie James a bel et bien disparu, enchaîna Ian

Michaels. Elle n'a contacté aucun de ses employés. Son assistant m'a autorisé à entrer dans son appartement, qui n'a pas été fouillé. Tout est là. A priori du moins.

Il consulta ses notes et poursuivit :

— Selon l'un de mes informateurs, aucune transaction n'a été enregistrée sur sa carte de crédit. Sa voiture, où elle a laissé son sac à main, a été retrouvée à un arrêt d'autobus du centre-ville. Ses clés étaient sur le contact. On n'a pas relevé de trace d'agression, ou de lutte.

— Aucune agence de location de véhicules n'a signalé qu'un dénommé Slade Keaton avait fait appel à ses services, enchaîna Simon. Mais ça ne signifie rien : nous savons tous que Keaton utilise différentes identités.

— Venons-en au Dragon, déclara Victoria, qui tourna les yeux vers Lucas.

Un sentiment de culpabilité l'envahit. C'était sa faute si Victoria était menacée, et en danger…

Lucas se sentait impuissant et complètement abattu. Tous ses efforts pour circonscrire la menace que représentait Keaton s'étaient avérés inutiles. De plus, ses tentatives pour découvrir le mystère qui l'entourait avaient coûté de nombreuses vies.

— Lucas ? Tu as du nouveau ? insista Victoria.

Le regard de Lucas passa de Ian à Simon.

— Je me suis entretenu avec Thomas ce matin, commença-t-il. J'ai obtenu sa coopération.

Thomas Casey, l'oncle de sa filleule, et lui avaient autrefois travaillé dans la Division des activités spéciales de la CIA, l'une de ses organisations les plus secrètes. Thomas était toujours à la CIA et entretenait avec Lucas les meilleures relations.

— Si l'on en croit les événements qui se sont déroulés

à Acapulco la semaine dernière, le Dragon est actuellement au Mexique. Depuis ces dix dernières années, elle ne semble pas avoir eu d'activités, et actuellement, elle ne serait pas non plus liée à des événements graves ayant mis des vies en jeu. Cela étant, on n'a toujours aucune preuve que Keaton est son fils, ou que la dénommée Alayna, que Stark et Casey ont rencontrée et confrontée à Acapulco, est sa fille.

Lucas contint un soupir.

— D'un autre côté, on n'a pas non plus la preuve du contraire. On sait seulement que la dénommée Alayna se produit dans un club d'Acapulco ; de son passé, on ne sait en effet rien. Exactement comme Keaton... Toutes les informations que nous avons sur lui se résument à ces deux dernières années. En bref, nous n'avons pas progressé, nous continuons de tâtonner.

Victoria secoua la tête et soupira.

L'inquiétude de sa femme tourmentait Lucas au moins autant que la disparition de Maggie, innocente victime de Keaton. Il fallait absolument retrouver la jeune femme avant qu'il ne soit trop tard.

— Dès que nous aurons du nouveau, nous vous en aviserons, conclut Simon.

Victoria les remercia. La réunion étant terminée, Ian et Simon sortirent de son bureau. Victoria resta immobile, perdue dans ses pensées, comme Lucas un instant plus tôt. Il prit sa main dans la sienne.

— Nous les retrouverons, Victoria. Bientôt, nous comprendrons tout.

— A ton avis, c'est le Dragon qui veut la mort de Keaton ?

— Oui, répondit-il, conscient qu'elle l'interrogeait seulement pour la forme.

Il devinait que c'était une entrée en matière. Victoria

brûlait en effet de lui poser d'autres questions. S'il en avait eu le courage, il l'aurait devancée et y aurait répondu pour lui épargner l'épreuve de les formuler. Mais il était si soucieux qu'il n'avait pas la volonté d'évoquer le sujet de son propre chef.

— Si seulement le Dragon pouvait de nouveau disparaître, comme elle l'a fait pendant toutes ces années ! reprit Victoria.

Sa voix chargée d'espoir lui serra le cœur.

— N'y pense même pas. Elle ira jusqu'au bout de la mission qu'elle s'est fixée, affirma-t-il.

Il ne l'avait pas vue depuis trente ans, mais il la connaissait.

Victoria resta silencieuse.

— Lucas… Tu connais son vrai nom ? l'interrogea-t-elle de but en blanc.

Lucas secoua la tête.

— Non. Ce que je sais sur elle est intangible. Dans le monde du renseignement, tu sais que nous empruntons souvent de fausses identités.

— Mais tu connaissais bien son prénom ? insista Victoria. Tu as tout de même eu une liaison avec elle !

Il l'avait blessée, songea Lucas, à qui cette pensée fut insoutenable.

— Renée…, lâcha-t-il enfin. A l'époque, le Dragon se faisait appeler Renée… C'est évidemment un faux nom. Elle en possédait plusieurs, pour mieux brouiller les pistes. Elle excellait dans ce domaine.

— Lucas…

Victoria laissa sa phrase en suspens, comme si elle s'armait de courage.

— Lucas, elle me ressemble vraiment au point qu'elle pourrait être ma sœur jumelle ?

Lucas l'enveloppa d'un regard rempli de tendresse.

C'était la première fois que sa femme lui adressait une question personnelle sur le Dragon. Jusque-là, elle s'était inquiétée pour Maggie James, elle s'intéressait à Slade Keaton, et enfin œuvrait inlassablement pour mettre un terme aux exactions du Dragon, qui était aussi recherchée par la police et les services secrets de trois pays.

— A l'époque, la ressemblance était troublante, commença Lucas d'une voix feutrée.

Dans un flash, il revit cette femme diabolique pour qui il s'était pris d'une passion aussi intense que brève.

— Mais il s'agit *seulement* d'une ressemblance physique, martela-t-il.

Il serra sa main plus fort.

— Je te le jure, Victoria. Cette femme est le mal incarné.

— Il n'en reste pas moins que tu l'as *aimée*.

Lucas refoula le souvenir plus amer qu'heureux de cette liaison.

— J'étais jeune. J'étais en mission, et vie privée et vie professionnelle se sont imbriquées. Jamais il n'a été question d'amour. Ensuite, le Dragon a choisi d'œuvrer pour le crime.

Victoria caressa sa main.

— Je vois.

— Ecoute, ma chérie…

Elle l'enveloppa d'un regard attentif.

— Il y a vingt ans, j'ai eu le coup de foudre pour toi.

Un léger sourire étira les lèvres de sa femme.

— Mais à cette époque, tu étais mariée à mon meilleur ami. Je me suis donc contenté de l'amitié que tu m'offrais pendant ces vingt ans.

Des larmes brillèrent dans les yeux de Victoria.

— Je t'aime, Lucas…, murmura-t-elle. J'espère de tout cœur que cette longue attente en a valu la peine.

Lentement et sans détacher ses yeux des siens, Lucas porta la main de Victoria à ses lèvres et la baisa avec ferveur.

— J'aurais attendu toute ma vie, s'il l'avait fallu, chuchota-t-il. Tu es la femme de ma vie. La seule. Tu es rassurée, maintenant ?

Il protégerait son amour au péril de sa vie.

Envers et contre le Dragon.

7

Mexico, 17 h 20

Pendant la durée de leur vol, Maggie avait de nouveau été prise de nausées. Slade devait penser qu'elle souffrait du mal de l'air. Ou qu'elle supportait décidément très mal les nombreuses turbulences que l'avion avait traversées, jusqu'à Mexico. Il allait finir par se méfier, si elle avait de nouveaux malaises… Elle redoutait que Slade s'étonne et lui pose des questions sur son état. Elle n'avait pas l'intention de lui avouer qu'elle était enceinte, mais elle se savait également incapable de biaiser ou de mentir.

— Nous allons entrer là, lui annonça-t-il.

Il lui montra une *cantina* d'aspect minable. Après avoir regardé la rue dans les deux sens, il traversa et se dirigea vers la gargote, nichée entre une minuscule épicerie condamnée et une boutique de souvenirs, autrement dit un piège à touristes.

Maggie le suivit, frappée comme jamais par le caractère aberrant de sa situation. Elle était enceinte, elle fuyait un danger incompréhensible avec un homme qui l'était tout autant. Elle regrettait de ne pas avoir pris la fuite au moment où elle en avait encore la possibilité, c'est-à-dire dès leur arrivée au motel, ou encore au fast-food de Saint Louis. Maintenant, c'était trop tard, elle était piégée dans un pays étranger. Son bon sens habituel, déjà entamé par l'amour passionnel et fusionnel qu'elle éprouvait pour Slade, l'avait définitivement désertée…

D'un autre côté, elle continuait d'espérer qu'il y ait une explication logique à l'attitude de Slade. Peut-être était-il un espion qui ne voulait pas trahir sa couverture ?

C'est cela, et elle, elle était une James Bond girl…

Sa situation au Mexique se trouvait d'autant plus dramatique qu'elle ne parlait pas un mot d'espagnol, une langue que Slade maîtrisait visiblement à la perfection. Il s'orientait même si bien à Mexico qu'il semblait y avoir vécu toute sa vie. C'était un nouveau talent, un nouveau mystère à ajouter à la liste déjà longue de ceux que recélait Slade Keaton.

Ils avaient quitté l'aérodrome pour gagner le centre de Mexico grâce à un Mexicain qui faisait la navette entre les deux, en échange d'une liasse de billets destinée à acheter sa discrétion. A raison : non seulement cet aérodrome devait être illégal — et d'ailleurs, dans un premier temps, le pilote avait catégoriquement refusé d'y atterrir —, mais Slade et elle n'avaient certes pas le profil de touristes, ou celui d'un homme d'affaires et de sa secrétaire en déplacement professionnel. L'argent résolvait bien des problèmes, ça n'était pas nouveau, mais le plus troublant dans toute cette histoire, c'était de constater que Slade semblait avoir l'habitude de pratiques aussi douteuses.

Il avait demandé à leur chauffeur de les déposer dans un quartier éloigné des grandes artères, qui était tranquille et d'allure très modeste. Les devantures de la plupart des boutiques étaient condamnées ou vandalisées, et les murs, couverts de graffitis. Quelques adolescents traînaient, désœuvrés. Les petits commerces et bars occasionnels évoquaient à Maggie le quartier chinois de Chicago.

Elle entra dans la *cantina* derrière Slade, qui la conduisit vers une table libre.

— Tu as faim ? lui demanda-t-il en s'installant face à la porte.

Maggie savait qu'elle devait manger, mais après l'épisode pour le moins déplaisant de son petit déjeuner et ses haut-le-cœur pendant le vol, elle redoutait d'avaler quoi que ce soit. Elle se méfiait également des mets et boissons servis dans un endroit aussi sale et décati. En tout cas, la tequila avait ses adeptes, songea-t-elle en remarquant les verres bien remplis des clients installés non loin d'eux.

— Pas pour l'instant, répondit-elle.

— Je suis sûre que tu as soif : je vais demander de l'eau minérale, déclara-t-il en se levant.

Il s'approcha du comptoir, passa commande, et sortit son portable, pour prendre ou passer un appel. Pendant qu'il s'entretenait à mi-voix avec son interlocuteur, il lui tourna le dos. Maggie le regretta, car même si elle ne pouvait entendre sa conversation, elle aurait aimé voir l'expression de ses traits. Mais avait-elle jamais réussi à deviner ce qu'il pensait ? Non.

Sa conversation téléphonique terminée, Slade revint avec deux bouteilles d'eau minérale. Maggie hésita à boire, de peur que son estomac ne se rebelle, comme dans l'avion, mais elle mourait de soif. Peut-être aurait-elle davantage de chance, maintenant qu'elle était de nouveau sur la terre ferme ?

A Mexico.

Mon Dieu, elle se trouvait au Mexique !

Ses employés allaient se demander où elle était passée.

Ils allaient se faire un sang d'encre. Et si l'une de ses sœurs lui téléphonait, et s'inquiétait de ce qu'elle ne réponde ni ne rappelle ? Si la police ou les employés les prévenaient qu'elle avait disparu ?

— Merci, dit-elle en prenant la bouteille d'eau minérale que Slade lui tendait.

Elle ne se donna pas la peine de lui demander quels étaient ses projets. Non seulement Slade n'avait pas l'intention de les lui révéler, mais quelle que soit sa réponse, elle ne serait pas plus avancée. Elle se trouvait désormais, sans papiers d'identité, dans un pays inconnu dont elle ne parlait pas la langue. En ces conditions, il ne lui restait plus qu'à rester attachée aux pas de Slade, et à essayer de se repérer de son mieux, dans le cas où elle se retrouverait livrée à elle-même.

Lorsque Slade l'avait laissée seule en lui confiant son portable, à l'aérodrome de Saint Louis, Maggie avait failli contacter ses amis de l'agence Colby. La police étant selon lui dans l'incapacité de les aider, elle s'était dit que le recours à l'agence Colby serait le seul possible pour les sortir de leur situation inextricable. L'année dernière, elle avait en effet vu les enquêteurs de l'agence en action, lorsqu'ils avaient utilisé son café comme QG temporaire : ils excellaient à dénouer les situations les plus désespérées.

Mais avant de contacter Victoria Colby-Camp ou Lucas Camp, elle devait d'abord comprendre contre qui ou contre quoi Slade se battait, et surtout le persuader de recourir aux services de l'agence Colby. Elle devait aller jusqu'au bout de cette histoire, si elle voulait comprendre qui était Slade Keaton, et pourquoi il était en danger de mort.

En son for intérieur, Maggie doutait sincèrement

que Slade accepte d'appeler Victoria et Lucas à la rescousse, mais mieux valait se bercer d'illusions que de se laisser paralyser par la peur et l'inaction.

— Je vais avoir une voiture et des vivres, lui annonça Slade tout à trac.

Maggie leva un regard intéressé sur lui.

— La femme qui te recherche est à Mexico ?

Il évita son regard.

— Elle est au Mexique.

— Si je comprends bien, tu as quitté les Etats-Unis pour venir à sa rencontre ?

Slade la regarda droit dans les yeux, cette fois.

— En quelque sorte.

Elle referma la main autour de sa bouteille d'eau minérale pour lui cacher le tremblement qui l'agitait.

— Mais qu'est-ce qu'elle veut, au juste ?

Quelques secondes passèrent.

— Moi, répondit-il.

— Et si tu m'expliquais les choses clairement pour une fois, Slade ?

Elle se tut, puis se mordilla la lèvre inférieure.

— Cette femme veut se venger ? Vous avez un grave litige que vous n'avez pas résolu ?

Slade se pencha vers elle et la regarda bien en face, comme s'il s'intimait à la patience — à moins qu'il ne cherche tout simplement ses mots ?

— C'est beaucoup plus simple que ça : elle ne supporte pas l'idée que je respire. Que j'existe.

Maggie reprit la parole avec difficulté.

— Depuis longtemps ?

— Très longtemps.

Slade recula, s'adossa au dossier de sa chaise et but une gorgée d'eau.

Comment pouvait-il être si détendu ?

— Tu as pourtant réussi à l'éviter pendant des années…

Slade la dévisagea, pensif.

— Ne me pose pas de questions, Maggie, ça ne sert à rien. Tu perds ton temps et ton énergie. Même si je m'expliquais, tu ne pourrais pas comprendre. Personne ne le peut. C'est au-delà de l'entendement.

Que voulait-il dire ?

— Alors pourquoi ne disparais-tu pas ? Ça ne serait pas la première fois.

Il avait déjà changé de vie. Il avait un réseau de relations. Il était intelligent et plein de ressources. Pourquoi se jeter dans la gueule du loup ?

Le regard de Slade semblait la vriller.

— Parce que c'est trop tard. Cette fois, il y a eu des complications imprévues. J'ai aussi commis une erreur en restant à Chicago trop longtemps.

A cause de moi ? faillit lui demander Maggie, qui malgré la culpabilité que lui causait cette pensée se sentit envahie par une certaine joie.

— Alors quel est ton plan ?

Un nouveau silence tomba. Maggie attendait, sur les charbons ardents. Qui était cette femme ? Pourquoi voulait-elle la mort de Slade ?

— Il se résume en une phrase.

Maggie retint son souffle.

— En finir une bonne fois pour toutes, acheva-t-il.

Slade tourna les yeux vers la vitrine, puis il se leva.

— Notre voiture est arrivée. Viens.

Maggie le suivit, le cœur en berne, consciente que, piégée, elle n'avait pas d'autre solution que de le suivre.

Delegación Coyoacán, Mexico, 18 h 40

Slade soupira d'aise. Le studio qu'ils occupaient était modeste mais nettement plus agréable que le motel où ils avaient trouvé refuge après l'explosion survenue à Chicago. Il comportait un grand salon avec une alcôve, et une salle de bains de dimension modeste.

Sa propriétaire, Lavena, n'était pas son amie, mais elle n'était pas non plus son ennemie. Elle l'avait aidé quand il était petit ; étrangement, cependant, il ne parvenait pas à se souvenir quand, comment et pourquoi elle était entrée dans sa vie, mais il avait sa petite idée sur la question. Quoi qu'il en soit, elle avait toujours été présente, ou du moins elle avait toujours été prête à le soutenir et à l'aider. Bien des années plus tard, Slade lui avait retourné la faveur en lui octroyant les fonds nécessaires à la rénovation de cette maison de deux étages qui appartenait à sa famille depuis cinq générations.

Lavena avait une soixantaine d'années. Elle portait ses cheveux gris en un petit chignon serré, et avec les ans elle s'était voûtée, mais elle tirait avec la précision d'un tireur d'élite.

Slade lui faisait totalement confiance, non seulement parce qu'il n'avait plus personne vers qui se tourner, maintenant que McCain avait disparu, mais aussi parce que Lavena vouait une haine sans partage au Dragon. Il n'en connaissait pas les raisons, mais quelles qu'elles soient, il savait que la vieille femme n'hésitait jamais à contrecarrer les projets de son ennemie jurée. Elle était donc ravie de cacher Maggie, car elle voyait là une nouvelle occasion d'assouvir son exécration.

Dès que Maggie serait installée, Slade mettrait la dernière main à son plan : il prendrait la route vers l'Etat de Guanajuato, où vivait le Dragon, et il l'attaquerait à la faveur de la nuit. Sa stratégie se résumait à un affrontement direct. Le Dragon s'attendait en effet à ce qu'il fuie de nouveau, s'installe dans une nouvelle ville, adopte une nouvelle identité et fasse profil bas.

Sa volte-face n'avait qu'un but : la tuer. La vitesse de frappe était essentielle à la réussite de son plan, car il ne voulait pas qu'il y ait d'autres victimes.

Lavena. Ou Maggie.

Maudits soient l'agence Colby et son réseau d'enquêteurs qui, en enquêtant sur lui, avaient réveillé le Dragon jusque-là en sommeil. Cette pensée le mit en colère. Il ne doutait pas que Victoria Colby-Camp et Lucas Camp avaient agi avec les meilleures intentions du monde, mais s'ils avaient su dans quoi ils s'engageaient, ils y auraient réfléchi à deux fois.

Quand il en aurait terminé avec le Dragon, il organiserait le retour de Maggie à Chicago, et il disparaîtrait de nouveau.

Pour lui, Chicago, c'était terminé.

Le bruit de l'eau qui coulait, dans la salle de bains, sembla se rire de ses conclusions présomptueuses.

Et pourtant Maggie James ne représentait rien pour lui. Il s'était servi d'elle. Il voulait seulement qu'elle regagne Chicago saine et sauve, point. Son engagement avec elle s'arrêtait là. Elle disait l'aimer, elle se fourvoyait. Ça n'est pas avec lui qu'elle trouverait le bonheur.

Il se savait voué à la solitude.

A cet instant, on frappa. Il détacha les yeux de la salle de bains et, méfiant, s'approcha de la fenêtre, puis en écarta les épais rideaux. Il reconnut le petit-fils de Lavena, Ramondo, qui arrivait avec des provisions. Le jeune homme assurait la maintenance dans la maison désormais rénovée et convertie en petit immeuble d'habitation. Il rendait de menus services, en échange du loyer du studio qu'il y occupait. Lavena aimait son petit-fils, mais elle demeurait intraitable sur certains principes : rien n'était gratuit dans la vie. Pour autant, cet accord les satisfaisait tous les deux, et une profonde tendresse les unissait.

Slade n'avait jamais eu aucune complicité avec sa mère. Il n'avait jamais reçu, de sa part, des encouragements ou de la reconnaissance. Toute son enfance et son adolescence, il avait été brimé, puni et humilié pour son insolence et son insubordination.

Il s'arracha à ses souvenirs pour remercier Ramondo. Une fois qu'il eut soigneusement refermé la porte à clé, il sortit les provisions destinées à Maggie pour les quelques jours qu'elle passerait ici. Lavena avait également promis de s'assurer qu'elle ne manquerait de rien. Maintenant, Slade devait convaincre la jeune femme de rester cachée là aussi longtemps que nécessaire.

Son regard se posa sur sa veste, abandonnée sur le canapé.

Maggie travaillait dur. Elle était intelligente et dynamique. Elle aspirait à un bonheur qu'il ne pouvait lui offrir. Elle méritait de reprendre une vie normale, et de rencontrer un homme qui l'aimerait autant qu'elle croyait l'aimer. L'amour que Maggie lui portait n'était qu'une illusion romantique dont elle s'aveuglait.

D'un autre côté, jamais personne ne l'avait aimé avec la passion insatiable qu'elle lui vouait. Malheureusement, il était incapable de l'aimer en retour. Certes, il éprouvait pour elle une certaine affection, il avait du plaisir à lui faire l'amour, mais selon lui, ça n'était pas de l'amour.

Quand Maggie aurait repris le cours de sa vie, quand elle aurait pris assez de distance par rapport à leur liaison et aux événements de ces dernières heures, elle lui serait infiniment reconnaissante d'avoir disparu de sa vie.

Immobile, Maggie regardait l'eau devenue froide couler.

Elle avait mal partout. L'épuisement la faisait trembler. Sa peur était revenue en force et se répandait comme un venin dans ses veines et dans tout son corps. Avec le recul et dans la solitude de cette salle de bains, elle prenait la mesure de ce qui s'était passé depuis la veille et ressentait, rétrospectivement, une terreur sans nom.

Slade avait abattu un homme pour lui sauver la vie, c'était un acte de légitime défense, mais elle avait de la peine à le concevoir.

Pire, elle se trouvait au Mexique, sans papiers d'identité. En ces conditions, comment allait-elle pouvoir rentrer aux Etats-Unis ? Et son bébé ? Depuis qu'elle connaissait Slade, elle évoluait, telle une funambule, entre raison et passion, d'un côté avec Slade et ses égarements, de l'autre avec son quotidien relativement paisible et prévisible, dans son café. Mais en moins de vingt-quatre heures, cet équilibre, qui s'était déjà fragilisé au cours de ces derniers mois, s'était définitivement rompu. Elle se trouvait maintenant prise dans un maelström qui ressemblait fort à un cauchemar.

Slade avait l'intention de tuer cette femme qu'il appelait le Dragon, soi-disant parce qu'il n'avait pas le choix. Pourquoi ? Et elle, qu'allait-elle devenir ?

Son ignorance l'épuisait. Son indécision la tourmentait. Les larmes brûlantes et salées coulaient sans discontinuer sur ses joues. Elle ne voulait pas que le père de son enfant meure, elle voulait qu'il sorte de sa vie. Elle poussa un profond soupir. Au fond, elle savait qu'elle se leurrait. Si vraiment elle avait voulu rompre avec lui, pourquoi l'avait-elle suivi de son plein gré jusqu'au Mexique ?

Elle n'en était pas moins sa victime.

Elle ferma les yeux, en se souvenant qu'après son divorce, elle avait fait le serment de ne plus jamais en être une.

Elle se redressa et tenta de maîtriser le tremblement qui l'agitait, puis elle ferma le robinet et s'enveloppa d'un drap de bain. Elle décida ensuite de trouver un moyen d'échapper à ce cauchemar pour rentrer chez elle, à Chicago. Elle ne devait rien à Slade, elle ne lui avait également rien promis. Elle devait cesser de tergiverser et recouvrer son bon sens.

Elle s'énuméra de nouveau les raisons pour lesquelles elle devait rompre tout contact avec lui. D'abord, pour la sécurité de son bébé, donc pour sa propre sécurité. Ensuite, pour sa vie à Chicago, avec ses amis et sa famille.

Slade n'avait à lui offrir que l'incertitude, la douleur et la peur auxquelles elle avait cru échapper en divorçant de son mari. Là-dessus, elle repensa à toutes les soirées où elle avait attendu Slade, sans qu'il daigne se manifester ou lui téléphoner. Ces nuits-là, son absence lui causait un manque physique cruel. Sans lui, elle avait l'impression de ne plus exister, de se trouver comme privée de sa force vitale.

Voilà ce à quoi son amour pour Slade l'avait réduite…

A une esclave.

Elle enfila à la hâte les vêtements de rechange que Lavena lui avait procurés : un pantalon et une chemise en lin propres, un peu élimés mais intemporels, et une paire de socquettes. Quand elle se fut habillée, elle tourna les yeux vers la porte de la salle de bains.

Slade devait se demander pourquoi elle tardait tant à sortir.

Soudain, une idée lui vint et fit battre son cœur plus vite. Et si elle prenait la fuite pendant qu'il était sous la douche ?

Au fur et à mesure que cette idée s'élaborait, Maggie sentait l'espoir lui revenir.

Elle se coiffa, un sourire aux lèvres, certaine de trouver un moyen pour regagner Chicago, par le biais de l'ambassade américaine par exemple. Elle devait avertir les autorités, c'était évidemment la seule possibilité, quoi qu'en dise ou pense Slade. La loi n'était-elle pas faite pour protéger les citoyens ?

Rassérénée, elle ouvrit la porte de la salle de bains. Posté à la fenêtre, derrière les rideaux, Slade surveillait la rue.

— A ton tour, lui dit-elle. Je me sens nettement mieux, maintenant !

Il se détourna et l'observa longuement. Maggie s'obligea à rester souriante et à soutenir son regard pénétrant. Mais à la fin, elle tourna la tête et remarqua les pommes et les bananes sur la table.

— Quelle chance : je meurs de faim !

Elle s'approcha, en espérant qu'il n'avait pas remarqué son manque de naturel.

— Il y a aussi de l'eau minérale et des jus de fruits dans le réfrigérateur, lui dit-il. Tu trouveras du pain, et des fruits secs ainsi que quelques barres de céréales.

Maggie prit une pomme, mais elle était si nerveuse qu'elle en fit rouler deux par terre.

— C'est toi qui as fait des courses ?

— Non, c'est Ramondo, le petit-fils de Lavena. Je pense que tu as assez de provisions pour tenir quelques jours.

En clair, elle restait, et Slade partait.

Maggie aurait dû se réjouir de ce projet qui coïncidait avec sa décision de fuir, mais elle prit subitement conscience de détails qu'elle n'avait pas étudiés pour mettre son plan à exécution. Elle n'avait ni papiers, ni portable, et le studio ne comportait pas de prise téléphonique. Elle ne savait pas où se trouvait l'ambassade américaine, et n'avait aucun moyen de la joindre.

Elle était bel et bien bloquée au Mexique.

Slade s'approcha. Sans doute avait-il perçu son inquiétude. Elle se raidit pour ne pas se laisser troubler, même en sachant que c'était perdu d'avance : résister à Slade, c'était comme de s'ordonner de ne plus respirer.

— Lavena te procurera tout ce dont tu as besoin dans les jours à venir.

Il était si proche qu'elle sentit les effluves imperceptibles de son eau de toilette. Une odeur qui lui était aussi familière que la sienne.

— C'est moi qui vais organiser ton retour à Chicago. Jusque-là, je te conjure de ne pas quitter ce studio.

— Comment peux-tu être certain que je ne risque rien, ici ? balbutia-t-elle.

— J'ai confiance en Lavena. Elle m'a déjà aidé. Elle ne me laissera pas tomber.

Maggie ravala l'émotion qui l'étranglait.

— Donc, tu pars…

— Oui, vers minuit.

Incapable de parler, elle hocha la tête.

— Je vais prendre une douche, ensuite, je m'en irai.

Maggie le suivit des yeux.

Arrivé devant la salle de bains, il se figea comme s'il se ravisait. Maggie attendit, le cœur battant à se rompre.

Il se retourna.

— Tu vas bientôt reprendre le cours normal de ton existence, Maggie. Je t'en donne ma parole.

8

Estado mexicano de Guanajuato, 19 heures

De son petit balcon en fer forgé, Camille Marek contemplait les alentours. Au loin se trouvait San Miguel Allende, un village pittoresque célèbre pour ses églises de style colonial dont elle distinguait les pointes. Les plaines, montagnes et versants abrupts de l'Etat de Guanajuato comptaient parmi les beaux paysages du Mexique. Camille régnait en ces lieux sans que rien ni personne s'oppose à sa volonté. Cette nature sauvage et âpre avait découragé les promoteurs immobiliers, ce qui lui garantissait la tranquillité et une solitude totale. Enfin, cette demeure, véritable forteresse conçue à son initiative, lui offrait une position stratégique très avantageuse.

Camille respira l'air frais avec impatience, presque de l'exaltation. Elle aimait la tombée de la nuit et le silence environnant. Elle appréciait sa vie à l'écart des grandes villes et des modestes villages de cette région, où elle ne se rendait qu'à titre exceptionnel. Tout ce dont elle avait besoin se trouvait sous son toit. De chez elle, elle parvenait à contrôler le monde en toute tranquillité.

Elle se savait à l'abri dans cette partie de l'Etat de Guanajuato. Plus de trente ans plus tôt, elle s'était retirée dans cette forteresse dont elle avait exécuté les plans et contrôlé le déroulement des travaux, afin que tout y soit exécuté selon ses vœux. Elle voulait que la bâtisse soit imprenable sans pour autant y être cloîtrée, et se donner la possibilité de s'en envoler, afin de rejoindre son yacht à toute heure du jour ou de la nuit.

Il y avait dans le périmètre d'une centaine de mètres qui séparait le mur de sa forteresse un système de surveillance par caméras, ainsi que des patrouilles armées permanentes. Toute intrusion était impossible.

Une bouffée de colère dissipa la satisfaction qui l'envahissait jusque-là.

Sauf pour *lui*.

Il connaissait son système de sécurité à la perfection. Non content de l'avoir trahie, douze ans plus tôt, il l'avait surveillée de loin en loin, et il s'était même avisé des améliorations dans son système de sécurité. Malheureusement, Camille ne l'avait découvert que fort récemment. En contrepartie, elle avait toujours su qu'il avait feint d'être mort pour mieux tromper sa vigilance et sa vengeance. Elle l'avait recherché inlassablement et souvent avait failli mettre la main sur lui.

Si trente ans plus tôt elle avait pressenti qu'il lui échapperait et la trahirait un jour, elle l'aurait étranglé de ses propres mains ! Elle lui avait consacré tant de temps et d'énergie. En vain…

Camille se tendit. Elle n'avait pas ménagé ses efforts pour l'élever, lui et sa sœur, mais Alayna seule la respectait et éprouvait de la reconnaissance envers elle. Sa fille ne vivait que pour la servir, lui, pour l'anéantir.

Camille prit une grande inspiration. Elle avait hâte de le supprimer et de le mettre définitivement hors d'état de nuire. De toute façon, à ses yeux, il était mort depuis douze ans déjà. Il suffisait juste d'entériner cette pensée par l'acte.

Personne ne détruirait Le Code, son œuvre, à laquelle elle avait consacré l'essentiel de sa vie.

D'autres avaient essayé, ils avaient échoué. Ils en étaient morts.

Quiconque l'empêcherait de réaliser son projet aurait la même destinée.

A cet instant, elle pensa à Lucas. Un mince sourire étira ses lèvres au souvenir de l'attentat qui l'avait visé lui et sa chère épouse Victoria, au Mexique. Certes, tous deux en avaient réchappé, et elle y avait perdu des hommes entièrement dévoués à sa cause, mais elle n'avait pas dit son dernier mot.

De tous ses amants, Lucas était le seul qui l'avait autant intriguée et fascinée : en quelque sorte, il était son double. Il avait une forte personnalité, une détermination et une obstination à toute épreuve, mais il les consacrait, contrairement à elle, à la poursuite inlassable de la justice. Selon Camille, les hommes n'étaient pas égaux, loin s'en faut, et il existait à son avis trois types d'individus : les victimes, les survivants et les prédateurs.

Elle était évidemment une prédatrice.

Sur ces entrefaites, elle décida de se rendre dans sa grande salle de surveillance pour vérifier la situation des différentes opérations qu'elle avait entreprises et coordonnait simultanément. De nombreux écrans s'alignaient le long du mur. Comme Camille voulait en suivre la progression heure par heure, les autres pièces de sa forteresse comportaient aussi des écrans. Avant de sortir, elle croisa son reflet dans le grand miroir en pied installé devant ses appartements privés, et resta un instant en arrêt.

Elle allait bientôt avoir cinquante-cinq ans, et c'est grâce à une discipline journalière drastique qu'elle était au meilleur de sa forme. Elle ne tolérait aucune faiblesse, physique ou mentale. C'est justement ce qui lui permettait de rester dans la catégorie supérieure des prédateurs.

Elle étudia son visage avec attention ; c'était sa plus grande réussite et son plus beau triomphe, en dépit de l'échec cuisant qui avait finalement couronné ses efforts pour se modeler à l'image de sa rivale. Qu'importe, ne se sentait-elle pas pleine de vigueur et de dynamisme ? Des soins de tous les instants étaient nécessaires pour paraître plus jeune, mais le résultat en valait la peine. Elle ne portait plus ses cheveux longs, comme autrefois, car elle avait choisi une coupe courte, qui donnait plus de tonicité à ses traits et une indiscutable élégance à son port de tête.

Elle porta la main à sa joue dont le modelé ferme et velouté la fit sourire. Quelle serait la réaction de Lucas, lorsqu'il la reverrait, intacte et égale à elle-même ? Parce qu'ils se reverraient, évidemment. Elle connaissait bien Lucas. Elle savait qu'il ne connaîtrait pas de repos tant qu'il ne se serait pas confronté à ce qui menaçait l'harmonie du petit monde parfait et pathétique où il évoluait.

Quelle serait sa réaction, lorsqu'elle lui apprendrait *toute* la vérité ? Elle l'avait observé et scruté, quand il se trouvait au Mexique avec sa femme. Il l'avait seulement entraperçue à Puerto Vallarta, mais cela avait suffi, Camille en était certaine, à profondément l'éprouver. Un sourire de satisfaction joua de nouveau sur ses lèvres. Elle voulait que Lucas et sa précieuse Victoria soient dans les affres.

Son sourire s'épanouit à la pensée des tourments

qu'elle envisageait de leur infliger. Là-dessus, elle leva le bras et admira sa bague en titane poli ajouré, surmontée d'un gros rubis qui ne la quittait jamais, et qui avait été effectuée sur ses ordres.

Son arme la plus secrète.

Et la plus fatale.

Elle reporta son regard sur son reflet. Combien elle était impatiente de revoir Lucas, après toutes ces années ! Leur brève liaison lui ayant permis de réaliser l'un des plus importants exploits de sa carrière, elle n'avait donc aucune raison de mettre un terme à son existence. Elle avait même pensé de nouveau avoir recours à ses *bons services.* Mais plus maintenant. La donne avait changé. Lucas avait osé entraver ses projets en faisant irruption dans sa sphère privée, dans un monde qu'elle régulait, et où elle régnait. Ses agents avaient tourmenté Alayna, à Acapulco. Il lui paierait très cher cette transgression.

Personne n'affrontait impunément le Dragon et ceux à qui elle tenait.

Le visage d'Alayna se profila derrière le sien dans le miroir. Leurs regards se croisèrent. Camille aimait regarder sa fille, c'était même l'un de ses rares et vrais plaisirs. Mais elle s'assombrit. Qu'Alayna ne s'avise pas de plaider de *nouveau* la cause de son frère ! Elle ne le supporterait pas. Sa patience avait ses limites, même avec ce qu'elle avait de plus précieux.

— Vous êtes très belle, mère, commença Alayna avec un sourire. Beaucoup plus que je ne le suis.

En dépit du compliment, l'irritation envahit Camille. Elle pressentait que c'était là une entrée en matière pour implorer sa clémence envers *lui*. Camille ne voulait plus en entendre parler.

— Cesse de me flatter, Alayna, c'est inutile, lâcha-t-elle d'un ton froid. Je ne tolérerai pas plus longtemps que tu soutiennes la cause de ton frère. Pour moi, il est déjà mort. Il doit disparaître. C'est pour notre sécurité. Le comprends-tu ?

Alayna hocha la tête.

— Je comprends, oui.

Elle se tut, mais Camille resta sur ses gardes. Elle ne connaissait que trop bien sa fille.

— N'essaie pas de me manipuler, Alayna, reprit-elle. Tu es désormais ma seule et unique enfant. Je ne veux pas te perdre comme j'ai perdu les autres.

La peur surgit dans le regard d'Alayna. Camille s'en réjouit.

— Ton frère nous a mis en danger en attirant l'attention sur nous, continua-t-elle, retouchant coquettement une mèche rebelle. Le supprimer, c'est mettre un terme au risque qu'il nous fait courir à tous.

Alayna acquiesça docilement.

— Vous avez raison, mère. J'en suis consciente.

Elle détourna le regard.

— D'un autre côté, vous avez placé tant d'espoirs en lui. Le supprimer, c'est un terrible sacrifice…

En son for intérieur, Camille en convenait. Son fils était exceptionnel à tous les égards. Intelligent. Implacable. Impitoyable. Elle avait été si fière de voir tant de talents réunis en lui !

Mais il s'était retourné contre elle, et il incarnait désormais une menace pour son œuvre et sa survie.

Son fils devait mourir.

9

Delegación Coyoacán, 21 heures

Slade vérifia le contenu de son sac à dos une dernière fois. Ramondo lui avait procuré le nécessaire pour son expédition : deux pistolets, des chargeurs, des munitions en nombre suffisant, de nouveaux papiers avec une nouvelle identité, et enfin un véhicule.

Le Dragon devait être aux aguets. L'attendre de pied ferme.

Le Dragon… sa mère.

Slade ne l'appelait plus « mère » depuis la date anniversaire de ses douze ans : en ce matin de sinistre mémoire, elle avait supprimé l'aîné de ses frères, plus précisément, son demi-frère, car ils n'avaient pas le même père. Elle avait choisi ce jour-là pour qu'il n'oublie jamais quel était le prix à payer en cas d'échec et de trahison.

La voix de Maggie s'éleva.

— Tu as tout ce qu'il te faut ?

C'étaient ses premiers mots depuis qu'il était sorti de sa douche. Il avait laissé la porte de la salle de bains ouverte, au cas où elle aurait décidé de prendre la fuite, et il avait demandé à Ramondo de la tenir à l'œil, après son départ. Maggie ne devait pas apprécier cette surveillance, qui était pourtant destinée à la protéger. Slade ne pouvait certes pas tout prévoir, mais il était certain qu'elle était en sécurité tant qu'elle resterait dans ce studio.

Un jour, Maggie comprendrait qu'il avait agi pour son bien. Ce qu'elle interprétait actuellement comme des mesures de rétorsion n'était qu'une mesure de sécurité extrême.

Il la dévisagea. Elle était immobile, tendue, à la fois inquiète et effrayée. Elle se faisait évidemment du souci pour elle, et pour lui. A peine cette pensée l'eut-elle effleuré qu'il se sentit envahi par cette faiblesse dont il n'était pas coutumier, mais qui semblait être devenue sienne depuis ces derniers temps. Cela le contraria.

Personne, sauf Alayna, ne lui avait jamais porté une affection sincère et bienveillante. Quant au Dragon, tout ce qui l'intéressait, c'était de savoir s'il accomplissait sa mission et son devoir selon ses instructions.

Pour conjurer le léger trouble que suscitait son état d'émotion inhabituel, il prit son cellulaire, resté sur la table pendant que la batterie se rechargeait, et il consulta l'heure.

— J'ai tout ce qu'il me faut. Je partirai dans deux heures.

— Slade… Maintenant que tu t'en vas, tu peux vraiment tout me dire… Explique-moi… Pourquoi est-ce que cette femme te déteste à ce point ?

Il se versa une tasse de café, plus pour éviter le regard de Maggie que par véritable envie de boire du café. Il se savait en état de vulnérabilité. Quand avait-il changé ? Etait-il si las de devoir sans cesse changer de vie ? Il découvrit tout à coup qu'il aspirait à une existence normale, conventionnelle et presque conformiste, et il en fut étonné.

C'était à cause de Maggie. Elle avait éveillé son

intérêt, sa curiosité, puis son admiration et, enfin, ce qu'il traduisait comme un vif intérêt.

Surtout, elle avait suscité en lui le désir de vouloir vivre comme *tout le monde*.

C'était évidemment irréalisable…

— Puisque je ne te reverrai jamais, parle-moi ! insista Maggie.

Ils ne se reverraient donc plus.

C'était logique. Que lui avait-il apporté, en fin de compte ?

Rien.

Au contraire, à cause de lui, elle était en danger de mort.

Les sourcils froncés, il réfléchit. Après tout, pourquoi ne pas lui révéler toute la vérité ? Ne la lui devait-il pas ?

— Quand j'ai eu six ans, *elle* m'a appris à monter et démonter six armes à feu, commença-t-il abruptement.

Il but une gorgée de café pour se donner le courage de poursuivre son immersion dans le passé.

— Si par malheur je commettais une erreur, elle me plongeait la tête sous l'eau. Une série de six immersions avec cinq secondes de plus à chaque erreur supplémentaire.

Il s'efforçait de parler avec détachement, de se distancer pour s'épargner. Il avait l'habitude de se réfugier dans ce néant où il ne ressentait plus ni colère ni douleur.

Les premières fois où sa mère lui avait enfoncé la tête sous l'eau, il s'était débattu. Il avait repris son souffle en hurlant, mais très vite, il avait appris à emmagasiner de l'air dans ses poumons et à rester coi pour ne pas s'épuiser en vain.

— Autant te dire que j'ai vite appris à monter et démonter des armes à feu.

Une expression d'horreur s'était peinte sur les traits de Maggie.

— Mais… tu n'étais qu'un enfant !

Un rire sec et méprisant lui échappa pour seule réponse.

— Quand j'ai eu dix ans, je suis devenu un tireur d'élite : je tirais avec toutes les armes que j'avais la force de tenir. J'ai aussi appris à combattre à mains nues et à utiliser des explosifs. De son côté, elle avait appris d'autres techniques pour me punir en cas d'échec.

Il s'interrompit.

— Je savais si bien retenir mon souffle, désormais, que ses plongeons sous l'eau n'avaient plus aucun effet sur moi. Ça l'a mise hors d'elle.

— Et tes cicatrices ? demanda Maggie d'une voix sans timbre. Tu me disais que c'était un accident. C'est faux, n'est-ce pas ? Tu as menti ?

Un mensonge, comme tout le reste…

Slade but une nouvelle gorgée de café.

— C'était une autre de ses spécialités avec un luxe de lenteur et de cruauté.

Maggie s'approcha, et il se raidit. Si jamais elle tentait de l'étreindre, ou simplement de poser la main sur lui, il reviendrait au monde du ressenti, trop dangereux pour sa stabilité.

Maggie lui posa la main sur le cœur.

— Parle-moi de cette cicatrice qui se trouve ici.

La pression de sa paume dispensa une douce chaleur dans cette région de son être qu'il savait glacée.

— C'est un tatouage que j'ai fait retirer.

Il contint un frémissement au souvenir de la journée où sa mère l'avait fait tatouer précisément à cet endroit.

Maggie fronça les sourcils.

— Pourquoi ce tatouage, précisément ? Tu en portes d'autres ?

« Mort ou liberté » sur son biceps gauche. « Solitaire » sur l'omoplate. Mais le tatouage sur son cœur, c'était la marque du Dragon.

— Nous le portions tous.

— « Nous » ?

Il hésita avant de laisser son aveu, le plus terrible d'entre tous, franchir ses lèvres.

— Nous. Les victimes du Code.

Aussitôt que ces mots eurent franchi ses lèvres, il les regretta : Maggie en savait trop. Savoir ces détails pouvait lui être fatal. De plus, la connaissant, elle allait insister.

— Le Code ? Qu'est-ce que cela signifie ?

Il termina son café.

— Je n'en dirai pas davantage.

Pourquoi s'était-il laissé aller à ces confidences ? Pour avoir sa compréhension et se donner des circonstances atténuantes, dans l'espoir qu'elle ne le haïsse pas trop ? Pour qu'elle ne le considère pas comme un homme totalement insensible, inhumain et dénué de scrupules ? Et pourtant, c'est ce qu'il était en vérité. Maggie ne connaissait rien de lui sinon la personnalité qu'il avait endossée pour la séduire.

Maggie aurait dû le haïr parce qu'il avait joué avec son cœur. Elle aurait dû haïr l'homme qu'il était dans la réalité.

— Il n'y a jamais eu moyen de l'arrêter ? s'enquit-elle. Personne n'a essayé ?

Elle était vraiment triste, il en fut touché. Un instant, il se sentit redevenir l'enfant qu'il avait trop vite cessé d'être. Il eut aussi envie de se blottir dans ses bras, pour étancher un irrépressible besoin de tendresse et de compassion.

Il avait été un enfant solitaire et livré à lui-même, élevé par une mère qui ne l'avait jamais aimé. Quant à son père… Pensant à ce dernier, une violente colère l'envahit, mais il secoua la tête pour se ressaisir. Ça ne lui ressemblait pas de laisser éclater sa rancœur et ses désillusions. Continuer de parler à Maggie de ses premières années, c'était s'assujettir à cette faiblesse qui semblait avoir pris possession de son être.

— Pourquoi ? demanda Maggie.

Slade lui tourna le dos et s'approcha des fenêtres, mais elle le suivit. Sa proximité, ses paroles et son inquiétude le troublaient comme jamais.

— Pourquoi, à la fin ? insista-t-elle.

Il éclata d'un rire faux.

— Pour créer une équipe d'agents d'infiltration et d'assassins.

Sur ces mots, Slade fit volte-face et planta un regard de défi dans le sien.

— J'ai tué tellement de gens que je ne me souviens ni de leurs noms ni de leurs visages.

La Dragon lui avait appris à ne jamais regarder ses victimes pour mieux les ignorer. « On peut voir sans regarder », professait-elle.

Il voulait que la répulsion remplace, sur les traits de Maggie, cet amour qu'elle lui portait et qui la transfigurait. Contre toute attente, ça ne fut pas de la répulsion qui se peignit sur son visage, mais de la compassion, de la tristesse et du chagrin. La surprise et le trouble qui l'envahirent firent détourner la tête à Slade.

— Pourquoi personne ne l'a jamais arrêtée ? reprit Maggie d'une voix plus basse.

Ne cesserait-elle donc jamais de l'accabler de ses questions ?

Une brusque colère l'envahit.

— Parce qu'elle tuait tous ceux qui entravaient sa mission.

Un nouveau rire pénible et douloureux jaillit de sa gorge.

— Le seul qui aurait pu l'arrêter n'a jamais été là.

Maggie cilla, comme si elle ne comprenait pas le sens de ses derniers mots, mais elle reprit avec obstination :

— Qui est cette femme, Slade ? Qui lui a donné un tel pouvoir sur un enfant ?

Slade hésitait.

— Dis-le-moi ! Qui est-ce ? Comment as-tu réussi à lui échapper ? Il faut faire justice !

C'était la première fois qu'il voyait quelqu'un prendre son parti avec autant de véhémence.

— C'est ma mère, Maggie.

Il vit la colère céder la place à la stupeur. Maggie ouvrit la bouche, mais, incapable de trouver les mots, elle resta silencieuse.

Lorsqu'elle s'humecta les lèvres, Slade ne pensa plus qu'à les embrasser, dissoudre sa haine et jusqu'au dernier de ses souvenirs dans la tendresse d'un long baiser.

Alors il la serra dans ses bras et s'empara de sa bouche dont le goût fruité, qu'il connaissait si bien, l'exalta comme jamais. Maggie, un peu étonnée par son impétuosité, se tendit, et sa résistance attisa le désir de Slade qui fusait, incoercible. Il se perdrait en elle une toute dernière fois avant la séparation inéluctable et définitive. Il oublierait son passé pendant un instant pour renaître dans ses bras.

La première surprise passée, Maggie lui céda. Elle pressait ses hanches contre les siennes, avec autant d'avidité que lui. Slade sourit, et devint de plus en plus fervent, de plus en plus impatient. Il souleva sa chemisette en lin, la lui fit passer par-dessus la tête, puis, le souffle court, il resta un instant immobile. Il l'enveloppa d'un long regard avant de prendre ses seins en coupe, dont les mamelons érigés signifiaient le désir qu'elle éprouvait pour lui. Depuis le premier jour, leurs désirs se conjuguaient et se complétaient avec une harmonie qui ne laissait pas de l'étonner.

Slade n'attendit pas plus longtemps pour la soulever dans ses bras et la déposer sur le lit. Le matelas était certes un peu mou, mais des draps immaculés s'élevait une bonne odeur de propre. Maggie dodelina de la tête, et gémit doucement lorsqu'il lui retira ses socquettes. Il caressa ses pieds délicats aux ongles vernis de rouge écarlate, le spectacle le plus érotique qui soit. Il embrassa chaque orteil. De nouveau elle gémit, et se redressa sur les coudes pour l'envelopper d'un regard qui semblait briller de larmes, mais qui était seulement exalté par son désir.

Slade ne s'arrêta pas là. Après ces préambules délicieux, il lui retira son pantalon, découvrant ses longues jambes très fines. Maggie, toujours accoudée, le contemplait, et s'empourprait sous le feu qui continuait de lui monter aux joues.

Il lui sourit à moitié, complice, et embrassa sa cheville délicate, s'émerveillant de sa finesse qui confinait à la fragilité.

Sous cette caresse si voluptueuse, Maggie se laissa retomber sur le lit et serra les poings dans le drap, tandis qu'il continuait de lui prodiguer les plus exquises caresses et baisers, modérant son impatience afin de mieux savourer le soyeux de sa peau. Mais Maggie noua ses jambes autour de ses reins avec sa fougue habituelle, et se hissa pour venir à sa rencontre. Slade sourit. Lorsqu'il lui faisait l'amour, il était concentré sur le plaisir de la jeune femme autant que sur le sien, et jamais il ne se pressait, afin de s'en rendre maître. Le temps n'existait donc plus, rien n'avait plus d'importance. Il posa la bouche sur son sexe, sentant avec délectation leur plaisir mutuel monter.

Maggie gémit de nouveau, plus fort, lorsqu'il embrassa son bas-ventre et continua son exploration à la fois nonchalante et voluptueuse. Il la couvrit de baisers, remontant jusqu'à ses seins. De nouveau, il admira son buste parfait, deux globes laiteux surmontés par les auréoles brunes de ses mamelons. Il les caressa, les taquina, regardant par intermittence le visage empourpré de la jeune femme et sa bouche entrouverte d'où s'échappaient continuellement des murmures rauques.

Il prit un mamelon entre ses lèvres et, amoureusement, le taquina jusqu'à ce que cette fois elle crie de plaisir. Il jouait du corps de Maggie comme d'un instrument délicat, et pour le faire vibrer encore, plus longuement, il introduisit un doigt dans sa féminité moite, prête à l'accueillir.

Il serra les paupières et contint son désir de la pénétrer d'un coup de reins.

Maggie ouvrit les yeux, hors d'haleine, envahie par un extraordinaire sentiment de plénitude, tandis que, déjà, le désir remontait et se répandait dans son corps. Slade caressait toujours sa féminité, ses doigts jouaient en elle avec adresse. Elle savait qu'une nouvelle onde de plaisir allait l'emporter.

Pourquoi ne la possédait-il pas maintenant ? Elle le lui

aurait enjoint, si elle n'avait perdu la voix. Tourmentée par le désir et le plaisir, elle laissait ses mains errer à l'aveuglette sur lui, toujours vêtu. Qu'il se déshabille à son tour ! l'implorait-elle en silence. Pour qu'elle sente le contact de son corps nu sur le sien. Pour qu'il la pénètre enfin.

Elle décida subitement de reprendre l'initiative, et le fit rouler sur le dos, puis elle le chevaucha. Elle lut dans ses yeux gris le reflet de son propre désir et de leur extraordinaire connivence sexuelle. Un petit sourire aux lèvres, elle déboutonna sa chemise avec une lenteur calculée, puis embrassa ses cicatrices, surtout celle qui se trouvait au niveau du cœur, à l'endroit où autrefois se trouvait ce tatouage.

Maudite soit sa mère pour tout le mal qu'elle lui avait fait ! Slade ne lui appartenait pas, il n'appartenait qu'à elle ! songea Maggie impétueusement. Cette nuit était sans doute la dernière qu'ils passaient ensemble, mais dans le fond de son cœur, elle savait que Slade resterait sien pour toujours. Son passé lui importait peu, seul le présent comptait.

Elle déboutonna maladroitement la braguette du jean de Slade, tandis que son impatience cédait la place au désir de couvrir son corps de baisers et de caresses, pour effacer, symboliquement, ce qui l'avait éprouvé dans le passé. Ce soir, c'était sa dernière chance de lui prouver l'amour inconditionnel qu'elle ressentait pour lui.

Elle l'aimait. Comme elle l'aimait… !

Jamais elle ne cesserait de le faire, en dépit de ses sombres secrets, en dépit des sinistres projets qu'il avait l'intention de mettre à exécution.

Elle acheva de le déshabiller et, immobile, admira ses hanches étroites, sa taille mince et ses jambes musclées. Quand le jean eut rejoint sa chemise sur le sol, elle s'employa à lui donner autant de plaisir qu'il lui en avait donné plus tôt. Elle l'embrassa partout avec une même ferveur. Elle ferma aussi les yeux, pour revivre, simultanément, toutes ces nuits où il l'avait si bien aimée.

Son sexe était tendu. Il était prêt à la posséder comme jamais aucun homme ne l'avait possédée. Elle le prit dans sa bouche avec une timide audace, et sentit aussitôt le corps de Slade frémir, puis se tendre comme un arc. Elle lui dispensa sa caresse avec volupté et lenteur, jouissant de son pouvoir sur lui, qu'elle entendait gémir sans discontinuer.

Mais tout à coup, il se redressa et l'attira dans ses bras pour lui reprendre la bouche avec avidité. Leur baiser concentrait les saveurs et les goûts les plus intimes, et atteignit le paroxysme. Slade l'embrassait avec une passion inédite, de l'emportement, à moins que ça ne soit du désespoir. Pour finir, il la fit rouler sur le dos, et d'un genou lui écarta les jambes. Maggie les noua aussitôt autour de sa taille, tandis qu'il la pénétrait d'un coup de reins.

Elle crut alors qu'elle allait s'évanouir de plaisir. Pendant un instant de flottement, Slade resta complètement immobile au-dessus d'elle, comme pour la laisser épuiser ce plaisir-là, mais après un moment il commença à aller et venir en elle, avec sa vigueur habituelle qui l'effrayait tout en décuplant son désir. Le plaisir qui montait anéantit bientôt toutes les autres sensations, et elle s'abandonna à son allégresse. Elle l'aimait tel quel, secret, impétueux et impatient. Il ne faisait aucun doute que, tout à l'heure, l'inquiétude et l'angoisse reviendraient la tourmenter, mais pour le moment, elle était tout entière concentrée sur le présent, tout au moins sur la béance de la jouissance où le temps n'avait plus cours.

Elle planta ses ongles dans le dos de Slade, se mordillant la lèvre pour retenir le cri animal qui montait à ses lèvres et qu'elle laissa finalement échapper dans un dernier soubresaut. Les vagues du plaisir se précipitaient, déferlaient, et l'emportèrent dans l'extase absolue qui se dilua en une série de flashes. Ce bonheur sans égal était en résonnance avec les battements frénétiques de leurs cœurs, et la sensation de leurs peaux nues.

Soudain, Slade se figea.

— N'arrête pas… pas maintenant… Encore…, balbutia-t-elle.

Elle n'en avait pas fini… Elle n'en aurait jamais fini avec lui. Elle voulait que cette dernière nuit couronne leur liaison, et berce ses souvenirs jusqu'à la fin de ses jours. La pensée du départ de Slade lui fit soudain monter des larmes brûlantes aux yeux. Jamais plus elle ne le reverrait… Peut-être ne survivrait-il pas à la bataille qu'il allait mener dans quelques heures.

L'enfant qu'elle portait ne connaîtrait jamais son père.

Slade embrassa ses yeux fermés, le bout de son nez et ses lèvres tremblantes. Puis il embrassa ses seins, désormais si sensibles. Chaque nouvelle caresse lui arrachait de nouveaux cris de plaisir. Il la porta de nouveau à l'orgasme de ses seuls baisers. Tout son corps lui appartenait, elle le lui donnait sans réserve… et il se l'appropria sans cesser de déployer son plaisir.

Il la posséda jusqu'à ce qu'elle se pâme, s'oublie et fonde avec lui dans la jouissance qu'il lui donnait et qu'il éprouvait lui aussi. Il l'accompagna, en poussant un cri rauque, et la serra dans ses bras jusqu'à ce qu'ils soient totalement réunis, et comblés de l'être.

De longues minutes s'écoulèrent avant que Maggie

ne retrouve son souffle, et le fil de ses pensées. Puis elle sourit de contentement. Elle était si bien dans les bras de Slade, au contact de sa peau brûlante ! De la pointe de l'index, elle forma des dessins imaginaires sur son torse, se demandant comment elle vivrait sans lui… Elle ne pouvait pas le laisser partir… Mais comment l'en empêcher ?

— Je ne comprends toujours pas… Pourquoi personne n'a essayé de l'arrêter ? murmura-t-elle enfin. La protection pour l'enfance, la police, je ne sais pas, moi !

Slade se raidit, comme toujours lorsqu'elle le questionnait, et cependant il ne s'écarta pas. Il n'en resta pas moins silencieux, aussi se résigna-t-elle à ne pas recevoir de réponse.

— Personne ne pouvait l'empêcher d'agir, déclara-t-il tout à coup. Je n'étais pas scolarisé, nous vivions cloîtrés, et de toute façon, elle s'est toujours considérée au-dessus des lois.

— Tu es tout de même parti ?

— A dix-huit ans.

— Tu n'as plus cessé de la fuir, depuis ?

— Ça n'est pas seulement elle que j'ai fuie.

Il hésita. Maggie retint son souffle, dans l'espoir qu'il continue. Cela faisait deux ans qu'elle attendait ce moment.

— J'ai aussi fui ce que j'étais, conclut-il.

Il caressa son épaule et posa sa main sur sa hanche.

— J'ai fui ce qu'elle avait fait de moi.

Maggie serra les paupières pour contenir ses larmes. Elle haïssait cette femme qu'elle n'avait jamais vue et dont elle ne connaissait pas l'existence quelques heures plus tôt.

— Et maintenant, il n'y a aucun autre moyen de l'arrêter ?

Il secoua la tête.

— Si : la supprimer.

Une telle angoisse saisit Maggie qu'elle se sentit prête à lui révéler qu'elle était enceinte pour le dissuader de se mettre en danger alors qu'il allait devenir père, mais elle se ravisa. Elle n'avait pas le droit de lui faire ce chantage.

Pourquoi ne demandait-il pas l'aide de l'agence Colby ?

— Rien ne te fera changer d'avis ?

Slade se leva, et elle ressentit aussitôt un vide insupportable qui la glaça.

— Dans quelque temps, tu seras contente que je sois définitivement sorti de ta vie, tu peux me croire, Maggie.

Elle le regarda se rhabiller et se mordit la langue pour contenir sa réponse.

Jamais.

Elle voulait rompre et aller de l'avant, mais jamais elle ne se réjouirait de l'avoir perdu.

Jamais.

10

15 octobre, minuit

Assis au bord du lit, Slade contemplait Maggie. Somnolente tout à l'heure, elle s'était pelotonnée sous les couvertures qu'elle avait fini par remonter jusqu'à son menton. Après avoir lutté contre le sommeil, elle venait d'y succomber. Slade tendit la main, mais il se figea. Il ferma le poing pour résister au désir de caresser son épaisse chevelure soyeuse et bouclée, où il ne se lassait pas d'enfouir le visage quand ils faisaient l'amour.

Jamais aucune autre femme n'avait été si proche de lui, et lui avait été si intime. Deux ans plus tôt, il avait séduit Maggie par seul intérêt, car son café se situait en face de l'immeuble où se trouvait l'agence Colby. A ce titre, c'était un lieu stratégique. Au début, la jeune femme n'était qu'un atout qui lui permettait d'allier l'utile à l'agréable. Puis au fil du temps, il s'était vraiment intéressé à elle. Il avait découvert les mille petits détails qui faisaient tout son charme.

Il aimait en particulier les petites rides d'expression aux coins de ses yeux quand elle souriait ou quand elle riait. Sa carnation laiteuse et parfaite contrastait avec sa chevelure rousse et ses grands yeux verts lumineux. Au premier abord Maggie semblait délicate et fragile, mais elle pouvait devenir une véritable tigresse. D'un seul mot ou d'un regard elle ramenait ses employés, qui l'adoraient, à l'obéissance. Elle était également courageuse et obstinée. Bienveillante et passionnée. Enfin, elle l'aimait de toute son âme.

Comment pouvait-elle l'aimer, *lui* ?

Son cœur se serra à la pensée de ne plus revoir son beau sourire franc. Maggie allait lui manquer... Cette subite découverte le stupéfia. Jusqu'à maintenant, jamais personne ne lui avait manqué... On lui avait appris dès la petite enfance à ne ressentir aucune émotion : ces débordements équivalaient à un aveu de faiblesse ! lui répétait le Dragon à l'envi. Slade n'avait jamais aimé personne, sauf peut-être sa sœur, et encore, il n'en était pas tout à fait certain, parce que la notion en soi lui était complètement étrangère. Il préférait donc penser qu'il ressentait le besoin de protéger Alayna. D'un autre côté, il ne l'avait pas vue depuis fort longtemps... Maintenir des contacts rapprochés avec elle était en effet trop dangereux. D'un autre côté, Alayna savait toujours où le joindre et le contactait à intervalles réguliers. Avant qu'il ne quitte la forteresse, douze ans plus tôt, tous deux avaient conclu un pacte : s'entraider et être solidaires l'un de l'autre. Etait-ce une forme d'amour ? C'était bien possible, mais il n'en était pas sûr. Il ne savait pas.

Slade conclut qu'il ressentait envers Maggie ce qu'il éprouvait envers Alayna ; une présence apaisante et agréable, qui, finalement, allait de soi. Mais acceptant son amour par faiblesse, il l'avait mise en danger.

Il devait couper ce lien.

Maintenant.

Maggie l'oublierait, avec le temps.

A peine cette pensée s'était-elle formée qu'il eut

le souffle coupé par une telle douleur qu'il se leva d'un bond et fit quelques pas. Il détourna les yeux de la jeune femme avec effort. En partant pendant son sommeil, il leur épargnait des adieux pénibles. Il ne devait plus tarder, d'autant qu'il avait quelques heures de route avant d'arriver à sa destination.

Il regarda une dernière fois par les trois fenêtres du studio afin de surveiller la rue et s'assurer qu'ils étaient en sécurité. Il déposa ensuite une liasse de dollars américains et de pesos dans les chaussures de Maggie. Elle en aurait besoin pour assurer sa subsistance, ou pour faire face à un éventuel imprévu. En revanche, il hésita à lui laisser une arme. Non seulement Maggie ne savait pas tirer, mais elle les abhorrait. Il se rassura en songeant que Lavena et Ramondo étaient armés, eux.

Il la contempla une dernière fois avant de sortir. Son sac à dos sur une épaule et son automatique à la ceinture, il resta un instant immobile sur le palier, où il aspira l'air frais nocturne. A partir de maintenant, il devait se concentrer sur sa mission.

A savoir, pénétrer dans la forteresse du Dragon et en finir avec elle.

Slade observa la rue en descendant les escaliers extérieurs. Le premier étage, où habitaient Lavena et Ramondo, était plongé dans l'obscurité. Le troisième studio qui s'y trouvait semblait désert. Peut-être servait-il de réserve, ou Dieu sait quoi encore… Les studios des deuxième et troisième étages étaient quant à eux loués à l'année, mais Lavena en gardait toujours un de libre pour servir de cachette ou de refuge.

Sous ses apparences dures et bourrues, la vieille femme avait bon cœur. Aussi loin qu'il se souvienne, elle avait toujours été présente dans sa vie, à l'entourer d'une affection discrète et retenue. Slade ne savait pas pourquoi elle l'appréciait ni pourquoi elle lui avait toujours été si dévouée, mais les faits étaient là... Lavena caressait même l'espoir qu'il revienne vivre au Mexique et s'installe dans son petit immeuble.

Il n'y avait pas seulement Alayna et Maggie qui lui étaient proches, il y avait aussi Lavena, conclut Slade.

S'il lui confiait Maggie les yeux fermés c'est parce que Lavena haïssait le Dragon, et se délectait de devoir protéger la jeune femme de sa pire ennemie. Comment Lavena avait-elle échappé à l'ire du Dragon ? C'était un mystère.

Depuis que Slade était passé aux révélations, son passé, qu'il avait si longtemps refoulé, remontait en lui et ne lui laissait plus de repos.

Il n'avait jamais eu une vie normale. Son enfance en avait d'ailleurs été l'épisode le plus aberrant. A la vérité, il n'avait pas eu d'enfance. Il n'était pas allé à l'école. Son éducation s'était réduite à l'apprentissage des bases, et ensuite aux manœuvres stratégiques et aux techniques d'infiltration ainsi qu'à la lecture de cartes topographiques.

Il leva les yeux vers le ciel et se demanda pour la première fois de sa vie pourquoi un tel destin lui était échu. Pourquoi son existence n'avait été qu'une suite de tourments, de douleurs, de violence et d'humiliations ?

Il repoussa ses pensées pour se focaliser sur sa mission, sa seule priorité. Par chance, il se savait doté d'une étonnante capacité de concentration, peut-être était-ce d'ailleurs le seul résultat positif de l'éducation, ou plutôt de la formation militaire, qu'il avait reçue.

Malheureusement, ses pensées lui échappèrent de nouveau. Distrait, il reporta les yeux sur le deuxième étage, sur le studio où il avait laissé Maggie endormie.

Maggie avait mené une existence normale et paisible

jusqu'à ce qu'elle fasse sa connaissance. Elle avait grandi avec des parents aimants et deux sœurs dont elle était étonnamment proche. Elle avait certes traversé quelques épreuves, au cours de son existence, par exemple un mariage désastreux, mais elle avait rebondi. L'évocation de son ex-mari mit Slade en colère. Comment avait-il osé lui faire tant de mal ?

Il soupira.

Qui était-il pour juger et condamner cet homme ?

Il n'était *personne*.

Il avait vécu plusieurs vies sous de nombreuses fausses identités, un peu partout.

Il fit un nouvel effort pour se fermer aux souvenirs.

Soudain, il vit de la lumière s'allumer chez Lavena. Guettait-elle son départ ? D'instinct, il porta la main à sa ceinture et s'approcha de la porte au moment où elle s'ouvrait. Lavena, vêtue d'un peignoir taupe qui accentuait sa minceur, le toisa de la tête aux pieds.

Il attendit qu'elle parle la première.

— Quoi ? demanda-t-il, la voyant silencieuse.

— Tu sais qu'elle va te tuer ?

Ça n'était pas une découverte.

— Elle va essayer, en tout cas, corrigea-t-il.

Lavena secoua la tête.

— Non. Cette fois, c'est différent.

Slade haussa les sourcils.

— Tu vieillis, Lavena. Tu deviens sentimentale.

Un rire rauque échappa à Lavena.

— Peut-être. Je vais avoir soixante-sept ans. C'est l'expérience, ou la sagesse, qui parlent.

Slade était étonné que Lavena parle l'anglais sans accent, comme une Américaine. Toute sa vie elle avait en effet vécu au Mexique, mais elle n'avait pas le physique typique d'une Mexicaine. A vrai dire, Lavena avait un physique passe-partout. Elle était également habile à se fondre dans n'importe quel univers et à gagner la confiance d'autrui. Ce don, inné chez elle, il l'avait acquis.

Seul Lucas Camp ne s'était pas laissé abuser. D'emblée, il s'était méfié de lui. Dès leur première rencontre, Lucas Camp avait deviné qu'il représentait une menace pour lui et pour son entourage. D'une certaine façon, Lucas ressemblait à Lavena, songea tout à coup Slade. Il y avait en lui une douceur, une bienveillance sous la fermeté et l'obstination qui faisaient sa réputation.

Slade soupira et revint au présent. Il savait que Lavena avait raison. Sa situation était plus précaire qu'elle ne l'avait jamais été, mais il agissait tant dans le but de s'affranchir définitivement du joug du Dragon, et vivre comme un homme libre, que pour protéger Maggie.

Depuis ces dernières vingt-quatre heures, il était devenu si vulnérable, si sensible que cette découverte l'étonna à peine.

Avait-il changé ? Toute sa vie avait été tranchée, et dominée par des zones de noir ou de blanc, mais il décelait tout à coup en lui une gamme de nuances de toutes les couleurs.

— Prends soin d'elle, surtout, conclut-il. Assure-toi qu'elle quitte le Mexique en sécurité.

Slade se détournait, quand les mots de Lavena le rattrapèrent.

— Tu peux partir avec elle. Disparaître avec elle.

Il ferma les yeux.

— Non. Elle a une vie à Chicago.

Il se retourna.

— Elle ne sera jamais heureuse dans mon monde, Lavena.

— Le lui as-tu demandé ? Elle semble vraiment t'aimer. Tu pourrais tout de même lui demander son avis ?

Slade remonta son sac à dos plus haut sur son épaule.

— Elle m'oubliera vite.

Il repoussa la douleur que lui causait cette pensée. Il était l'heure de partir, et il perdait du temps en palabres.

Lavena hocha la tête.

— Tu as toujours été têtu comme une mule. Le Dragon aura donc réussi à gâcher ta vie comme elle a gâché celle des autres !

— Adieu, Lavena.

Elle lui adressa un petit signe.

— Adieu. Sois prudent.

— Comme toujours.

— Souviens-toi, elle t'attend de pied ferme ! insista Lavena. Cette fois, l'un de vous deux y laissera sa vie. Si tu es vaincu, ta jeune compagne ne sera plus jamais en sécurité. Le Dragon la poursuivra de sa haine, Aiden Marek, pour effacer jusqu'au souvenir que cette innocente gardera de toi.

Slade ralentit le pas, frappé par le nom qu'elle avait prononcé.

« Aiden.

Aiden Marek. »

Son nom de baptême.

Il déglutit avec difficulté.

Il n'était plus Aiden Marek depuis longtemps.

Il n'était personne. Il n'était rien.

Il n'était que la main armée prête à frapper le Dragon.

2 h 45

Maggie ouvrit les yeux. Il faisait nuit. Le calme était total.

Où se trouvait-elle ?

Au Mexique. A Mexico.

Elle se redressa.

— Slade ? lâcha-t-elle dans un souffle.

Silence.

Il était parti ! L'émotion et les larmes qui montèrent en elle l'étouffèrent, tandis que son cœur battait à grands coups douloureux.

Elle rejeta les couvertures et se leva. Elle passa les doigts dans ses cheveux, se dégagea le visage et, fronçant les yeux, regarda partout dans la chambre plongée dans la pénombre.

Que faire maintenant ?

Jamais cette question, qu'elle s'était souvent posée au cours de son existence, n'avait été aussi cruciale.

Chercher de l'aide ! Partir d'ici ! lui souffla une petite voix dans sa tête. Contacter l'agence Colby.

Pour commencer, elle s'habilla. Elle chercha ses chaussures à l'aveuglette, les enfila, se figea, puis fronça les sourcils et alluma la lampe de chevet. Elle retira de l'une d'elles une épaisse liasse de billets. Slade lui avait laissé de l'argent. Elle chercha ensuite un téléphone. En vain.

Comment appeler Lucas et Victoria à la rescousse ?

Elle décida d'obtenir la collaboration de Lavena. Cette dernière serait contrariée d'être tirée de son sommeil à près de 3 heures du matin, mais tant pis.

Maggie ne pouvait et ne voulait pas attendre plus longtemps.

Slade était en danger.

Elle enfila sa veste, fourra l'argent dans sa poche et, par la fenêtre, observa la rue sombre et déserte, où étaient garées quelques voitures. Elle ne vit d'autre lumière que celle d'un unique lampadaire.

Elle avait hâte de passer à l'action et de prévenir Victoria et Lucas, mais la peur la retint de longues minutes devant la porte. Dans le silence qui l'entourait, les battements de son cœur lui semblaient assourdissants. Enfin, elle se décida à ouvrir la porte du studio qui donnait sur les escaliers extérieurs.

Les deux autres appartements qui se trouvaient à cet étage semblaient inoccupés : elle n'avait en effet entendu aucun bruit ni vu personne, lors de leur arrivée en fin d'après-midi.

Elle descendit ensuite les escaliers en regardant, toujours avec méfiance, dans la rue silencieuse et calme. Aucune ombre mouvante ne semblait troubler la nuit.

L'appartement de Lavena se trouvait juste en dessous du studio qu'elle avait occupé avec Slade. Maggie s'en approcha et, ne voyant pas de la lumière, ralentit le pas. Elle hésitait de nouveau à la réveiller, mais le temps étant compté, elle s'intima au courage et frappa. Rien. Elle recommença. Toujours rien.

Elle donna un coup plus fort sur le battant qui s'ouvrit subitement avec un grincement qui s'apparentait à un gémissement. Elle comprit que la porte était restée entrebâillée. Surprise, elle s'humecta les lèvres.

— Lavena ? appela-t-elle à mi-voix.

Elle n'osait pas entrer, de peur que la vieille femme ne réagisse à son intrusion en lui tirant dessus. Maggie resta donc longtemps immobile, consciente des secondes qui s'égrenaient aussi sûrement que si elle avait entendu le tic-tac d'une pendule. A moitié rassurée par le silence toujours total, elle se décida enfin à franchir le seuil.

— Lavena ? appela-t-elle d'une voix timide.

Lavena n'était peut-être pas chez elle ? Mais à une heure pareille, où une femme de son âge pouvait-elle bien se trouver ?

Maggie chercha un interrupteur à l'aveuglette, mais elle eut beau tâtonner, le mur était lisse. Se souvenant que leur studio ne comportait que deux lampes de chevet pour tout éclairage, elle s'avança prudemment, mais en dépit de ses précautions, elle trébucha contre le sofa et poussa un cri. Elle se ressaisit, certaine qu'il y avait une table et une lampe à proximité. Elle se pencha donc sur ce qu'elle pensait être l'assise du sofa, mais sa main se posa sur une jambe.

Elle se figea, puis, animée par une impérieuse nécessité, continua de chercher la lumière. Son pouls s'affola de nouveau quand elle contourna une paire de jambes. Enfin, elle sentit les coins d'une table sous ses doigts. Elle se pencha, tâtonna, identifia le pied d'une lampe, et enfin alluma la lumière.

Le spectacle qui s'offrir à ses yeux la pétrifia.

Lavena était sur le sofa, la tête inclinée sur le côté. Au milieu de son front se trouvait un petit trou bien net duquel ruisselait un filet de sang. Des fragments d'os et de cervelle tachaient le sofa et le mur qui était derrière.

Maggie porta la main à la bouche pour étouffer un cri d'horreur, tandis qu'une irrésistible nausée lui soulevait l'estomac. D'instinct, elle recula et heurta une chaise où elle se laissa tomber. L'odeur de sang, qu'elle n'avait pas remarquée, dans sa quête de lumière, la saisissait et pénétrait ses poumons.

Elle n'avait entendu aucun coup de feu, comment était-ce possible ? Puis elle se souvint de la fusillade qui avait eu lieu au motel : elle n'avait rien entendu non plus, car les hommes à leurs trousses avaient utilisé des silencieux.

Toujours tremblante, Maggie se leva, s'approcha de Lavena et, par acquis de conscience, posa l'index et le majeur sur son artère carotide. Sa peau était encore tiède, et, bien entendu, le pouls inexistant. Lavena avait été tuée récemment.

Il lui fallait de l'aide ! pensa-t-elle. Elle sortit de l'appartement tant bien que mal, en trébuchant et consciente que la panique la privait de toute lucidité. Elle parvint néanmoins à se souvenir que le petit-fils de Lavena vivait dans le studio d'en face. Elle s'en approcha, toujours vacillante, et frappa, mais elle n'obtint aucune réponse. Elle frappa à coups redoublés et pour finir se figea. La peur la paralysait.

En désespoir de cause, elle posa la main sur la poignée et ouvrit. Le studio de Ramondo était, comme celui de Lavena, plongé dans une obscurité épaisse.

— Ramondo ?

Seul le silence lui répondit.

Comme tout à l'heure chez Lavena, elle tâtonna, à la recherche de l'interrupteur. Peine perdue. Alors les mains tendues devant elle, elle s'avança jusqu'à ce qu'elle sente, sous ses doigts, le pied d'un lampadaire. Lorsqu'elle eut allumé, elle ne vit pas de corps, et elle en ressentit un tel soulagement qu'elle se mit à trembler. Puis regardant tout autour d'elle, elle remarqua que le studio à peine meublé n'avait été ni fouillé ni vandalisé. A son plus vif soulagement, elle ne vit pas non plus de traces de sang. Les draps et couvertures du canapé-lit étaient en désordre, et des vêtements jonchaient le sol, signe que Ramondo s'était dévêtu avant de se coucher. Justement, où était-il ?

— Ramondo ?

Le studio comportait une salle de bains. Maggie en ouvrit la porte et alluma la lumière. Personne.

Elle se figea sur le seuil, hésitant à entrer. Son instinct l'avertissait d'une menace. Elle prenait une grande inspiration pour se donner du courage quand une odeur métallique frappa ses narines.

Une odeur de sang.

Une odeur de mort.

Maggie s'approcha à pas comptés de la baignoire, et les mains tremblantes en tira le rideau.

Ramondo gisait nu dans la baignoire, une balle dans la tempe.

Maggie recula et sortit. Elle était désormais incapable de hurler. Elle tremblait tant que c'est à peine si elle arrivait à mettre un pied devant l'autre.

Dans son trouble jaillit une pensée, ou plutôt une idée fixe. Il lui fallait un téléphone tout de suite ! L'estomac toujours soulevé par des haut-le-cœur, elle chercha en vain un poste fixe dans le studio. Lorsque son regard tomba sur le tas de vêtements de Ramondo, elle fouilla dans les poches de son jean dont elle tira un portable.

Son soulagement fut de courte durée, car l'appareil était éteint, et sans le code Pin, inutilisable. Maggie le jeta sur le canapé-lit et retourna à la hâte chez Lavena. Elle n'y trouva ni poste fixe ni portable.

Désormais proche de la crise de nerfs, elle remonta à leur étage et frappa à la porte des deux autres studios qui s'y trouvaient, mais elle eut beau tambouriner, personne ne lui ouvrit. Elle redescendit l'escalier quatre à quatre et frappa à la porte du studio se trouvant sur le même palier que celui de Lavena et de Ramondo. Personne ne lui ouvrit, personne ne lui répondit. Peut-être ces appartements étaient-ils inoccupés ? A moins que leurs habitants ne soient terrorisés par ses interventions nocturnes intempestives ?

Maggie ne s'interrogea pas plus longtemps, et descendit les dernières marches. Mais une fois qu'elle se trouva dans la rue, elle fit quelques pas, et tourna sur elle-même. Impuissante. Perdue. Que faire ? Personne ne pouvait l'aider… Elle n'avait nulle part où aller. Elle ne parlait pas l'espagnol et n'avait pas de portable. Les immeubles qui s'élevaient de part et d'autre de la rue étaient plongés dans la nuit. S'ils étaient habités, les gens se garderaient bien de lui venir en aide.

Un bruit de pas s'éleva tout à coup et rompit l'épais silence. Maggie fit volte-face.

Le bruit devenait plus distinct, et cependant elle ne voyait personne, tout au moins elle ne voyait que des ombres et les lueurs diffuses de la lune et du seul lampadaire de la rue.

Elle reporta les yeux sur le petit immeuble de Lavena et se mit à courir dans sa direction.

Le martèlement de pas devint plus rapide.

Maggie reprit les escaliers, entra dans le studio qu'elle avait occupé avec Slade, et en claqua la porte. Elle ferma à clé au moment où l'individu arrivait.

Elle recula en l'entendant marteler le battant.

Une arme ! Il lui fallait une arme.

Elle ouvrit un placard, regarda frénétiquement dedans, puis elle fouilla dans un tiroir, et finalement sentit sous ses mains la lame d'un couteau.

A cet instant, la porte jaillit hors de ses gonds.

Maggie hurla. Consciente qu'elle n'avait pas le temps d'ouvrir une fenêtre et de sauter, au risque, d'ailleurs, de se rompre le cou, elle courut dans la salle de bains où elle s'enferma.

Elle était certes en sécurité, mais piégée, car la salle

de bains ne comportait aucune fenêtre. L'homme essayait maintenant d'en défoncer la porte. Maggie brandit son couteau, prête à frapper. Elle essaya de maîtriser sa respiration trop rapide et de se concentrer. Elle devait se préparer à une lutte sans merci, sinon elle mourrait comme Lavena et son petit-fils.

A la pensée de son bébé, les larmes lui montèrent aux yeux.

Mais elle s'intima au courage. Tout n'était pas perdu !

La porte sortit de ses gonds sous les assauts répétés de l'homme qui s'encadra dans son embrasure, son arme braquée sur elle.

Maggie sentit son sang se glacer dans ses veines.

Il prononça quelques mots en espagnol dont elle ne comprit pas le sens mais qui devaient exprimer un ordre. Elle tremblait tant qu'elle ne sut pas par quel miracle elle n'avait pas lâché son couteau.

— N'approchez pas ! hurla-t-elle d'une voix qu'elle ne reconnut pas.

L'homme ne parut pas intimidé le moins du monde par son injonction. Maggie resserra la main autour de son couteau

— Lâchez ce couteau ! lui intima-t-il en anglais.

Elle n'en fit rien. Rien ni personne ne la ferait plier devant un criminel. Elle recula et se cogna au bord de la baignoire tandis que l'homme s'approchait aussi.

Tout à coup, Maggie retrouva sa lucidité et sa détermination.

Elle ne laisserait pas cette crapule attenter à sa vie et tuer son bébé.

Ainsi, au moment où il faisait un autre pas dans sa direction, elle chargea et lui planta son couteau dans l'épaule avec un cri de rage.

L'homme poussa un hurlement de douleur et plusieurs

jurons à la suite, puis il essaya de lui saisir le bras de sa main libre. Maggie se débattit et réussit même à lui asséner de nouveaux coups de couteau. Lorsque sous la douleur et ses assauts répétés, il lâcha son pistolet, elle en profita pour s'élancer hors de la salle de bains. Elle sortit aussitôt du studio et dévala les escaliers extérieurs. Un dernier espoir l'envahissait. Peut-être parviendrait-elle à se cacher dans les petites rues sombres de ce quartier mal éclairé ?

Elle s'engagea donc dans une ruelle. Elle courait aussi vite que ses forces le lui permettaient, en serrant toujours le couteau couvert de sang dans sa main.

A la pensée du spectacle qu'elle offrait, un rire mêlé de larmes jaillit de sa gorge, mais ça n'était pas le moment. *Cours, Maggie ! Ne t'arrête pas ! Ne regarde pas derrière toi !*

L'homme se rapprochait.

Elle continuait à courir, malgré son point de côté qui la ralentissait inexorablement.

Mon Dieu, si jamais il la rattrapait…

Il l'attrapa par les cheveux. Sa tête partit en arrière, elle s'effondra. Sous le choc, elle lâcha son couteau qui tomba hors de sa portée.

Prise de vertige, elle sentit sa vision se brouiller.

Son agresseur se pencha sur elle et pressa son arme sur sa nuque, puis il prononça quelques mots en espagnol, avec une colère irrépressible. La nuit était trop sombre pour qu'elle discerne l'expression de son visage, elle ne comprenait pas un mot de ce qu'il lui disait, mais elle savait qu'il allait la tuer.

Une voix s'éleva soudain derrière eux.

— Il nous la faut vivante !

Son complice s'approchait sans hâte, tandis que celui qui la menaçait continuait de l'accabler d'imprécations.

— Ça suffit, répéta son complice. Aide-la plutôt à se lever.

Lorsque Maggie fut debout, elle regarda dans sa direction.

L'homme lui adressa un sourire qui la glaça.

— Il nous la faut saine et sauve, répéta-t-il.

Il marqua une pause.

— Pour le moment…

11

4 heures du matin

Slade gara sa jeep sur l'accotement qui surplombait la forteresse Marek.

Le Dragon devait le guetter.

Attendre son heure.

Comme lui.

Le problème, maintenant, c'était de pénétrer dans le périmètre de sécurité sans se faire repérer. C'était difficile mais cependant pas impossible.

Il ajusta ses jumelles de vision nocturne et survola la muraille de pierre qui entourait la demeure. Il compta huit hommes armés qui patrouillaient dans le périmètre de la propriété.

D'habitude il n'y en avait que quatre.

Certaine de son arrivée imminente, sa mère avait évidemment doublé son service de sécurité qui était en alerte maximale.

Slade savait qu'il y avait des fils-pièges, des pièges à ressort ainsi que des détecteurs de mouvement à proximité de la muraille et dans la portion de terrain qui le séparait de la forteresse. Ça n'était pas la première fois qu'il devait surmonter un tel défi. Pénétrer dans la propriété serait facile, mais en ressortir après avoir accompli sa mission serait infiniment plus difficile.

Il en courrait le risque. Il était prêt.

Il avait déjà vécu des douzaines de vies qu'il avait toutes abandonnées avec indifférence, comme un manteau devenu trop étroit et usé jusqu'à la corde, mais cette fois ce serait peut-être sa propre vie qui prendrait fin…

Avant, il prendrait celle du Dragon.

Il se redressa. Il était temps de passer à l'action, le jour allait pointer.

Il était prêt à cette ultime confrontation, tant sur le plan mental que physique.

Il n'avait laissé aucun détail au hasard. Quand il s'était douché, il n'avait utilisé ni shampoing ni savon pour n'exhaler aucune odeur susceptible de le faire repérer. Il portait également des chaussures à semelles souples et silencieuses, et il était vêtu de noir. Le Dragon avait recruté et formé son service de sécurité, une véritable unité d'élite, et elle pensait à tout.

Il aurait volontiers plastiqué la forteresse, mais il ne voulait pas que son explosion coûte la vie à Alayna.

Soudain, son portable vibra. Il le sortit de la poche intérieure de sa veste, les sens en alerte.

Un numéro inconnu s'afficha sur l'écran. La peur l'envahit.

Il prit la communication avec réticence.

— Aiden, écoute-moi bien. Je n'ai pas beaucoup de temps.

Alayna.

Elle était la seule à l'appeler par son prénom, et à le prononcer sans colère.

— J'écoute.

Il était sur ses gardes. Il était en effet possible que le Dragon essaie de le piéger par le biais de sa sœur. Elle était capable de tout, même de recréer la voix de cette dernière par ordinateur. Mais Slade savait aussi qu'Alayna ne communiquerait jamais son numéro de téléphone, même sous la torture. Mais dans le cas où le Dragon apprenait que sa fille l'avait contacté, elle l'exécuterait sans ciller, malgré l'adoration qu'elle éprouvait pour elle. De tous les risques qu'Alayna avait pris au cours de ces dernières années, celui-là était sans conteste le plus grand.

— Lavena et Ramondo sont morts, annonça Alayna.

La peur explosa dans ses veines, où jaillit une décharge d'adrénaline.

— Maggie ?

— Enlevée. Elle sera bientôt là.

Alayna lui communiqua la route et la position actuelle des hommes qui l'avaient molestée, ainsi que la marque de leur véhicule.

— Fais vite, Aiden. Tu sais ce qui se passera si elle pénètre dans la forteresse.

Elle se tut, mais elle n'avait pas besoin d'achever sa pensée. Slade savait parfaitement quel sort serait réservé à Maggie. Non contente de l'utiliser comme appât, le Dragon la torturerait.

Slade s'éclaircit la voix.

— Compris.

Il raccrocha et rempocha son portable. Il était en rage à la pensée que Dragon avait réussi à supprimer Lavena après des années de traque.

Il était le prochain sur la liste…

Après Maggie.

Elle ne serait pas une victime de plus dans cet affrontement de la dernière chance.

Le Dragon lui avait déjà volé sa vie, elle ne lui prendrait pas Maggie.

6 h 5

Maggie avait perdu la notion du temps… Ses ravisseurs l'avaient transportée dans le coffre de leur voiture où ils l'avaient ligotée et aveuglée avec une cagoule de velours noir opaque. Elle avait tenté de se défendre, et elle les avait entendus rire face à ses efforts évidemment dérisoires. Elle ne savait pas quelle direction ils avaient prise. Elle ne savait pas quelle heure il était.

La route était devenue cahoteuse, signe, peut-être, qu'ils se trouvaient sur un chemin de campagne, mais quant à savoir où…

Les premiers temps, Maggie avait pleuré d'impuissance et de rage. Ces deux sinistres individus la conduisaient sûrement vers le mal incarné, à savoir la mère de Slade. Cette dernière se servirait d'elle pour exercer une pression sur Slade. Ses ravisseurs ne le lui avaient pas dit, mais elle en avait l'intime conviction. C'était la seule raison pour laquelle ils ne l'avaient pas tuée, sinon elle aurait connu le même sort que Lavena et Ramondo.

Elle revit leurs corps sans vie, et essaya de refouler ces images atroces, mais elle n'avait plus aucune force.

Les liens autour de ses poignets, trop serrés, lui cisaillaient la peau. Elle avait essayé de les desserrer, mais elle n'avait réussi qu'à s'entailler plus profondément les chairs. Les hommes n'avaient pas ligoté ses chevilles, sans doute parce qu'elle n'irait pas loin, aveuglée et les mains liées, si d'aventure elle réussissait à s'enfuir.

Elle ferma les yeux et implora le ciel pour garder la vie sauve. Elle songeait à son bébé et à Slade en espérant qu'il survivrait à sa mission. La pensée des sévices que cette femme, sa mère, lui avait infligés lui était intolérable. Comment avait-elle pu s'en prendre à un enfant ? *Son* enfant ? Comment avait-elle pu commanditer le meurtre d'une vieille femme et de son petit-fils ?

Tout à l'heure, Slade lui avait affirmé que l'histoire de sa vie dépassait l'entendement, et c'était la vérité : elle se découvrait incapable d'imaginer ce qu'il avait vécu.

Si seulement elle avait eu l'opportunité de contacter l'agence Colby… Victoria et Lucas Camp étaient les seuls à pouvoir l'aider, mais maintenant, c'était trop tard. Leurs chances de survie, à Slade et elle, étaient pratiquement égales à zéro.

Ses parents et ses sœurs seraient anéantis par sa disparition, conclut Maggie, accablée. Elle leur avait parlé de Slade à maintes reprises, mais ils n'avaient pas encore eu l'occasion de le rencontrer. Chaque fois qu'elle leur rendait visite, ou pour les fêtes de fin d'année, Slade prétextait être occupé pour ne pas l'accompagner. Ces derniers temps, ses sœurs avaient fini par douter de ce bonheur qu'elle prétendait sans nuage, mais Maggie insistait toujours et affirmait qu'elle était vraiment très heureuse.

Elle avait menti. Elle s'était menti à elle-même.

Sa famille allait vivre un cauchemar à cause de son inconscience…

On retrouverait le test de grossesse, qu'elle avait laissé dans sa salle de bains, et sa famille aurait une nouvelle raison d'être endeuillée. Ses sœurs, à qui elle racontait tout, seraient blessées qu'elle leur ait caché une si grande nouvelle. Hier, pourtant, elle était impatiente de leur faire part de sa grossesse. Elle avait manqué de temps, d'à-propos, de chance…

N'aurait-elle pas dû informer Slade qu'elle était enceinte de lui ? Le regret la taraudait.

Soudain, la voiture ralentit, et Maggie sentit son

cœur se remettre à battre avec violence. Elle entendit les hommes échanger des propos en espagnol, sans doute pour l'empêcher de les comprendre. Elle prêta néanmoins l'oreille, dans l'espoir de saisir au moins quelques mots.

Pompe à essence.

Elle était certaine d'avoir entendu parler d'essence. Bientôt, d'ailleurs, la voiture s'arrêta. Elle entendit une portière, puis une autre, s'ouvrir et se refermer.

S'ils se trouvaient dans une station-service, elle pourrait hurler et se faire entendre des autres automobilistes. Si du moins il y en avait, car elle n'entendait pas un bruit. Quelle heure était-il donc ?

Le hayon s'ouvrit. Une bouffée d'air froid s'y engouffra et la fit frissonner. Elle sentit ensuite quelque chose de métallique et de dur s'enfoncer dans sa nuque.

— Si jamais vous dites un mot, vous le regretterez.

La colère chassa sa peur.

— Qu'est-ce que vous allez me faire ? Me tuer ?

Maggie essaya de se redresser, mais l'homme pressa le canon de son arme sur sa nuque.

— Non, mais il y a pire que la mort : la douleur, répliqua son interlocuteur d'une voix menaçante. Ne me donnez pas l'occasion de vous en faire la démonstration.

La colère de Maggie fondit comme neige au soleil, et elle s'intima au calme. Elle devait avant tout penser à sa sécurité. A son bébé.

Peu après, elle entendit la portière claquer, signe que l'autre individu remontait dans la voiture, après avoir fait le plein d'essence. Son complice referma le hayon et le rejoignit. Enfin, le bruit du moteur s'éleva, et ils reprirent la route. Maggie perdit tout espoir, et le découragement la terrassa.

Non ! Il ne fallait pas.

Aussi longtemps qu'elle était vivante, elle ne devait pas désespérer ! Pour se distraire de ses sombres pensées, elle s'énuméra les prénoms qu'elle destinait à son bébé. Si c'était une fille, elle l'appellerait Mary, comme sa mère. Si c'était un garçon… Peut-être Slade ? Ça n'était sûrement pas sa véritable identité, mais cela dit, il aimait peut-être ce prénom puisqu'il l'avait en quelque sorte adopté ? De plus, si elle avait un fils, ce serait tout de même une bonne idée de lui donner ce prénom sous lequel elle avait connu et aimé son père…

Pour autant, jamais elle ne révélerait à son enfant que son père était un homme froid et secret qui s'était insinué dans sa vie et l'avait manipulée dans le but d'atteindre la plus célèbre agence d'investigation du pays pour des raisons qu'elle ne comprenait d'ailleurs toujours pas.

Elle raconterait plutôt à son enfant que son père était beau et séduisant, et qu'il avait collaboré, pour le meilleur, avec ladite agence à plusieurs reprises. Elle lui confierait aussi qu'il lui avait donné le sentiment d'être une femme d'exception.

Maggie ferma les yeux et se remémora les berceuses que sa mère leur chantait, autrefois, à elle et à ses sœurs, et que ces dernières chantonnaient à leur tour à leurs enfants. Elle sourit, et en fredonna certaines. Elle ne savait pas quand se terminerait ce voyage, mais ses dernières pensées iraient à coup sûr vers ses parents, ses sœurs et sa maison natale.

Vers Slade.

Slade, qui ferait toujours partie d'elle.

Slade s'était caché dans le fossé. Selon ses calculs, le véhicule des agents du Dragon passerait à sa hauteur dans quelques minutes. Il regrettait de ne pas avoir une carabine qui, à l'instant, lui aurait été plus utile qu'un pistolet. Tant pis.

Il avait repris la route après l'appel d'Alayna, et s'était arrêté non loin d'une station-service désaffectée derrière laquelle il avait caché sa jeep. Il y était arrivé depuis assez longtemps pour que la poussière soulevée par son passage soit retombée.

La nuit devenait grise. L'aube avait maintenant une clarté trouble et livide qui lui convenait. Il y avait en effet assez d'obscurité pour passer inaperçu et trop peu de luminosité pour être bien visible.

Il entendit tout à coup un bruit de moteur, sur sa droite. Il inclina la tête, et prêta l'oreille. Il était certain que c'étaient les agents du Dragon avec Maggie. Sur cette portion de route, non seulement le passage était rare, mais l'arrivée de ce véhicule correspondait à ses estimations.

La lueur de phares surgit, et il se tint prêt, son doigt sur la détente.

Il remit ses jumelles de vision nocturne et évita de regarder dans la direction des phares, dont la luminosité le gênait. Certain que Maggie était séquestrée à l'arrière, il visa le pare-brise avant. Enfin, il appuya sur la détente.

La balle traversa le pare-brise et toucha le conducteur. Ce dernier perdit le contrôle de la voiture, qui fit une embardée sur la droite. Slade tira de nouveau, cette fois dans le pneu avant, côté passager. Le véhicule zigzagua, avant de s'arrêter brusquement.

Slade sortit de sa cachette, traversa la route à toute vitesse, conscient que la fin de la nuit et ses vêtements sombres étaient à son avantage. Il devait maintenant neutraliser le complice du chauffeur.

Au même instant, un hurlement déchira le silence qui était retombé.

Maggie !

Slade redoubla de vitesse, mais le complice du chauffeur tira sur lui, et il plongea à terre. D'autres coups de feu se succédèrent. Son adversaire était évidemment un tireur d'élite ; Slade continua donc d'avancer en rampant.

Il entendit bientôt une portière claquer, puis le hayon s'ouvrir. Maggie hurla de nouveau.

L'homme la sortait du coffre.

Slade s'approcha, contourna la voiture et se cacha derrière la portière côté passager. De là, il entendit Maggie parlementer et ardemment supplier son ravisseur. La peur donnait des accents de détresse à sa voix.

— Sors de ta cachette ! hurla l'agent du Dragon à son adresse, sinon je la tue !

Il dut molester Maggie, car cette dernière poussa un cri de douleur.

La rage envahit Slade. Même s'il avait la certitude que c'était une menace en l'air, car le Dragon avait sûrement besoin de Maggie vivante, il avait l'impression que l'homme paniquait. C'était de mauvais augure pour la jeune femme.

— Lâche-la, et je te laisserai la vie sauve ! s'écria Slade.

L'autre se mit à rire.

— Ce sont des mots que j'ai souvent entendus, avant que mes victimes ne rendent leur dernier soupir !

Slade se redressa et tira avec précision grâce à ses jumelles de vision nocturne. L'homme poussa un cri étouffé. Certain de l'avoir blessé, Slade s'approcha du pare-chocs arrière et risqua un regard. Malgré sa blessure, l'homme s'efforçait de retenir Maggie, qui se débattait. Slade n'osa pas tirer de nouveau, de peur de la toucher.

Mais à sa vue, l'homme lâcha Maggie et leva son arme. Slade n'hésita pas à riposter, et cette fois le toucha en plein cœur. Foudroyé, il s'effondra sans un mot, tandis que Maggie, affolée, reculait en trébuchant. Slade s'approcha pour vérifier que son ennemi était bien mort, puis il retira ses jumelles de vision nocturne pour se diriger vers Maggie.

Lorsqu'il posa la main sur son bras, elle poussa un cri déchirant.

— Tout va bien, Maggie ! C'est seulement moi ! Slade !

Il lui retira sa cagoule et la soutint, car elle tremblait des pieds à la tête.

— Tiens bon, Maggie. Je vais sectionner les cordes autour de tes poignets.

Il sortit son canif, insinua ses doigts sous ses liens avant d'y introduire la lame par en dessous et les trancher d'un coup. Lorsqu'il eut terminé, Maggie s'effondra dans ses bras et sanglota sur son épaule, sans cesser de lui répéter combien elle avait eu peur. Mais Slade recula vite.

— Il faut partir tout de suite, Maggie.

Elle acquiesça.

— Tu es blessée ? Ça va ? lui demanda-t-il.

Il la tint à bout de bras et l'enveloppa d'un regard soucieux, mais le petit jour l'empêchait de bien voir.

— Ça va. Je n'ai rien, bredouilla-t-elle enfin.

Elle se passa une main sur le visage et posa l'autre sur son ventre.

— Je te jure que ça va, insista-t-elle.

Elle n'était peut-être pas blessée, mais elle était sous le choc. Slade remit son arme dans sa ceinture, passa un bras autour de son épaule pour la soutenir et la conduire vers sa jeep.

Soudain, un coup de feu éclata, et Slade fut touché au bras. Il força Maggie à se mettre à plat ventre, et reprit son arme pour riposter. A l'évidence, le conducteur de la voiture n'était pas mort comme il l'avait pensé.

Il tira à plusieurs reprises, puis le silence retomba. Cette fois, le doute n'était plus permis : il était mort, mais Slade n'en resta pas moins furieux contre lui-même. Il aurait dû s'assurer que cet individu était hors d'état de nuire, avant de régler son compte à son complice. Son imprudence lui valait une blessure, superficielle, certes, mais douloureuse, qui entravait ses mouvements.

Maggie s'était déjà relevée et s'approcha de lui. Inquiète, elle lui prit le bras pour l'examiner.

— C'est impressionnant, mais ça n'est pas grave, déclara Slade.

Sa blessure n'entamait pas sa détermination et ne l'empêcherait certainement pas d'atteindre ses objectifs.

Tuer le Dragon. Et garder la vie sauve.

Maggie suivit Slade, en proie à la plus grande confusion. Comment l'avait-il retrouvée ? Comment avait-il appris qu'elle avait été enlevée ? Savait-il que Lavena et Ramondo étaient morts ?

Elle avait de nombreuses questions à lui poser, mais elle ne savait pas par où commencer. Elle se sentait dans un tel état d'épuisement qu'elle était de toute façon incapable de prononcer un mot.

Slade lui fit traverser la route vers une station-service désaffectée dont les fenêtres étaient murées, et les murs garnis de graffitis. Une jeep était cachée derrière.

Slade l'aida à monter, avant de s'installer derrière le volant.

— Tu veux que je conduise ? lui demanda-t-elle, certaine qu'il devait beaucoup souffrir.

Sa voix avait retrouvé sa fermeté, elle avait cessé de trembler, mais ses pensées restaient désordonnées.

— Ça ira.

Elle jugea inutile d'insister, pour ne pas perdre un temps précieux. Elle soupira. Elle était saine et sauve, Slade aussi, et ils étaient de nouveau réunis. C'était l'essentiel, pour le moment.

Elle tourna les yeux vers lui et le dévisagea. Les premiers rayons du soleil jetaient des lueurs pâles sur le lustre de ses cheveux noirs et lui révélaient sa barbe de deux jours. Le cœur de Maggie se serra. Mon Dieu, quand et comment cette cavale se terminerait-elle ? Si seulement Slade acceptait de contacter l'agence Colby… ! Victoria et Lucas ne lui refuseraient pas leur aide. Mais comment aborder le sujet ?

— Il faut faire soigner ton bras, déclara-t-elle d'un ton neutre.

— Plus tard.

Maggie se retourna et vit, sur la banquette arrière, son sac à dos.

— J'imagine que tu n'as pas de trousse de premiers secours ?

— Non. On s'arrêtera en route pour acheter le nécessaire.

Maggie reporta les yeux sur la route, puis se mordit la lèvre et s'arma de courage pour prononcer les mots qui lui brûlaient les lèvres.

— Je suis sûre que l'agence Colby pourrait nous aider.

Le silence avec lequel Slade accueillit ses propos l'étonna. Elle décida donc d'insister.

— Les agents de Victoria et Lucas sont exceptionnels. Ils ont déjà résolu plusieurs affaires, même les plus compliquées, avec succès. Tu le sais aussi bien que moi.

De nouveau, Slade ne dit mot. L'espoir envahit Maggie face à ce silence plus pensif qu'hostile. Elle allait reprendre la parole quand une bâtisse se découpa sur leur droite, et elle plissa des yeux pour en déchiffrer l'enseigne. C'était une station-service avec une petite boutique.

— On devrait s'arrêter pour acheter de quoi soigner ton bras.

Slade ralentit et obtempéra. Quand il se fut arrêté, Maggie s'empressa d'ouvrir la portière, mais il la retint.

— Pas de coup de téléphone, c'est compris ?

Maggie acquiesça, en se promettant néanmoins d'évoquer de nouveau le sujet de l'agence Colby une fois qu'ils seraient en sécurité.

En sécurité.

Le seraient-ils un jour ? s'interrogea-t-elle en entrant dans le magasin. L'employée, une très jeune femme qui paraissait s'ennuyer, lui sourit. Travailler dans cet endroit au milieu de nulle part ne devait pas être une sinécure, songea Maggie en lui rendant son sourire. Elle prit un flacon de désinfectant, des compresses et des bandages dans le petit rayon de parapharmacie. En s'approchant de la caisse, elle prit également deux bandanas, pour assurer la contention des bandages.

Elle posa ses achats sur le comptoir.

— Vous parlez anglais ? demanda-t-elle à la jeune fille.

Cette dernière hocha la tête.

— Oui. Vous désirez quelque chose ?

Maggie eut bien envie de lui demander si un téléphone

était à la disposition des clients, pour contacter Victoria et Lucas, mais elle se souvint des ordres de Slade.

Elle soupira et toussota pour s'éclaircir la voix.

— Vous avez du savon liquide et du sérum stérile ? demanda-t-elle enfin. C'est pour nettoyer une blessure.

— Oui, bien entendu.

Maggie récapitula ses achats, et au dernier moment ajouta des bouteilles d'eau minérale, des barres de céréales et deux cafés, dont un déca pour elle, à emporter.

Elle paya et revint à la jeep, chargée de ses sacs de courses. Une fois qu'elle les eut déposés sur la banquette arrière, elle donna son gobelet de café à Slade, puis but quelques gorgées de son déca avec un soupir d'aise. Elle était en effet transie.

Slade reprit aussitôt la route.

— Comment va ton bras ? s'enquit-elle, inquiète.

— On s'en occupera plus tard.

Son ton avait été sans réplique. Maggie préféra changer de sujet.

— Où allons-nous, maintenant ?

Elle regarda autour d'elle. Elle n'avait pas la moindre idée de l'endroit où elle se trouvait.

— Là où tu seras en sécurité, répliqua Slade.

Il avait évidemment l'intention de lui trouver une nouvelle cachette, prétendument sûre, pour pouvoir accomplir sa mission l'esprit tranquille. Son obstination à vouloir lutter, et seul, incita Maggie à reprendre la parole.

— Tu devrais vraiment demander de l'aide à l'agence Colby.

La mère de Slade était malveillante, mais elle n'était tout de même pas invincible ! songea-t-elle. Elle n'était pas non plus au-dessus des lois, même si elle paraissait en avoir la certitude.

— Je t'ai déjà expliqué que l'agence Colby ne pouvait pas nous aider, répondit Slade. Personne ne le peut.

Il ne quittait pas la route des yeux. Il restait concentré tant sur sa conduite que sur son objectif.

Maggie ne rétorqua pas, mais en son for intérieur, elle se promit de contacter Victoria ou Lucas dès qu'elle en aurait l'opportunité.

12

7 h 45

— Qu'est-ce que tu as fait ?

Alayna fit volte-face et croisa le regard dur de sa mère. Elle n'était pas surprise, elle s'attendait à cette confrontation. Son frère avait sans doute eu le temps d'intercepter les hommes qui avaient enlevé sa compagne, puis il avait réussi à la libérer et à prendre la fuite.

— Que se passe-t-il ? demanda Alayna en feignant la surprise. Il est là ? ajouta-t-elle ensuite pour faire bonne mesure, et en instillant même de l'espoir dans sa voix.

Sa mère savait combien elle affectionnait Aiden.

Camille s'approcha. Elle écumait de rage.

— Siegel a appelé pour dire qu'ils avaient été pris dans une embuscade, sur la route. Depuis, nous n'avons plus aucune nouvelle !

Alayna cilla, et fit mine d'être très troublée par cette information.

— C'est *lui* qui a tendu une embuscade ?

Elle n'avait pas osé prononcer le prénom de son frère, de crainte d'amplifier la colère de sa mère.

— Cette fois, tu as dépassé les bornes, Alayna, reprit Camille. Pendant toutes ces années, je t'ai fait confiance. Je t'ai donné sans compter, et j'ai cru que tu me restais fidèle et loyale. Or je me suis trompée !

Elle leva le menton.

— On vient de m'informer que tu n'avais eu de cesse de me trahir.

— Je… ne comprends pas, balbutia Alayna.

La peur l'enveloppa et se noua autour de sa gorge tel un serpent étouffant sa proie avant de la dévorer. Comment Camille avait-elle découvert qu'elle l'avait trahie ? Elle avait toujours été très prudente.

— Tu as continuellemment informé ton frère sur l'évolution de notre système de sécurité. Tu l'as averti de l'opération qui s'est déroulée cette nuit, à Mexico, lâcha Camille dont le visage exprimait la fureur. Tu as donc agi dans le but de me nuire, et je ne le tolère pas.

A ces mots, Alayna se sentit trembler jusqu'au tréfonds de son être, mais elle fit un nouvel effort afin de contenir sa panique croissante. Si jamais sa mère en prenait conscience, elle aurait la preuve que ses accusations étaient fondées.

— Mais… je ne sais même pas comment le contacter…

Conciliante, elle se rapprocha de Camille.

— Je te suis loyale. Je l'ai toujours été.

Camille recula. Son regard était chargé de mépris.

— Vous étiez tous les deux ma plus belle réussite, souffla-t-elle avec amertume. Les deux aînés avaient échoué, vous étiez sur le point de couronner mon succès. Mais il m'a trahi le premier, et maintenant, c'est toi.

Camille ferma les poings.

— Ce sont les plus jeunes qui portent désormais tous mes espoirs ! A mes yeux, tu es *morte*, Alayna ! martela-t-elle.

Sur ces mots, elle sortit.

Alayna la suivit des yeux, pétrifiée, et s'efforça

de maintenir une apparence de calme jusqu'à ce que Camille ait refermé la porte derrière elle. Une fois seule, elle s'abandonna au tremblement incoercible qui l'agitait et qui devint même si violent qu'elle fléchit les genoux. Elle se rattrapa à une table toute proche.

En dépit du sort qui l'attendait, un faible sourire étira ses lèvres. Son frère avait réussi à libérer Maggie, qui était désormais en sécurité. Alayna espérait maintenant que tous deux quitteraient le Mexique au plus vite, et disparaîtraient à jamais.

Mais elle savait que ses espoirs étaient vains : elle connaissait trop bien Aiden. Jamais il ne s'était dérobé au danger, et cette fois, il irait jusqu'au bout de sa mission. La fin était proche… Pour tous les deux. Surtout pour elle, songea Alayna avec un frisson.

La porte s'ouvrit de nouveau. Deux hommes entrèrent.

— Suis-nous ! ordonna l'un des deux.

Alayna le connaissait bien, c'était Eli Kennemore, le chef de la sécurité de Camille. Eli avait évité de prononcer son prénom, et c'était là le signe que sa disgrâce était définitive. Elle se voûta sous le poids de la défaite, mais elle se ressaisit vite et releva le menton. Elle mourrait la tête haute, avec dignité.

— Comment osez-vous me parler sur ce ton, Kennemore ? lâcha-t-elle avec froideur.

Le regard de ce dernier vacilla, et Alayna eut l'impression d'avoir remporté une victoire.

La dernière…

— J'ai des ordres, reprit Eli Kennemore. Tu dois nous suivre.

Alayna le toisa.

— Pourquoi ne prononces-tu pas mon prénom ?

L'homme qu'elle connaissait depuis son enfance l'enveloppa d'un regard de regret.

— C'est interdit, tu le sais.

Elle n'était pas encore morte qu'elle n'existait déjà plus… Alayna s'approcha et sortit entre Kennemore et son comparse. Son cœur battait avec une violence inouïe. Son sang battait à ses tempes.

Mais soudain, la résignation et un étrange soulagement l'envahirent.

Camille arpentait sa salle de surveillance. Comment Alayna avait-elle osé ? Elle s'arrêta pour scruter les écrans qui lui permettaient de surveiller ses opérations en cours, ainsi que les divers événements qui ébranlaient le monde et dont elle était en partie responsable.

De ce côté-là, elle était pleinement satisfaite : tout se déroulait exactement selon ses prévisions. Elle était invincible, elle réussissait tout ce qu'elle entreprenait. Le système complexe qu'elle avait habilement et minutieusement construit portait ses fruits.

Il y a longtemps de cela, elle avait appris qu'il fallait s'entourer de plusieurs cercles, ou se cacher sous plusieurs strates pour survivre et réussir dans le monde interlope et criminel. La moindre de ses opérations comportait tant de cercles que des années d'enquêtes, de recherches et de circonvolutions étaient nécessaires pour découvrir qu'elle en était l'initiatrice. La somme de ces années lui permettait d'ajouter une strate aux précédentes, pour mieux se cacher.

Système occulte, mouvement, imbrication et perpétuelle évolution : tels étaient ses mots d'ordre, mais pour une fois, Camille s'était laissé piéger par un imprévu d'ordre émotionnel.

Sa progéniture.

Comment ses propres enfants avaient-ils pu la

trahir ? se répéta-t-elle. Les deux aînés n'avaient été qu'un prototype dont elle s'était vite débarrassée. En ce qui concernait *Aiden* — son prénom seul suffisait à la mettre dans une rage folle —, elle avait mal évalué certaines variables de sa personnalité. Son père biologique avait un sens de la justice aigu qui s'était transmis à son fils. Sa tante, cette folle de Lavena, observait les mêmes principes d'égalité, d'intégrité et de droiture. Avant qu'il n'exprime cet héritage malencontreux, Aiden était parfait à tous les égards.

Penser à Lavena déclencha une nouvelle flambée de colère. Lavena l'avait repoussée avec hauteur et mépris lorsqu'elle lui avait proposé son aide, à la mort de son mari. Elle avait même rétorqué qu'elle préférait mourir que d'accepter un sou de la part d'une criminelle !

Au cours de ces vingt dernières années, Camille avait épargné sa sœur aînée, et toléré son insolence belliqueuse par un dernier reste d'humanité, parce que Lavena s'était occupée d'elle après la mort de leurs parents. Mais lasse que son aînée la défie sans cesse et contrecarre ses projets, elle l'avait éliminée.

Lavena avait eu le sort qu'elle méritait. Comme son petit-fils.

Camille regrettait de ne pas les avoir éliminés plus tôt. Elle n'aimait personne, sauf Alayna.

Mais à ses yeux, Alayna était désormais morte.

Sa fille avait trahi sa confiance pendant des années, en communiquant à son frère des informations destinées à le protéger. Le père biologique d'Alayna avait été un assassin redoutable, un monstre en puissance, mais sa fille était faible et pusillanime. Elle s'était laissé manipuler par Aiden.

Il le lui paierait cher.

Camille ne contenait plus sa rage, maintenant.

Le Code avait échoué, tout au moins son prototype. Par chance, la seconde mouture semblait au point. Depuis leur enfance, six adolescents étaient entraînés et formés, et tous étaient destinés à pallier les défauts du projet dans sa forme d'origine. Ils deviendraient des assassins et des agents d'infiltration parfaits.

Cette fois, rien ni personne n'entraverait la poursuite de son œuvre. Camille avait retenu les dures leçons de la matrice, à savoir du premier groupe d'expérimentation, trois garçons et une fille dont elle était la mère biologique. Aucun n'avait hérité de ses talents et de ceux de leurs géniteurs.

Son erreur, c'était d'avoir conçu et porté ces quatre enfants, par conséquent d'avoir été aveuglée par des émotions maternelles, une faiblesse qui lui avait coûté cher. Malheureusement, lorsqu'elle avait pris conscience de son erreur, il était trop tard, la situation échappait déjà à son contrôle. Pour sa seconde matrice du Code, elle avait recueilli des enfants abandonnés dès leur naissance, avec qui elle n'avait aucun lien biologique ni émotionnel.

Elle regarda par la fenêtre, admirant ce paysage immuable dont elle ne se lassait pas.

Le châtiment que recevrait Aiden serait à la hauteur de sa forfaiture, pensa-t-elle ensuite sans regret. Le dernier de ses fils, le plus doué aussi, aurait une longue agonie et mourrait dans les plus atroces souffrances.

Mais la douleur ne suffirait pas à assouvir sa vengeance, car Aiden était aguerri.

Elle l'avait trop bien formé.

Elle sourit. Elle avait un autre moyen de rendre ses dernières heures plus terribles.

Pour commencer, elle torturerait cette rouquine à laquelle il semblait tenir comme à la prunelle de ses yeux. Lui qui était si fort, il avait eu la faiblesse de tomber amoureux. Une fois que cette jeune femme aurait trouvé la mort, elle lui assénerait le coup de grâce.

Ensuite, elle réglerait son sort à Lucas Camp, qui avait eu l'outrecuidance d'envoyer un agent de la CIA au Mexique, et qui avait retrouvé la trace d'Alayna, donc la sienne.

Personne ne venait au Dragon, le Dragon venait à ses victimes.

Comme Maggie James, Lucas mourrait lentement.

Camille se mit à rire, en s'énumérant les supplices qu'elle lui ferait subir avec la plus grande délectation.

Peut-être même enregistrerait-elle ses derniers moments, pour en faire profiter sa veuve ?

Parfait.

Maggie James, Lucas Camp, Aiden…

Camille perdrait beaucoup, mais elle gagnerait aussi sur bien des plans.

Une liberté totale pour essaimer le mal.

13

Agence Colby, Chicago, 8 heures

— Le jet est prêt.

Victoria s'arracha à la vue de la rue en contrebas, spectacle qui l'apaisait toujours lorsqu'elle était bouleversée ou inquiète.

Elle sourit avec effort à Lucas.

— J'arrive.

Lucas était réticent à ce qu'elle l'accompagne au Mexique, mais elle était incapable de rester à Chicago.

— J'aimerais vraiment que tu changes d'avis, Victoria, reprit Lucas à mi-voix.

L'inquiétude et l'épuisement qu'elle lisait sur son visage l'émurent. Ils avaient passé la nuit dans les affres. Ni l'un ni l'autre n'avaient pu trouver le sommeil, et ils avaient donc mis à profit leur insomnie pour récapituler les dernières informations en leur possession.

La veille au soir, Ian Michaels leur avait confirmé que Keaton et Maggie avaient quitté les Etats-Unis pour le Mexique. Leur pilote, un certain Hendrix qui résidait à Saint Louis, dans le Missouri, leur avait fourni leur plan de vol. Là-dessus, Simon Ruhl avait contacté la CIA, tandis que Jim s'envolait pour Mexico avec le jet de l'agence. L'avion était déjà de retour, et prêt à un nouveau départ.

C'était au tour de Victoria, Lucas et Ian de partir pour le Mexique. Simon resterait quant à lui à Chicago pour assurer la coordination. Enfin, Thomas Casey agirait en arrière-plan pour le compte de la CIA, et serait en liaison permanente avec Lucas et Interpol, le Dragon étant en effet recherché par la police de plusieurs pays. Même si elle était capturée, aucune sentence ne serait assez sévère pour la punir des actes odieux qu'elle avait accomplis, directement ou non, tout au long de sa vie.

Lucas prit le visage de Victoria entre ses mains.

— Au moins quatre personnes sont mortes, depuis hier, et je ne veux pas que tu t'exposes inutilement. Tu es déjà bien assez éprouvée comme cela.

Les corps de deux hommes avaient en effet été retrouvés dans un motel, non loin de l'autoroute qui reliait Chicago à Saint Louis. Un chauffeur-routier, alerté par la fusillade qui avait éclaté, avait prévenu la police, qui avait ensuite relayé l'information à Jim. En arrivant à Mexico, Jim avait retrouvé la trace de Keaton et découvert le corps de deux autres victimes dans la région de Coyoacán, au sud de Mexico. La situation s'aggravait. Il était temps que l'agence Colby passe à l'action.

Victoria lui sourit.

— Tu ne me feras pas changer d'avis, Lucas.

Il soupira. Il restait inquiet.

— Ma courageuse Victoria…

Elle l'embrassa.

— Je veux être à tes côtés. Pour le meilleur et pour le pire, ajouta-t-elle.

Elle l'enlaça par la taille et l'attira à elle.

— Les amis de Maggie et sa famille sont fous

d'angoisse. Il faut la retrouver et la ramener saine et sauve à Chicago.

Victoria en avait d'ailleurs fait la promesse solennelle à la sœur aînée de la jeune femme.

— Je ne peux pas rester les bras ballants, Lucas. La situation est trop grave.

— Tu prends tout de même un risque en m'accompagnant au Mexique. Les prochaines heures vont en effet être décisives. Le Dragon est la pire criminelle que j'ai rencontrée de toute ma carrière. La vaincre ne sera pas une mince affaire. Même avec toutes les ressources dont nous disposons actuellement

— Nous gagnerons ! s'exclama Victoria qui refusait résolument d'être pessimiste.

— J'aurais beau me montrer alarmiste, je ne réussirais pas à te dissuader de venir…, déclara Lucas avec une ombre de sourire.

Il la serra dans ses bras et soupira.

— C'est d'accord, nous partons ensemble, mais promets-moi de ne pas t'exposer.

Victoria hocha la tête, puis elle pressa sa joue contre sa poitrine et ferma les yeux. Elle se sentit aussitôt apaisée par les battements réguliers de son cœur.

Lucas lui avait relaté sa brève liaison avec le Dragon. Elle savait maintenant qu'il avait été attiré par cette femme seulement à cause de son extraordinaire ressemblance avec elle, dont il était à l'époque secrètement amoureux. Victoria avait certes perçu ses sentiments, mais alors mariée avec James, heureuse en ménage et déjà mère, elle avait refoulé ces pensées pour le moins troublantes. Aujourd'hui, elle était émue par l'amour muet, patient et éperdu que Lucas lui avait porté pendant plusieurs années.

Elle leva les yeux sur lui.

— Nous devons retrouver Maggie, mais aussi protéger Keaton.

L'expression de Lucas s'assombrit.

— C'est sa faute si nous en sommes là aujourd'hui. Deux fois tu as été en danger de mort à cause de lui.

— Nous ne pouvons prouver sa responsabilité ni dans mon enlèvement, d'autant qu'il a contribué à ma libération, ni dans l'attentat qui a failli nous coûter la vie au Mexique, objecta Victoria.

— Mais il a été lié, par deux fois, à ces événements.

— Indirectement. Au cours de ces deux dernières années, il a épié inlassablement l'agence et ses activités. Ainsi à l'avant-poste, il a su et pu débusquer et anticiper les dangers !

— Et attirer l'attention du Dragon sur nous ! Toute personne qui gravite dans la sphère de Keaton est en danger, du fait de ses accointances avec le Dragon ! insista Lucas avec fermeté.

— Ecoute, Lucas…

Victoria s'interrompit. Elle n'avait jamais osé évoquer le sujet, mais elle ne pouvait pas se taire plus longtemps.

— Il se pourrait que Slade Keaton soit ton fils. Tu le sais, et tu ne peux plus exclure cette éventualité.

Le regard de Lucas se voila. A l'évidence, il avait du mal à l'admettre.

Il soupira.

— Je sais. Mais en ce cas, je ne comprends pas pourquoi le Dragon a gardé le secret pendant plus de trente ans. N'aurait-elle pas plutôt dû utiliser cette information à son avantage ? Elle en aurait eu cent fois l'occasion, lorsque je participais à des missions top secret d'envergure internationale. Nous parlons tout de même d'une femme qui a des liens étroits avec le monde du renseignement, Victoria, d'une manipulatrice hors pair !

Il avait raison, et Victoria resta silencieuse.

A cet instant, Ian frappa à la porte de son bureau resté ouvert.

— Nous sommes prêts au départ, annonça-t-il.

— On arrive ! répondit Lucas.

Victoria prit son sac et son écharpe. Elle regarda son bureau, puis la fenêtre, en espérant que ça n'était pas pour la dernière fois. Puis Lucas lui tendit sa veste et lui prit le coude pour la conduire vers les ascenseurs. Tandis qu'ils attendaient son arrivée, Victoria ressentit la nécessité de clore leur conversation.

— Lucas…

Il tourna les yeux sur elle.

— Je pense que tu as raison : le Dragon a utilisé Keaton, reprit-elle. Mais elle l'a utilisé depuis sa naissance, à des fins que nous ne connaissons pas encore.

Elle fouilla dans le regard de son mari.

— C'est pour cette raison qu'elle a gardé le silence sur l'existence de son fils, de *ton* fils.

Lucas acquiesça lentement.

— J'y ai déjà pensé. Thomas essaie de décortiquer sa vie, en ce moment, mais nous avons bien peu d'informations. Les secrets du Dragon sont trop bien gardés. C'est une orfèvre en la matière.

L'ascenseur arriva. Victoria pressa la main de Lucas avant d'y entrer.

— Je suis certaine que nous allons découvrir la vérité. Bientôt, tout sera fini.

14

8 h 48

Une bonne heure de conduite avait été nécessaire pour atteindre ce petit village d'allure modeste dont Maggie était incapable de prononcer et de retenir le nom. Slade avait réussi à y louer une masure à un certain Arturo, un vieil homme buriné qui prétendait en être le propriétaire. Il n'y avait malheureusement ni l'eau ni l'électricité. Un lit dans un coin et une petite table branlante entourée par deux chaises en piteux état en constituaient tout le mobilier. Le plancher était poussiéreux, et de plus garni de fissures. Enfin, la maison ne comportait que deux fenêtres où les toiles d'araignées abondaient.

Ce confort rudimentaire indifférait Maggie qui, après avoir été enlevée et molestée, était soulagée d'avoir échappé à son sort de prisonnière et se réjouissait d'avoir trouvé un refuge ainsi que quelques provisions, même frugales.

En revanche, elle restait oppressée par l'obstination de Slade à poursuivre ce qu'elle appelait en son for intérieur sa mission suicide. De nouveau, il allait la laisser seule pour aller affronter le Dragon. Il avait acheté quelques victuailles dans la minuscule épicerie du village afin d'assurer sa subsistance pendant son absence, exactement comme il l'avait fait à Mexico. Maintenant qu'elle était à l'abri et qu'elle avait de quoi se nourrir, il semblait impatient de partir.

Mais Maggie ne désarmait pas : elle voulait toujours contacter l'agence Colby. Seulement, y avait-il une installation téléphonique dans ce village reculé ? Slade gardant toujours son portable sur lui, s'en emparer était impossible.

Une fois dans sa vie, ne pouvait-il pas accepter l'aide d'autrui ?

— Tu veux que je regarde ta blessure ? s'enquit-elle.

Le sang avait cessé de couler, mais il était urgent de la nettoyer, la désinfecter et la panser.

Il prit place sur l'une des deux chaises.

— Vas-y.

Maggie était curieuse de savoir ce qui s'était passé entre le moment où il avait quitté le studio de Mexico et celui où il avait pris ses ravisseurs en embuscade, mais elle n'osait pas le lui demander. Slade lui semblait plus renfermé et plus secret que jamais.

— Tu peux retirer ta veste et ton T-shirt ?

Il se leva, et obtempéra avec une grimace de douleur. Il devait beaucoup souffrir.

Maggie le regarda faire, fixant son portable qu'elle voyait dépasser d'une des poches intérieures. Si seulement elle pouvait le lui dérober… Il y avait de fortes chances pour qu'elle ne capte aucun réseau, mais elle ne perdait rien à essayer.

— Il faudrait des points de suture, dit-elle après avoir examiné sa blessure.

— Un bandage suffira.

La voyant hésiter, il ajouta :

— Si tu préfères, je m'en occupe.

— Non, laisse-moi faire. Mais sans points de suture, ta blessure risque de s'infecter.

Il ne daigna pas répondre, et Maggie comprit que sa blessure lui était indifférente. Un brusque accès de découragement la saisit.

— Je suis désolée pour tes amis, dit-elle soudain.

Il resta muet.

— Lavena semblait beaucoup t'aimer, ajouta-t-elle.

Quel que soit le lien qu'ils entretenaient, son meurtre était horrible.

— C'était une informatrice. Rien de plus, répliqua-t-il, impassible.

Il réprima un tressaillement au moment où elle nettoya sa blessure avec le savon liquide et le sérum stérile.

— Mais elle est morte, Slade ! *Assassinée.*

Il ne réagit pas. Face à son flegme, Maggie sentit la colère l'envahir.

— Ces hommes l'ont tuée chez elle, en pleine nuit ! Ils ont également abattu son petit-fils ! C'était horrible.

Sa voix montait dans les aigus, son émotion la submergeait et elle ne se contenait plus. Tant pis, au moins cela contrebalançait l'insensibilité de Slade.

— Lavena et Ramondo étaient conscients des risques qu'ils prenaient, laissa-t-il tomber froidement.

Maggie en resta bouche bée. Elle pensait que plus rien ne pouvait la choquer, après les événements de ces dernières heures, mais elle se trompait.

— Tu t'es entendu ? Mais quel homme es-tu donc, Slade Keaton ? s'exclama-t-elle, indignée.

L'homme à qui elle avait donné son cœur…

— Et toi, tu as écouté ce que je t'ai dit ?

— Mais… évidemment ! répliqua-t-elle, étonnée par cette question qui, à ses yeux, n'avait pas de sens.

Elle planta ses mains sur les hanches et le dévisagea,

déconcertée et déçue par sa dureté. Pour finir, elle haussa les épaules et se détourna, mais il la retint par le bras.

— Je t'ai dit que tu n'aimerais pas le monde dans lequel j'évoluais, murmura-t-il. Et depuis ces dernières vingt-quatre heures…

Il riva son regard au sien.

— Tu évolues précisément dans ce monde-là. Soit tu tues, soit tu es tué. Dans le meilleur des cas, tu prends la fuite en te réjouissant d'être toujours en vie.

Maggie se dégagea et posa des compresses de Bétadine sur la plaie. La vue de ses doigts tremblants l'énerva.

— Tu m'as trop longtemps idéalisé, Maggie, reprit Slade. Je me suis montré tel que tu avais envie de me voir. Le reste, tu l'as inventé, et tu t'en es satisfaite. C'est ce que fait le commun des mortels : les gens remplissent les blancs avec les histoires qu'ils se racontent. Tu as transformé notre liaison en un conte de fées, Maggie. Moi, je t'ai juste donné l'accroche.

— J'ai *tout* inventé ? C'est *moi* qui ai un problème ?

Il prit une compresse imbibée de Bétadine.

— Je savais que tu ne comprendrais pas…, dit-il à mi-voix.

Le ton avec lequel il prononça ces paroles la calma instantanément. Maggie revit tout à coup le petit garçon privé de son enfance et obligé de commettre des actes répréhensibles sous peine d'être châtié. Dès son plus jeune âge, on lui avait retiré sa propension à ressentir quoi que ce soit. C'était peut-être la première fois de sa vie qu'il se dévoilait, mais elle ne l'avait pas compris, et elle l'avait repoussé.

— Je suis désolée, Slade. Tu as raison.

Elle lui prit la compresse des mains.

— Laisse-moi faire.

Maggie termina de désinfecter la blessure, puis lui banda le bras, et pour finir y noua l'un des bandanas.

— J'espère que ça suffira.

Il regarda son bras.

— Merci.

Elle se lava les mains et utilisa le second bandana pour se les sécher.

— Tu dois avoir faim.

Slade se leva.

— Epargne-moi ta compassion.

Il s'approcha de la fenêtre et, le dos raide, observa le paysage. Non seulement il considérait la conversation comme close, mais il se repliait sur lui-même et refusait tout échange.

— Quel est ton vrai nom ? demanda Maggie, brisant le silence.

Elle s'approcha de lui et, éblouie par le soleil, porta la main à ses yeux. Le silence persistait. Elle avait envie de le toucher, de l'étreindre, et s'étonnait de son élan de tendresse après ce qu'ils venaient de vivre. Mais elle subissait, malgré elle, son pouvoir de séduction…

— Quel prénom as-tu reçu, à la naissance ? insista-t-elle.

— Il n'a aucune importance. Comme toutes les autres identités que j'ai empruntées depuis.

Il ne la regardait pas. Sa voix n'exprimait aucune émotion. Pensait-il vraiment ce qu'il disait, ou voulait-il seulement la provoquer ? A moins que ça ne soit une fin de non-recevoir. D'un autre côté, c'était la première fois qu'il lui répondait, au lieu de lui opposer son mutisme. Etait-il prêt à parler ?

— Mais ton nom de baptême, c'est différent, insista-t-elle. C'est tout de même ton *vrai* nom.

Slade daigna enfin lui accorder un regard, lequel était

néanmoins sans complaisance. Maggie ne lui déroba pas le sien. Il réussissait à l'intimider, à Chicago, mais dans ce village perdu, elle jouait d'audace et osait le braver. Jamais en effet elle n'avait autant perçu la vulnérabilité de Slade. En même temps, jamais elle ne l'avait trouvé aussi sexy, songea-t-elle tandis qu'elle admirait son torse nu. Elle contint de nouveau son désir de porter la main sur lui, de peur qu'il ne s'écarte d'elle ou se raidisse. Slade était un amant passionné et enflammé, mais il repoussait ses gestes de tendresse et refusait tout investissement émotionnel. Depuis le début de leur liaison, il en était ainsi. C'était malheureux parce que, de son côté, Maggie vibrait de toutes les émotions et désirait sans cesse les lui exprimer.

— Oui, et alors ? lâcha-t-il enfin.

Il reporta son attention sur le paysage extérieur, comme s'il cherchait à y repérer la menace qui y rôdait. Avait-il jamais été en sécurité ? songea subitement Maggie dont le cœur se serra.

— C'est important parce que ça t'appartient, dit-elle d'une voix douce. Personne n'a le droit de te prendre ton nom.

— C'est moi qui l'ai abandonné.

Comment pouvait-il être aussi détaché alors qu'il s'agissait de son identité ?

— Si ce sujet t'est indifférent, pourquoi refuses-tu aussi catégoriquement de m'en parler ? insista-t-elle.

Voilà une question imparable !

Justement, il n'y répondit pas et s'éloigna de la fenêtre.

Prise de lassitude, Maggie se résigna à lâcher prise. A quoi bon insister ? Demain, Slade serait peut-être mort, ou il reconstruirait une existence, ailleurs, sous une autre identité.

Sans elle.

D'une façon ou d'une autre, il ne ferait plus partie de sa vie.

De son côté, elle mettrait au monde un enfant qui grandirait sans connaître son père, si du moins elle avait la chance de survivre à cette aventure et de rentrer à Chicago. C'était peut-être mieux ainsi…

Mais soudain, l'incertitude l'envahit. Qu'en savait-elle ?

Elle devait révéler à Slade qu'elle était enceinte ! songea-t-elle tout à coup, frappée par cette évidence. Pourquoi ? Elle n'avait jamais eu l'intention de le lui dire, parce qu'il n'avait pas l'étoffe d'un père et d'un mari. Parce qu'elle craignait qu'il reste avec elle seulement pour assumer ce qu'il convenait d'appeler « ses responsabilités ». Maggie voulait qu'il endosse sa paternité par amour pour elle. D'un autre côté, n'était-ce pas égoïste de lui cacher une nouvelle si importante qui le concernait au premier chef ? Ne devait-elle pas aussi penser à son enfant, au lieu de ne penser qu'à elle et à son amour pour Slade ? Un jour, son enfant lui reprocherait peut-être d'avoir caché son existence à son père.

Slade, qui n'avait pas connu son propre père et en souffrait, avait le droit de savoir qu'elle était enceinte !

Elle rassembla donc tout son courage.

— Slade… Il faut que je te parle.

Il enfila son T-shirt et chercha son blouson.

— C'est important, insista-t-elle. Vraiment important.

Comme si ces dernières vingt-quatre heures avaient été une partie de plaisir, persifla-t-elle en son for intérieur.

— Ne sors pas de la maison, surtout, la coupa-t-il sans l'écouter. Reste loin des fenêtres.

Il n'avait pas envie de l'écouter, il était sur le départ.

— Tu repars déjà ? Malgré ta blessure ?

Maggie leva les mains, frustrée.

— Tu n'as pas d'autre but que cette mission suicide, n'est-ce pas ?

Elle retint son souffle. Elle regrettait déjà d'avoir prononcé ces mots.

Slade l'enveloppa d'un long regard avant de reprendre :

— Je te ferai parvenir un message pour te faire savoir quand tu pourras quitter les lieux sans courir de danger. Si tu n'as pas de mes nouvelles d'ici quarante-huit heures, contacte tes amis de l'agence Colby. Arturo, c'est le propriétaire de cette masure, te procurera un téléphone.

Maggie se sentit glacée par ces mots. Vidée.

— Je suis enceinte, lâcha-t-elle au moment où il sortait.

Slade marchait. Il ne surveillait même pas les alentours, comme la prudence le lui intimait. Il n'entendait que les dernières paroles de Maggie qui se répétaient sans arrêt dans sa tête.

« Je suis enceinte. »

Il trébucha.

Etait-ce pour lui annoncer sa future paternité que Maggie était venue chez lui, le soir de l'explosion ?

Mais ça n'était pas la question qui le tourmentait le plus.

Ce qui le tourmentait, c'était de savoir qu'il allait devenir père.

Lui ?

La peur l'envahit.

Il en était incapable.

Il n'était rien.

Personne.

Il était fermé aux émotions. Verrouillé.

De l'amour, il ne connaissait rien.

Même s'il était plongé dans ses pensées, il perçut un mouvement dans son champ de vision, et son attention se trouva ramenée au présent. Un homme en bicyclette se dirigeait vers lui à toute vitesse en criant à son intention des paroles inaudibles.

Il porta la main à son arme, mais il se ravisa en reconnaissant Arturo. Ce dernier freina si brusquement, en arrivant à sa hauteur, qu'il faillit passer par-dessus le guidon de son vélo.

— Trois gringos viennent d'arriver au village, et ils posent des questions sur toi et sur ta femme, lâcha-t-il ensuite, hors d'haleine.

Slade tourna les yeux vers la masure qu'il venait de quitter. Restée sur le seuil, Maggie le suivait des yeux.

Maggie qui portait son enfant.

Il devait la protéger, et protéger son enfant. Ne pas imiter son père qui l'avait ignoré.

Il reporta son attention sur Arturo qui ne cessait de répéter son histoire à grand renfort de gestes, et lui saisit le poignet.

— J'ai une proposition à vous faire.

Le vieux Mexicain ouvrit de grands yeux incrédules, tandis que Slade la lui détaillait à la hâte.

Quelques minutes plus tard, Arturo repartait au village tandis que Slade rebroussait chemin vers la masure.

Maggie resta immobile, mais elle le suivait des yeux.

— Je me demande si je dois me réjouir ou non de ce retour inopiné, Slade, lança-t-elle lorsqu'il arriva à sa hauteur.

— Ils sont au village, coupa-t-il. Ils nous cherchent.

Maggie pâlit et recula pour le laisser entrer.

— J'ai conclu un arrangement avec Arturo, reprit-il, mettant les bouteilles d'eau et les barres de céréales qu'il lui avait laissées dans son sac à dos.

Maggie le regardait faire, muette et pétrifiée.

— C'est seulement pour cela que tu es revenu ?

Elle était en colère, mais ça n'était pas le moment. Il mit son sac à dos sur une épaule.

— Je suis ravie que tu ais attaché plus d'importance aux propos de ce vieux Mexicain qu'à la nouvelle de ma grossesse ! persifla-t-elle.

Sur ces mots, elle sortit en trombe. Slade lui emboîta le pas. Ses pensées restaient confuses, mais il était encore incapable d'assimiler et de commenter la nouvelle de sa future paternité.

Plus tard.

Du moins, s'il survivait à la vengeance du Dragon.

Il avait promis à Arturo de lui laisser sa jeep s'il parvenait à convaincre les agents du Dragon que le « gringo et sa rouquine » avaient quitté le village avec un autre véhicule. De son côté, Arturo lui avait proposé de se réfugier chez son cousin, dont la maison était actuellement inoccupée. Slade savait que le vieux Mexicain ne les trahirait pas, mais il préférait rester prudent. Aussi, au lieu de se rendre chez son cousin, il se dirigea plutôt vers la falaise qui se trouvait à une centaine de mètres de la masure, et qui avait l'avantage d'être parsemée de gros blocs rocheux derrière lesquels ils pouvaient aisément se cacher. Une fois qu'ils furent à l'abri, il sortit ses jumelles et resta aux aguets.

Maggie s'accroupit à son côté.

— Ils veulent nous tuer ? Nous conduire à *elle* ?

— Pas tant que nous resterons cachés.

Maggie passa les bras autour de ses genoux.

— Mon Dieu, que va-t-il se passer maintenant, Slade ? murmura-t-elle.

Il baissa ses jumelles, prêt à la rassurer. Il avait l'habitude de ce genre de situation, pas elle. De plus, elle était enceinte…

— Avec un peu de chance, les agents du Dragon vont croire l'histoire que notre ami Arturo va leur servir, à savoir que nous avons abandonné la jeep pour continuer la route avec un autre véhicule.

— Et s'ils s'approchent de la masure ?

— Ils verront bien qu'il n'y a personne. Ils repartiront.

— Et après ?

— Après, tu resteras cachée dans ce village jusqu'à ce que j'aie mis mon plan à exécution.

Le silence tomba.

— Tu ne renonces donc jamais…, lâcha-t-elle.

Maggie lui sembla à la fois désespérée et résignée. Commençait-elle à comprendre qu'il n'avait pas le choix ? Cela faisait douze ans qu'il était en cavale, et il serait en sursis tant que le Dragon serait en vie.

Il fallait en finir.

Un nuage de poussière annonça une arrivée imminente. Slade reprit ses jumelles et vit une voiture banalisée noire s'approcher. Trois hommes en descendirent.

L'un fit le tour de la maison tandis que les deux autres entraient.

Les agents du Dragon allaient découvrir les compresses tachées de sang et de Bétadine, en déduire que l'un des deux était blessé, mais légèrement puisque leur séjour dans cette cabane avait été temporaire.

Quelques minutes plus tard, l'un des agents du Dragon sortit et revint vers la voiture.

Slade se tendit. Il avait un mauvais pressentiment.

Il ouvrit la portière et en tira sans ménagement Arturo.

Les mains liées, le malheureux hurlait.

15

Maggie s'était pétrifiée. C'est à peine si elle osait respirer. Elle ne comprenait évidemment pas les propos du vieil Arturo, mais elle était certaine qu'il implorait son bourreau de lui laisser la vie sauve.

Un innocent allait mourir parce qu'il leur avait prêté secours !

C'était insoutenable.

Elle tourna les yeux vers Slade. Allait-il abandonner ce vieil homme innocent à son sort pour leur garder la vie sauve ? Ou au contraire, intervenir, et donc les mettre en danger ?

Ces questions la tourmentaient tandis que le Mexicain continuait de hurler et de supplier. Maggie ferma les yeux et porta les mains à ses oreilles, incapable de le supporter plus longtemps.

Au même instant, Slade tira, mettant fin à leur dilemme, et l'homme qui menaçait Arturo s'écroula.

Ses deux complices ripostèrent tandis que le vieil homme remontait à la hâte dans la voiture pour échapper à l'échange de tirs nourris qui s'ensuivit. En sauvant la vie d'Arturo, Slade avait révélé leur présence et leur position : ils étaient désormais en danger de mort.

— A plat ventre ! lui ordonna Slade.

Maggie obtempéra, tremblante, tandis qu'il se remettait à tirer. Sa panique était indescriptible. Slade avait raison : elle ne comprenait pas le monde dans lequel il évoluait. Les émotions n'y avaient pas cours. L'instinct de vie et de mort prévalait…

S'ils parvenaient à surmonter cette nouvelle épreuve, quel sort les attendait ? Comment Slade allait-il gagner cette guerre sans merci qui l'opposait au Dragon ? A l'évidence, sa mère semblait disposer de ressources infinies.

Slade n'avait aucune chance.

Ou plutôt, *ils* n'avaient aucune chance…

Tout en se faisant ces réflexions, Maggie l'observait. Il se baissait pour éviter d'être touché, puis se redressait pour aussitôt riposter. Il restait concentré, ses mouvements étaient précis et efficaces.

Slade était un tireur d'élite.

Rien ne semblait l'émouvoir.

Etait-il capable d'amour envers une femme ? Envers son propre enfant ?

Maggie ferma les yeux, envahie, à cette pensée, de tristesse et de compassion envers Slade.

Sa voix lui parvint.

— C'est fini. Tu peux te lever, maintenant !

Maggie rouvrit brusquement les yeux.

Le silence régnait. Les tirs avaient cessé.

De la voiture leur parvenaient seulement les gémissements éplorés d'Arturo. Slade reprit son sac à dos et se leva, puis il lui tendit la main. Maggie la lui saisit et se leva à son tour.

Ils rebroussèrent chemin. Les corps des trois agents du Dragon gisaient, inertes, près de la voiture et de la baraque.

Maggie frissonna. L'incertitude ne cessait de la tourmenter. Qu'allait-il advenir ? De Slade ? D'elle ?

En ce qui la concernait, même si elle survivait,

même si elle reprenait son ancienne vie, jamais elle n'oublierait ces heures terribles.

Arturo remercia Slade avec effusion. Maggie les observait sans plus rien ressentir. C'est à peine si elle parvenait à réfléchir. Elle regardait Slade et le vieux Mexicain s'entretenir, sans essayer de saisir leurs propos.

C'est seulement quand Arturo fut reparti que Maggie décida d'interroger Slade sur la suite des événements, mais il ne lui en laissa pas le temps, car il se mit à fouiller les corps de ses victimes. Il les dépouilla de leurs armes et en subtilisa les chargeurs. Le regardant faire, elle eut un haut-le-cœur et détourna les yeux. Slade trouva ensuite d'autres chargeurs dans la voiture, qu'il mit dans son sac à dos.

Quand il eut terminé, il la prit par le bras.

— Où allons-nous ? demanda-t-elle.

— On retourne au village.

Une demi-heure plus tard, ils avaient trouvé refuge dans la maison du cousin d'Arturo, qui était actuellement inoccupée.

Slade était certain que des agents du Dragon viendraient tôt ou tard récupérer la voiture et retirer les corps de leurs collègues. Ils seraient également persuadés que Maggie et lui étaient déjà loin, ce qui leur laissait un moment de répit.

Il devait protéger Maggie et l'enfant qu'elle portait. *Son* enfant. Il n'était plus question de l'abandonner à son sort. Il n'en avait pas le droit.

La grossesse de la jeune femme et ses implications sur sa mission le tourmentaient.

La maison du cousin d'Arturo était un vrai petit palais, après la masure sans eau ni électricité où ils avaient logé. Elle se trouvait à quelques rues du centre, et était propre et dotée de tout le confort moderne. Arturo les y avait précédés et y avait même apporté quelques fruits.

— Tu as l'air fatiguée, dit Slade à Maggie. Assieds-toi et repose-toi un peu. Je te laisse. Je reviens tout de suite.

Elle acquiesça sans lui poser de questions. Slade lui lança un regard inquiet. Elle semblait abattue, et cela ne lui ressemblait pas.

Il sortit dans le jardinet qui s'étendait derrière la maison et réfléchit longuement.

Dès l'instant où Maggie avait pris conscience de la gravité de la situation, elle avait voulu qu'il contacte l'agence Colby. Il s'y était refusé à cause d'un dernier reste de fierté, car à la vérité, il ne ressentait désormais plus de haine envers Lucas Camp. Pour autant, il n'aurait su dire ce qu'il éprouvait envers lui.

Deux ans plus tôt, il avait décidé de s'installer quelque temps à Chicago dans le seul but de se rapprocher de lui, afin de le détruire lentement mais sûrement.

Il avait d'abord racheté les Equalizers à Jim Colby, ce qui lui avait permis de se positionner sur le plan professionnel par rapport à l'agence Colby. Ensuite, il avait séduit Maggie dont le café occupait un emplacement stratégique, juste en face de l'agence. Il avait fait d'une pierre deux coups, car la jeune femme l'avait introduit auprès de Victoria Colby et de son mari, qu'elle connaissait bien et appréciait. C'était une heureuse coïncidence.

Slade avait évalué à trois mois la réalisation de sa mission, mais deux ans plus tard, il se trouvait toujours à Chicago. Il avait appris à connaître Victoria Colby-Camp et Lucas, ainsi que certains des leurs enquêteurs.

Si au début il s'intéressait principalement à Lucas,

sa curiosité s'était rapidement étendue à Victoria. Lors de leur première rencontre, il avait en effet été sidéré par sa ressemblance avec le Dragon. Mais il avait découvert que Victoria et sa mère étaient diamétralement opposées sur le plan moral. Il avait réussi à surmonter son aversion envers Victoria d'autant plus vite que leur ressemblance était un leurre : Lavena lui avait en effet montré des photos du Dragon dans sa prime jeunesse. A cette époque lointaine, elle ne ressemblait pas à Victoria Colby-Camp. Slade n'avait jamais demandé à Lavena comment elle s'était procuré ces photos, mais il le devinait.

Maintenant, ses priorités étaient autres. En l'espace de quelques minutes, sa vie avait changé du tout au tout : il avait deux vies à protéger.

Il avait besoin de renforts.

Il sortit donc son portable sans plus hésiter.

Maggie se força à manger quelques crackers et à boire un peu d'eau. Inquiète de l'absence prolongée de Slade, elle le chercha et le trouva dans le jardinet, derrière la maison. Il s'entretenait au téléphone. Elle entendit les inflexions de sa voix sans pour autant distinguer les propos qu'il échangeait avec son interlocuteur. Elle était contente d'avoir enfin cessé de trembler, mais elle se sentait exténuée.

Elle était tourmentée par la pensée de son avenir. De l'avenir de son enfant. Jouerait-il un jour avec ses cousins ?

Elle était étonnée de se projeter si loin dans le futur au lieu de se préoccuper du présent, où se jouait sa survie. Mais sans doute était-ce une façon comme une autre de conjurer son anxiété et son stress actuels ?

Deux jours plus tôt, sa plus grande inquiétude était de trouver le courage de rompre avec Slade. Un pauvre sourire surgit sur ses lèvres. Maintenant, elle se demandait si demain elle serait toujours vivante.

Slade s'approcha. A sa vue, Maggie sentit son cœur se remettre à battre très fort. L'effet qu'il produisait sur elle était incroyable.

Quand ils rentrèrent, Slade prit place sur le sofa, en face d'elle. Il semblait si solennel qu'une peur mêlée d'impatience l'envahit. Quelle nouvelle allait-il lui annoncer ? Elle ne savait pas si elle aurait la force d'en supporter davantage.

— Il faut que je te parle, Maggie.

Voilà une entrée en matière qui lui était inhabituelle. Que présageait-elle ? Maggie croisa ses mains pour en maîtriser le tremblement, mais Slade remarqua son émoi : elle le vit ciller, comme s'il redoutait le choc que ses révélations allaient lui causer.

— Jusqu'à maintenant, j'ai mené une existence difficilement imaginable.

C'était un euphémisme, mais c'était de nouveau un préambule à ses révélations.

Slade posa ses coudes sur les cuisses. Maggie s'aperçut que ses mains aussi tremblaient imperceptiblement.

— Je n'ai jamais aimé personne. Sauf peut-être Alayna.

— Alayna ? répéta Maggie, saisie de jalousie.

— C'est ma sœur. Ou plutôt ma demi-sœur. Nous étions quatre.

Sa voix était devenue plus distante, comme s'il était perdu dans des souvenirs particulièrement pénibles.

— Moi, Alayna et deux autres garçons.

— Vous *étiez* quatre ? Vous ne l'êtes plus ?

— Notre mère a supprimé les deux aînés. Le premier,

parce qu'il a échoué à vivre selon les principes du Code, et le second, parce qu'il en a trahi les principes.

— Elle les a… *tués* ?

Il hocha la tête.

— Le Code ? Mais qu'est-ce que c'est ?

Il hésita avant de reprendre.

— C'est le nom du programme que le Dragon a initié, il y a environ trente-cinq ans. Elle l'a conçu selon des théories liées à des croyances mayas sur la sélection et l'entraînement des guerriers. Elle était ainsi convaincue que l'on pouvait modeler et manipuler un enfant dès son plus jeune âge pour en faire un guerrier accompli, parfait à tous les égards et incapable de ressentir la moindre émotion. Je me suis plongé dans l'histoire des mayas, mais je n'ai jamais rien trouvé qui étaie cette théorie. En réalité, le Dragon a élaboré ce système à partir de ses ambitions et convictions personnelles.

Slade observa ses mains, comme si elles pouvaient répondre à la question qui l'occupait ; pourquoi un tel destin lui était échu ?

— Elle a donné naissance à quatre enfants, après avoir soigneusement choisi les pères, ou plutôt les géniteurs, sans que ces derniers soient conscients de servir ses pires desseins. Ces quatre hommes étaient tous de véritables pointures dans le domaine de l'infiltration, du renseignement ou du crime. Elle ne les a jamais avisés de leur paternité. Elle couvait l'espoir de faire de ses quatre enfants des espions, des criminels et des guerriers hors pair, grâce à son code génétique associé à celui des quatre hommes sélectionnés et à un entraînement inlassable.

Maggie n'en croyait pas ses oreilles. Lui aurait-il donné la trame d'un roman de science-fiction qu'elle n'aurait pas été plus impressionnée. Un élan de compassion la portait de nouveau vers Slade, mais elle n'osa pas s'approcher de lui, de peur d'interrompre ses aveux tragiques.

— Deux ans après la mort de mes deux frères aînés, j'ai eu dix-huit ans et je me suis enfui lors d'une opération. Je ne supportais pas cette vision de la vie.

Il haussa les épaules.

— Je voulais autre chose.

Plus précisément, une existence digne de ce nom, traduisit Maggie en son for intérieur.

— Fuir le mal que ta mère incarnait ? s'enquit-elle.

Un pli apparut entre les yeux de Slade.

— Je voulais surtout *la* fuir. Fuir ce qu'elle avait fait de moi. Quitter le Mexique. J'étais amer et rempli de haine. Il me fallait un responsable pour toutes les épreuves et les humiliations que j'avais endurées. J'ai donc reporté mon amertume sur mon père. Je voulais le retrouver. Je voulais qu'il souffre autant que j'avais souffert.

Etait-il mort ? Tué par la mère de Slade ?

— Après des pérégrinations que je ne te détaillerai pas, j'ai retrouvé sa trace, puis j'ai préparé ma stratégie. De là, je l'ai observé. Je m'en suis approché chaque fois que j'en avais l'opportunité. J'avais hâte de passer à l'action, et de lui faire payer sa négligence, son irresponsabilité et son absence dans ma vie. En un mot, je voulais le détruire.

A ces mots, Maggie se figea. La vérité, soudain, se faisait jour dans son esprit…

Se pouvait-il qu'il parle de…

— Mais mon mépris et ma haine ont disparu, et ont été peu à peu remplacés par de l'admiration…

Slade se passa la main sur le front.

— Je m'en suis voulu, parce que je considérais ce

retournement de situation comme un acte de faiblesse, mais c'était plus fort que moi : j'avais envie de mieux de le connaître. Il symbolisait tout ce que j'aurais voulu incarner, tout ce que je voulais être. Il avait tout pour être heureux, moi je n'avais rien.

Maggie n'y tint plus. Elle s'approcha, se mit à genoux devant Slade et prit son visage en coupe.

— Ne te juge pas si durement, Slade. Tu as tout de même fui pour échapper à ta mère et au destin qu'elle te réservait.

Il fouilla son regard.

— Comment peux-tu aimer un homme tel que moi, Maggie ?

Il posa sa main sur son cœur.

— Comment se fait-il que ton cœur batte pour moi, alors que le mien n'est que l'organe qui assure des fonctions vitales ?

Maggie se força à sourire, bien que cet aveu la blesse. Elle avait beau savoir qu'il ne l'aimait pas, l'entendre le dire était terrible. Elle posa à son tour sa main sur le cœur de Slade.

— Je ne te crois pas. La preuve : tu aurais pu abandonner ce pauvre Arturo à son sort, or tu n'en as rien fait. Tu as en toi plus d'humanité que tu ne le penses.

Il secoua la tête.

— Lui sauver la vie a été une erreur. J'ai agi sur une impulsion. C'était sa vie contre la nôtre, et nous avons eu de la chance d'en réchapper.

Maggie hocha la tête sans cesser de sourire.

— Moi, je pense que tu as éprouvé de la compassion pour ce malheureux. Peut-être ne t'en rends-tu pas encore bien compte, parce que tu connais mal tes émotions, mais elles sont bel et bien là.

Ce fut à son tour de prendre son visage en coupe.

— Comment peux-tu en être aussi sûre ?

Elle vit au fond de ses yeux le petit garçon perdu et déconcerté qui avait eu soif d'amour et de tendresse. En fuyant sa mère, il avait voulu se découvrir, et découvrir un monde dont l'accès lui avait été interdit. Comment lui expliquer qu'il était pétri d'émotions et de sensibilité, au fond de son être, et qu'il devait les laisser grandir et s'épanouir ?

— Je le sens chaque fois que tu me caresses et me touches, dit-elle simplement.

Elle refoula ses larmes.

— Tu ne parviens pas à identifier et à nommer tes ressentis, mais ils sont là, et tu les exprimes par des actes en accord avec ta conscience.

Maggie se tut. Elle avait du mal à traduire ses propres émotions, qui la submergeaient. Elle prit une grande inspiration et poursuivit.

— Je ne sais pas si tu m'aimes, mais…

Elle riva son regard au sien.

— Mais je sais que tu tiens à moi… Au moins un peu. Sinon, tu m'aurais abandonnée à mon sort, à Chicago.

Pour seule réponse, il l'embrassa avec ferveur. Maggie lui rendit son baiser avec élan.

Sans détacher ses lèvres des siennes, Slade entrecroisa ses doigts aux siens, et sans la lâcher des yeux, la fit se lever. Puis il la souleva dans ses bras et se rendit dans la chambre. Ils se dévêtirent, sans se perdre du regard. Ils avaient encore un peu de temps devant eux, et le temps de s'aimer… Maggie l'étreignit avec précaution, afin de ne pas raviver la douleur à son bras, et Slade caressa son ventre avec adoration. Surprise et attendrie, elle eut la preuve définitive qu'il n'était pas l'homme endurci qu'il affirmait être.

Le contact de leur nudité fut, cette fois qu'il la savait enceinte, encore plus intense. Il lui fit l'amour avec une lenteur et une tendresse qui lui étaient inhabituelles. Bouleversée, Maggie ne put plus longtemps contenir ses larmes, qui coulèrent au moment où elle atteignait l'extase, en même temps que lui.

Slade l'aimait, mais il ne le savait pas.

Malheureusement, il était trop tard.

Le Dragon ne lui laisserait jamais de repos.

De longues minutes ils restèrent silencieux, allongés dans les bras l'un de l'autre. Slade caressait le ventre de Maggie, sans cesser de se répéter qu'elle portait *son* enfant.

— J'ai fait un test de grossesse avant-hier, lui révéla-t-elle, répondant à la question qui lui brûlait les lèvres. Puis un second, et enfin, un troisième…

Elle poussa un soupir.

— Je ne voulais pas y croire. J'étais terrifiée.

— Et maintenant, comment te sens-tu ?

Etait-elle heureuse de devenir mère avec ce qu'elle savait sur lui, désormais ? Après les épreuves de ces derniers jours ?

Maggie posa un doigt tremblant sur sa bouche et lui sourit à travers les larmes qui brillaient dans ses yeux.

— J'ai toujours voulu avoir des enfants… Mes sœurs en ont, et je les adore.

Elle s'humecta les lèvres.

— Mais un enfant a besoin de son père et de sa mère… J'étais certaine que tu ne voulais pas t'investir avec moi et fonder une famille. Du moins, tu n'en as jamais émis le désir.

Elle disait vrai. A vrai dire, le problème ne se posait

pas : la paternité ne lui était pas destinée. L'amour non plus.

— Je ne l'ai jamais envisagé, avoua-t-il, conscient que cet aveu la blesserait. Cela ne signifie pas que je suis contrarié que tu sois enceinte et de savoir que je vais devenir père.

Il continua de caresser son ventre. L'idée d'avoir un enfant l'intriguait et l'emplissait d'impatience et de fierté. Il voulait participer à ce miracle.

Le pourrait-il ? se demanda-t-il avec anxiété.

— Je suis contente de te l'entendre dire.

— Je m'appelle Aiden Marek, c'est mon vrai nom, avoua-t-il tout à coup. J'y ai renoncé il y a douze ans.

La joie et la gratitude surgirent dans le regard de Maggie.

— Tu préfères que je continue à t'appeler Slade ? Slade Keaton ?

Un rire bref lui échappa. Il ne vivrait peut-être pas assez longtemps pour porter quelque nom que ce soit.

— Je m'y suis habitué. Alors c'est comme tu veux.

— Habitué… Ne *l'aimes*-tu pas, plutôt ?

Cette fois, il rit sincèrement. La justesse de ses propos le frappait.

— C'est possible.

Il caressa sa joue. Il ne se lassait pas de la caresser, de la toucher. Il se rendait maintenant compte combien elle lui était précieuse. Il n'avait ni racine ni lien, mais il avait trouvé son havre de paix en Maggie. Malheureusement, il le découvrait alors qu'il vivait peut-être les dernières heures de son existence.

— Que vas-tu faire, maintenant ? demanda-t-elle dans un souffle.

Elle avait vraiment peur pour lui. Par quel miracle une femme pouvait-elle autant l'aimer ?

— Je n'ai pas d'autre choix que de terminer cette mission.

Sa détermination ne faiblissait pas. Si le Dragon apprenait la trahison d'Alayna, cette dernière serait en danger de mort. Et si le Dragon découvrait que Maggie était enceinte, elle la supprimerait impitoyablement.

— Ecoute Slade, je…

Il posa un doigt sur ses lèvres.

— Tu es en sécurité, désormais. Je me suis entretenu avec Jim Colby. Il est déjà au Mexique. Lucas aussi.

— C'est vrai ?

Maggie se souleva sur ses coudes.

— Oui. Ils ont été tellement inquiets après l'explosion de ma maison qu'ils sont partis à notre recherche. Jim et Lucas vont te ramener à Chicago, Maggie. Tu vas les attendre ici. Tu seras sous leur protection jusqu'à ce que toute cette histoire soit terminée.

— Mais… ils ne vont pas t'aider ? demanda Maggie dont le visage se décomposait.

— Je vais me débrouiller, biaisa-t-il. Je veux que l'agence Colby se préoccupe avant tout de ta sécurité.

Il posa la main sur son ventre.

— De la sécurité de notre enfant. Il compte sur nous, Maggie.

Elle entrelaça ses doigts aux siens.

— Tu reviendras à Chicago ?

C'était la seule question à laquelle il ne pouvait répondre avec certitude.

— C'est en tout cas mon vœu le plus cher.

— Je ne veux pas que tu reviennes contraint et forcé, parce que je suis enceinte, mais seulement parce que tu en ressens le désir ! dit-elle d'un air décidé.

Slade garda le silence. Il ne se sentait ni contraint ni forcé. A la vérité, il ne pouvait pas décrire ce qu'il ressentait à l'heure actuelle. C'était encore trop nouveau… En revanche, il comprenait les angoisses de Maggie, et il regrettait d'en être la cause.

Le silence tomba entre eux. Elle jouait avec un coin du drap, et il devina qu'elle avait de nombreuses questions à lui poser.

— Je suis A positif, débita-t-il. Je n'ai ni maladies ni allergies. Aucune malformation congénitale.

Elle leva les yeux au ciel.

— Je n'y avais même pas pensé !

— Et pourtant je suis sûr que tu brûles de curiosité. Que veux-tu savoir ?

— Eh bien…

Il lui sourit. Il aimait l'intérêt qu'elle lui portait.

— Pourquoi refuses-tu que l'agence Colby t'aide ? Qu'est-ce qui te fait croire que tu vas remporter la victoire seul contre ta mère ?

Slade contint un soupir. Ils avaient déjà évoqué le sujet à plusieurs reprises, au cours de ces dernières vingt-quatre heures.

— Personne ne peut m'aider, Maggie.

L'agence Colby demanderait l'assistance et l'intervention de la CIA : ce serait une erreur magistrale. La situation actuelle, exceptionnelle, ne pouvait être résolue par les voies habituelles ou légales, d'autant que le Dragon avait des informateurs bien placés à des postes clés.

— Tu refuses l'aide de l'agence Colby parce que Lucas est ton père ? insista-t-elle.

Il ne fut pas surpris qu'elle ait fait cette déduction.

— Lucas Camp n'a aucune incidence sur ma décision.

Maggie soupira.

— Je ne vais pas te tourmenter plus longtemps. Mais réfléchis bien. Si ça n'est pas pour toi…

Elle posa les mains sur son ventre.

— Fais-le pour le bébé. Il va avoir besoin de toi. Ne le prive pas de ta présence…

Il l'embrassa avec élan pour éviter de lui répondre.

Un enfant.

Il allait devenir père.

Du moins, s'il remportait la bataille à venir.

— Slade…, reprit subitement Maggie. Tu m'as dit que tu avais deux frères et une sœur… mais il y a d'autres enfants ?

— Six. De huit à quatorze ans.

Il ne les oubliait pas.

— On peut peut-être les aider ?

Il caressa sa joue, ému, conscient que sa bienveillance et sa compassion étaient des armes plus puissantes que la haine…

— Quand j'aurai tué ma mère, le Code sera détruit et ses victimes, sauvées.

16

14 h 35

Le village était trop calme, même si c'était l'heure de la sieste.

Lucas avait un mauvais pressentiment.

Jim avait garé leur voiture de location derrière la vieille église qui s'élevait au centre.

— J'ai repéré trois voitures noires rutilantes, qui ne semblent pas à leur place dans ce village misérable, déclara Jim, s'adossant à un mur.

— Ce sont les agents du Dragon, j'en suis certain, répondit Lucas à voix basse.

Son intuition ne l'avait jamais trompé.

— Thomas Casey sera bientôt là avec une équipe de la CIA et des agents d'Interpol, continua Lucas. Mais je crains qu'ils n'arrivent trop tard. Il faut évacuer Maggie au plus vite.

Jim avait reçu l'appel téléphonique de Keaton au moment où il partait accueillir Lucas et Victoria sur le petit aérodrome, où le jet de l'agence avait atterri. Lucas et Jim avaient aussitôt repris la route vers le village où s'était réfugié Keaton, tandis que Victoria restait avec Ian.

— Tu as une idée sur la tactique à adopter pour

évacuer Maggie avant que les agents du Dragon ne l'enlèvent ?

Lucas retira ses lunettes de soleil et les mis dans sa poche.

— Peut-être, et tu vas devoir me soutenir, répondit-il. Je vais agir maintenant. Les renforts sont encore trop loin, on ne peut plus attendre, Jim. Je vais aller chercher Maggie avant qu'ils ne s'en prennent à elle, et je vais te la confier. Ensuite, tu la mettras en sécurité, et tu attendras les renforts pour donner l'assaut.

Jim sortit son arme.

— Les agents du Dragon vont vouloir te capturer, Lucas. Tu risques ta vie, tu en es conscient ?

— J'en prends le risque, répondit Lucas en survolant du regard les rues désertes. De toute façon, j'ai un compte à régler avec le Dragon.

Le Dragon l'avait manipulé, avait joué avec lui comme un chat avec une souris. Elle avait provoqué le suicide de Jennifer Ashton, une vieille amie et une informatrice d'exception. Elle avait mis sa vie et celle de Victoria en danger lorsqu'ils se trouvaient au Mexique, quelques semaines plus tôt.

Elle lui avait caché l'existence de son fils.

Cette pensée le brisait. Quand Jim, le fils de Victoria et de James, avait été enlevé, tous les deux l'avaient recherché pendant des années, mais Lucas, lui, n'avait même pas su qu'il était père. Pis, le Dragon avait manipulé Slade à de sombres fins…

Certes, Lucas n'avait eu aucun moyen de savoir qu'il avait un fils, mais il n'en était pas moins bourrelé de remords.

— Je t'accompagne, car…, commença Jim.

— Je ne veux pas te faire courir de risques ! Victoria

est déjà suffisamment éprouvée. De toute façon, je veux affronter le Dragon. Je sais qu'elle m'attend.

Jim retira ses lunettes de soleil.

— La situation te concerne au premier chef, et tu manques d'objectivité.

— Je vais tout de même me jeter dans la gueule du loup. Mais avant, je vais aller chercher Maggie. Je peux compter sur toi pour me couvrir et t'occuper d'elle ?

Jim répondit après un long silence.

— D'accord.

Jim s'éloigna. Lucas remit ses lunettes de soleil, et revint vers leur voiture. Maggie attendait.

C'était la guerre, après une paix de trente ans.

Maggie arpentait la chambre. Slade était parti depuis déjà une heure. Elle n'avait encore vu personne de l'agence Colby, mais elle avait remarqué, à trois reprises, le passage d'une voiture noire.

Les agents du Dragon étaient aux aguets.

Elle tourna les yeux vers le pistolet que Slade lui avait laissé, et qui était resté sur la table. Elle n'avait jamais utilisé d'arme, mais il lui avait montré comment retirer la sécurité, viser et tirer.

Serait-elle capable de tirer pour se défendre ?

Slade lui avait intimé de ne pas hésiter, car une seconde d'hésitation pouvait être fatale et lui coûter la vie.

Maggie s'empara de l'arme, qu'elle jugea plus pesante que tout à l'heure, quand Slade lui avait demandé de la manipuler. Elle poussa un soupir et chercha où se cacher.

Sous le lit.

La main crispée sur la crosse du pistolet, elle entra

dans la chambre à coucher. La vue des draps en désordre lui rappela qu'ils y avaient fait l'amour, quelques heures plus tôt… Mais elle ne s'appesantit pas sur ce souvenir, et se glissa sous le lit à plat ventre.

Une fois qu'elle se fut tant bien que mal logée dessous, elle braqua son arme sur la porte. Si l'ennemi s'avisait de rentrer, elle tirerait sans l'ombre d'une hésitation.

Les minutes s'égrenaient au rythme des battements de son cœur. Maggie était épuisée par l'attente et le surcroît d'émotions. Pour se distraire de ses pensées, elle se concentra résolument sur l'avenir. Donnerait-elle naissance à garçon ou à une fille ? Confierait-elle la gérance de son café afin de s'occuper de son bébé à plein temps ?

Elle s'interrogeait toujours quand elle entendit la porte d'entrée grincer.

Son cœur se mit à cogner dans sa poitrine.

La porte se referma, un bruit de pas imperceptible s'éleva.

Elle retira la sécurité de son arme et visa.

Son sang battait dans ses oreilles, et l'empêchait d'entendre tout autre bruit. L'intrus allait évidemment fouiller la maison. Dans quelques secondes, elle serait découverte…

Lorsqu'il entra dans la chambre, Maggie vit ses chaussures. Il se dirigea vers la fenêtre, où il tira le rideau.

Elle cessa de respirer au moment où l'homme se rapprocha du lit, et maîtrisa son tremblement en tenant l'arme des deux mains.

Soudain, il posa un genou à terre. Un visage familier apparut.

Maggie se mit à trembler frénétiquement et, de soulagement, elle lâcha son arme.

Lucas.

Quand il l'eut aidée à sortir de dessous le lit, elle sanglotait si fort qu'il la serra dans ses bras jusqu'à ce qu'elle se calme.

— Ils… sont là…, balbutia-t-elle.

Lucas acquiesça.

— Je sais.

— Comment allons-nous sortir d'ici ?

Lucas allait lui répondre, mais au même instant les hommes du Dragon jaillirent dans la maison.

Lucas plaça Maggie derrière lui et visa.

17

Forteresse Marek, 18 heures

Maggie avait été ligotée sur une chaise, comme Lucas, qui était assis près d'elle. On leur avait mis, autour du cou, une étroite bande en acier dont le port était douloureux, mais dont elle ne comprenait pas l'usage. La femme qui se faisait appeler le Dragon s'entretenait avec les hommes qui les avaient conduits ici.

Une fois qu'ils avaient été capturés, ces derniers les avaient cagoulés et neutralisés. Pendant leur route, Lucas n'avait cessé de la rassurer à voix basse, l'empêchant ainsi de céder à une nouvelle crise de panique. Dès leur arrivée dans l'enceinte de la propriété, leurs ravisseurs leur avaient retiré leurs cagoules avec ostentation, comme pour leur montrer que toute échappatoire était impossible.

Ils se trouvaient en effet dans une véritable forteresse entourée par une muraille épaisse et de surcroît très haute. La pièce où ils étaient détenus était grande et austère. Ses murs étaient littéralement tapissés d'écrans sur lesquels se dévidaient des images du monde entier. C'était la salle de surveillance, leur avait annoncé le Dragon avec fierté et complaisance. C'est dans cet endroit sinistre, qui exsudait la haine, que Slade avait grandi, songea Maggie, le cœur serré.

Lucas et elle n'avaient pas encore été interrogés, mais Maggie savait que leur sursis ne durerait pas.

Maggie reporta son attention sur le Dragon, qui s'approchait. Elle contint un frisson… La ressemblance de cette femme avec Victoria Colby-Camp la perturbait.

— Où est-il ? lui demanda le Dragon dans détour.

Maggie comprit tout de suite qu'elle parlait de Slade.

— Il est parti. Je ne sais pas où, il ne m'a rien dit, répondit-elle d'une voix ferme qui l'emplit de fierté. Vous ne le saurez jamais !

Le Dragon la gifla. Maggie sentit sa tête partir en arrière, mais elle se ressaisit et refoula les larmes qui lui montaient aux yeux pour la toiser.

— Vous m'avez posé une question, j'y ai répondu.

— Vous êtes insignifiante, jeta le Dragon avec mépris. Sans intérêt. Voue ne méritez pas de vivre.

Maggie refusa de se laisser atteindre par ces propos venimeux, et garda un silence prudent, car une riposte attiserait la colère de cette folle. Elle songea à l'enfant qu'elle portait. C'était un secret que jamais le Dragon ne découvrirait.

— Pourquoi ne la laisses-tu pas ? intervint Lucas. C'est moi que tu veux.

Un rire cruel s'échappa des lèvres du Dragon.

— Tu as une bien haute opinion de toi, mon cher Lucas. Il y a eu une époque où, en effet, ç'aurait été le cas, mais plus maintenant… Tu ne comptes plus, désormais.

— En revanche, tu as beaucoup d'importance pour la CIA et Interpol, qui te recherchent.

Le Dragon sourit.

— Ils n'ont pas fini de me traquer !

Elle s'approcha de lui.

— Personne ne m'arrêtera, Lucas. Tu le sais. Je suis

toute puissante. Tu ne serais pas là si je ne l'avais pas ordonné, même si je sais que tu t'es laissé capturer : si tu avais pris mes hommes pour cibles, ils ne seraient plus de ce monde. Mais j'avais d'autres ressources, au cas où tu aurais fait volte-face. Je te connais si bien, Lucas.

Elle se tourna vers ses agents.

— Laissez-nous, maintenant.

Ils obéirent et sortirent de la pièce.

— Tu sais donc que je suis venu pour mon fils dont tu m'as caché l'existence, déclara Lucas. Criminelle et vouée au mal jusqu'au bout, n'est-ce pas ?

Etonnée, Maggie tourna les yeux vers lui. Elle avait l'impression que Lucas cherchait à déclencher l'ire de cette femme. Il y réussit, car le regard du Dragon lança des éclairs.

— *Ton fils ?* Tu as seulement été un géniteur, Lucas. Rien de plus.

— Quoi qu'il en soit, il me considère comme son père, et pas seulement comme un géniteur. Voilà qui a au moins le mérite de rendre la situation claire. Et toi, te considère-t-il comme une mère ou comme une génitrice ? Ou plutôt comme un dragon ?

— Tu ferais mieux de me dire où il est, coupa-t-elle d'une voix dure.

— Comme te l'a dit Maggie, il est parti, déclara Lucas avec un plaisir visible. Il ne reviendra pas. Jamais. Je lui ai promis de te faire passer ce message.

— Si tu me dis où il est, j'épargnerai sa petite amie.

Lucas sourit.

— Ai-je bien entendu : tu viens de me proposer un marché ? Il fut un temps où tu ne marchandais pas… Il me semble que tu t'es adoucie, en *vieillissant.*

Le Dragon le gifla, mais dans un mouvement qui

alliait la fluidité à la rapidité, Lucas plia son genou contre sa poitrine et le lui envoya dans le bas-ventre.

Le Dragon recula et tomba à la renverse, tandis que Lucas, malgré la chaise où il était ligoté, se propulsait sur elle.

Maggie, effarée, observait la scène.

Au même instant, trois gardes se ruèrent dans la pièce et relevèrent Lucas dont la lèvre était en sang. Il avait cruellement mordu le Dragon à la joue.

— Préparez-le ! ordonna-t-elle en essuyant le sang du dos de la main.

L'un de ses hommes lui tendit un mouchoir.

— Je veux te voir mourir ! dit-elle froidement à Lucas. J'avais prévu une petite cérémonie, mais à l'évidence, tu es pressé de passer de vie à trépas. Tes souffrances n'en seront que plus cruelles !

— Tu n'avais pas le droit de modeler ton visage sur le sien ! coupa Lucas d'une voix remplie de haine. Si je le pouvais, je t'arracherais ce masque de mes propres mains !

Les deux gardes maintenaient toujours Lucas, qui écumait de fureur.

Le Dragon s'approcha de lui.

— Ton amour pour ta précieuse Victoria est pitoyable, Lucas. J'en ai joué. J'en ai profité. Je savais, en modifiant mes traits pour lui ressembler, que je parviendrais à mes fins.

— Tu étais donc si laide, si désespérée pour changer de visage ? la railla Lucas. C'est toi qui es pathétique.

— Détrompe-toi, Lucas. Tu étais ma cible. Une cible de choix. Ma mission, à l'époque, c'était de te conquérir. J'ai découvert tes moindres secrets. Ton dossier à la CIA était exemplaire, tu étais le candidat *parfait.* Ta vieille amie Jennifer aurait pu te dire que j'obtiens *toujours* ce que je veux, si elle n'était pas morte.

Elle haussa les épaules avec dédain.

— Je l'avais prévenue de ma visite imminente, mais elle a eu l'impolitesse de se donner la mort avant mon arrivée. Quelle déveine.

Elle se mit à rire. Maggie était horrifiée par cette conversation qui complétait, en les confirmant, les dires de Slade.

— Le projet auquel vous avez consacré votre vie a échoué ! lâcha-t-elle sans réfléchir.

Lorsque le Dragon porta son attention sur elle, Maggie regretta son impulsivité.

— Qu'est-ce qu'il vous a raconté, au juste ?

Maggie resta muette. Le Dragon fit un signe à ses gardes.

— Avec une injection de penthotal, elle parlera !

— Il m'a tout raconté sur le Code ! s'écria Maggie, qui redoutait les effets d'une telle substance, dans son état.

Le regard du Dragon exprima une rage folle.

— Vous mentez !

— Je connais moi aussi l'existence du Code, renchérit Lucas. Tu ne pensais tout de même pas garder ce projet secret pendant toute ta vie ?

Comment Lucas était-il au courant ? s'interrogea Maggie. A moins qu'il ne bluffe ?

Le Dragon se mit à rire.

— Tu en connais peut-être l'existence, mais certainement pas les réalisations, Lucas.

— Au début, ils étaient quatre, reprit Maggie à la hâte. Trois garçons et une fille. Deux ont échoué. L'un n'a pas été à la hauteur, l'autre vous a trahi : vous les avez supprimés. Seuls Aiden et Alayna sont vivants, mais ils se sont eux aussi détournés de vous.

Maggie se tut. La tête lui tournait.

— Faites-la taire ! rugit le Dragon à ses gardes.

L'un d'eux s'approcha de Maggie.

— Vous n'aurez pas plus de chance avec les six autres ! Ils se retourneront contre vous, et vous aurez échoué sur toute la ligne ! eut-elle le temps de s'écrier, avant qu'il la bâillonne sans ménagement.

Le Dragon observa longuement Maggie avant de reprendre la parole.

— Donnez l'alerte maximale. Evacuez les six jeunes de toute urgence.

Elle regarda Lucas et Maggie tour à tour, et ajouta :

— Ils en savent trop. Je ne veux prendre aucun risque.

— Tu perds… ton temps, coupa Lucas. Tu… as perdu la bataille…

Etonnée par sa voix étrangement pâteuse et ensommeillée, Maggie essaya de se détourner pour regarder dans la direction de Lucas, mais il était caché par l'un des sbires du Dragon qui s'affairait autour de lui. Lorsque ce dernier se fut reculé, elle vit une potence avec une poche de perfusion. Lui injectait-on du penthotal ? Du sérum de vérité ? se demanda-t-elle, troublée.

Le Dragon se pencha pour regarder Lucas droit dans les yeux.

— La substance qui coule désormais dans tes veines va détruire tes organes vitaux en l'espace de deux heures. C'est une agonie très lente. Il y a eu sur cette substance une littérature si dithyrambique que je ne résiste pas au plaisir d'en découvrir les effets sur toi.

Elle adressa un sourire à Maggie.

— Vous pouvez dire au revoir à votre ami.

Le désespoir envahit Maggie.

— Appelez Raby, ordonna ensuite le Dragon à l'un de ses hommes.

Il obtempéra. Dans le silence qui retombait, Maggie ferma les yeux en espérant ardemment un miracle.

Le rire railleur du Dragon les lui fit rouvrir.

— Tu commences à sentir les effets de ce poison ? demanda-t-elle à Lucas.

A ces mots, Maggie sentit des larmes lui brûler les paupières et tourna de nouveau les yeux vers Lucas. La tête inclinée, les yeux mi-clos, il semblait inconscient. Son cœur se serra. Il lui fallait trouver une idée pour interrompre sa lente agonie.

Un homme entra sur ses entrefaites, et examina la blessure du Dragon.

— Tu peux suturer la plaie, Raby ? lui demanda-t-elle.

— Je vais désinfecter et suturer, répondit celui-ci, un médecin sans doute. Ne bougez pas, surtout.

Il fit venir un plateau stérile, puis lui injecta un anesthésiant local et sutura la plaie. Pas une fois le Dragon ne cilla.

Une fois que Raby eut terminé, le Dragon le repoussa d'un geste brusque, presque malveillant. Le médecin sortit à la hâte, sans prêter attention aux otages. Le Dragon s'approcha de Lucas et lui releva la tête.

— Alors ? Premières impressions ? La brûlure intense que tu ressens doit être infernale. En s'accumulant dans ton organisme, cette toxine détruit tes organes vitaux à petit feu. C'est pourquoi une injection seule est impossible.

Elle soupira.

— Tu as bouleversé mes plans, Lucas. Je voulais que tu voies ton fils mourir avant de mourir à ton tour.

Maggie se démena pour attirer l'attention sur elle. L'un des gardes s'approcha et lui tira les cheveux.

Elle cria si fort, en dépit du bâillon, que le Dragon se détourna. Maggie lui adressa des mimiques pour lui faire comprendre qu'elle voulait parler.

— Qu'est-ce qu'elle essaie de nous dire ? soliloqua le Dragon. Qu'on lui retire son bâillon !

Elle laissa retomber la tête de Lucas pour s'approcher de Maggie, qui haletait.

— Vous avez des révélations à nous faire ?

Elle tira les cheveux de Maggie dont la tête partit en arrière.

— En ce cas, j'espère que c'est une révélation digne d'intérêt. Je déteste qu'on me fasse perdre mon temps.

— Lucas ne vous a pas tout dit…, balbutia Maggie.

Son cœur battait avec une violence inouïe. Elle ne savait ni mentir ni bluffer, mais elle devait essayer pour épargner Lucas.

Le Dragon étrécit le regard.

— J'attends.

— Des agents de la CIA sont en route ! C'est pour les guider ici que Lucas a accepté de se laisser capturer !

Maggie ne savait pas si ses propos étaient vraisemblables, car elle ne savait rien des stratégies et manœuvres de la CIA, mais elle espérait gagner un peu de temps.

— Arrêtez tout de suite la perfusion ! ordonna le Dragon à ses gardes. Il est possible qu'on ait encore besoin de lui !

Puis elle reprit à son adresse :

— Si vous mentez, vos dernières heures seront plus pénibles que vous ne pouvez vous l'imaginer.

— C'est la vérité ! insista Maggie. J'ai entendu Lucas s'entretenir avec le responsable des opérations.

— Thomas Casey…, intervint tout à coup Lucas d'une voix faible, à peine audible.

Maggie se sentit soulevée par l'espoir. Tout n'était pas perdu, Lucas était toujours vivant. Elle avait été bien inspirée d'inventer cette histoire que Lucas entérinait.

— Thomas Casey ? Cet agent de la CIA toujours en activité ?

Le Dragon se dirigea vers les écrans sur le mur, et poursuivit à l'adresse de Lucas :

— L'un des meilleurs, sinon le meilleur.

— Je lui dirai que tu lui fais l'honneur de le considérer comme tel.

Lucas s'humecta les lèvres.

— Pour ton information, tu es à ses yeux la plus abjecte des créatures, ajouta-t-il d'une voix toujours somnolente.

La colère jaillit des yeux du Dragon. Elle revenait près de Lucas quand l'un de ses gardes intervint.

— Madame ?

Le Dragon se tourna vers lui.

— Quoi ?

— On vient de me signaler une intrusion. Secteur trois.

L'attention du Dragon revint sur Lucas. Maggie se raidit. C'est à peine si elle osait respirer.

— Combien sont-ils ? demanda-t-elle à Lucas.

Lucas la regarda bien en face, mais il ne dit mot. La terreur envahit Maggie.

— Combien ? reprit le Dragon en haussant dangereusement le ton.

— Un seul.

Slade.

Maggie poussa un cri et se détourna.

Slade.

Vivant.

Il avait le regard rivé sur la femme qui lui avait donné la vie.

Maggie le fixait, partagée entre le soulagement et la peur.

— Enfin, tu es là, lâcha le Dragon. Cela fait douze ans que j'attends ce moment.

Slade lui adressa un sourire froid.

— Moi aussi. Bonjour, mère.

18

— Si j'étais à ta place, je m'abstiendrais, Eli, déclara Slade à Eli Kennemore, le chef de la sécurité du Dragon, qui portait la main à son holster.

Sur ces mots, Slade ouvrit la paume pour lui montrer un détonateur de la taille d'un stylo.

— Sauf si tu veux en finir dans l'immédiat ?

Kennemore laissa aussitôt sa main retomber. Un mouvement attira l'attention de Slade vers Troy, un autre garde, qui avait profité de son bref échange avec Eli pour prendre son arme. Slade tira sans lui laisser le temps de la braquer sur lui. Troy s'effondra.

— Et toi ? dit-il au troisième qui, s'il se souvenait bien, s'appelait Raul. Tu veux subir le même sort que ton collègue ?

Pour toute réponse, Raul leva les mains en signe de reddition.

— Bon, maintenant que nous sommes tous réunis, nous allons pouvoir passer aux choses sérieuses, intervint le Dragon.

— Pour commencer, détache-la, coupa Slade. Tout de suite ! ajouta-t-il à l'adresse de Kennemore.

— De quel droit oses-tu donner des ordres ? s'exclama le Dragon. De quel droit violes-tu une propriété privée et tues l'un de mes hommes ?

Elle secoua la tête.

— Tu es bien présomptueux ! Mais tu es perdu. J'ai hâte que ta petite amie soit témoin de tes dernières heures sur cette Terre.

Une incertitude passa sur le visage de Slade, qui reprit :

— Toi, ordonna-t-il à Raul, qui gardait les mains en l'air, détache-la.

— Je te conseille de regarder ce que ta bien-aimée porte autour de son cou, déclara le Dragon avec complaisance. Reconnais-tu ce gadget ?

Maggie et Lucas portaient un collier d'acier souple : d'une simple pression sur une télécommande, il pouvait se resserrer jusqu'à devenir un anneau, et les étrangler.

Le Dragon secoua la tête.

— Retire les explosifs et lâche ton arme.

En dépit de son appréhension, Slade ne céda pas. Il savait que le Dragon guettait le moindre signe de faiblesse pour l'exploiter à son avantage.

— Relâche-les, et je t'obéirai en tout.

Il tenait plus à la vie de Maggie qu'à la sienne. Il voulait sauver Lucas et retrouver Alayna.

— Que tu le veuilles ou non, tu m'obéiras et tu mourras, déclara le Dragon avec satisfaction.

Slade lui lança un regard où il concentra toute sa haine.

— Relâche-les maintenant, et je me livre à toi.

— Avant, dis-moi qui dirige l'équipe de la CIA ? demanda-t-elle. Thomas Casey ?

Slade ne savait pas du tout de quoi elle parlait, mais à l'évidence, elle était en quête d'informations. Il décida donc d'exploiter l'ignorance et la faiblesse de sa mère à son avantage.

— Je ne le sais pas, en revanche, je connais sa mission : te détruire et détruire la forteresse.

— Pose tes armes, donne-moi le détonateur et je leur laisserai la vie sauve.

— Retire d'abord les colliers d'acier.

Un silence tomba.

— Kennemore ? Retire celui de la femme seulement, dit enfin le Dragon.

Une fois que Kennemore eut obtempéré, Slade posa son arme, le détonateur, puis, sans hâte, retira sa veste. Il savait que le Dragon ne le tuerait pas tant qu'elle n'aurait pas la certitude que la menace était écartée. Or, elle semblait actuellement très inquiète. Il se détourna et leva les mains en l'air.

— Il ne te reste pas beaucoup de temps, asséna-t-il. Casey et son équipe sont prêts à intervenir.

— Alors ne perdons pas de temps. Conduisez nos deux prisonniers dehors, ordonna le Dragon à Eli Kennemore et à Raul. Ensuite, assurez-vous que l'évacuation des nôtres est bientôt terminée.

Si elle avait déjà ordonné l'évacuation des lieux, c'est qu'elle devait vraiment être inquiète. Où était Alayna ? Partie elle aussi ? Slade avait eu l'intention de provoquer cette évacuation, mais quelqu'un ou quelque chose avait initié cette manœuvre, et il s'en réjouissait.

Il évita de regarder dans la direction de Maggie lorsque cette dernière, une fois libérée, fut conduite hors de la salle. En revanche, il tourna les yeux vers Lucas, et avisa la potence avec la poche de transfusion. Il frémit intérieurement en songeant aux supplices que le Dragon avait dû lui infliger.

Quand ils furent seuls, le Dragon le dévisagea longtemps.

— Tu incarnais tous mes espoirs, mais tu m'as trahie, commença-t-elle.

— Toi, tu m'as trahi dès ma naissance, répliqua-t-il, haineux.

— Nous sommes donc à égalité.

Elle rit.

— Mais c'est moi qui dicte les règles. Venons-en vite aux faits. Je n'ai pas de temps à perdre.

Slade voulait attendre le bon moment pour passer à l'action, mais le temps était compté. Il savait que Raul et Eli allaient supprimer Lucas et Maggie. Il n'avait qu'un avantage sur le Dragon : la hâte avec laquelle elle voulait quitter la forteresse. Elle tenait trop à sa vie et à son Code pour les mettre en péril par une imprudence.

Il écarta les bras.

— Je suis prêt. Plus que je ne l'ai jamais été.

Elle lui lança un regard méfiant.

— Tu étais différent des autres…, commença-t-elle d'une voix où perçait le regret. Tu étais exceptionnel. Brillant.

Slade interrompit sa litanie, qui ne l'intéressait pas.

— Est-ce que tu nous as un jour aimés ? Sincèrement, je veux dire. As-tu un jour ressenti de la culpabilité pour les actes que tu as commis ?

Elle hocha la tête avec dédain.

— C'est une question stupide. Inattendue de ta part. Si tu me la poses, c'est que tu as bien changé.

Slade garda le silence.

— Suis-moi, reprit-elle. Je vais te faire une dernière grâce : observer Lucas et ta compagne en route vers leur liberté, dit-elle, avec un geste ample.

Elle lui adressa un sourire.

— Tu vois que je ne suis pas un monstre.

Elle mentait, évidemment. Peu lui importait. Slade

ne poursuivait qu'un but ; l'affrontement final où il lui donnerait la mort.

L'évacuation en cours assurait la réussite de la première phase de son plan.

Il était en effet seul avec le Dragon.

Le soleil se couchait derrière les montagnes au moment où Maggie, Lucas, les dénommés Kennemore et Raul sortirent de la forteresse pour gagner le portail principal. L'épaisse muraille de pierre qui entourait la propriété semblait encore plus menaçante, dans la pénombre, songea Maggie avec un frisson d'horreur.

Elle pensait à Slade. Elle aurait tellement voulu rester auprès de lui… Elle s'interrogeait aussi. Les hommes du Dragon leur rendraient-ils *vraiment* la liberté ? Elle en doutait.

Elle effectua quelques mouvements de tête et se massa la nuque, restée douloureuse après le port de ce collier en acier. Lucas avait toujours le sien. Il semblait très affaibli, et marchait, soutenu par Eli Kennemore. Maggie espérait que les dégâts causés à son organisme par la toxine n'étaient pas irréversibles.

Elle regarda autour d'eux, en se demandant cette fois où se trouvaient les autres gardes. L'évacuation des lieux était-elle déjà terminée ? Pour finir, elle reporta les yeux sur la forteresse, songeant de nouveau à Slade.

Quel était son plan ?

Il était désarmé et en danger, seul face au Dragon. Cette pensée lui était insupportable… Pourquoi n'avait-il pas demandé l'aide de l'agence Colby ? Pourquoi Lucas était-il venu seul ?

Elle n'y comprenait plus rien…

La frustration et l'impuissance lui firent monter les larmes aux yeux.

Elle ne voulait pas que Slade meure.

Soudain, Lucas tomba à genoux. Maggie se précipita d'un bloc, mais Raul la retint.

— Levez-vous ! lui intima celui qui s'appelait Kennemore.

Lucas ne répondit pas. Sa tête bascula en arrière.

— Vous ne voyez pas qu'il est trop faible pour continuer ! s'écria Maggie, folle d'angoisse.

Kennemore restant silencieux et immobile, elle continua :

— Aidez-le !

Kennemore obtempérait lorsque Lucas se redressa et lui donna un coup de coude dans le plexus solaire. Surpris, Kennemore se courba, et Lucas en profita pour s'emparer de son arme. Il tira et le toucha au pied; puis il braqua le revolver sur Raul.

Ce dernier avait eu le temps de dégainer, et il braquait Maggie.

— Lâchez votre arme ! ordonna-t-il à Lucas. Je n'hésiterai pas à la tuer. De toute façon, j'avais reçu l'ordre de vous supprimer avant d'arriver au portail.

Pour seule réponse, Lucas tira et toucha l'homme qui, après un soubresaut, la lâcha et s'effondra.

— Je savais bien qu'elle voulait nous supprimer, commenta Lucas en baissant son arme.

Maggie resta muette, mais elle vit Eli Kennemore tendre vers Luca un objet plat et carré.

— Attention ! parvint-elle à crier.

Lucas se détourna, et tira. Kennemore retomba avec un soubresaut. Cette fois, il était mort.

Le calme revint, accompagné par un silence assourdissant.

Maggie fixait les corps sans vie, complètement déroutée, quand elle entendit Lucas lâcher son arme. Elle se retourna pour reporter son attention sur lui. Lucas s'efforçait de retirer le collier en acier qui se resserrait lentement autour de son cou. Il avait les yeux exorbités, il cherchait vainement son souffle.

Maggie se précipita pour l'aider à s'en défaire, et introduisit les doigts entre le cou et l'armature en acier, mais c'était impossible, la bande se resserrait inexorablement. Lucas allait mourir étouffé... Il tenta de parler, sans y parvenir. Pour finir, il lui montra le garde à terre.

Maggie comprit que c'était Kennemore qui avait déclenché le mécanisme du collier en acier à l'aide de son gadget, qui n'était autre qu'une télécommande. Elle se précipita sur lui pour le fouiller.

En attendant, Lucas continuait d'étouffer et, bientôt trop faible, il tomba à genoux. Maggie continuait de chercher frénétiquement... mais Kennemore n'avait sur lui qu'un cellulaire et un paquet de cigarettes.

— Je ne vois rien ! s'écria-t-elle, folle d'angoisse.

Elle tourna les yeux sur Lucas dont le visage devenait violacé.

Soudain, elle avisa le gadget, de la taille d'un briquet, qui gisait sur le sol. Elle le ramassa et, fiévreusement, pressa dessus. Presque simultanément, elle entendit Lucas exhaler. Le collier se desserra et tomba à terre. Elle se précipita auprès de Lucas.

— Lucas ? Ça va ?

Il ne répondit pas. Paniquée, Maggie l'allongea. Il avait les yeux et la bouche grands ouverts, son visage avait perdu sa couleur violacée si alarmante, mais il semblait avoir cessé de respirer. Maggie se pencha sur lui, mais elle ne sentit pas son souffle sur son visage. Elle prit donc son pouls à l'artère carotide.

Rien.

Elle entreprit de lui faire un massage cardiaque.

Par pitié, Lucas… restez avec nous…

Quand elle perçut enfin un pouls carotidien léger, un soulagement sans nom l'envahit. Enfin, Lucas ouvrit les yeux et, rassurée, elle laissa échapper un gros soupir.

— Vous m'avez fait une sacrée peur !

Lucas essaya de sourire, mais il toussa.

— Vous pouvez vous lever ? lui demanda-t-elle.

Il s'accouda.

— Je… vais… essayer, balbutia-t-il d'une voix rauque et hésitante.

Soudain, des coups de feu déchirèrent le silence. Lucas plaqua Maggie au sol, et couvrit son corps du sien.

Elle releva la tête pour regarder dans la direction de la forteresse. Si seulement elle pouvait y retourner… Mais à peine cette pensée s'était-elle formée dans sa tête qu'une autre balle ricocha sur une pierre à proximité.

Les couloirs étaient déserts, comme les pièces devant lesquelles ils passaient. Ils se dirigeaient vers le sous-sol.

— Alayna est déjà partie ? s'enquit Slade, en descendant l'escalier.

— Ta sœur m'a trahie. Elle en a payé le prix.

Le Dragon avait donc découvert qu'ils étaient restés en contact.

— Où est-elle ? s'enquit Slade, qui tenta de modérer l'inquiétude dans sa voix. Où est Alayna ?

Le Dragon lui fit signe.

— Suis-moi. Elle est là. Je voudrais que tu admires sa saisissante beauté une dernière fois.

Le Dragon le fit entrer dans une chambre froide. Alayna se trouvait allongée sur la civière en Inox d'un casier réfrigérant. Elle était nue. Le tatouage bleu et vert qui représentait un dragon se détachait au niveau de son cœur sur sa peau devenue livide.

La rage envahit Slade.

Il tourna les yeux vers le Dragon. Son regard s'arrêta sur sa joue blessée, et il résista au désir de la défigurer davantage.

— Tu l'as tuée, comme tous les autres, lâcha-t-il entre ses dents.

Elle secoua la tête.

— Non. C'est toi qui l'as tuée. Maintenant, ton tour est venu. Tu seras incinéré, comme les autres. Il ne restera plus aucune trace de toi, *Aiden*.

Elle levait la main pour le frapper au cou, plus précisément sur l'artère carotide, mais Slade anticipa son geste et l'intercepta, évitant ainsi une mort certaine et fulgurante. Il savait en effet que le chaton de la bague du Dragon renfermait un puissant poison. C'était son *modus operandi* : quand elle voulait éliminer un ennemi dans l'urgence, elle le frappait au cou. Peu connaissaient sa botte secrète. Lui, si.

Il lui maintint le poignet, gardant son regard rivé au sien. Même si le Dragon avait toujours eu le dessus sur lui, sur le plan psychologique, il lui était bien supérieur sur le plan physique.

— Tu veux me tuer, moi, qui t'ai *créé* ? jeta le Dragon.

Slade ne répondit pas. Il parvint à presser le chaton de sa bague sur le cou de sa mère. Celle-ci ouvrit alors de grands yeux et se figea. Slade en profita pour affermir sa pression, afin que le poison pénètre dans ses veines et se répande dans tout son corps.

Le Dragon recula, les bras ballants, réduite à l'impuissance. Slade la regarda mourir sans ciller.

Les yeux du Dragon se fermèrent pour la dernière fois.

Une fois que Slade se fut assuré qu'elle était morte, il porta son corps dans l'incinérateur. Le crépitement des flammes, ensuite, fut la plus douce des musiques à ses oreilles.

Avant de quitter les lieux, il prit le temps de se recueillir devant Alayna, mais sans s'attarder. Il devait en effet retrouver Maggie et Lucas, ainsi que Kennemore et Raul, au plus vite. Slade savait quel sinistre destin les hommes de sa mère leur réservaient.

Il parcourut la forteresse sans trouver âme qui vive. Quand il sortit, il observa une dernière fois l'endroit où il avait grandi et vécu jusqu'à l'âge de dix-huit ans. Puis il prêta l'oreille et regarda derrière lui. Des bruits de voix lui parvenaient.

Il dégaina, prêt à tirer, mais il se figea en voyant Victoria qui étreignait Lucas, entourée par Maggie et Jim.

Il se dirigea vers eux. A sa vue, Maggie courut à sa rencontre et jeta ses bras autour de son cou.

— Slade ! Mon Dieu ! J'ai eu si peur pour toi !

Il la serra dans ses bras tandis qu'elle le pressait de questions. Il lui expliqua que tout danger était écarté, et qu'il avait eu le dessus sur le Dragon.

Jim Colby les rejoignit.

— Un vol médicalisé va transporter Lucas à Chicago.

— Comment va-t-il ? s'enquit Slade.

— A priori, il est tiré d'affaire, le rassura Jim. C'est un dur à cuire. Ça va ? Vous n'êtes pas blessé ?

— Ça va. Le Dragon a initié son plan d'évacuation,

répondit Slade. Ses hommes, les dossiers, les jeunes, enfin tout ce qui concerne le Code est en train de filer vers les montagnes…

— La CIA et Interpol s'en occupent.

A ces mots, Slade sentit un immense soulagement l'envahir.

C'était fini.

Bien fini.

Il observa Lucas. Victoria lui caressait le visage en murmurant à son oreille des paroles inaudibles.

Aimerait-il un jour avec cette intensité ?

Aimerait-il un jour tout simplement ?

Il regarda Maggie qui lui souriait tendrement. Elle méritait un homme qui l'aime comme Victoria aimait Lucas.

Slade aurait aimé être cet homme-là.

Pour Maggie. Pour le bébé.

Mais il n'était personne…

Il n'était rien…

19

Agence Colby, Chicago
28 octobre, 16 h 5

Victoria fut la dernière à prendre place. Elle regarda tour à tour Jim, Simon, Ian, et Slade Keaton, déjà installés dans la salle de réunion, puis elle serra tendrement la main de Lucas, assis à côté d'elle.

Lucas avait passé une semaine à l'hôpital, et même s'il était complètement rétabli, il restait faible. Mais à chaque jour qui passait, il reprenait des forces.

Cette réunion avait été organisée en conclusion aux événements liés au Dragon et à Keaton. Victoria avait également pris une décision dont elle avait longuement discuté avec Lucas, et elle voulait en faire part sans plus tarder à Ian, Simon et Slade.

— Je suis contente que nous ayons finalement trouvé le temps et l'occasion de nous réunir. Il s'est passé beaucoup de choses depuis notre retour du Mexique. Il y a eu aussi beaucoup de changements, et je vous préviens, ça n'est pas terminé !

Elle se tut et sourit à Slade.

C'est en effet pour lui que ces treize derniers jours avaient été les plus difficiles.

Il avait été longuement interrogé par la CIA et Interpol. A la fin, toutes les charges pesant sur lui, dues principalement à ses liens familiaux avec le Dragon, avaient été levées.

Slade était ensuite retourné au Mexique où il avait organisé les funérailles de sa sœur et aidé la CIA à démanteler la forteresse du Dragon. Jim l'y avait accompagné pour lui prêter main-forte. Victoria avait bon espoir que Jim et Slade, presque frères, deviennent amis.

C'est Ian le premier qui prit la parole.

— Keaton, nous avons longtemps délibéré, et nous sommes parvenus à un accord.

Le regard de Slade passa de Ian à Victoria et s'arrêta finalement sur Ian.

Pendant ce temps, Victoria l'observait avec un vif intérêt. Slade Keaton était à son avis l'un des hommes les plus forts et les plus courageux qu'elle ait jamais rencontrés, mais pour l'heure, elle était la seule à percevoir son appréhension et son incertitude. Slade savait en effet très bien cacher ses sentiments : il n'était pas l'homme endurci qu'il voulait laisser paraître. Elle s'en réjouissait chaque fois qu'elle décelait en lui une faille par où se dévoilait le fond de son âme.

Slade Keaton avait une sensibilité, et n'avait pas perdu son humanité. Il avait de la chance. Rares étaient les hommes qui avaient survécu, sur le plan psychologique, à tant d'épreuves et à une telle carence d'affection, sans de graves séquelles.

Avant d'être enlevé à l'âge de sept ans par un monstre auquel le Dragon n'avait rien à envier, Jim, son propre fils, avait été entouré par tout l'amour de ses parents. Pas Slade.

— Etes-vous certain de vouloir m'accorder votre confiance ? demanda Slade.

Jim leva la main.

— Crois-moi, Slade, si nous étions toujours méfiants à ton égard, tu ne serais pas parmi nous aujourd'hui. J'ajoute que nous avons tous connu des périodes difficiles et troubles au cours de nos vies.

Jim avait le sens de la formule, comme son père. Victoria était fière de lui.

— J'apprécie ce vote de confiance, mais je vous dois tout de même quelques excuses…

Sur ces mots, Slade se mit à rire et continua à l'adresse de Jim :

— Crois-moi, Jim, ça ne m'arrive pas souvent.

Quelques rires s'élevèrent, et la tension s'atténua considérablement.

— Il me reste encore un long chemin à parcourir, confessa Slade. Mais je veux aller de l'avant et donner un sens à ma vie.

Il tourna les yeux sur Lucas et ajouta :

— Je crois que j'ai finalement trouvé ma voie, et un modèle.

Une immense fierté envahit Victoria.

Au cours de ces derniers jours, Lucas et Slade avaient tenu de longues conversations, et ils éprouvaient l'un envers l'autre un respect mutuel qui se muait en une véritable l'affection. Certes, il leur faudrait encore du temps, avant de mieux se connaître, mais les débuts étaient vraiment prometteurs.

Ian reprit la parole.

— Nous voulons que tu travailles pour l'agence. Jim et moi, nous aimerions même étendre cette offre à toute l'équipe des Equalizers, puisque tu n'envisages pas de la rouvrir.

La surprise qui surgit sur le visage de Slade émut Victoria. Elle contint un petit sourire. Dès l'instant où elle avait appris que Slade était le fils de Lucas, elle avait espéré que ce moment viendrait.

Slade se mit à rire.

— Si j'étais poli et courtois, je dirais que je suis très surpris par ta proposition…

Il se tut et secoua la tête.

— Mais je suis surtout flatté. Je vous observe tous depuis presque deux ans. J'ai toujours pensé que votre solidarité n'était que de la poudre aux yeux. Une façon de vous donner bonne conscience. Un simulacre de fraternité et de solidarité.

Il se tut, et regarda tour à tour Lucas, Ian, Simon et Victoria. Il sentait l'impatience monter en eux.

— Mais je me suis trompé : vous êtes les meilleurs. Je sais maintenant que la solidarité et la fraternité ne sont pas de vains mots au sein de l'agence Colby.

Il secoua de nouveau la tête et conclut :

— Je ne suis pas certain d'être à la hauteur.

Victoria allait objecter, mais Slade l'interrompit en levant la main.

Il dévisagea Ian, puis Simon, et son regard s'arrêta sur Lucas.

— D'un autre côté, puisque vous me donnez la chance d'intégrer l'agence, vous avez ma parole que je ferai tout ce qui est en mon pouvoir pour être à la hauteur de ma mission.

Jim lui donna une grande claque dans le dos.

— Bienvenue ! Tu es ici chez toi !

Tous applaudirent.

A cet instant, la porte du bureau s'ouvrit. Mildred Ballard, l'assistante de Victoria, entra avec Jodie, la femme de Simon, et Tasha, l'épouse de Jim. Elles brandissaient une bouteille de champagne et des flûtes.

Lorsque le champagne fut servi, Lucas leva son verre.

— J'aimerais maintenant porter un toast !

Le silence se fit.

— Au nouveau membre de la famille ! Bienvenue à Slade Keaton. A mon fils…

L'émotion fit trembler Victoria, tandis que tous renchérissaient. Elle but une gorgée de champagne, puis s'approcha de son mari et l'embrassa sur la joue.

— Je suis fière de toi, Lucas, murmura-t-elle.

Elle passa son bras autour de sa taille.

— Tu es un homme… étonnant.

Lucas lui sourit tendrement.

— Tentes-tu de m'extorquer un petit voyage en amoureux ? Ne compte pas sur moi pour aller à Acapulco ! Allons plutôt chercher le grand frisson en Alaska !

Victoria se mit à rire.

— Tout ce que tu veux, Lucas, du moment que nous sommes ensemble.

Elle riva son regard au sien, et redevint sérieuse.

— A propos… Tu es toujours certain de la décision que nous avons prise ?

Il acquiesça.

— A cent pour cent, Victoria.

Un petit sourire frémit sur ses lèvres.

— Alors on se lance ?

— On se lance !

Victoria but une nouvelle gorgée, puis leva sa flûte pour attirer l'attention. Quand le silence fut revenu, elle jeta un regard nerveux à son mari. En même temps, elle avait une envie irrépressible de rire.

— J'ai deux nouvelles importantes à vous communiquer ! commença-t-elle.

Un murmure étonné parcourut la pièce.

Simon, Ian et Jim échangèrent un regard. Ils ne connaissaient en effet que la première information.

— C'est à Chicago que l'agence Colby a ouvert ses premiers bureaux. Nous avons ensuite emménagé dans ces locaux, que nous occupons depuis quatre ans.

Victoria se tut, et observa les visages qui l'entouraient. Ces hommes et ces femmes n'étaient pas seulement des employés, mais des proches. Des amis. Les enquêteurs de l'agence Colby formaient une grande famille. Elle vouait à chacun d'entre eux une sincère affection.

— Nous avons maintenant des clients dans tout le pays. Nous sommes l'agence d'investigation la plus efficace, autant dire la meilleure, des Etats-Unis.

De nouveaux applaudissements s'élevèrent.

— Avec le temps, et la célébrité venue, nous sommes devenus plus ambitieux… Aussi, l'agence Colby va s'agrandir : une filiale s'ouvrira au Texas au printemps prochain.

Une salve d'applaudissements retentit. Victoria attendit avant de reprendre.

— Ce sera Simon qui dirigera notre bureau du Texas.

Elle lui sourit.

— J'ajoute que Simon aura la possibilité de recruter du personnel dans l'agence de Chicago !

Quelques rires saluèrent cette remarque.

— Plus précisément, Simon aura la possibilité de faire appel au personnel de l'agence de Chicago pour bien démarrer. Quoi qu'il en soit, il cherche actuellement des locaux : l'agence Colby aura donc bientôt une nouvelle adresse.

Victoria se tut, tandis que les applaudissements et les félicitations reprenaient de plus belle. Elle voulait laisser son heure de gloire à Simon, qui l'avait bien méritée. De plus, elle avait besoin d'un instant de répit pour se préparer à communiquer sa seconde information.

Elle but quelques nouvelles gorgées de champagne

en regardant subrepticement autour d'elle. La vue de ces visages heureux lui donnait envie de se raviser. Lucas et elle n'allaient-ils pas regretter leur décision ? Ils n'en avaient pas pris de plus importante depuis qu'ils avaient résolu de se marier.

Mildred, son assistante, qui était aussi sa plus fidèle amie, l'étreignit et lui serra la main.

— Ne te ravise surtout pas, Victoria ! lui souffla-t-elle à l'oreille. C'est le moment ou jamais !

Mildred avait raison. Réconfortée par son soutien, Victoria soupira.

— Tu as raison…

Complice, Mildred trinqua avec Victoria, puis s'éloigna lorsque Lucas s'approcha.

— On se lance ? murmura-t-il avec un regard de connivence.

Pour seule réponse, Victoria lui sourit. Elle leva de nouveau son verre et attendit que l'euphorie se calme pour poursuivre.

— Lucas et moi, nous avons décidé de prendre notre retraite.

Un silence de mort, auquel Victoria s'était attendu, tomba. Elle prit une grande inspiration pour se donner le courage de continuer.

— Nous cherchons une résidence au Texas, où nous passerons désormais les hivers. Nous nous rendrons donc souvent dans les deux bureaux de l'agence Colby, mais nous ne prendrons plus part aux opérations.

Elle scruta les visages abasourdis.

— Nous remettons l'agence Colby entre vos mains…

Jim leva son verre et rompit le silence.

— Hourra !

Après un petit moment de flottement, des applaudissements saluèrent leur décision, et chacun vint les féliciter avec émotion. Victoria promit à tous que Lucas et elle seraient toujours disponibles.

Submergée par un trop-plein d'émotions, elle ressentit le besoin de s'isoler et se rendit dans son bureau.

Elle caressa le bureau en acajou, qui avait appartenu à James, où il travaillait et dont elle avait hérité à sa mort. C'était l'une des rares pièces de mobilier qui avaient échappé à l'explosion qui avait détruit les locaux de l'agence, quatre ans plus tôt.

Avec un sourire ému, Victoria repensa aux recherches qui s'étaient étalées sur plusieurs semaines pour trouver leurs premiers locaux, puis le mobilier correspondant. James et elle avaient même fait l'amour sur ce bureau, à sa livraison.

Les larmes lui montèrent aux yeux au souvenir de la douleur que lui avaient causée l'enlèvement de Jim, puis le meurtre de son mari.

Elle s'approcha de la fenêtre pour observer Chicago qu'elle aimait tant, et elle sentit la sérénité l'envahir. Le spectacle de l'animation, en contrebas, l'aidait invariablement à retrouver son calme lorsqu'elle se sentait fatiguée, découragée ou inquiète. Quand Jim avait été enlevé, elle avait pris l'habitude de scruter les enfants qui passaient dans la rue en contrebas. Ensuite, après la mort de James, elle avait superposé sur les scènes de rue les souvenirs de ses années de bonheur avec lui.

Enfin, elle revit Lucas à ses côtés, tandis qu'elle tentait de surmonter son deuil. Lucas avait toujours été présent… Il avait attendu patiemment que le respect et l'amitié qu'elle éprouvait pour lui se muent en de l'amour.

Comme elle avait été chanceuse !

— Ah, tu es là !

Elle tressaillit et se retourna. Lucas s'était approché. Il passa un bras autour de ses épaules.

— Ils sont heureux pour nous.

Victoria sourit.

— C'est le début d'une nouvelle aventure.

Lucas la serra plus fort contre lui.

— Une belle aventure. Je te le promets.

A cet instant, Victoria vit une silhouette familière traverser la rue. Elle regarda mieux.

— N'est-ce pas Slade ?

Avait-il déjà quitté la fête ? Elle espérait qu'il se réjouissait de commencer une nouvelle vie, autant qu'ils se réjouissaient de l'avoir accepté dans la leur.

— Oui, c'est lui.

Lucas lui montra le café en face de la rue.

— Voilà où il se rend.

Victoria sourit de plus belle.

— Il a sans doute hâte de parler à Maggie ! Je ne crois pas qu'il en a eu le temps, au cours de ces derniers jours.

— On dirait que nous ne sommes pas les seuls à commencer une nouvelle aventure, déclara Lucas.

Maggie et Slade allaient enfin connaître le bonheur, et cette certitude clôturait cette journée à la perfection.

Lucas l'embrassa, Victoria se blottit contre lui. Elle était si bien dans ses bras. En sécurité et à l'abri. Elle était impatiente de donner une nouvelle impulsion à leur vie. Ils passeraient leurs journées à faire du jardinage, à cuisiner et à faire l'amour quand l'envie leur en prendrait…

— Attends, dit tout à coup Lucas en reculant.

Il alla fermer la porte de son bureau à clé. Victoria le regarda, interloquée, puis elle sourit.

— Lucas ! Qu'est-ce que tu fais ?

Mais déjà, son cœur palpitait délicieusement.

Il la reprit dans ses bras et l'embrassa si fougueusement qu'elle bascula sur la table de conférence dont il balaya les papiers et dossiers s'y trouvant d'un revers de la main. Victoria étouffa ses rires, tandis que la main impatiente de Lucas remontait le long des collants qu'elle avait achetés en songeant à lui. Il remonta ensuite sa jupe sur ses hanches, et bientôt les rires de Victoria cédèrent la place à des gémissements sous des caresses devenues ardentes et sensuelles.

Elle l'aimait.

20

Café de Maggie, 18 h 30

Maggie poussa un gros soupir. Ce soir, deux de ses employés étaient malades, et avec un personnel en sous-effectif, elle n'avait pas eu une minute à elle.

Elle revint derrière le comptoir et se passa une main sur le front. En dépit de la fatigue, elle sourit et caressa son ventre. Sa gynécologue lui avait certifié qu'elle était en excellente santé. Elle prenait scrupuleusement ses vitamines prénatales et, le mois prochain, elle aurait droit à sa première échographie.

Ses sœurs se réjouissaient, Maggie se sentait en pleine forme, elle était follement heureuse. Chaque jour elle refoulait son désir d'acheter de la layette, car ses sœurs lui avaient conseillé d'attendre de savoir si elle aurait un garçon ou une fille.

Son bonheur aurait été complet si…

Le carillon de la porte annonça l'entrée d'un énième client. C'était un miracle qu'elle ait pu en entendre le son, par-dessus les conversations et les rires. Elle tourna machinalement les yeux vers la porte.

Slade.

Il entrait comme cent fois et plus il était entré dans son café, mais aujourd'hui, c'était bien différent.

Parce qu'il n'y avait désormais plus aucun secret entre eux.

Le cœur de Maggie battit plus vite. Elle ne l'avait pas revu depuis une bonne dizaine de jours. Slade avait en effet dû retourner au Mexique pour collaborer avec la CIA et organiser les funérailles de sa sœur. Cette séparation, difficile, avait toutefois été utile, car ils avaient tous les deux besoin de temps pour se réapproprier leur vie après la série d'épreuves par lesquelles ils étaient passés.

Slade survola les clients d'un regard rapide et s'approcha de *sa* table restée libre, Maggie n'ayant pu se résoudre à l'idée d'y installer d'autres personnes.

C'était stupide. Tant pis.

Elle le contempla. Il était plus beau que jamais…

La joie l'inonda.

Il lui avait tellement manqué…

Elle s'essuya précipitamment les mains sur son tablier et contourna le bar. Le cœur battant à grands coups, elle s'approcha de lui avec une feinte nonchalance et lui sourit.

— Un café de Colombie pur arabica ?

Slade lui adressa un sourire heureux et détendu qui à lui seul la fit fondre.

— En réalité, je suis venu parler avec la gérante et propriétaire de ce café.

Maggie replaça une mèche derrière son oreille.

— C'est moi.

Elle hésita, puis lui tendit la main.

— Maggie James.

Il la lui serra.

— Slade Keaton.

Le contact de sa paume tiède la fit trembler.

— Que puis-je faire pour vous, Slade Keaton ?

— Je viens d'obtenir un nouvel emploi, commença-t-il.

Il lui montra la bâtisse qui s'élevait de l'autre côté de la rue.

— A l'agence Colby.

Maggie se mordilla la lèvre et résista au désir de crier sa joie.

— J'en suis ravie…

— Mais j'ai maintenant besoin d'un toit. J'ai visité des maisons et des appartements, au cours de ces derniers jours, mais il me faut l'avis d'une femme. Le vôtre.

Maggie osait à peine respirer.

— Je pense pouvoir vous conseiller.

— C'est formidable.

Il se leva et lui tendit la main.

— Cela ne vous ennuie pas de passer le reste de la soirée avec un homme que vous venez à peine de rencontrer, Maggie James ?

— Ne nous sommes-nous pas rencontrés il y a deux ans ?

— Tu as rencontré mon ancien moi, Maggie. Tu n'as pas encore rencontré l'homme que je suis devenu.

— J'ai hâte de faire sa connaissance !

— Tu ne seras pas déçue. Il te réserve les plus belles des surprises.

Maggie plaça sa main dans la sienne et hocha la tête. Si elle avait parlé, elle aurait éclaté en sanglots.

Slade roulait au ralenti. Il aurait volontiers accéléré, mais il s'obligeait à la plus grande prudence. A côté de lui se trouvait la femme de sa vie, de surcroît la mère de son enfant.

Il espérait que Maggie avait compris son message sibyllin, tout à l'heure au café. Il était désormais un autre homme, et il voulait être à la hauteur de ses ambitions. Jamais il n'avait tant désiré la réussite d'un projet.

Il se gara et coupa le moteur.

Maggie se pencha pour regarder par la vitre.

— C'est donc une maison…

— Avec un jardin magnifique, ajouta-t-il. Attends un peu de le voir à la lumière du jour !

Maggie sortit de la voiture. Il sourit. Elle aimait déjà cette maison, et elle l'aimerait davantage quand elle en verrait l'intérieur.

Il la suivit des yeux quand elle monta les marches du perron et entra dans la grande véranda.

Comme il ne connaissait pas ses goûts, en matière d'habitat, il avait contacté ses sœurs pour leur demander conseil, à son retour du Mexique. Ensuite, il avait effectué de nombreuses recherches. Après deux jours passés à échanger des photos et des e-mails, plus deux autres à patienter jusqu'à ce qu'un agent immobilier trouve la maison de ses rêves, il avait acheté celle-ci ce matin même.

Après plus de dix jours de séparation à régler sa situation avec la CIA et Interpol, puis des préparatifs en vue de son avenir proche, il était prêt à revoir Maggie pour lui offrir le bonheur… clés en main.

Maggie regarda par l'une des fenêtres de devant.

— Quel dommage que ce soit si sombre… Je n'y vois rien…

Pour seule réponse, Slade la rejoignit, et il introduisit la clé dans la serrure. Il ouvrit la porte, alluma la lumière et souleva Maggie dans ses bras pour franchir le seuil. Une des sœurs de la jeune femme le lui avait conseillé, même s'ils n'étaient pas mariés, mais de toute façon, sa demande en mariage était imminente.

Dès le début, avec Maggie, il avait commencé par la fin… il entendait remettre la situation en bon ordre

Quand il eut reposé la jeune femme, elle passa toutes les pièces en revue. Slade avait la certitude que cette maison était conforme à ses désirs. Les planchers y étaient d'origine, et la cuisine, malgré son apparente sobriété, était ultrasophistiquée.

Quand Maggie eut visité les pièces de l'étage, elle redescendit et s'assit sur la marche du bas

— Ça te plaît ? lui demanda Slade.

Maggie s'essuya les joues.

— Tu pleures ? reprit-il, subitement inquiet.

Il espérait que c'étaient des larmes de bonheur.

Maggie secoua lentement la tête

— Tout va bien. Je te le jure !

Il inclina son visage vers le sien.

— Mais tu pleures quand même… Pourquoi, Maggie ?

— Parce que c'est si… beau…

Les larmes inondaient son visage.

— Quand j'étais petite, poursuivit-elle, j'aimais découper des images de maisons dans les magazines, et les coller dans mon journal intime. Cette maison est absolument conforme à mes rêves de petite fille…

Elle s'essuya de nouveau les yeux.

— Comment as-tu pu savoir… ?

— Grâce à tes sœurs.

Le visage de Maggie s'illumina et exprima une joie sans partage. La vue de son bonheur le rendait profondément heureux.

Elle prit une grande inspiration, et tourna ses yeux d'émeraude sur lui.

— Pourquoi as-tu loué la maison de mes rêves ?

Il lui prit la main, cherchant les mots.

— Pour commencer, je ne l'ai pas louée, je l'ai achetée.

Elle paraissait stupéfaite.

— Je voulais que notre enfant ait une vraie maison, ajouta-t-il.

Elle se remit à pleurer, et il essuya ses larmes avec tendresse et émotion.

— Je ne sais pas si je serai un bon père, mais je vais essayer. Je vais me faire aider. Je vais rencontrer le thérapeute qui a aidé Jim, après son enlèvement et son retour à Chicago.

Maggie se jeta contre lui et il la pressa dans ses bras. Elle l'embrassa passionnément, puis recula, et longtemps resta pensive, cherchant à rassembler ses pensées.

— Je suis fière de toi, commença-t-elle. Il t'a fallu beaucoup de courage pour…

Elle se tut et secoua la tête, car elle ne trouvait pas les mots.

Rien ne pouvait traduire sa pensée, à l'instant.

— Je suis émerveillée. Je t'aime, Slade Keaton, pour ce que tu es… ce que tu as été et ce que tu seras. Tu seras un père fabuleux…

Elle aurait voulu ajouter « un mari fabuleux », mais il n'avait pas encore évoqué le mariage. Sans doute avait-il encore besoin de temps.

— Merci…

Il hésita et reprit :

— Tu m'as dit que tu ne voulais pas que je revienne pour le bébé, mais seulement si j'étais prêt à assumer notre relation. A t'aimer.

Elle rougit. Quand elle avait prononcé ces mots, elle ne connaissait pas encore la vérité sur son passé.

— Je n'avais pas compris que…

Il posa un doigt sur ses lèvres.

— Chut… Tu avais raison. Notre bébé a besoin de son père.

Maggie ne savait plus si elle devait pleurer ou crier de joie.

— Il me faudra peut-être du temps, ajouta-t-il. Peut-être des années. Mais j'ai compris quelque chose.

Il lui prit la main et posa un genou devant elle.

— Si l'amour, c'est penser à quelqu'un au point d'en perdre l'appétit et le sommeil… Si l'amour, c'est le sentiment de ne pouvoir vivre sans celle qui occupe toutes ses pensées… Si l'amour, c'est penser à une seule et même personne dès le réveil et avant de s'endormir, alors c'est de l'amour que je ressens pour toi.

Maggie versa de nouvelles larmes de bonheur.

— Tu… en es certain ?

Il sortit une bague de sa poche.

— Oui.

Il sourit.

— Maggie James, je serai un bon mari et un bon père, alors acceptes-tu de devenir ma femme ?

— Oui !

Il l'embrassa pour sceller leur promesse. Comme ses baisers lui avaient manqué ! Elle aurait voulu que celui-ci dure toujours, mais Slade s'écarta d'elle, afin de lui passer sa bague, un solitaire en diamant, au doigt.

Elle s'extasia sur sa beauté.

— Quand as-tu eu… la révélation ?

— J'ai beaucoup pensé à Lucas et à Victoria. A Jim et à Tasha. Et aussi à une douzaine de couples de l'agence Colby. J'y pensais depuis quelque temps déjà… Je savais ce que je voulais faire, mais je devais m'organiser.

Maggie essuya ses dernières larmes et regarda autour d'elle.

— Bon. On va devoir faire des achats.

Il parut troublé par ces mots.

— Il va nous falloir des meubles…, ajouta-t-elle. Tout le nécessaire.

Le subit changement de sujet était maladroit, mais elle avait l'esprit troublé. Il y avait trop de choses à assimiler.

Le visage de Slade s'illumina comme s'il venait de penser à quelque chose.

— Mais nous avons tout le nécessaire !

— Le nécessaire ? Comment ça ? demanda Maggie confuse et intriguée.

— Viens !

Il la prit par la main et l'entraîna dans l'escalier.

— Mais il n'y a rien à l'étage…, déclara Maggie toujours perplexe.

Il ne l'écoutait pas. Il la fit entrer dans la plus grande des chambres et lâcha sa main.

— Slade ? Qu'est-ce que tu fais ?

Elle secoua la tête en le voyant ouvrir l'armoire.

Quand Slade déploya une couverture sur le plancher, Maggie lui adressa un sourire rempli de sous-entendus, auquel il répondit en levant l'index pour lui signifier qu'elle n'était pas au bout de ses surprises.

Il sortit cette fois du placard un plateau en argent, une bouteille et deux flûtes à champagne.

— Champagne sans alcool ! précisa-t-il.

Il posa le plateau et, dessus, les flûtes et la bouteille.

Après une dernière incursion dans le placard, il revint avec une coupe de fruits, du fromage et des crackers.

Maggie était aux anges. Elle avait l'impression de vivre un conte de fées.

Son conte de fées.

— Oh ! Slade !

Il la prit dans ses bras et la souleva.

— Rien n'est trop beau pour toi, Maggie !

Il la déposa sur la couverture et s'assit à côté d'elle.

— Tu m'as sauvé la vie.

— Non ! Tu n'as pas eu besoin de moi… Moi, je t'ai seulement accompagné.

— Non ! insista-t-il. Tu as toujours cru en moi. Tu m'as transformé. Tu m'as donné assez d'amour pour que je comprenne ce que c'était…

Maggie l'obligea à s'allonger et n'attendit pas pour le chevaucher.

— Pour le faire…, acheva-t-elle.

— Pour t'aimer…, renchérit-il.

Elle le dévêtit lentement et, quand il fut nu, l'embrassa amoureusement.

— Tu *aimes*… ? demanda-t-elle.

— J'aime.

Elle passa sa langue sur son ventre et, au contact de son sexe érigé, lui adressa un sourire voluptueux.

— Tu *aimes* ?

Pour seule réponse, il gémit.

Elle lui posa cette même question à toutes les caresses qu'elle lui prodigua, et pour finir se dévêtit avec lenteur, le regard planté dans le sien. Quand ils s'aimèrent, leur amour fut un instant de fusion absolue.

Après, Maggie se blottit dans ses bras. Elle se sentait incapable de se détacher de lui, après avoir failli le perdre et après avoir été séparée de lui au cours des derniers jours. A vrai dire, si cela n'avait tenu qu'à elle, elle n'aurait jamais quitté son étreinte.

— Je réfléchissais…, commença-t-il d'une voix rauque.

Elle se souleva sur un coude et lui sourit.

— Oui ?

— C'est bientôt Thanksgiving. On pourrait inviter ta famille ? Pour lui montrer notre maison ?

Maggie étrécit le regard.

— C'est une idée de mes sœurs, n'est-ce pas ?

Slade jouait avec une mèche de ses cheveux

— Il est possible que l'une d'entre elles m'ait fait cette suggestion, en passant…

Maggie éclata de rire. Ses sœurs avaient-elles réussi à mater Slade Keaton ?

Il musela son rire d'un baiser, et Maggie se laissa retomber sur la couverture. Dans le silence revenu, elle laissa ses paupières se fermer.

Dernièrement, elle dormait comme une marmotte. C'était souvent le cas lors du premier trimestre de grossesse, lui avaient dit ses sœurs. Habiter à l'étage de son café lui permettait de paresser plus longtemps, le matin. Mais en emménageant dans la maison de ses rêves, avec l'homme de sa vie, la situation allait changer. Elle allait devoir se lever plus tôt.

Un soupir lui échappa.

— Quelque chose t'inquiète ? demanda Slade.

Il se mit à son tour sur un coude et la scruta.

— Quoi ? Non…

Elle secoua la tête.

— Je réfléchissais seulement.

— A quoi ?

— A mon appartement. A mon café.

Il caressa son ventre.

— Ton appartement sera idéal pour le gérant que j'ai déjà trouvé.

Maggie sourit.

— Mais j'ai tout le temps de m'organiser, avant la naissance du bébé.

— Tu auras tout le temps que tu voudras, Maggie. Tes désirs sont des ordres.

Soudain, Slade se pencha sur son ventre, et murmura des paroles inaudibles. Maggie le regarda faire, sidérée mais amusée.

Il leva les yeux sur elle avec un sourire.

— Je parlais au bébé.

Jamais elle n'avait entendu si doux aveu.

— Une nouvelle recommandation de mes sœurs ?

— Non. Pas du tout.

Il embrassa son ventre.

— J'ai acheté un manuel.

Elle caressa ses cheveux. Elle était remplie d'une indicible allégresse.

— Je vais peut-être devoir lire ce livre ?

Il l'embrassa.

— On le lira ensemble, mon amour. Et dans deux ou trois ans, nous donnerons à l'aîné de nos enfants un petit frère ou une petite sœur.

— J'aime tes projets, Slade.

— J'en ai plein la tête, mais nous avons toute la vie pour les réaliser. Je te le garantis, tu n'es pas au bout de tes surprises !

Toute la vie ?

Pour toujours avec Slade… ?

C'était tout ce qu'elle voulait.

Retrouvez en janvier 2021,
dans votre collection

BLACK ROSE

Une apparence à haut risque, de Julie Anne Lindsey - N°619

SÉRIE GARDES DU CORPS EN ALERTE 3/4

Terrifiée, Lyndy fixe la photo que lui montre Cade Lance. Ainsi, comme toutes les autres, la dernière victime du Tom Cat Killer pourrait être sa sœur jumelle, et c'est cette ressemblance qui met en danger sa vie et celle de son bébé… Seule la présence de Cade atténue un peu cette angoisse. Cade qui a pour mission de la protéger. Cade qui la rassure et la trouble bien plus qu'elle ne le voudrait…

Des retrouvailles houleuses, de Marilyn Pappano

« Les échanger contre elle »… Interloqué, Ben, le shérif de Cedar Creek, relit le message inscrit en lettres rouges derrière la porte. Qui est donc cette personne qui doit servir de monnaie d'échange à celui – ou celle – qui a enlevé trois personnes d'une même famille ? L'enquête s'avère complexe, d'autant plus que les victimes sont les cousins de Yashi Baker, l'ex-petite amie de Ben, qu'il n'a pas revue depuis leur douloureuse rupture…

Au supplice du soupçon, de Delores Fossen - N°620

Qui est réellement Laney Martin ? Et Owen Slater, veuf et père d'une petite Addie de dix-huit mois, n'a-t-il pas commis une terrible erreur en confiant à cette troublante inconnue la direction de son ranch et la garde de son bébé ? Un doute qui se précise le jour où il découvre Laney, réfugiée dans sa grange, menacée par un inconnu qui, avant de mourir sous ses balles, l'a appelée « Elaine »…

Le mystère du vieux chêne, de Marie Ferrarella

Penchée sur le plan légué par son ex-beau-père, Maggie cherche « l'arbre le plus haut » de sa propriété. Quel trésor se cache sous ce chêne ? Et pourquoi est-ce à elle qu'incombe cette mission ? Bientôt, préoccupée par sa quête, elle se retrouve piégée par un terrible cyclone et ne doit son salut qu'à l'intervention de Jonah Colton, un séduisant sauveteur qui, intrigué par son récit, décide de l'aider à élucider le mystère du vieux chêne…

Retrouvez en janvier 2021,
dans votre collection

BLACK ROSE

Au cœur de la tempête, de Rita Herron - N°621

« Tu t'en sortiras, chérie », murmure Fletch. Prenant l'inconnue dans ses bras, il l'emporte à l'abri et attend qu'elle revienne à elle. Bientôt, elle ouvre les yeux, mais, aux premiers mots qu'elle prononce, il doit se rendre à l'évidence : elle ne sait plus qui elle est, d'où elle vient, et quel danger elle fuyait pour s'être ainsi retrouvée perdue dans la montagne alors que la tempête fait rage…

Le passé ennemi, de Nicole Helm

Partagé entre suspicion et stupéfaction, Jamison fixe la femme qui est en train de fouiller dans son bureau. Et, soudain, il la reconnaît et sent son cœur s'emballer. Car cette séduisante cambrioleuse n'est autre que Liza. Liza qu'il n'a pas vue depuis quinze ans et qui appartenait à un gang de malfaiteurs. Liza qui était sa petite amie avant que lui-même ne rentre dans le droit chemin et devienne shérif de la ville…

Une menace sans visage, de Carla Cassidy - N°622

Jake ne se reconnaît plus. Lui qui déteste les enfants sourit béatement depuis que Grace Sinclair a débarqué dans son ranch avec ses triplées de dix mois, en lui annonçant que Justin, son frère, en était le père… Comment ce dernier a-t-il pu repousser une femme pareille ? Mais son trouble s'accroît quand Grace lui avoue qu'elle est la cible de menaces et qu'elle craint pour la vie de ses filles…

L'empreinte du doute, de Julie Miller

« Allez-vous-en, vous n'avez rien à faire ici ! » D'un ton ferme, Olivia tente de chasser l'inconnu qui a fait irruption sur sa scène de crime. Mais aussitôt il brandit une carte de presse, et elle serre les poings. Car elle connaît la réputation de ce journaliste. Il s'appelle Gabriel Knight et, depuis que sa fiancée a été assassinée, il met en doute l'intégrité de la police…

Retrouvez en janvier 2021,
dans votre collection

BLACK ROSE

Un protecteur si séduisant, de B.J. Daniels - N°623

Denver s'en est fait la promesse solennelle : puisque la police refuse de croire à un assassinat, elle fera seule la lumière sur la mort de Max, son oncle adoré. Mais, pour cela, il faudrait déjà qu'elle arrive à se débarrasser de J.D. Garrison, son amour de jeunesse, qui est de retour en ville après des années d'absence et s'est mis en tête de la surveiller. Nuit et jour…

Sous l'identité d'une autre, d'Amy Frazier

Qui est vraiment Samantha Weston, la séduisante inconnue qui s'est installée à Applegate ? Garrett McQuire veut le découvrir. En temps normal, il l'aurait laissée tranquillement vaquer à l'exploitation de la ferme qu'elle vient d'acheter. Mais son instinct de shérif lui souffle que la discrétion extrême dont Samantha fait preuve cache quelque chose…

Composé et édité par HarperCollins France.

Achevé d'imprimer en novembre 2020.

CPI
BLACK PRINT

Barcelone

Dépôt légal : décembre 2020.

FSC
www.fsc.org
MIXTE
Papier issu de sources responsables
FSC® C108412

Pour limiter l'empreinte environnementale de ses livres, HarperCollins France s'engage à n'utiliser que du papier fabriqué à partir de bois provenant de forêts gérées durablement et de manière responsable.

Imprimé en Espagne.